KB111901

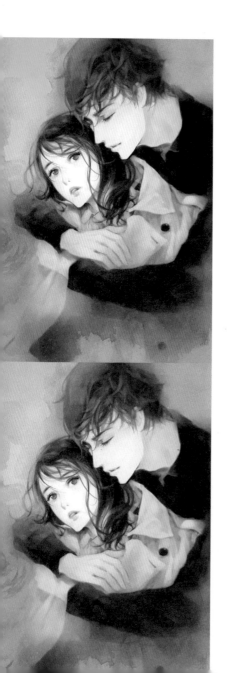

13
월의 첫
의 사
랑

13
월의 첫
사
랑 vol.1

초판 1쇄 인쇄일 2015년 7월 21일
초판 1쇄 발행일 2015년 7월 24일

지은이 ㅣ 서별아
펴낸이 ㅣ 김기선
편집장 ㅣ 김은지

펴낸곳 ㅣ 와이엠북스(YMBOOKS)
출판등록 ㅣ 2012년 7월 17일 (제382-2012-000021호)
주소 ㅣ 서울 도봉구 노해로 379, 1005호(창동, 대성빌딩)
전화 ㅣ 02)906-7768 / **팩스** ㅣ 02)906-7769
E-mail ㅣ ymbooks@nate.com

ISBN 979-11-322-2483-9 04810
ISBN 979-11-322-2482-2 (set)

값 9,000원

13월의 첫사랑

의 첫사랑

vol.1

서별아 장편소설
YMBOOKS ROMANCE STORY

BOOKS

목차

프롤로그 … 007

1장 … 010

2장 … 057

3장 … 107

4장 … 154

5장 … 202

6장 … 257

7장 … 297

8장 … 344

9장 … 388

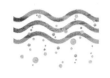

프롤로그

"하아, 하아."

식을 줄 모르고 뜨겁게, 뜨겁게 달구어져만 가던 숨이 조금씩 진정되기 시작했다. 눈앞에 펼쳐진 탁 트인 바다를 보고 있으니 목구멍을 조이던 느낌이 거짓말처럼 가시는 기분이었다. 귓가에 들려오는 철썩이는 파도 소리를 따라 동은은 몇 번 더 느리게 숨을 뱉어내고 들이마셨다.

가파르던 숨결이 이내 안정을 되찾았다. 이마에 맺힌 식은땀을 씻어내며 동은은 자신이 어째서 이곳에 있는지를 곰곰이 생각했다.

그녀가 기억을 더듬듯 주위를 두리번거렸다. 가물거리는 시야 끝, 저 멀리 희미한 누군가의 모습이 보였다. 파도를 피해 달아났다가 다시 바다에 발을 담구며 장난을 치는 누군가. 그 아득한 모습이 점차 뚜렷해지면서 몽롱하던 기억도 한결 생생해졌다.

맞아. 서은택, 저 애가 날 이곳에 데려와 줬지. 멍하니 기억을 더듬던 동은이 불현듯 절 부르는 목소리에 고개를 들어 올렸다.

"임동은!"

저 끝에서 은택이 자길 봐달란 듯이 크게 손을 흔들고 있었다. 선생님과 제자 사이. 굳이 그 관계가 아니어도 무려 다섯 살이나 차이가 나는 두 사람이었다. 엄연한 반말에 동은이 왈칵 인상을 구겼다.

"너 지금 뭐라고 했어? 임동은?"

"그래요! 임동은!"

그러나 은택은 아랑곳 않고 다시 한 번 동은의 이름을 외쳤다. 여전히 싱그러운 미소를 입가에 머금은 채로. 바다 위에서 부서지는 반짝이는 햇살 때문인지 그 애의 모든 것이 눈이 부셨다. 무릎까지 바닷물에 잠겨 있던 은택이 휘적휘적 모래사장 쪽으로 걸어 나오며 소리쳤다.

"다음에 다시 만날 땐 선생님 말고 이렇게 이름 부를 거예요!"

어느새 코앞까지 다가온 은택이 동은의 앞에 똑바로 멈춰 섰다. 이 아이의 키가 이렇게 컸던가. 가까이에서 보지 않으면 알아채기 힘든 수염 자국에 동은이 의식하지 않으려 입술을 꾹 깨물었다.

"빨리 어른이 되고 싶다고 생각했어요. 선생님 볼 때마다."

진심을 속삭이는 목소리는 완연한 남자의 것이었다. 가슴이 멋대로 덜컥 내려앉았다. 노력이 무색했다. 이 아이를 속절없이 남자라고 의식해버렸다.

"다시 만났을 때 난 요리사가 돼 있을 거예요. 좋아하는 여자의 식탁을 평생 책임져줄 수 있는 그런 요리사. 그때가 되면 세상 가장 맛있는 음식을 만들어 줄게요."

진지한 고백에 당황해서 지레 물러서려는 동은의 어깨를 은택이 살포시 붙들었다.

"안 잊었죠, 아까 내가 한 말?"

동은이 고개를 갸웃거리자 은택이 간절하게 덧붙였다.

"좋아해요."

문득 잊고 있었던 이 아이의 돌발적인 고백이 머릿속에 떠올랐다. 꿈이라고 생각했었던.

'나, 선생님이 좋아요.'

하지만 꿈이 아니었던 고백. 모른 척 꿈이라 치부하려 했던 소년의 고백에 다시 한 번 동은의 눈동자가 흔들렸다.

"절대 잊지 말아요. 선생님이 내 첫사랑인 거."

그 순간 동은은 어쩌면 예감했는지도 몰랐다.

"남자는 죽을 때까지 첫사랑을 못 잊는다잖아요."

푸른 바다와 이 진심 어린 고백을……. 자신이 누군가 죽을 때까지 잊지 못할 첫사랑이라는 사실을…….

"그러니까 우리……."

저 역시 평생 잊을 수 없을 거라고.

"꼭 다시 만나요."

1장

푹!

무언가가 섬뜩하리만치 차갑게 찔러 들어와 순식간에 타들어 가는 것처럼 뜨겁게 빠져나갔다. 순간 아찔한 현기증을 느낀 동은이 위태롭게 비틀거렸다.

옆구리에서 점차 말로는 설명할 수 없는 고통이 느껴지기 시작했다. 동은은 천천히 옆구리에 손바닥을 가져다 댔다. 이내 손바닥이 흥건하게 젖어들고 벌어진 피부 속으로 기분 나쁜 감각이 밀려들었다.

힘이 빠져나간 무릎이 결국 풀썩 꺾였다. 싸늘한 아스팔트 바닥에 쓰러진 동은이 날개가 찢긴 나비처럼 몸을 떨었다. 아무렇게나 풀어 헤쳐진 머리카락이 웅덩이를 만든 피에 조금씩 젖어들었다. 화선지에 스미는 먹물처럼 시야에 검붉은빛이 퍼져 나갔다.

그 선연한 풍경을 따라 아득한 공포가 찰박찰박 몰려왔다.

동은은 기력 없이 축 늘어진 채로 먼 하늘을 올려다봤다. 어둑어둑해진 하늘 위로 저무는 해가 조각조각 비추는 빛들이 깜빡였다. 그 빛을 따라 동은이 눈을 감았다가 떴다. 찰나 같은데도 순간순간은 무척 더디게 흘러갔다. 옆구리에서 느껴지는 극렬한 아픔과 함께 무언가가 울컥 치밀어 올랐다.

"서은택."

잊자 수백 번 마음먹었어도 잊지 못한 이름. 아니, 사실은 잊고 싶지 않아서, 그래서 잊지 않으려고 수백 번 침묵하고도 끝내 마지막 한 번을 되뇌었던 이름.

그 아이의 이름을 떠올리는 것만으로도 옆구리에서 느껴지는 것만큼이나 강렬한 아픔이 가슴속에 일렁였다. 노을이 되어 바스러지는 태양 빛에 그 아이가 남기고 간 기억들이 섞여 명멸했다.

"은택아."

그 아이의 이름을 읊조린 순간, 사라져 가던 것들 사이로 오롯이 그 아이의 존재만이 선명해졌다. 그리고 그 아이가 했던 약속과 함께 검붉게 물들어가던 풍경이 일순 환하게 밝아졌다.

동은은 간신히 무거운 눈꺼풀을 들어 올렸다. 손만 뻗으면 닿을 것 같은 곳에 그때처럼 그 아이가 절 사랑스러운 눈빛으로 바라보고 있었다. 무너질 것 같은 순간마다 언제나 이 상냥한 눈빛을 생각했었다. 그래서 아무리 힘들어도 버티고 또 버틸 수 있었다.

"흑⋯⋯. 보고 싶어."

동은이 가냘프게 읊조렸다. 지금 바라는 건 오로지 하나였다. 그녀가 죽을힘을 다해 은택의 환상을 향해 꽃처럼 붉게 젖은 손을 뻗었다. 살고 싶은 마음만큼 간절하게 그 아이에게 닿기를 바랐다. 그러나 손을 뻗은 거리만큼 은택의 모습은 점점 더 멀어지기만 할 뿐이었다.

툭. 결국 동은의 손이 힘없이 곤두박질쳤다. 은택에게 닿지 못한 손끝이 붉은 핏속으로 잠겨들었다. 까무룩 눈이 감겼다. 끝내 동은의 의식도 깜깜한 어둠 속으로 완전히 가라앉고 말았다.

그 순간 뒤늦게 경찰차의 사이렌 소리가 요란하게 들려왔다. 담벼락을 따라 연달아 두 대의 경찰차가 늘어섰다. 다급히 차 문을 열고 동은과 같은 팀 동료들이 달려 나와 그녀를 에워쌌다. 이미 정신을 잃은 동은의 창백한 뺨을 두드리며 그녀의 동료들이 고함을 질러댔다.

"소똥! 정신 잃으면 안 돼! 눈 떠, 인마!"

"임동은! 눈 뜨라고!"

동은이 언제나 불평했던 별명이었지만, 지금 이 순간은 아무런 반응이 없었다. 완전히 어둠에 잠긴 골목에는 그녀의 동료들이 내는 절규만이 가득할 뿐이었다.

"꺄아아악!"

강남서 근처 카페와 식당이 밀집된 골목. 은택관이라는 간판을 내건 가게 안이 여자들의 비명으로 떠들썩했다. 테이블은 이미 만석, 심지어 테이크아웃 가판대에까지 줄이 길게 늘어서 있었다.

이곳은 전통 음료와 한식도시락의 테이크아웃이 가능한 독특한 운영 방식으로 일대에서 요즘 가장 인기가 많은 가게였다. 그런데 믿기지 않겠지만, 은택관은 이제 문을 연 지 고작 삼 개월밖에 되지 않았다는 사실.

짧은 기간 동안 이토록 많은 손님, 특히 여성 손님을 끌어모은 데는 혁신적인 가게 운영방식, 좋은 재료만을 엄선해 요리한 음식의 맛과 질뿐만 아니라 바로 이 남자, 꽃미남 요리사 서은택의 공이 컸다.

녹아내리듯 부드럽고 상냥한 목소리. 마주치는 순간 저절로 뺨이 붉어질 만큼 깊고 짙은 눈빛. 단단하고 넓은 어깨와 잔근육이 인상적인 팔뚝. 긴 목에 도드라진 섹시한 목울대. 어김없이 그는 오늘도 여성 손님들의 눈을 매우 즐겁게 해주고 있었다.

"주문하신 오미자차, 매실차 나왔습니다."

그가 다가와 테이블에 음료를 내려놓자 손님이 결국 황홀함을 견디지 못하고 실수를 하고 말았다. 쨍그랑! 테이블에 얌전히 올라가 있던 유리컵이 바동거리는 손님의 팔꿈치에 맞아 바닥으로 떨어졌다. 당황한 손님이 곧바로 바닥에 무릎을 꿇고 앉아 허둥댔다.

"죄송해요! 제가 어, 얼른 치울게요!"

"아뇨. 제가 할 테니까 그냥 앉아 계세요."

은택이 깨진 유리 조각을 주우려는 손님을 막으며 대신 무릎을 굽히고 앉았다. 갑작스럽게 은택을 코앞에서 마주 본 손님이 꿀꺽 침을 삼켰다.

"저 혹시, 여자 친구 있으세요?"

유리 조각을 줍던 손님이 홀린 듯 기습적으로 물었다. 그러나 은택은 일말의 머뭇거림도 없이 냉정하게 대답했다.

"죄송합니다. 제가 아직은 연애할 생각이 없어서요."

은택이 연애할 생각이 없다고만 했지, 애인이 있다는 말은 하지 않았다는 사실에 미련을 버리지 못한 손님이 다시 물어왔다.

"그래도 연락처라도 알려주실 수 있을까요? 혹시 알아요? 안부라도 묻고 지내다 보면……."

"그것도 안 될 것 같습니다."

"왜, 왜요?"

"첫사랑을 못 잊었거든요."

다정한 듯해도 끼어들 틈이라곤 전혀 없는 태도에 여성 손님은 주춤주춤 다시 의자에 앉았다. 조심스럽게 유리 조각을 쟁반에 담아 일어선 그가 아르바이트생 하루에게 손짓했다.

"하루야, 오미자차 한 잔 다시 만들어야겠다."

"네, 금방 돼요."

하루는 어느새 붉은 빛깔의 오미자청을 새로 꺼낸 컵에 덜고 있었다. 주방으로 간 은택이 픽업대에 쟁반을 내려놓고 대걸레를 가지고 나와 바닥을 닦았다. 그러나 노출 콘크리트로 된 바닥에 남은 검붉은 얼룩은 쉽사리 지워지지 않았다. 마치 핏자국 같아서 절로 은택의 미간이 찌푸려졌다. 세제로 닦아내야겠다고 생각하며 그가 다시 주방으로 향했을 때였다. 문득 벽에 처음 보는 액자가 눈에 들어왔다.

인적 없는 바다를 찍은 사진이었다. 바다 위에 보석처럼 반짝이는 물그림자를 손끝으로 더듬던 은택이 하루에게 물었다.

"이게 뭐야? 못 보던 건데."

"아, 어제였나, 그저께였나. 어떤 손님이 어울릴 것 같다면서 선물해주고 가셨어요."

하루의 대답에 은택이 다시 사진에 시선을 돌렸다. 어쩐지 그리운 기분이 들어 눈을 뗄 수가 없었다. 그러나 하루는 은택이 사진이 마음에 들지 않아 그런 줄 오해한 모양이었다.

"마음에 안 드세요? 뗄까요?"

"아니, 괜찮은데, 왜. 요새 봄이 짧아져서 금방 여름 올 텐데, 시원하고 좋다."

은택은 여전히 홀린 듯 사진을 바라보며 대꾸했다. 보는 이마저 그리운 기분이 들 만큼 아득한 시선이었다. 사진 속 바다를 바라보며 은택은 또다시 습관처럼 그녀를 떠올렸다.

아침에 눈을 뜬 순간에도 생각했고, 은택관에 오는 길에도 내내 그리워했던 사람. 이렇게 우연히 바다 사진을 보게 되면 밤잠을 설칠 정도로 보고 싶어지는 사람. 언제나 그랬듯 그는 이토록 인생의 아주 사소한 순간에도 그녀가 그리웠다.

"임동은."

은택이 마치 저 바다에 그녀가 서 있기라도 한 것처럼 손을 뻗으며 물었다.

"지금, 어디에 있어?"

그리움에 젖은 그의 입술 사이로 도저히 어쩌지 못하는 간절한 마음이 흘러나왔다.

"보고 싶어."

은택이 아무리 손을 뻗어도 닿지 못하는 그녀가 야속해 끝내 이를 악물었다. 그런데 그때, 별안간 그의 주머니에서 휴대전화가 울었다. 액정에 뜬 낯선 번호에 잠시 고개를 갸웃거린 은택이 이윽고 전화를 받았다.

잠시 후, 그의 표정이 참혹하게 일그러졌다.

서은택, 그 애를 다시 만나게 되면 하고 싶은 말이 참 많았다. 항상 차갑게 대해서 미안했다고, 그런데도 도리어 내게 더 잘해줘서 참 고마웠다고. 사실, 살면서 네가 참 많이 그리웠다고.

그래서 이런 꿈도 꾸는 모양이었다. 너에게 하고 싶었던 말 다 하라며.

그 애를 처음 만났을 때처럼 꽃이 만발해 있었다. 알록달록 화사하게 물들어 있는 꽃을 은택은 하염없이 바라보며 어쩐지 씁쓸한 표정을 지어 보였다. 동은이 머뭇거리다 다가갔을 때, 은택이 진한 아쉬움이 담긴 목소리로 입을 열었다.

'꽃은, 왜 시드는 걸까요?'

은택의 곁에 나란히 서려던 동은은 어깨를 흠칫 떨며 걸음을 멈춰 세웠다.

'시들지 않고 계속 피어 있으면 좋을 텐데…….'

은택이 조용히 중얼거린 말에 갑자기 화사하게 피어 있던 꽃들이 하나둘 시들기 시작했다. 하얗게, 하얗게 말라가던 꽃잎이 바닥으로 떨어져 부서졌다. 은택은 죽어가는 꽃들 앞에서 더없이 슬퍼하고 있었다.

동은은 저도 모르게 은택에게서 한 발짝 멀어졌다. 시들어가는 꽃들이 마치 저 같았다. 제가 곁에 다가가면, 은택이 저토록 슬픈 표정을 지을 거라 생각하니 하고 싶었던 말들이 전부 제 욕심이고 미련처럼 느껴졌다.

동은은 가슴속에 있던 말들을 다 비워냈다. 안녕, 오랜만이야, 보고 싶었어, 미안해, 고마워.

다시 그 애를 만나게 되었을 때에도 욕심내지 않도록. 미련 떨지 않도록.

그렇게 억지로 제 마음을 다 비우고 동은이 이제는 은택이 괜찮을 거라 여기고 뒤를 돌아본 순간이었다. 죽어버린 꽃 틈에서 몸집을 키운 거대한 백합이 그 애를 꽁꽁 옭아매고 있었다. 소스라치게 놀란 동은이 바동거리며 비명을 질렀다.

"안 돼!"

그렇게 동은은 깊은 잠에서 깼다.

"헉, 헉……."

식은땀을 비 오듯 흘리며 벌떡 일어나 앉은 동은을 동료들이 걱정스러운 눈으로 바라봤다.

"소똥! 괜찮아? 나쁜 꿈이라도 꾼 거야?"

팀장인 중일이 곧장 마른 수건을 가져와 흘러내리는 땀을 닦아 주며 물었다. 그러나 조금 전 꿈에선 본 장면에 대한 충격 탓인지 동은은 연신 가쁜 숨만 들이켰다. 동은의 상태를 살피던 중일이 모니터 화면에는 이상이 없는 것을 보고 그녀를 다시 눕혔다.

"안 되겠다. 좀 더 자. 응?"

동은은 그대로 부드럽게 눕혀졌다. 동료들 곁이라서 안심이 된 것일까. 고단했는지 금세 다시 잠이 든 그녀였다.

동은이 다시 눈을 떴을 땐, 머리가 아플 정도로 주변이 소란스러웠다. 마취에서 깬 동은을 둘러싸고 강남서 강력 2팀 형사들의 시끄러운 수다가 끊이지 않고 있었다. 팀장 중일을 비롯해 파트너 해온, 그리고 선배 견우와 막내 지락까지 가세해 그녀에게 쉼 없이 잔소리를 해댔다. 마취약 때문에 여전히 몽롱한 동은은 옆에서 내내 종알거리는 동료들을 귀찮은 눈빛으로 바라봤다.

"제발 좀 가시라고요. 저 진짜 혼자 있어도 괜찮다니까요?"

정말이었다. 급소를 피한 탓에 수술은 무리 없이 끝났다. 피를 많이 흘리긴 했지만 동료들의 응급조치가 탁월해 후유증은 걱정하지 않아도 된다고 했다. 정색하는 동은을 향해 중일이 마뜩지 않은 듯 기름해진 눈을 흘겼다.

"알았어, 알았어. 조금만 더 있다 간다니까?"

"저 걱정돼서 이러시는 거면 정말 괜찮아요. 저 금방 일어날 거예요. 내가 지금 태평하게 누워 있을 정신이 어디 있어요? 나이렇게 만든 새끼 잡아야지."

"네 말이 맞다. 소똥이 너는 아주 멀쩡해. 네가 아니라 내가거기 누워 있어야 할 판이야, 지금."

동은의 무심한 태도에 중일이 마뜩잖은 표정을 지었다. 수술이 끝난 후 물 한 모금 마시지 못해 까슬까슬하게 부르튼 그녀의 입술을 흘겨보며 중일이 혀를 쯧 찼다.

동은은 홍일점인 주제에 팀원들 중 가장 중일의 골치를 썩였다. 연예인도 울고 갈 청순한 미모를 가졌으면서 그녀는 언제나 과격하고 위험하게 행동했다. 하루가 멀다 하고 범죄자들과 싸움질을 해대는 통에 아물 만하면 어디선가 또다시 신선한 상처를 새기고 나타나곤 했다. 그건 동은에게 있어 마치 보통의 여자들이 화장을 하거나 액세서리를 착용하는 것처럼 일상적인 일이었다.

모름지기 직업이 형사라 범죄자라면 지긋지긋할 만도 한데 동은은 쉬는 날에도 범인 잡는 일에 혈안이 되어 사는 지독한 일 중독자였다. 그 덕에 얻은 별명이 바로 소똥이었다. 똥은이라는 애칭으로 불리다가 소처럼 일만 열심히 한다고 해서 붙은 망측한 별명.

"소똥이 너 때문에 내가 진짜 십 년은 늙는다, 늙어."

중일이 깊은 한숨을 내쉬자 동은이 곧바로 발끈했다.

"어우, 소똥이라고 부르지 마시라니까요!"

"그럼 소처럼 일만 하지를 말든가."

"나 참, 숙녀한테 소똥이 뭐예요, 소똥이. 그리고 팀장님 늙는 게 왜 제 책임이에요? 팀장님은 저 때문이 아니라 이미 늙으셨어요. 가만있어 보자, 팀장님 춘추가 올해 쉰둘? 아님 셋?"

"시끄러워! 내가 팀에 너 들어오기 전만 해도 동안 소리 들었어, 인마! 이게 사고를 치다 치다 이제 칼에까지 찔려?"

"난들 날치기범 주제에 사시미칼까지 들고 다닐 줄 알았나, 뭐."

동은이 어깨를 으쓱하며 슬그머니 시선을 피했다. 정말이지 칼에 찔린 건 그녀로서도 예상 밖의 일이었다.

최근 들어 대담하게 경찰서를 코앞에 두고 연쇄적으로 날치기 사건이 벌어지고 있었다. 며칠간 잠복을 한 끝에 눈앞에서 날치기 행각을 벌이는 걸 포착해냈다.

그런데 웬걸. 범인의 도주로를 예상해 내비게이션보다도 더 정확한 판단하에 지름길로 따라잡았더니 대뜸 칼에 찔리고 말았다. 그간 하찮은 상처들은 늘 얼굴이며 팔다리 이곳저곳에 달고 살았지만, 이 정도의 중상은 강력팀에서 일한 지 4년째에 접어들었음에도 불구하고 처음이었다.

그 때문에 보나 마나 중일에게 한 소리 들을 거라는 건 예상했었다. 중일이야 워낙에 아버지처럼 저를 살뜰히 챙겨주곤 했으니까. 그런데 괜히 다른 동료들까지 싫은 숟가락을 얹고 난리였다. 개중 가장 얄미운 건 역시나 파트너 해온이었다.

"하여간 소통, 파트너는 장식품이 아니라고 그렇게 말을 해도 안 듣지? 넌 나랑 무조건 같이 다녀야 한다고 몇 번을 말해."

"하. 저 그 새끼 마주쳤을 때 사흘 잠복 끝내고 퇴근하던 길이었습니다. 최해온 경위님과 제가 퇴근길까지 함께하는 사적인 사이는 아니지 않습니까?"

동갑인 해온에게 불만이 있을 때마다 깍듯하게 존댓말을 사용하는 건 동은의 버릇이었다. 어김없이 그녀의 존댓말이 귀에 와 박히는 순간 해온의 등줄기를 타고 소름이 쫙 끼쳤다. 여기서 더 꼬투리를 물고 늘어졌다간 대형 참사가 일어날 것 같아 그가 얌전히 입을 다물었다.

사실 동갑이긴 해도 무려 두 계급이나 차이가 나는 두 사람이었다. 경찰대를 졸업한 해온은 무궁화 한 개짜리 경위, 경찰시험에 합격해 순경 시절 1계급 승진을 한 동은은 꽃봉오리 세 개짜리 경장이었다. 계급상으로는 겨우 숫자 2의 차이였지만, 현실에서 꽃봉오리 세 개와 무궁화 한 개의 차이는 어마어마했다. 게다가 검찰총장 아버지를 둔 해온은 경찰서 내 모든 사람들이 두려워했지만, 정작 본인은 아무것도 두려운 것이 없는 사람이었다.

그런데도 오로지 딱 한 사람. 동은만이 그의 배경을 알고도 두려워하지 않았고, 그녀만이 아무것도 겁낼 것 없는 해온을 두려움에 떨게 만들었다. 바로 지금처럼.

"네? 말씀해보시죠? 언제부터 최 경위님과 제가 그렇게 사적으로 친밀한 사이였습니까?"

"야아, 소똥. 오늘따라 왜 더 살벌하고 그러실까. 응?"

"오늘이라서 그럽니다. 오늘이라서."

겨우 날치기범 따위에게 당한 것이 자존심께나 쓰린 모양이었다. 동은의 표정이 점점 더 살벌해지고 있었다. 해온이 소름이 끼치다 못해 아프기까지 한 척추에 슬쩍 손을 올리며 침을 꿀꺽 삼킨 타이밍이었다.

"그럼 다음부터는 저라도 선배 옆에 딱 붙……."

"오지랖아. 오지랖 아무 때나 부리지 말라고 말했냐, 안 했냐."

눈치 없이 잔소리 바통을 이어받으려는 지락을 동은이 무섭게 노려봤다. 지락이 금세 꼬리를 말고 말을 바꿨다.

"아. 그럼 저는 제 파트너나 챙기겠습니다. 아하하하."

지락이 곁에 앉은 우락부락한 제 파트너 견우를 보며 멋쩍게 웃어댔다. 외모는 험상궂게 생겼어도 20년이 넘도록 보육원에 후원금을 낼 정도로 정이 많은 견우였다. 새삼 성격이 칼 같은 동은이 아니라 상냥한 견우가 파트너인 것에 감사한 마음이 드는 지락이었다. 그리고 그렇게 지락의 웃음소리를 끝으로 더는 아무런 잔소리도 이어지지 않았다. 이로써 모두의 입이 찰싹 다물어졌다.

"아, 진짜. 무슨 남자들이. 것도 형사들이 이렇게 말이 많아."

동은이 한숨을 내쉬며 한 사람 한 사람 가볍게 등을 떠밀었다.

"더 할 말 없으면 이제 제발 돌아들 가시죠? 우리 팀 그렇게 한가한 팀 아니잖아요."

모두 어쩔 수 없이 엉덩이를 털고 일어섰을 때였다.

"임동은!"

갑자기 병실 문이 사납게 벌컥 열리며 남자 하나가 안으로 다급하게 뛰어 들어왔다. 이내 비록 환자복을 입고 있긴 해도 제법 멀쩡해 보이는 동은을 발견한 남자의 눈빛이 황당함으로 물들었다. 남자가 턱 끝까지 차오른 숨을 토해내며 간신히 목소릴 냈다.

"임동은 저 사람…… 목숨이, 위험하다고 하지 않았습니까?"

남자의 말에 동은을 제외한 나머지 강력 2팀 식구들의 눈빛이 동시에 흥미롭게 반짝였다. 강남서 강력 2팀에 해결하지 못한 범죄는 없었지만 자그마치 4년이 다 되어가도록 풀지 못한 미스터리는 하나 있었다. 이른바 소똥의 1번. 그것은 바로 동은의 휴대 전화 단축번호 1번에 저장되어 있는 누군가의 정체였다.

이름도 아니고 그저 단축번호 1번에 말 그대로 '1번'이라고만 저장되어 있는 누군가의 정체. 그것을 파헤치는 건 강력 2팀 식구들에게 흉악범을 잡는 것 이상으로 짜릿한 도전 의식을 가져다주었다. 그러나 기세 좋게 도전을 외치고도 모두 번번이 그녀의 발에 급소를 맞고 나가떨어지기 일쑤였다.

거듭된 실패로 인해 모두에게서 서서히 도전 의식이 사라져가던 시점이었다. 그런데 그 도전 의식이 바로 조금 전 활활 불타올랐었다. 동은이 마취에서 깨어나길 기다리는 동안 지락이 '1번'에게 전화를 건 것이었다.

'임동은이라는 사람을 아십니까? 지금 수술 중입니다. 목숨이 위험한 상황이라 당장 와주실 수 있습니까?'

수술은 무사히 끝났지만, 지락은 '1번'이 오지 않고는 못 버틸 상황을 위해 살짝 거짓말을 보태 연락을 취했다. 그리고 지금, 지락의 수대로 상황이 흘러가고 있었다.

"서은택?"

금방이라도 울 것 같은 목소리로 그의 이름을 읊조린 동은이 말끝을 흐렸다.

"임동은."

남자 역시 간신히 진정된 호흡을 마디마디 꾹꾹 눌러가며 다시 한 번 동은의 이름을 불렀다. 그렇게 간절하게 주고받은 서로의 이름 끝에 그윽한 눈빛이 부딪쳤다. 지켜보는 이마저 가슴이 철렁할 만큼 애절한 공기가 순식간에 병실 가득 들어찼다.

그 순간 모두가 확신했다. 저 남자가 바로 소통의 1번이었다.

완벽한 타이밍에 나타난 남자 1번은 시쳇말로 훈남이었다. 아련한 눈빛, 날렵한 콧대와 시원시원한 입매, 차가운 듯하면서도 하나하나 따져보면 상냥하고 다정한 이목구비가 턱선이 끝내주는 작은 얼굴에 균형 있게 자리 잡고 있었다. 게다가 그는 키도 껑충하니 컸고 어깨도 수영선수처럼 딱 벌어져 있었다. 다소 마른 듯하나 소매를 걷어 올린 팔뚝은 침을 꿀꺽 삼킬 만큼 다부져 보였다.

어딘지 모르게 나른해 보이는 인상의 그는 소년과 남자의 경계에 서 있었다. 그래서 진지한 표정을 지을 때나 웃을 때면 순식간에 분위기가 달라지곤 했다.

동은의 침대 주변에 각을 잡고 앉아 있던 동료들이 일제히 매서운 눈빛으로 은택을 쳐다봤다. 결코 노려보고자 했던 것은 아니나, 오랜 형사 생활로 인해 다져진 험악한 눈빛에 보통 사람이라면 분명 껌뻑 기가 죽고도 남을 기세였다.

그러나 은택은 거리낌이 없었다. 거침없이 동은에게로 다가간 은택이 순식간에 그녀를 끌어안았다. 잠시 돌처럼 굳어 있던 동은이 황급히 정신을 차렸다. 그러곤 은택의 어깨를 톡톡 치며 벗어나려고 발버둥 쳤다.

"이거 놔. 이것 좀 놓으라고, 서은…… 택!"

하지만 은택은 그녀를 놓아주지 않았다. 오히려 더 빈틈없이 끌어안으며 들릴 듯 말 듯 속삭였다.

"임동은, 당신은 정말이지……."

무언가 말을 하려던 그가 입을 다물었다. 예나 지금이나 사람 걱정시키는 재주가 있다는 말을 할 생각이었지만, 그녀를 끌어안고 있는 이 순간 왠지 아무래도 상관없어졌다.

"무사하니 됐어."

진심으로 그렇게 생각했다. 은택이 동은의 어깨에 흐트러진 머리카락을 비비며 한숨처럼 중얼거렸다.

"다시 만났으니 됐어."

그 무겁고도 뜨거운 한마디에 바둥거리던 동은의 움직임이 거짓말처럼 멎었다. 은택은 자연스럽게 그녀의 허리를 끌어당겨 더 꼭 품에 안았다. 그러자 수술 부위에 자극이 간 모양인지 동은이 순간적으로 앓는 소리를 내며 몸에 힘을 줬다.

"아야야……."

"미안! 아파?"

당황한 은택이 황급히 품에서 동은을 놓아주었다. 그는 아주 연약한 물건을 다루듯 지극히 조심스럽게 행동했다.

"얼마나 아파? 의사 선생님 부를까?"

"그 정도로 호들갑 떨 일 아니야. 그보다 네가 여긴 대체……."

어떻게 알고 나타난 거냐고 물으려던 동은은 은택의 맞은편에서 눈을 반짝이는 동료들을 바라보며 뒷말을 삼켰다. 안 봐도 비디오였다. 자신이 잠들어 있는 동안 동료들이 은택에게 전화를 걸었을 게 뻔했다.

동은이 입술을 깨물며 지락을 노려봤다. 남의 일에 이렇게 오지랖을 부리는 건 역시 오지랖밖에는 없었다. 언젠가 급소를 맞은 걸로는 아직 정신을 못 차린 모양이었다.

해온이 진정하라며 동은의 어깨를 툭툭 두드렸다. 그리고 조금은 불편한 기색으로 은택을 바라봤다. 지락이 전화를 걸 때도 내내 태연한 척했지만 사실 신경이 쓰였다. 적어도 그가 알기에 동은은 저 남자 1번과 통화를 한 적이 단 한 번도 없었다. 당연히 아주 오랫동안 만난 적도 없을 것이었다.

작년이었나, 재작년이었나. 눈이 펑펑 쏟아지던 어느 겨울. 달아나는 범인의 행적을 뒤쫓다가 동은과 함께 눈길에 고립된 적이 있었다. 그때도 동은은 휴대전화 화면에 단축번호 1번을 띄워놓고 들리지 않게끔 몇 차례 남자 1번의 전화번호를 읊조렸었다.

파트너로 함께하면서 몇 번이나 봐왔던 모습이었다. 괴로운 순간이나 고비의 순간마다 마치 신께 올리는 기도처럼 그녀는 그 번호를 외우곤 했었다. 그 모습이 어찌나 간절해 보이던지, 결국엔 충동을 참지 못하고 물어본 해온이었다.

'차라리 전화를 해. 대체 누군데 그래?'

죽기라도 했어? 왜 전화를 못해? 그러나 차마 물어볼 수 없었던 다음 말. 속속들이 알 순 없어도 해온은 단축번호 1번에 저장된 사람이 동은에게 아주 특별하다는 사실만은 짐작할 수 있었다.

동은은 지극히 인간의 본능에 따르는 행동을 한 것이었다. 행복했던 시간을 떠올리며 아프고 괴로운 순간을 버티는 것.

동은에게 행복했던 시간이라 함은 바로 단축번호 1번에 저장된 누군가와 함께했었던 그 시간이었을 터였다. 그리고 지금, 그 전화번호의 주인이 나타났다.

아마도 꽤 오랜 시간 보지 못했을 두 사람. 그러나 두 사람은 마치 어제 본 사람들처럼 자연스럽고, 그 이상으로 다정했다. 그 모습에 해온이 나른한 콧소리를 내며 눈을 반짝였다.

"두 사람, 무슨 사이야?"

언젠가처럼 순전히 충동적으로 튀어나온 질문이었다. 그러자 질문을 받은 동은이 눈에 띄게 당황했다.

"어? 무슨 사이냐니?"

"단축번호 1번에 저장해둘 정도면 보통 사이는 아닌 것 같은데."

동은이 단축번호 1번이라는 말에 당황하며 은택을 올려다보았다. 심상치 않은 은택의 분위기에 그녀가 황급히 말꼬리를 돌리려는 순간이었다.

"제자였습니다. 7년 전에."

은택이 해온을 향해 불쑥 사나운 태도로 대답했다. 해온은 동은이 경찰 시험을 보기 전 임용고시를 준비했었다는 사실은 이미 알고 있었다. 아마도 그는 그녀가 교생실습에서 만난 제자인 모양이었다.

해온이 그러나 아직 궁금증이 다 해결되지 않았다는 듯 의뭉스런 눈빛으로 은택과 눈을 마주쳤다. 그러나 은택은 곧바로 동은을 향해 다시 시선을 옮기며 결정적인 말을 이었다.

"그리고 지금은…… 제자가 아니죠."

말을 하는 은택의 눈동자가 낯설게 반짝였다.

"서은택!"

동은이 그만하라는 듯 크게 이름을 불렀지만 은택은 거기서 멈추지 않았다.

"내가 분명히 말했지. 다시 만나면 난 더 이상 열여덟 학생 아니라고."

그 순간, 소년과 남자의 경계에 서 있던 은택의 눈빛은 완벽하게 한쪽으로 넘어가 있었다.

동료가 아니라 원수가 따로 없었다. 제발 가라고 할 때는 그렇게 엉덩이가 무겁더니, 가지 말라고 할 때는 깃털보다도 가벼웠다.

사건이 터져 동료들이 경찰서로 모두 돌아간 후. 작은 병실에 은택과 단둘만 남은 동은은 불안한 듯 눈동자를 이리저리 굴렸다. 땀에 젖어 있던 은택의 머리카락이 보송보송하게 마를 만큼 시간이 흘렀음에도 불구하고, 도통 이 숨 막힐 것 같은 분위기에 적응이 되질 않았다.

적막을 견디다 못한 그녀가 침대에 다시 누웠다. 차라리 자는 척이라도 해야지 숨은 쉴 수 있을 것 같았다. 웬만한 흉악범들 앞에서도 눈 하나 꿈쩍 않는 강단 있는 그녀였지만, 은택만큼은 달랐다. 이 아이 앞에서만큼은 무엇 하나 쉬운 게 없었다.

"나랑 얘기 좀 해."

그런데 동은이 이불을 머리끝까지 끌어 올리기 무섭게 은택이 적막을 깼다. 그녀가 마뜩잖은 기색으로 이불을 펄럭이며 다시 일어나 앉았다. 할 얘기가 있으면 진작 하든가. 그가 마치 일부러 곤란한 타이밍에 말을 꺼낸 듯한 기분이 들었다. 게다가 다시 만난 후로 시종일관 반말을 고수하는 은택의 태도도 동은을 더 불편하게 만들었다.

"근데 너 아까부터 왜 자꾸 반말이야? 네 말대로 7년 전에 너랑 나랑 선생과 제자 사이였어."

동은이 제법 무섭게 말을 했음에도 은택은 도리어 느긋하게 받아쳤다.

"그리고 분명히 지금은 제자가 아니라고도 했고."

"그렇다고 그게 네가 나한테 반말을 해도 된다는 뜻은 아니거든?"

"아니, 그런 뜻 맞아. 당신이랑 나, 더 이상 선생님과 제자 사이가 아니야. 보통의 남녀 사이일 뿐이지."

남녀 사이라는 말에 동은의 입에서 꾹꾹 뭉쳐 있던 숨이 터져 나왔다. 그러자 당신이라는 호칭이 더없이 부끄러워졌다.

"남녀 사이는 개뿔! 웃기지 마! 너랑 나랑 무려 다섯 살 차이야. 과거 상관없이 네가 나한테 함부로 반말하면 안 되는 사이라고."

"당신, 정말 그렇게 생각해?"

"그렇대도! 그리고 너! 그 다, 당신이라는 표현도 쓰지 마! 기분 나쁘거든?"

"정말? 부끄러운 건 아니고?"

은택의 공격에 당황해서인지 입술도 목소리도 파르르 떨렸다. 동은은 애써 긴장감을 내색하지 않으며 은택을 노려봤다.

"아니야, 그런 거!"

그런데 갑자기 심드렁한 표정을 지은 은택이 불쑥 코앞으로 얼굴을 들이밀었다.

"그렇다면……."

헉! 급하게 숨을 들이켜며 동은이 상체를 뒤로 뺐다. 일부러 잔뜩 힘이 준 눈매가 아슬아슬하게 풀리려고 하고 있었다. 은택이 그런 동은과 집요하게 눈을 마주치며 점점 더 가깝게 다가왔다.

이윽고 동은이 더는 뒤로 물러날 수 없게 됐을 때였다. 동은의 머리가 딱딱한 침대 헤드에 닿기 직전 은택이 손바닥을 사이에 집어넣어 그녀의 뒤통수를 부드럽게 감쌌다. 그리고 반대편 손을 대뜸 그녀의 허리춤으로 집어넣었다. 그대로 더 뻗어 나간 은택의 손이 날렵하게 협탁 위에 놓인 동은의 휴대전화를 집어 들었다. 은택이 부지런히 손가락을 움직였다.

동은은 처음엔 그가 무얼 하는지 알 수 없었다. 하지만 이내 주소록에 들어가 단축번호 목록을 액정에 띄우는 걸 본 그녀의 눈이 튀어나올 것처럼 커다래졌다.

은택이 재빨리 단축번호 1번을 엄지로 꾹 눌렀다. 곧바로 자신의 주머니 안쪽에서 울기 시작한 휴대전화를 꺼내 든 그가 동은의 눈앞에서 그것을 살랑살랑 흔들었다.

"이건 대체 무슨 뜻인데?"

동은의 눈이 절망감으로 어둡게 물들었다.

"말해봐. 그럼 우린 대체 어떤 사이야?"

나른하면서도 맹수처럼 날카로운 은택의 질문에 동은은 수많은 관계의 정의를 머릿속에 떠올렸다.

과거 선생과 제자였던 사이. 7년 만에 다시 만난 사이. 남녀 사이는 절대로 아닌 사이. 다섯 살이나 나이 차가 나는 사이. 그럼에도 불구하고 단축번호 1번에 저장되어 있는 사이.

그 많은 정의를 곱씹어보아도 도무지 정답을 알 순 없었다. 도대체 뭐라고 설명하면 좋을까? 이 이상한 사이를. 오래 망설이던 그녀가 고집스럽게 말을 뱉어냈다.

"너랑 나, 아무 사이 아니야."

"아무 사이도, 아니야?"

"그래. 아니야."

"정말로?"

은택의 추궁에 동은이 입술을 꾹 깨물었다. 그 바람에 하얗게 부르튼 입술에 살짝 피멍울이 맺혔다. 그것을 본 은택이 엄지로 피가 맺힌 자리를 조심스럽게 쓰다듬었다.

"뭐 하는 거야?"

"잠시만 있어 봐."

"서은택!"

"잠시만……!"

그 순간 은택의 눈빛이 또 한 발자국 경계 안쪽으로 깊숙이 들어갔다. 동은이 불안한 눈으로 은택을 올려다봤다. 눈이 마주친 은택 역시 혼란스러운 표정을 짓고 있었다. 입술을 매만지는 그의 손길이 희미하게 떨렸다.

그때였다. 은택은 병실 문을 여는 다른 누군가의 인기척에 황급히 동은의 입술에서 손가락을 떼어냈다. 그의 얼굴 가득 곤란한 심정이 여과 없이 드러나 있었다.

정말이지 이런 식으로 다시 만나자마자 그녀를 몰아붙일 생각은 없었다. 그런데 그녀가 아무 사이도 아니라고 하니 화가 나서

성마르게 굴고 만 것이었다. 때마침 간호사가 들어오지 않았다면 그대로 그 입술에 다가가고 말았을지도 모를 일이었다.

"임동은 환자 방귀 뀌셨어요?"

"네?"

"방귀 뀌셨냐고요."

아슬아슬한 순간에 저런 민망한 질문을 받으니 동은의 얼굴이 당장 터질 것처럼 달아올랐다. 곁에서 은택이 웃음을 참는 소리가 들려왔다. 덕분에 겨우 진정이 되었는지 은택이 다시 차분한 얼굴로 무릎을 털며 자리에서 일어섰다. 그의 얼굴에 한결 느긋해진 미소가 감돌았다.

"어디 가?"

당황한 동은이 대뜸 물어놓곤 눈을 질끈 찌푸렸다. 그가 어딜 가든 말든 저에겐 물어볼 명분이 없었다. 조금 전 그의 질문에 아무 사이도 아니라고 해놓고 이러면 안 되는 거였다. 그러나 은택은 더 따져 묻지 않았다.

"내가 있으면 뀌고 싶어도 못 뀔 거 아니야."

"뭐? 뭐, 뭐, 뭘!"

은택은 발끈하는 동은을 가뿐히 무시한 채 간호사에게 물었다.

"간호사님, 그다음엔 죽 먹을 수 있는 거죠?"

그다음이란 동은이 생리현상을 해결하고 난 후를 가리키는 것이었다. 그와 눈이 마주친 간호사가 수줍게 고개를 끄덕였다. 은택이 이번에는 동은과 눈을 마주쳤다. 조금은 짓궂어진 눈빛이었다.

"이만 난 비켜줄 테니까 마음 푹 놔. 가서 죽 좀 끓여 올게."

"됐거든? 병원에서도 식사 나올 텐데 뭐하러."

동은이 창피한 기분을 억누르며 애써 멀쩡한 척 퉁명하게 대꾸했다. 그러자 막 병실을 빠져나가려던 은택이 슬쩍 뒤를 돌아봤다.

"임동은."

동은은 은택의 호칭에 어김없이 예민하게 반응했다.

"그렇게 부르지 마. 너 그러는 거 예의에 어긋나는 행동이야."

"예의?"

"그래, 예의."

"분명히 말했을 텐데. 다시 만나면 임동은이라고 부르겠다고. 그리고 예의에 어긋나는 행동을 한 건 내가 아니라 당신이잖아."

"뭐?"

"약속을 지키지 않는 거. 그게 진짜 예의에 어긋나는 행동 아니야?"

창피함과 긴장감에 쉴 새 없이 조잘대던 동은의 입술이 앙다물렸다. 약속이라고 말하는 은택의 시선이 올가미처럼 단단히 그녀를 옭아맸다. 동은은 불현듯 약속이라는 말과 함께 떠오른 기억의 편린들을 애써 모른 척하며 되물었다.

"약속이라니? 무슨 약속?"

"요리사가 되겠다는 꿈, 반드시 이뤄서 평생 당신 식탁은 책임져주겠다고 했잖아."

은택이 억울한 눈빛을 보내왔다. 동은은 고집스럽게 약속을 잊은 척 모르쇠로 굴었다. 은택이 속상한 얼굴을 하고서 되물었다.

"정말 잊었어?"

"안 나, 그런 기억."

"좋아하는 여자한테 세상에서 가장 맛있는 음식을 만들어 주는 남자가 되겠다고 한 것도?"

"기억 안 난다고 했잖아."

동은은 시선이 마주치면 거짓말을 들킬 것 같아 고개를 돌렸다. 묵직하게 내려앉는 은택의 한숨 소리가 귓가에 들려왔다. 그리고 얼마 지나지 않아 한숨보다 더 무거운 그의 목소리가 이어졌다.

"미안한데. 당신 거짓말, 이제 나한테 안 통해."

"뭐?"

"7년 전처럼 거짓말로 날 밀어낼 심산이었으면 내 번호 같은 건 진작 지웠어야지."

은택이 자신감에 가득 찬 미소를 지으며 동은을 바라봤다.

"포기해. 이제 나, 당신이 하라는 대로 다 하는 어린애 아니야."

"뭘? 뭘 포기해?"

"거짓말로 또다시 날 밀어낼 계산이라면 일찌감치 포기하라고."

"거짓말 아니야. 정말로 기억이 안 난다니까?"

"그래? 약속이 기억이 안 나? 그럼 이 자리에서 다시 하지, 뭐."

은택이 무심하게 어깨를 으쓱하더니 다시 다가와 동은의 새끼손가락에 제 새끼손가락을 걸었다.

"약속할게. 당신이 먹는 음식은 앞으로 내가 책임질 거야. 맛 보장, 영양도 빠지지 않게 챙겨줄게."

동은이 애써 외면했던 시선을 뜨거워진 새끼손가락을 향해 가져갔다. 그러다 결국 눈이 마주치고 말았다. 마치 절 묶어두려는 듯 단단하게 바라보는 은택은 어느새 남자의 눈빛을 하고 있었다.

"당신은 모를 거야. 내가 지금 이 순간을 얼마나 많이 상상했었는지."

은택이 불현듯 동은의 목숨이 위험하다는 전화를 받았을 때를 떠올리며 눈썹을 찌푸렸다. 이 여자는 만남의 순간마다 어쩌면 이렇게 극적인지. 12년 전에도, 그리고 7년 전에도 그랬다.

"상상으로는 어떤 기분이 들지 잘 몰랐었는데. 좋다. 이렇게 다시 만나서."

은택이 정말로 기쁜 듯이 함박웃음을 머금었다. 그리고 매일 밤 되뇌었던 그 말을 떠올렸다.

언젠가 우리 다시 만나면. 그 순간을 잠이 오지 않는 밤마다 상상했고 겨우 잠드는 순간이면 꿈에서까지 떠올렸었다. 그 횟수는 분명 지난 7년간 밥을 먹은 횟수보다 더 많겠지. 은택이 병실 문 앞까지 걸어가 뒤를 돌아보며 말했다.

"기대해. 아마 먹어본 죽 중에 제일 맛있을 거야. 안 먹으면 두고두고 후회할걸?"

"됐어. 병원에서 식사 다 나오는데……."

"쓰읍. 그냥 얌전히 기다려. 안 그럼 묶어놓고 간다?"

은택의 살벌한 농담에 동은이 등 뒤의 벽에 몸을 바짝 붙였다. 은택이 슬그머니 미소를 지으며 한마디 덧붙였다.

"그래도 하나는 지켰네."

"뭐?"

"다시 만나자는 약속."

순식간에 진지해진 눈빛으로 그가 동은을 바라봤다. 긴장감에 숨이 다 막혀왔다.

'그러니까 우리…… 꼭 다시 만나요.'

칼에 찔려 의식이 흐려져 가던 순간, 내내 그 약속만을 떠올렸었다. 죽기 전에 다른 건 몰라도 네 얼굴 한 번만 봤으면 좋겠다고, 그런 생각을 했었다. 그때의 기억을 떠올린 동은이 차마 이번만큼은 거짓말을 할 수가 없어 시선을 피했다.

은택이 이번엔 집요하게 굴지 않고 병실을 빠져나갔다. 문이 닫히는 소리에 동은이 앓듯이 긴 한숨을 내쉬었다. 옆에서 그 모습을 전부 지켜본 간호사가 그가 사라지자 작은 비명을 토해냈다.

"어쩜, 어쩜! 박력분이 그냥 풀풀 날리네, 날려. 세상에서 가장 맛있는 죽 먹으려면 얼른 방귀 뀌셔야겠어요."

감탄사를 연발하다 부러워 죽겠다는 듯 저를 바라보는 간호사의 눈빛에 동은이 흥 하고 방귀 대신 콧방귀를 뀌었다.

"안 먹을 거예요."

"아니, 왜요? 안 먹으면 후회한다고……."

"오히려 먹으면 후회할 거예요. 저 애가 해준 요리가 얼마나 위험한데."

죽에 독을 탈 것도 아니고 간호사는 도무지 동은의 말이 이해가 안 간다는 표정이었다. 그러다 문득 간호사가 손뼉을 치며 다른 말을 물었다.

"어머, 어머! 나 방금 생각났는데, 저분! 요즘 이 근처에서 엄청 유명해요. 이름이 서은택, 맞죠? 블로그마다 난리던데."

"블로그?"

"잠깐만요. 가만있어 보자. 봐요, 여기."

동은은 간호사가 휴대전화를 통해 보여준 사진을 보며 기함했다. 그 안에는 은택이 요리하는 모습이라든지 가게를 정돈하는 모습이 마치 유명 연예인의 화보처럼 담겨 있었다.

게다가 블로그 마지막에 나온 약도를 보니 은택의 가게는 경찰서와 아주 가까운 곳에 위치해 있었다. 한자로 쓰인 간판을 보며 그냥 무심하게 지나치고 말았었는데, 그 가게가 은택이 운영하는 식당이었을 줄이야. 동은이 괴로운 표정을 지으며 입술을 깨물었다. 그때 간호사가 천진난만하게 물었다.

"저기, 정말로 안 먹을 거면 제가 먹어도 돼요?"

"뭘요?"

"죽 말이에요. 요새 그 가게, 기본 삼십 분은 줄 서서 기다려야 한다던데."

"안 돼요."

동은의 입에서 반사적으로 거절의 말이 튀어나왔다. 내심 긍정적인 대답을 기대하고 있던 간호사가 시무룩한 표정을 지었다.

"설마 버릴 생각이세요? 어우, 버리면 너무 아까운데……."

그 순간, 동은은 간호사의 말을 무시한 채 휙 이불 속으로 파고들었다. 수술한 자리가 욱신거리며 쑤셔왔지만 몸을 웅크린 채 꼼짝 않고 이불 속에 파묻혀 있었다.

이윽고 간호사가 입맛을 다시며 병실을 빠져나가는 기척이 느껴졌다. 오롯이 문이 닫혔을 때, 동은이 이불 속에서 빠져나와 고민에 휩싸였다.

차라리 장이 꼬이고 말지, 은택이 끓여주는 죽은 먹고 싶지 않았다. 왜냐하면, 분명히 눈물이 날 만큼 맛있을 테니까. 더없이 따뜻할 테니까. 그래서 또 먹고 싶어질 테니까.

철저하게 혼자에 익숙한 그녀였다. 누군가에게, 누군가의 애정에 의지하는 건 익숙하지 않았다. 그래서 은택의 요리를 절대 안 먹겠다고 말한 것이지만, 그가 저를 위해 만들어준 음식을 다른 사람이 먹는 것도 달갑지는 않았다.

긴 한숨을 내쉬며 동은이 창밖을 바라봤다. 바람에 우수수 흔들리는 나무가 보였다. 마치 은택 앞에 서 있는 제 모습 같았다. 7년이란 시간이 흘렀건만 여전히 서은택이란 존재는 저를 흔들고 있었다.

"부득이한 사정으로 오늘 식사는 판매하지 않습니다?"

은택이 가게 안에 들어섰을 때 하루가 입구에 쪼그리고 앉아 선간판에 무언가 적고 있었다. 은택은 하루가 써내려가는 글씨를 그대로 따라 읽으며 걸음을 멈춰 세웠다. 문장 맨 끝에 앙증맞게 하트를 그려 넣던 하루가 은택의 목소리에 고개를 빠끔 들었다.

"어? 사장님!"

반쯤 그리다 만 하트를 남겨둔 채 하루가 깡충 일어섰다. 은택이 그런 하루의 이마를 손가락으로 튕기며 눈을 살짝 찡그렸다.

"내가 사장님이라고 부르지 말랬지. 그냥 선배라고 부르래도."

"그래도 어떻게 그래요. 여기서 일하기로 한 이상 제 고용주시잖아요."

하루는 은택의 대학 2년 후배였다. 이번에 가게를 차리면서 은택이 먼저 하루에게 함께 일하자고 권했었다. 하지만 어찌나 공과 사의 구분이 엄격한지 가게에서는 꼬박꼬박 은택을 사장님이라고 불렀다.

"그냥 가게에서 일할 때는 제대로 사장님이라고 부를게요."

하루는 역시나 다정다감한 말투로 깍듯하게 예의를 차렸다. 은택도 더는 강요할 수가 없어 낮은 한숨과 함께 어깨를 으쓱였다.

"그래, 마음대로 해라."

"아, 그럼 사장님 왔으니까 이건 지워야 하나?"

하루가 문득 자신이 선간판에 적어놓은 문구를 내려다보며 중얼거렸다. 은택이 왔으니 이제 식사 판매도 가능할 거라는 생각이 들어서였다. 그런데 별안간 은택이 글씨를 지우려는 하루를 잽싸게 막아 세웠다.

"지울 필요 없어. 단어 하나만 바꾸면 되니까."

은택이 하루의 손에서 분필을 빼앗아 허리를 굽히고 앉았다. 손가락으로 쓱쓱 '오늘'이라는 단어를 지워낸 그가 빈자리에 '당분간'이라는 단어를 대신 집어넣었다. 그러자 단어 하나 바꿨을 뿐인데 문장의 의미는 사뭇 달라져 있었다. 하루가 무슨 일인가 싶어 불안한 눈초리로 물었다.

"당분간이라면 언제까지를 말하는 거예요?"

하루의 질문에 은택이 기지개 켜듯 일어서서 고개를 갸웃했다. 저 역시 기한을 알 수 없었다.

"모르겠어. 칼에 찔렸다는데 다 나으려면 어느 정도 걸릴지."

"히익! 카, 칼에 찔려요?"

"응, 사시미칼."

"사, 사시미칼이요?"

"어. 듣기론 날치기범한테 당했다는 것 같았는데."

가만히 은택의 설명을 듣고 있던 하루가 버럭 목소릴 높였다.

"사장님! 대체 누구를 만나고 오신 거예요, 네?"

은택은 사색이 된 하루를 보며 범인이 잡히면 회를 떠버리겠다고 으르렁대던 동은을 떠올렸다. 그러자 문득 안 어울리는 것 같으면서도 묘하게 어울렸던 그녀의 우스꽝스러운 별명이 덩달아 머릿속에 떠올랐다. 은택이 피식 웃으며 하루의 물음에 대답했다.

"소똥."

"네?"

"그러니까 당분간은 가게 좀 부탁할게. 우리 소똥 도망 못 치게 잘 감시해야 하거든."

그렇게 알 수 없는 말을 늘어놓곤 은택은 가게 안으로 날름 들어가 버렸다. 덩그러니 남겨진 하루가 엉뚱한 상상의 나래를 펼치며 어깨를 달달 떨었다.

사시미칼에 찔리는 무시무시한 사람이라니! 도망치지 못하게 감시를 해야 한다니! 게다가 소똥 같은 지저분한 별명을 가지고 있는 사람이라니! 아무래도 사장님이 수상한 사람을 만나고 다니는 것 같았다.

"너 좀 수상하다?"

해온이 품에 안고 있던 백합 다발을 창턱에 내려놓으며 눈을 흘겼다. 동은은 침을 꿀꺽 삼키며 해온의 시선에서 비스듬히 비켜난 곳으로 눈길을 돌렸다.

"뭐가?"

"평소 같았으면 질색팔색하면서 내다 버리라고 말해도 벌써 말했을 텐데 왜 이렇게 얌전해?"

"내가 뭘? 네가 여기까지 가져온 성의를 봐서 참은 거야!"

동은이 급한 김에 되는대로 변명을 뱉어놓고도 말이 안 된다는 생각에 고개를 푹 숙였다. 원수도 이런 원수가 있을까 싶을 만큼 대놓고 으르렁대던 사이에 '성의' 따위의 소름 끼칠 만큼 상냥한 표현을 쓰고 말았다. 그 기분은 해온도 별반 다르지 않았는지 그 역시 닭살이 돋은 팔뚝을 부산을 피우며 문질러대고 있었다.

"천하의 소똥이 나 때문에 참았다고? 아서라. 말이 되는 소릴 하세요."

저녁이면 죽 정도는 먹을 수 있을 것 같아 죽을 사서 다시 병원을 찾은 해온이었다. 마침 간호사가 동은의 앞으로 꽃다발이 배달되었다며 전해주기에 받아 온 참이었다. 성인 남자가 한 품에 안기에 버거울 정도로 풍성하고 커다란 꽃다발. 이토록 아름다운 꽃다발을 싫어할 여자는 없을 것이었다. 딱 한 사람, 소똥을 빼고는.

전에도 종종 동은 앞으로 꽃바구니나 선물이 배달되어 온 적이 있었다. 그들은 하나같이 카드에 오글거리는 말들을 잔뜩 적어놓고 자신을 과시하는 것을 좋아했다. 하지만 동은은 겉멋이 잔뜩 든 마음 표현을 그다지 달가워하지 않았었다. 그런데 유독 이번 꽃다발에는 조금 다른 반응을 보였다.

누가 보냈는지 알 만한 것이 아무것도 없는 꽃다발. 동은은 자연스럽게 어쩌면 은택이 보낸 것일지도 모르겠다는 생각이 들었다. 그렇게 생각하니 차마 버리라고 할 수 없었다.

여태껏 얼마짜리건 간에 가차 없이 쓰레기통을 꽃병 삼아 버리곤 했던 그녀였기에 해온은 머뭇거리는 동은의 모습이 당연히 의심스러울 수밖에 없었다.

동은이 안 되겠는지 백합 다발에서 애써 시선을 돌렸다. 이대로라면 한 시간이고 두 시간이고 해온에게 시달리게 될 게 뻔했다. 여느 때처럼 무심하게 굴어야 그나마 덜 피곤할 터였다.

"그렇게 나한테 부려 먹히고 싶어? 아, 그럼 지금이라도 갖다 버리든지."

심드렁한 말투로 그녀가 쏘아붙이자 해온이 조금 나른해진 기색으로 고개를 저었다.

"됐네요. 남자 1번이 보낸 것 같은데 버렸다가 무슨 후환을 당하려고."

"뭐? 야, 최해온. 너 방금 뭐라고……?"

"왜. 내 말이 틀려?"

해온이 자신만만하게 되묻자 동은이 쑥스러운 얼굴로 입술을 감쳐물었다. 하여간 눈치 하나는 무지하게 빠른 녀석이었다.

"안 어울리게 부끄러워하긴."

동은의 붉어진 귓등을 훔쳐본 해온이 툴툴거렸다. 진작 동은의 태도만 보고도 꽃다발의 출처를 어렴풋이 짐작했었다. 그녀의 귓등에서 시선을 차츰 옮겨 내려온 해온이 못마땅한 기색으로 꽃다발을 주시했다. 예상대로 1번이 보냈기 때문에 동은이 어울리지 않게 쑥스러워하는 것이었다. 해온은 아까 잠시 마주쳤던 1번의 생김새를 머릿속에 떠올렸다.

얼핏 보더라도 자신보다 한참은 어려 보이는 인상이었다. 어림잡아 나이를 계산해보니, 7년 전 동은의 제자였던 것을 감안해 대략 이십 대 중반. 그러나 나이답지 않게 남자는 제법 매서운 눈빛을 갖고 있었다. 특히 동은을 바라볼 때와 달리 저를 볼 때의 눈빛은 싸늘하기 그지없었다. 그 눈빛을 떠올리니 해온은 갑자기 순식간에 기분이 나빠졌다. 그가 별안간 속사포처럼 불만을 쏟아내기 시작했다.

"어이, 소똥."

"왜?"

"1번 말이야. 나보다 한참 어려 보이던데 은근히 건방져. 너 아까 1번이 나 쳐다보는 눈빛 못 봤지? 되게 아니꼬웠다?"

"난 또 뭐라고. 그게 새삼 불만이야? 너 아니꼽게 보는 사람이 뭐 한둘도 아니고."

"그래도 그건 아니지! 처음 보는 사람한테 그러면 안 되는 거지! 남자 1번 첫인상 영 꽝이야, 꽝!"

"얼씨구. 너도 딱히 인상이 좋진 않거든?"

동은과 말을 주고받을수록 해온의 눈썹이 사납게 구부러졌다. 언제나 티격태격하긴 해도 의리 빼면 시체인 파트너였는데, 갑자기 툭 튀어나온 1번의 존재로 인해 우선순위가 밀려난 듯한 기분이었다. 급기야 해온은 희미하게 박탈감까지 느껴지기 시작했다.

"야, 소똥. 선택해. 그놈이야, 나야?"

유치한 말장난은 해온의 트레이드 마크였다. 그래서 동은은 별로 대수롭지 않게 생각했다. 하지만 해온 딴에는 제법 진지한 질문이었다.

"너 설마 의리 따위 안드로메다로 보내버린 거야? 파트너 버리고 그놈을 선택하겠다고?"

"최해온 경위님, 자꾸 그놈 그놈 하지 마시죠? 그래도 한때 제 제자였던 녀석을 그렇게 막 부르는 거 듣기 좀 거북합니다."

동은이 문득 깍듯하게 존대를 사용함으로써 불만을 표시했다. 이제는 그만 멈출 때라는 뜻이었다. 하지만 미묘하게 기분이 계속 언짢았던 해온은 쉽게 멈추지 않았다.

"누가 무서워할 줄 알고? 부르는 건 내 마음이거든?"

한때 제자였기 때문에. 해온은 동은이 저의 말을 듣기 싫어하는 이유가 단지 그 이유 때문만은 아니라는 생각이 들었다. 어쩐지 패배감까지 들어 봇물이라도 터진 것처럼 그의 입에서 '그놈'이라는 말이 계속 쏟아져 나왔다.

"그놈, 그놈……. 악!"

그 순간 동은이 해온을 향해 주먹을 쭉 뻗었다. 깜짝 놀란 해온이 비명을 질렀다. 그러나 차마 팔을 다 뻗지도 못하고 동은이 옆구리를 움켜쥐며 앓는 소리를 냈다.

"아야야……."

칼에 찔린 옆구리는 물론이고 덩달아 배 전체에서 찌르르 통증이 느껴졌다. 놀란 해온이 유치한 반항을 중단하고 다급히 물었다.

"괜, 괜찮냐? 소똥?"

그러나 동은은 한동안 고통을 삭이려 몸을 웅크린 채로 말이 없었다. 잠시 후, 고개를 든 동은이 해온을 살벌하게 노려보며 이를 악물고 쏘아붙였다.

"젠장. 일단 낫고 보자. 어?"

그녀는 고통이 어느 정도 가라앉자 침대 밖으로 발을 뺐다.

"왜 일어나?"

해온이 당황한 기색으로 묻자 동은이 슬리퍼를 신으며 시큰둥하게 대꾸했다.

"복도나 좀 몇 바퀴 돌고 오려고."

"복도는 왜?"

"운동. 빨리 퇴원해야지."

수술을 받은 지 하루도 되지 않아 운동을 하겠다는 동은을 해온이 못 말리겠다는 표정으로 바라봤다. 그러고 보니 전에 범인과 싸우다 팔이 부러졌을 때도 깁스한 다음 날 바로 출근을 했었다. 그때의 기억을 떠올린 해온이 이마를 짚으며 한숨을 쉬듯 웃었다.

"어휴. 정말이지 누가 널 말리냐. 누가 소처럼 일만 하는 똥은이 아니랄까 봐."

"네 눈엔 지금 내가 범죄자들 때려잡고 싶어서 빨리 퇴원하려는 걸로 보여?"

"그럼?"

"너 두드려 패려고 그러는 거다, 이놈아."

동은이 발끝으로 해온의 정강이를 살짝 걷어찼다. 무방비상태였던 해온이 발목을 감싸 쥐며 곧장 발끈했다.

"야! 내가 때릴 데가 어디 있다고!"

"시끄러워. 계속 흰소리나 해댈 거면 나가고, 아니면 얌전히 와서 이거나 좀 도와줘."

동은의 불만스러운 시선이 높이 매달려 있는 링거액을 향했다. 팔을 앞으로 뻗는 것도 힘들어 죽겠는데 저 위에 걸려 있는 링거액을 이동식 거치대에 옮기는 건 불가능했다. 살벌한 부탁에 해온이 하는 수 없이 세 개나 되는 링거액을 모두 옮겨 걸고, 부축을 하기 위해 자연스럽게 동은의 허리에 팔을 감았을 때였다.

"그 손 떼시죠."

갑자기 나타난 은택이 서릿발 같은 경고를 날리며 병실 안으로 들어섰다. 이번에는 동은을 보는 눈빛조차도 살벌했다. 정확하게는 해온이 동은의 허리에 올려둔 손을 노려보는 눈빛이었지만. 여전히 해온의 손이 동은의 허리에 머물러 있자, 은택이 이번엔 해온의 얼굴을 똑바로 노려보며 다시 한 번 사납게 말했다.

"그 손, 떼시라고요."

남자 1번의 얼굴은 웃을 때는 남자가 봐도 황홀할 정도였는데, 웃음기가 가시자 매섭기 그지없었다.

그러나 그런 은택의 모습을 보고도 해온은 전혀 주눅 들지 않고 능청스럽게 웃고 있었다. 그의 눈끼리가 일순 짓궂게 휘는가 싶더니 보란 듯이 동은의 허리를 감은 손에 무게를 실어 제 쪽으로 밀착시켰다.

그 순간 동시에 동은과 은택, 두 사람에게서 낮은 신음이 터져 나왔다. 동은의 경우는 무게중심을 잃고 몸이 기우뚱하자 깜짝 놀라 내지른 신음이었지만, 은택의 경우는 간신히 화를 억누르다가 낸 신음이었다. 저도 모르게 신음이 튀어나올 만큼 은택은 피가 끓고 있었다. 당장이라도 해온의 멱살을 틀어쥘 것처럼 은택의 커다란 손이 움찔거렸다.

그것을 본 해온의 눈이 재밌어 죽겠다는 듯 더욱 매끄럽게 휘어졌다. 동은의 허리춤에서 해온의 긴 손가락이 피아노를 치듯 움직였다. 몸이 불편한 탓에 해온의 장단에 놀아날 수밖에 없는 동은이 고개를 돌려 사납게 한숨을 뱉어냈다.

"후우. 최해온 경위님, 상당히 악취미십니다?"

"응? 뭐가아?"

동은이 또다시 존댓말을 사용한다는 걸 의식하면서도 해온은 능청을 떨었다. 해온의 귓가로 입술을 가져간 동은이 잘근잘근 물어뜯듯 속삭였다.

　"몰라서 물어? 최해온 너, 지금 일부러 이러는 거지?"

　"내가 뭘?"

　"시끄러워. 적당히 안 하면 나 퇴원하고 난 다음에 어지간히 괴로울 줄 알아."

　짓이기듯 뱉어낸 목소리가 사나웠다. 귓가에 훅 끼치는 숨결마저도 가시 같았다. 해온이 문득 뒷덜미가 써늘해짐을 느끼며 침을 꼴깍 삼켰다.

　그러나 두 사람의 대화 내용을 듣지 못하는 은택은 차마 눈을 뜨고 있을 수가 없었다. 동은의 붉은 입술이 해온의 귓가에 닿을 것처럼 아슬아슬했다. 결국 충동을 이기지 못한 은택이 성큼성큼 두 사람에게로 다가갔다.

　탁탁. 그 순간, 해온이 얄밉게 손을 털었다. 어느새 코앞에까지 다가와 저를 노려보는 은택을 보며 그가 보란 듯이 두 손을 허공에 들어 올렸다.

　"손."

　해온이 느릿하게 시선을 옮겨 허공에 치켜든 자신의 손을 바라보며 얄밉게 말했다.

　"뗐는데?"

　그러나 해온이 아무리 능청스럽게 굴어도 은택의 매서운 시선은 여전했다. 그는 허공에 떠 있는 해온의 손 대신 여전히 해온의 몸과 바싹 닿아 있는 동은의 허리를 노려보고 있었다.

해온이 은택의 눈치를 견디지 못하고 한 발짝 뒤로 물러섰다. 그러자 은택이 조심스럽게 동은의 허리를 감싸 제 쪽으로 당겼다. 동은은 자연스럽게 은택에게 안겼다. 은택은 부드러운 완력으로 다시 침대 쪽으로 동은을 이끌었다. 당황한 동은이 은택의 품 안에서 꼼지락거렸다.

"잠깐만, 서은택. 나 지금 운동하러 갈 참이었거든?"

하지만, 동은이 아무리 반항해도 은택은 끝끝내 그녀를 다시 침대가 있는 곳으로 데려갔다. 그러곤 억지로 동은을 침대에 걸터앉히고 섬세한 손길로 어깨를 지그시 내리눌렀다.

"은택아, 내 말 안 들려? 나 운동하러 가려던……. 어어?"

그녀는 말을 다 뱉어내기도 전에 자연스럽게 다시 침대에 눕혀졌다. 제 의지를 묵살당한 것이 못내 마뜩잖은 동은은 곧바로 몸을 일으켰다. 은택은 다시 일어나 앉은 그녀를 못 말리겠다는 듯 바라보며 곁으로 가 나란히 앉았다.

"가만있어. 수술받은 지 아직 하루도 안 지난 사람이 운동은 무슨. 내일부터 해도 돼."

"안 돼. 나 빨리 퇴원해야 돼."

동은이 은택의 어깨 너머로 해온을 흘겨봤다. 퇴원만 하면 저 얄미운 파트너부터 손봐줄 생각이었다. 그러나 은택은 그러한 동은의 시선까지도 허락하고 싶지 않았다. 넓은 어깨로 동은의 시야를 전부 가린 은택이 그녀의 뺨을 손등으로 노크하듯 두드렸다.

"그러려면 운동보다 먼저 해야 할 게 있잖아."

"뭐? 그게 뭔데?"

연달아 스킨십을 당하자 동은의 심장이 두방망이질 쳤다. 대체 먼저 해야 할 게 뭐란 말인가. 떨리는 목소리로 동은이 추궁하자 은택이 속삭였다.

"방귀부터 꿰어야지."

말이 끝나자마자 동은의 얼굴이 터질 것처럼 붉어졌다. 지금 이 순간 무슨 반응을 하면 좋을지 알 수 없어 그녀는 돌처럼 굳어 버렸다. 은택은 동은에게서 아무런 반응이 없자 걱정스러운 기색으로 물었다.

"설마 아직 못 뀐 거야? 그럼 죽은 조금 이따 먹……."

"스톱! 그만 말해!"

동은이 새빨갛게 달아오른 얼굴로 결국 고함을 쳤다. 아무리 소똥 소리를 들어도 그녀도 여자였다. 이성 앞에서 생리현상에 관해 아무렇지 않게 이야기할 만큼 뻔뻔하진 못했다.

은택은 뒤늦게 자신이 질투에 눈이 멀어 동은을 섬세하게 대하지 않았다는 사실을 깨달았다. 그가 멋쩍은 얼굴로 곧장 질문을 바꿔 물었다.

"크흠. 아직 죽 못 먹는 거야?"

"그, 그래."

동은이 뜨거운 얼굴에 부채질을 하며 뚱하게 대답했다. 그러자 은택이 그런 동은을 사랑스러운 눈으로 바라보며 협탁으로 손을 뻗었다. 부끄러워하는 모습이 귀여웠다.

"그래도 당장 운동하는 건 안 돼. 대신 이 정도는 봐줄게."

은택이 재바르게 간호사가 놓고 간 폐활량 운동 기구를 동은의 손에 쥐여 주며 샐쭉 웃었다. 조금 전 섬세하지 못했던 행동을 반성하듯 부드러운 손길로 흐트러진 동은의 앞머리를 살살 매만졌다.

아아……. 이게 벌써 몇 번째 스킨십이던가. 방귀 소리를 들었을 때보다 동은의 얼굴이 더욱 붉어졌다.

"수술하고 나서 폐활량 회복이 안 되면 합병증이 올 수도 있대. 그러니까 열심히 불어."

손수 폐활량 운동기구를 동은의 입에 물려준 은택이 이어서 자상하게 운동기구 사용법을 설명해주었다.

"이렇게 숨을 최대한 내쉰 다음에 호스 물고 숨을 들이마시는 거야. 공이 높이 올라갈수록 회복이 됐다는 증거니까 한번 해봐."

상냥한 은택의 설명에 동은이 마지못해 숨을 들이마셨다. 그런데 생각만큼 잘되지 않았다. 승부욕이 발동한 동은이 곧바로 다시 숨을 들이마시려는 걸 은택이 호스를 빼내 차분히 달랬다.

"급하게 하지 말고. 천천히."

은택은 마치 깨지기 쉬운 보석을 대하듯 동은을 살뜰히 챙겼다. 뒤에서 해온이 기가 막힌 표정을 지으며 그런 두 사람을 바라봤다.

소똥 고집 아무도 못 말린다고 생각했지만 아니었다. 저한테는 발길질까지 하던 여자가 너무나도 얌전하게 굴고 있었다. 이것으로 아무래도 남자 1번의 전화번호는 강남서 형사과 강력 2팀 사람들에게도 비상전화가 될 가능성이 농후했다.

소똥이 무모한 일을 벌일 때. 무모한 일을 벌이다 소똥이 다쳤을 때. 무모한 일을 벌이다 다친 소똥이 제대로 쉬지도 않고 무리할 때 등등.

그간 2팀 식구들 모두가 간절하게 소똥의 고집을 꺾을 수 있는 수단을 염원해왔었다. 해온이 드디어 그 수단을 발견한 것에 속으로 유레카를 외쳤을 때였다. 은택이 뒤를 돌아보며 짧게 물었다.

"형사님은 저랑 잠깐 얘기 좀 하시죠?"

"뭐야, 나 빼놓고 둘이 무슨 할 이야기가 있다고……."

병실에 홀로 남겨진 동은은 입에서 운동기구를 빼고 뒤늦게 불평을 쏟아냈다. 그러나 이미 은택과 해온이 병실을 빠져나간 뒤라 그것은 혼잣말이나 다름없었다. 머쓱해진 동은이 해온이 두고 간 백합 꽃다발을 멍하니 바라봤다.

불길한 꿈 때문인지 예쁜 꽃다발을 봐도 기분이 꺼림칙했다. 하지만 은택이 선물한 것일지도 모른다고 생각하니 왠지 저대로 시들게 두면 안 될 것 같았다. 마땅한 화병도 없고 해서 되는대로 세숫대야에 물을 받아 온 동은이 백합 다발을 담가두고 뿌듯한 표정을 지었다. 내일은 막내 지락에게 커다란 꽃병을 사다달라고 해야지. 아, 영양제도. 그런 생각을 하며 동은이 다시 침대 위로 올라갔을 때였다.

은택의 당부대로 폐활량 운동 기구를 다시 불기 시작하는데 아래쪽에서 '뽀옹' 하는 귀여운 소리가 들려왔다. 방귀가 나온 것이었다. 이제 드디어 밥을 먹을 수 있겠다는 생각에 그녀의 얼굴이 기쁨으로 물든 순간이었다.

"어? 방귀 뀌었다! 지금 방귀 뀐 거 맞죠?"

갑자기 문을 열고 들어온 의사가 대뜸 물었다. 당황한 동은은 바보처럼 눈만 깜빡였다. 차마 처음 본 사람 앞에서 '나 방귀 뀌었어요!'라고 외치며 기뻐할 수도 없는 노릇이었다.

게다가 엄밀히 따지면 동은은 지금 방귀를 뀐 걸 들킨 상황이었다. 동은이 당황한 기색을 숨기지 못하자, 뒤늦게 그 사실을 눈치챈 의사가 흥분을 가라앉히고 머쓱한 표정을 지어 보였다.

"내 정신 좀 봐. 통성명도 안 하고 방귀부터 텄으니 당황했죠?"

그걸 말이라고. 귀까지 빨개진 동은이 재빠르게 그녀의 의사 가운에 적힌 이름을 읽었다. 서은호. 익숙한 글자에 동은이 천천히 고개를 들었다. 마침내 의사의 얼굴을 본 동은의 눈이 휘둥그레졌다. 맙소사. 완전 여자 서은택이었다.

"많이 닮았죠?"

은호가 손가락으로 제 얼굴을 가리키며 묻자 동은이 고개를 크게 끄덕였다. 동자이 어찌나 컸는지 수술 부위가 다 당길 지경이었다. 뻐근한 복부를 감싸듯 몸을 웅크린 동은에게 은호가 다가갔다. 그러곤 다시 그녀가 편하게 침대에 기댈 수 있게 해준 다음 자기소개를 했다.

"반가워요. 은택이 누나 서은호라고 해요."

은호가 손을 내밀며 악수를 청했다. 은호와 손을 마주 잡으며 동은은 아까 속으로 했던 생각을 정정했다. 나이순으로 따지면 서은택이 남자 서은호인 셈이었다.

"바, 반갑습니다. 임동은이라고 합니다."

동은은 군이 은택과 자신이 어떤 관계인지 언급하지 않았다. 7년 전 관계를 설명하는 건 불필요하게 느껴졌고, 지금 어떤 관계인지는 스스로가 생각해도 모호하게 느껴진 까닭이었다. 당사자 앞에서도 제대로 설명하지 못했는데 그 사람의 누나 앞에서는 오죽할까. 동은의 자기소개에서 머뭇거리는 인상을 받은 은호 역시 군이 더 묻지 않았다. 다만 의사로서 할 수 있는 당부만 건넸다.

"방귀도 뀌었으니까 다음 식사 시간부터는 가볍게 죽 정도는 먹을 수 있을 거예요. 은택이가 창피해서 일부러 방귀 안 뀔지도 모른다고 걱정 많이 하던데 다행이에요."

은호는 조금 전 은택에게서 온 문자를 생각하게 속으로 몰래 웃음을 삼켰다.

[외과 병동 727호 병실에 있는 임동은이라는 환자. 생리현상 체크 좀 해줘. 수술받은 지 얼마 안 됐거든.]

생리현상 체크라니, 뒤쪽에 수술을 받았다는 내용이 덧붙어 있지 않았다면 이상한 오해를 할 뻔했다. 콧구멍이 살짝 넓어진 채 간신히 웃음을 참아낸 은호가 동은의 모습을 물끄러미 바라봤다.

은택보다는 연상 같지만 방귀 뀐 걸 들키고 부끄러워하는 표정이라든가, 언뜻언뜻 드러나는 수줍어하는 모습이 무척이나 사랑스러웠다. 게다가 저토록 청순한 미모라니. 은택이가 다급하게 문자를 보내온 이유를 알 것 같은 은호였다.

짜식, 우리 은태기도 드디어 연애를 하는구나! 감동받은 은호가 동은에게 넌지시 물었다.

"동은 씨랑 은택이, 사귀는 사이예요?"

"네? 아뇨! 뭔가 오해가 있으신 것 같은데. 저랑 은택인 그런 사이가……."

"어어? 그럼 우리 은택이 혼자 짝사랑하는 거예요?"

"네? 아니, 그런 게 아니라……."

동은이 당황하며 말을 더듬었다. 은호는 그런 동은을 바라보며 시무룩한 표정을 지었다.

"우리 은택이 너무 힘들게 하지 말아요. 우리 은택이 진짜 괜찮은 남잔데. 아빠 돌아가신 뒤로 나랑 엄마 챙겨주기만 했지, 자기 위해서 뭐 해달라고 한 적은 정말 이번이 처음이에요."

은호가 두 손을 꼭 모으고선 왠지 모르게 거역할 수 없는 눈빛으로 동은을 바라봤다.

"아마도 동은 씨가 그만큼 은택이에게 소중한 사람이라는 뜻이겠죠."

은호가 수줍게 웃었다. 그러곤 수다가 너무 길었다며 쏜살같이 병실을 빠져나갔다. 마치 처음부터 이 말을 해주고 싶었던 사람처럼 홀가분한 표정을 지으면서.

동은의 눈에 병실을 빠져나간 은호가 복도에서 누군가를 만나 덥석 끌어안는 모습이 보였다. 남편인가? 처음엔 당황스러워하던 상대방도 이내 그녀를 소중하게 끌어안았다. 그 모습만으로도 알 수 있었다. 저 두 사람, 서로에게 참 소중한 사람이라는 것을.

두 사람의 솔직한 모습이 참 예뻤다. 그리고 동은은 저렇게 마음 놓고 사랑할 수 있는 저들이 참 부러웠다.

"왜, 내가 부러워?"

"지금 저랑 뭐 하자는 겁니까?"

이제부턴 제가 동은을 돌볼 테니 그만 돌아가 보라는 말을 전했더니, 해온은 뜬금없이 동은과 자신과의 인연에 대해서 구구절절 늘어놓았다.

"지금 동은이랑 알고 지낸 지 6년 됐다고 자랑하십니까?"

"응, 자랑하는 거 맞는데? 아, 맞다. 나랑 동은이랑 어떻게 만나게 됐는지 궁금하지 않아?"

무심하게 굴어야 하는데 해온의 장단에 말리고 말았다. 은택이 궁금증을 이기지 못하고 저도 모르게 되물었다.

　"두 사람, 어떻게 알게 된 사이입니까? 6년 전이면 일하다 만 난 사이도 아닌 것 같은데."

　"왜 내가 남자 1번한테 그런 걸 알려줘야 하지?"

　"정말 저랑 뭐 하자는 겁니까?"

　"그렇잖아. 그런 건 남자 1번이 동은이 입으로 직접 들어. 그 정도는 해야 단축번호 1번에 저장될 자격이 있다고 생각하는데."

　얄밉다 못해 공격적인 말투였다. 그 순간, 조금 전 병실에서 질 투를 느꼈을 때와는 차원이 다른 떨림에 은택이 두 눈을 꼭 감았 다. 간신히 눈을 뜨자 이제야 온전히 해온의 얼굴이 보였다. 해온 의 손바닥이 눈앞에서 왔다 갔다 하고 있었다.

　"뭐야. 하도 눈을 안 떠서 깜빡 잠든 줄 알았잖아."

　해온은 정말이지 얄미운 표정을 짓고 있었다. 수상한 눈웃음을 치며 다가온 그가 허리를 살짝 숙여 얼굴을 들이댔다.

　"완전히 충격 받은 얼굴이네?"

　"뭐가 말입니까?"

　"왜 아니겠어? 나랑 동은이가 그렇게 가까운 사이라니 엄청 충격일 거야. 미안하게 됐어, 남자 1번."

　해온이 은택의 어깨를 얄밉게 툭툭 두드렸다. 은택이 주먹을 꾹 움켜쥐며 대꾸했다.

　"남자 3번 형사님."

　"뭐? 남자 몇 번?"

　"우리 동은이 휴대폰에 형사님 번호는 단축번호 3번에 저장되어 있던데요?"

그쪽에서 계속 그렇게 나온다면 이쪽도 유치하게 나갈 수밖에. 은택이 턱을 꼿꼿하게 치켜들고 공격을 시작했다. 정말로 제 번호가 1번에 저장되어 있는지 살피다가 우연히 보게 됐다. 1번은 알다시피 7년째 일부러 바꾸지 않은 자신의 전화번호. 2번은 강력 2팀 팀장님 전화번호. 그리고 3번이 해온의 전화번호였다.

짓궂게 휘어져 있던 해온의 눈매가 일순 풀어졌다. 어리둥절한 표정을 지으며 저를 보는 해온의 손을 어깨에서 떼어낸 은택이 기지개를 켜며 일어섰다.

"단축번호 1번이랑 단축번호 3번. 누가 더 우리 동은이랑 가까운 사이일까요?"

이제는 뭐, 걸핏하면 우리 동은이란다. 해온의 눈이 불만을 표출하며 가늘어졌다. 휴게실 입구까지 여유만만하게 걸어간 은택이 뒤돌아 해온을 바라봤다.

"남자 3번 형사님. 남자 1번 자격을 운운하시려거든 일단 2번 팀장님부터 무찌르고 오시죠?"

"뭐? 하……."

"그럼 전 이만."

고개를 꾸벅 숙인 은택이 이내 휴게실을 빠져나갔다. 스치듯 본 은택의 오만한 미소를 떠올린 해온이 불만스럽게 아랫입술을 말아 물며 소파에 드러누웠다.

"쳇. 애송인 줄만 알았더니."

해온이 벌러덩 드러누워 바지 주머니에서 휴대전화를 꺼내 들었다. 그리고 단축번호 목록을 화면에 띄웠다. 1번은 여동생의 전화번호, 동은의 전화번호는 단축번호 2번에 저장되어 있었다.

"쳇. 나도 3번으로 바꿔버릴까 보다."

해온이 서운한 투로 중얼거리며 이내 휴대폰 화면을 껐다.

곧장 병실로 돌아온 은택은 문 앞에서 잠시 걸음을 멈췄다. 침대에 누워 열심히 폐활량 운동 기구를 불고 있는 동은의 모습이 보였다. 얌전히 그거나 불고 있으랬다고 정말로 열심히 불고 있었다. 잠깐 사이에 공이 꽤 높은 곳까지 올라가게 된 걸 보며 은택이 샐쭉 미소를 머금었다. 엄청 열심히도 분 모양이었다.

그러다 한순간 그녀가 입에서 기구를 빼냈다. 스스로 생각해도 기구를 부는 자신의 모습이 웃겼는지 입가에 희미하게 웃음이 매달려 있었다. 확실히 그녀는 7년 전보다 많이 밝아 보였다. 저렇듯 희미한 미소조차도 7년 전에는 절대로 볼 수 없었던 모습이었다.

하지만 여전히 활짝 웃는 것은 힘든 모양이었다. 그녀는 아주 살짝 미소 지었다가도, 마치 그런 자신의 모습이 낯선 것처럼 화들짝 놀라며 어깨가 움츠러들곤 했다.

그 모습에 은택의 가슴이 욱신거렸다. 이렇게 가슴에 통증이 느껴질 때마다 그는 간절히 기도를 하곤 했었다.

지난 7년간 통증과 함께 가슴에 새겨온 간절한 바람. 아니, 어쩌면 그녀를 처음 본 12년 전부터 품어온 바람이었을 것이다.

찰나여도 좋으니 당신이 웃는 모습을 볼 수 있기를. 단 1초라도 좋으니 그 모습을 볼 수만 있다면 은택은 목숨도 아깝지 않을 것 같았다. 그녀의 미소는, 분명 그가 상상했던 그 어떤 모습보다도 눈부시며 아름다울 테니까.

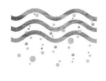

2장

"이번에도 전부 드셨네요? 절대로 안 먹겠다더니."

링거액을 바꿔 달러 온 간호사의 핀잔에 동은이 멋쩍은 기색으로 숟가락을 내려놓았다. 절대로 먹지 않겠다던 은택의 요리를 밥알 하나 남기지 않고 싹싹 긁어 먹은 모습을 번번이 그때 그 간호사에게 들키는 것이 여간 쑥스러운 게 아니었다.

큼, 큼! 동은이 괜한 헛기침을 하며 빈 도시락을 다시 보자기로 감싸 치웠다. 그러곤 링거액을 교체하기 위해 한쪽 팔을 간호사에게 맡긴 채 민망한 시선을 주고받았다.

"식사하는 데 불편한 점은 없으시죠?"

"네, 뭐…….."

동은의 얼굴이 미세하게 달아올랐다. 간호사가 수술한 환자에게 응당 물어볼 말임에도 그녀는 가시방석에 앉은 사람처럼 불편한 기색이었다.

입원 일주일째. 동은은 식사가 가능해진 닷새 전부터 꼬박꼬박 은택이 차려준 식사를 하고 있었다. 그 덕에 회복은 무척이나 순조로웠다. 열흘을 예상했던 퇴원은 무려 사흘이나 앞당겨졌다. 오늘 저녁이면 퇴원을 해서 집으로 돌아갈 수 있었다.

그녀가 이렇게까지 회복이 빠른 데에는 은택이 만들어준 도시락 덕이 컸다. 아프다 보니 동은은 평소 잘 먹던 음식을 앞에 두고도 괜히 깐깐하게 굴었다. 그러나 은택의 요리를 앞에 두고는 전혀 그런 생각이 들지 않았다.

은택이 만들어오는 음식은 병원 식사와 똑같이 싱거운 것 같으면서도 씹으면 씹을수록 깊고 진한 맛이 느껴졌다. 정신을 차리고 보면 어느새 한 톨도 남김없이 다 먹어치운 상태이곤 했다. 애초에 재료 고유의 맛을 풍부하게 살린 은택의 요리와 병원 식사는 맛도 영양도 비교가 되지 않았다.

그러나 이런저런 핑계를 갖다 붙여도 결국 간호사의 눈에는 동은이 한 번 튕겨본 걸로밖에는 보이지 않을 터였다. 동은은 입을 꾹 다문 채 어서 교체 작업이 끝나기만을 기다렸다.

그런데 그런 동은의 심정을 아는지 모르는지 간호사의 손은 느릿느릿하기만 했다. 게다가 이제는 수다까지 주고받을 모양이었다.

"아, 맞다! 그러고 보니 저 이틀 전에 그분 가게 갔었거든요. 근데 식사는 판매 안 하더라고요. 아마도……."

바늘을 혈관에 밀어 넣고 테이프로 고정시키던 간호사의 눈초리가 동은을 향했다. 동은이 괜스레 불퉁하게 바라보자 간호사는 부러운 기색으로 호들갑스럽게 말을 이었다.

"애인 수발드느라 손님들 식사는 만들 정신이 없었나 봐요."

그 순간, 애인이라는 말에 좀처럼 간호사를 똑바로 바라보지 못하던 동은이 오롯이 눈을 마주쳤다. 그의 누나에 이어 또 이런 오해를 받게 되니 당황스러웠다.

"애인 아니에요."

"아니라고요? 정말?"

"네, 그런 사이 아니에요."

동은이 시무룩해진 얼굴로 대답했다. 그런 사이가 아니라서 아니라고 대답한 것인데, 어째서 가슴 한구석이 시린 건지 모르겠다.

"어머나! 그럼 남자분 혼자 짝사랑하는 거?"

"짝사랑?"

"그렇잖아요. 그게 아니고서야 어떻게 매일같이, 그것도 삼시 세끼 도시락 배달을 해요? 정성도 그런 정성이 어디 있다고. 저 꽃도 그분이 선물한 거 맞죠?"

간호사의 눈길이 창턱에 놓인 백합을 향했다. 동은이 매일매일 물을 갈아주고 영양제까지 사다 뿌려준 덕분에 일주일이 지난 지금, 백합은 조금 시들긴 했어도 여전히 화사했다.

"에이, 형사님도 마음 없는 것 같진 않은데. 너무 오래 애끓게 하지 말고 웬만하면 받아줘요. 두 사람 생판 모르는 내가 봐도 진짜 잘 어울려요. 끝내주게 멋있는 요리사와 청순한 여형사. 와, 완전 드라마 같……."

"안 돼요."

간호사가 마치 유명한 연예인 커플을 감상하듯 상상의 나래를 펼쳤을 때였다. 동은의 입에서 이번에도 부정적인 대답이 흘러나

왔다. 간호사가 고개를 갸웃하며 물었다.

"뭐가 또 안 돼요?"

"그 애, 나한테 정말 아까운 사람이라서. 그래서 안 된다고요."

동은의 말투는 제법 단호했다. 언뜻 쓸쓸한 마음이 느껴지기도 했다. 간호사는 왠지 모르게 그녀가 안쓰러워 진심으로 응원의 말을 전했다.

"에이, 제가 볼 땐 형사님도 엄청 예뻐요. 웬만한 연예인보다 예쁜데. 그분한테 전혀 안 꿀리거든요?"

"그건…… 그건 내가 어떤 사람인지 몰라서 그래요. 진짜 나에 대해서 알면 그런 말 절대 못 할 거예요. 절대로."

그렇게 말하는 동은의 손등에 마치 무언가를 참듯 파르란 핏줄이 도드라졌다. 그 모습을 보고 있자니 간호사는 이상하게 더는 아무 말도 꺼낼 수가 없었다.

동은의 퇴원 시간이 조금씩 가까워지고 있었다. 분주하게 점심 시간을 소화한 은택이 주방 정리를 끝내고 앞치마를 벗어 던졌다. 혹시라도 동은이 먼저 퇴원을 하진 않았을까 마음이 불안했다.

"오늘도 그분 만나러 가세요? 그 소똥이라는 분?"

은택이 주방에서 나서기 무섭게 픽업대를 치우고 있던 하루가 다가와 물었다.

"어? 응. 오늘 저녁도 음료 손님만 받아. 안주도 안 되니까 술 손님도 받지 말고."

"네. 그런데 언제까지 계속 이렇게 식사는 판매 안 할 생각이세요? 개업한 지 이제 석 달 겨우 지났는데 손님만 바글바글하고 매상은 영 시들해요."

"알아. 아마 사흘? 그 정도면 원래대로 돌아갈 거야."

"정말이죠? 얼른 저 요리도 가르쳐주셔야죠."

"알았어. 그러니까 조금만 더 수고해. 응?"

"네, 다녀오세요."

은택이 진심으로 미안한 마음을 담아 하루의 어깨를 툭툭 두드리고 가게 입구로 향했을 때였다. 그가 손을 뻗기도 전에 가게 문이 열리고 누군가 안으로 들어섰다. 손님이라고 생각해 옆으로 살짝 비켜섰던 은택이 의아한 표정을 지어 보였다.

"매형?"

"처남! 마침 있었네."

가게 안으로 들어온 태준이 반갑게 손을 흔들었다. 은택의 누나 은호는 인턴일 당시 흉부외과 전문의였던 태준을 만나 2년 전 결혼식을 올렸다. 누나는 응급의학과 전공의가 되었고, 두 사람 모두 은택관과 가까운 대학병원에서 근무하고 있었다. 그러나 서로 바빠 자주 얼굴을 보지는 못했다.

은택관 개업식 때도 환자를 돌보느라 도저히 시간을 내지 못했던 누나와 매형이었다. 그런 매형이 갑자기 나타났으니 은택은 반가운 마음만큼 놀라는 마음도 들었다.

"여긴 어쩐 일이세요?"

"누나가 가게 한번 들르라고 눈치를 얼마나 주는 줄 알아? 아무렴 응급실 레지던트인 저보다야 전문의인 내가 조금이라도 한가하지 않겠느냐면서 오늘은 꼭 가보라고 난리도 아니었어."

"전화라도 하고 오시지. 그렇지 않아도 저 지금 병원 가려던 길이었는데."

"병원엔 왜?"

"아, 만날 사람이 있어서요."

왠지 모르게 다급한 은택의 표정에 태준이 테이블로 향하던 걸음을 돌려 픽업대로 다가갔다. 얼굴에 언뜻언뜻 묻어나는 설레는 기색에 도저히 시간을 길게 빼앗을 수가 없었다.

"차나 한 잔 줘. 테이크아웃 잔으로."

"그러실래요? 매실차 괜찮으세요?"

"그래, 그걸로 줘. 참, 병원 간다고 했지? 같이 가자."

"좋아요. 잠시만 기다리세요."

픽업대 안쪽의 주방으로 후다닥 들어간 은택이 열 개 남짓한 과일청이 진열된 곳으로 다가갔다. 그중에서 하나를 골라 유리병 뚜껑을 열자마자 향긋한 냄새가 가게 안에 가득 퍼졌다. 은택은 조심스레 물을 붓고 스틱으로 휘휘 저었다. 그 잠깐 사이에도 은택의 손길에서 조급함이 느껴졌다. 태준은 테이크아웃 잔을 고른 자신의 선택을 칭찬하며 산뜻하게 웃었다.

곧 있으면 퇴원 시간이었다. 동은은 머리를 감기 위해 샴푸를 챙겨 화장실로 향했다. 그때, 별안간 중일이 손을 흔들며 병실로 들어섰다.

"어? 팀장님."

중일을 본 동은이 쪼르르 달려 나가 반겼다.

"오야, 소똥. 마중 나왔다."

"저 퇴원한다고 일부러 데리러 오신 겁니까? 에이. 그러지 않으셔도 곧바로 출근할 생각이었는데."

"그 반대다, 이놈아. 출근 막으려고 온 것도 모르고 헛소리는."

동은의 성격에 퇴원하자마자 출근하겠다고 고집을 피울 게 뻔했다. 억지로라도 집에 데려다 줄 작정으로 찾아온 중일이 역시나 예상했던 반응에 혀를 끌끌 찼다. 서른이나 먹었으면 제 몸 챙길 줄도 알아야 하는데, 형사 생활 4년 만에 10년 이상 형사 생활 해 먹은 홀아비들 흉내나 내고 있는 동은이 안쓰러우면서도 심히 걱정스러운 중일이었다.

딸 같은 녀석이 입원해 있는 동안 바빠서 제대로 찾아오지도 못했던 터라 퇴원하는 날만큼은 벼르고 있었다. 중일이 환자복을 입은 동은을 위아래로 쭉 훑어 내렸다. 더 마르진 않았을까 걱정했는데 제법 혈색이 좋아 보이는 동은을 중일이 뿌듯한 표정으로 바라봤다. 그러다 문득 지난번에 보았던 남자 1번의 모습을 떠올리곤 그녀의 어깨를 가볍게 툭 쳤다.

"어쭈. 요리사 애인 생기더니 밥은 잘 챙겨 먹었나 보다?"

"요리사 애인이라니요?"

"시치미 떼기는. 소통, 남자 1번이 너 이거 맞지?"

중일이 한쪽 눈을 찡긋 감은 채 새끼손가락을 치켜들고 살래살래 흔들었다. 동은이 미간을 살짝 구겼다.

"표현이 너무 저질이십니다."

"얼씨구. 그래도 아니란 말은 안 한다? 진짜 네 애인이야?"

"팀장님까지 그 소립니까? 아닙니다. 그런 사이 절대 아니에요."

완강하게 아니라고 말을 했는데도 중일은 쉬이 동은의 말을 믿지 못하는 눈치였다.

"진짜 아니야?"

"네, 진짜 아니에요."

몇 번을 물어도 달라지지 않는 동은의 대답에 중일이 잔뜩 풀이 죽어 어깨를 축 늘어뜨렸다. 동은이 곤란한 기색으로 중일의 팔짱을 끼며 물었다.

"나 참. 왜 그렇게 제 연애에 목을 매십니까?"

"그걸 몰라서 물어? 아가씨 몸에서 홀아비 냄새나 풀풀 풍기면서 다니는 거 보면 얼마나 마음이 짠한지 알기나 해? 그것도 딸 같은 녀석이."

"에이, 저도 팀장님 아버지처럼 생각하고 있습니다. 아시죠?"

"그럼 이참에 효도나 제대로 해. 남자 1번이랑 연애 찐하게 하는 게 효도하는 거다, 인마."

중일이 시큰해진 코를 들이마시며 목을 감은 팔에 힘을 주고 흔들자 동은이 옆구리가 아픈지 앓는 소리를 냈다.

"어우. 그런 효도라면 그냥 포기하세요. 그리고 저 환잡니다. 살살 좀 대해주시지."

동은의 엄살에 중일이 황급히 팔을 풀고 그녀를 바라봤다. 다행히 진짜로 아파서 그런 말을 한 건 아닌 듯했다. 그러다 문득 동은이 손에 들고 있는 샴푸를 본 중일이 걱정스럽게 물었다.

"옆구리 땡길 텐데 머리는 어떻게 감으려고?"

"한 손으로 대충 감으면 됩니다. 안 감는 것보단 낫잖아요. 그리고 상처도 이제 제법 아물었고."

그 순간 잠자코 동은의 말을 듣고 있던 중일이 손에서 샴푸를 빼앗아 병실 구석에 있는 화장실 문을 열었다. 그러곤 복도에서 휠체어를 가지고 들어와 앉으라고 턱짓했다.

"설마 팀장님이 제 머리 감겨주시게요?"

"그래, 인마. 얼른 앉기나 해."

"와. 직장 상사한테 이런 대접 받아도 되나?"

"언제는 아버지처럼 생각한다며?"

중일이 휠체어를 툭툭 치자 동은은 군말 없이 휠체어에 앉았다. 동은이 세면대에 머리를 갖다 대자 중일이 꼼꼼한 손길로 머리를 감기기 시작했다. 뽀득뽀득 거품을 내서 동은의 머리를 감겨주던 중일의 표정이, 문득 그녀를 집에 데려다 줘도 문제가 다 해결되지 않는다는 것을 깨닫곤 급속도로 어두워졌다.

"근데 소똥."

"예? 왜 그러십니까?"

"너 집에 먹을 거는 있냐?"

중일의 물음에 동은이 자신감이 꽉 찬 목소리로 대꾸했다.

"당연한 걸 물으십니다. 밥통에 밥도 해놨고. 아, 맞다. 순두부찌개도 끓여놨습니다."

동은의 대답에 소똥 주제에 웬일이냐며 반색하던 중일의 표정이 또다시 얼마 못 가 심각해졌다.

"근데 그거 일주일 전에 해놓은 거 아니냐?"

"예?"

"아니지. 너 칼 맞기 전에 그 새끼 잡는다고 사흘 넘게 잠복섰잖아. 그럼 적어도 열흘은 됐다는 건데."

"에이. 설마 먹고 죽기야 하겠습니까?"

황당한 동은의 말에 중일이 샤워기로 뒤통수를 살짝 내려치며 한숨을 푹 내쉬었다. 예전에 휴가를 죄다 반납하고 일에 파묻혀 사는 동은에게 억지로 휴가를 쓰게 한 적이 있었다. 그런데 이틀 만에 출근한 동은의 몰골이 오히려 당직을 섰을 때보다 더 끔찍했다. 그때의 기억을 떠올린 중일이 이마를 짚었다.

경찰서에선 동료들 따라 끼니라도 꼬박꼬박 챙겨 먹지만, 혼자 있으면 그런 일엔 전혀 신경 쓰지 않는 게 바로 임동은이었다. 이 녀석에겐 휴가가 오히려 독이었다. 머리를 싸매고 고민하던 중일은 결국 동은을 경찰서에 데려가겠다고 마음먹었다.

"임신이요? 누나가요?"

매형과 함께 병원으로 향하는 차 안. 태준이 놀란 만한 소식이 있다고 해도 머릿속은 온통 동은에 관한 생각뿐인지라 내내 시큰둥하게 굴던 은택이 기함하며 말까지 더듬었다.

"내가 놀랄 거라고 했지? 임신 4주래."

"와. 진짜 놀랐어요. 언제 아신 거예요?"

"오늘."

"오늘? 근데 누나 일은요? 응급실 일 힘든데 언제까지 한대요?"

"응급실 인력이 턱없이 부족해서 당장 쉬는 건 어렵고. 대신 절대 무리 안 하기로 했어."

"그 말 믿으시면 안 돼요. 우리 누나 자기 몸 돌보는 데 무딘 거 아시죠? 매형이 옆에서 잘 챙겨주세요."

"물론. 끼니때마다 응급실로 출동할 생각이야."

태준의 말에 은택이 살포시 웃었다. 끼니때마다 동은의 병실에 찾아간 제 모습이 문득 생각나서였다. 자신의 모습이 임신한 아내를 걱정하는 남편만큼이나 다급했을 것이라 생각하니 절로 웃음이 나왔다. 은택이 그 우스운 상상에서 빠져나온 것은 태준이 던져온 질문 때문이었다.

"그나저나 처남은 연애 안 해?"

"연애요?"

아직 연애조차 못 하고 있는 마당에 임신한 아내를 상상하다니, 이것이야말로 우스운 노릇이었다.

"왜요? 누나가 저 연애 안 한다고 걱정해요?"

"누나가 처남 걱정할 깜냥이나 돼? 장모님이 걱정하셔."

"아, 엄마."

은택은 아직도 소녀 같은 엄마를 떠올리며 고개를 끄덕였다. 목석같은 누나가 매형과 연애를 할 당시 남자 애간장 녹이는 비법을 전수해준 사람이 바로 엄마였다. 은택은 문득 자식들이 누굴 닮아 그렇게 숙맥인지 모르겠다던 엄마의 푸념이 생각났다.

"걱정하지 말라고 전해주세요. 그렇지 않아도 이제 슬슬 해보려던 참이니까."

"정말? 좋아하는 여자 생긴 거야?"

태준이 호기심 반 반가움 반으로 묻자 은택이 어깨를 으쓱했다.

"좋아하는 마음은 이미 오래전에 생겼어요."

"응? 오래전에 생겼다니? 혹시 짝사랑이야?"

"네."

"해묵은 마음 꺼내 보이려면 쉽지 않을 텐데. 괜찮겠어?"

"저도 그럴 줄 알았는데, 안 그래요. 시간이 얼마가 흘렀느냐는 사실 상관없어요. 중요한 건 내가 여전히 그 사람을 좋아한다는 거니까."

엄마와 누나만 생각하느라 제 마음을 챙길 시간도 없이 지낸 은택이 걱정된다던 아내의 말을 떠올린 태준이 빙긋이 웃었다.

은택의 마음은 올곧고도 단단했다. 쉽게 부서지지도, 쉽게 길을 잃지도 않을 터였다.

"우리 처남, 멋있다."

태준이 운전대 위에서 엄지를 치켜들며 혼잣말처럼 환호했다. 한 사람만을 향한 지고지순한 사랑. 이것을 가슴에 품었을 때 남자는 가장 멋있는 법이었다.

"안 되겠다. 소똥, 너 그냥 출근해라. 당직실에서 쉬다가 때 되면 밥이라도 챙겨주는 게 차라리 낫겠다."

중일이 내린 차악(次惡)의 결론에 동은이 속으로 쾌재를 불렀다. 동은은 체질적으로 가만히 있는 걸 못 견뎌했다. 억지로 집에 틀어박혀 있어 봤자 성질만 더 더러워질 게 뻔했다.

"잘 생각하셨어요, 팀장님. 제가 없으면 우리 팀이 똑바로 돌아가나요, 어디?"

"으이구, 이 화상아. 일하지 말고 쉬라고! 제발 말 좀 들어라. 정말이지 출근을 시켜도 걱정, 안 시켜도 걱정이니, 이거야, 원."

중일이 한숨을 내쉬며 딜레마에 빠진 바로 그때였다.

"걱정하지 마세요. 저 사람, 제가 데리고 가겠습니다."

언제 왔는지 은택이 두 사람을 지켜보고 서 있었다. 동은의 두 눈이 휘둥그레졌다. 곁에 서 샤워기를 들고 선 중일도 만만치 않게 눈이 커다래졌다.

"남자 1번. 아니, 자, 자네가?"

"예, 맡겨만 주세요. 저 요리사인 거 아시죠? 동은이, 제가 책임지고 잘 보살피겠습니다."

믿음직스러운 은택의 모습에, 엉겁결에 무거운 짐짝을 내려놓은 중일이 주름이 움푹 파이도록 활짝 미소 지었다.

그러나 반대로 동은은 한없이 걱정스러울 따름이었다. 여태껏 끼니때마다 은택의 얼굴을 마주한 것도 신경 쓰여 죽을 뻔했는데, 책임지고 보살피겠다는 은택의 태도는 경계심부터 먼저 들었다.

"아닙니다, 팀장님! 저 그냥 경찰서 가겠습니다. 일? 절대 안 할게요! 당직실이든 유치장이든 상관없으니……. 어푸!"

그러나 동은의 아우성은 곧 샤워기 물을 틀어버린 중일의 손에 의해 아주 꽉 틀어막히고 말았다. 겨우 중일의 손에서 벗어난 동은이 잔뜩 젖은 머리카락을 쓸어 넘기며 앞을 바라봤다.

"도망칠 생각은 꿈도 꾸지 마시지. 팀장님 말씀 잘 들었지?"

은택의 눈빛이 평소보다 더 짙어 보이는 것은 괜한 착각일까.

"이제부터 내가 당신 보호자야."

동은이 저도 모르게 침을 꿀꺽 삼켰다.

"팀장님! 팀장니이임!"

동은이 애타게 중일을 불렀지만 소용없었다. 무심하게 엘리베이터에 올라탄 중일은 은택에게 동은을 잘 부탁한다는 말을 남기고 곧장 어딘가로 향했다. 엘리베이터 문이 닫히기 직전 한껏 개운한 표정을 짓는 중일을 목도한 동은이 좌절하며 고개를 푹 숙였다. 젖은 머리를 대충 손으로 받치고서 터덜터덜 다시 병실로 돌아온 동은을 맞이하는 건 수건을 든 채 저를 기다리고 있는 은택이었다.

"이리 와서 앉아."

"내가 닦을 테니까 수건 이리 내."

동은은 뾰로통한 표정을 지으며 은택이 들고 있는 수건으로 손을 뻗었다. 그러나 은택은 수건을 내주는 대신 동은을 억지로 침대에 끌어다 앉혔다. 그러곤 대충 털어서 말리면 된다는 동은의 말을 칼같이 자르고 수건으로 머리카락의 물기를 부드럽게 닦아 냈다. 꼼꼼히 물기를 닦아낸 은택이 서운한 말투로 물었다.

"나랑 같이 있는 게 그렇게 싫어?"

그러자 동은의 어깨가 움찔 튀어 올랐다. 마치 진심을 들킨 사람처럼 곤란해하는 동은의 모습에 은택이 그녀의 머리를 닦아주던 손을 힘없이 떨어트렸다. 동은은 굳이 그의 상처받은 얼굴을 보지 않아도 그 기척만으로도 왠지 모르게 미안해졌다. 동은이 마음을 억누르지 못하고 들릴 듯 말 듯 작게 중얼거렸다.

"그런 거 아니야."

"어? 뭐라고?"

"같이 있는 게 싫어서 그러는 거 아니라고."

그 순간 은택이 동은의 정면이 보이는 곳으로 자리를 옮겨 앉았다. 그녀의 눈빛은 복잡해 보였다. 제일 먼저 말라서 부스스해진 동은의 앞머리를 은택이 손가락만으로 부드럽게 헤집었다. 머리카락이 버드나무 잎처럼 은택의 손길을 따라 살랑거렸다.

"그래, 일단은 그거면 돼. 남은 건 조금씩, 천천히 하자."

은택이 그것만으로도 만족한다는 듯 나긋하게 미소 지었다. 그의 눈웃음을 마주 보고 있자니, 동은은 앞머리뿐만 아니라 마음까지 살랑거리는 것 같았다. 그녀가 부끄러움을 견디지 못하고 앞머리를 매만지는 은택의 손을 살짝 쳐내며 등을 돌렸다.

"천천히 하긴 뭘 천천히 해. 나가. 옷 갈아입어야 돼."

캐비닛으로 다가간 동은이 옷이 한 벌밖에 들어 있지 않아 고민할 필요도 없는 곳을 괜히 사납게 뒤적였다. 유심히 보니 드러난 귓불이 붉게 물들어 있었다. 마치 거짓말 탐지기 같은 그녀의 귓불이 귀엽다고 생각하며 은택이 웃음을 삼켰다.

"이렇게 거짓말이 서툰데 옛날에 난 왜 속았는지 몰라."

혼잣말처럼 중얼거린 은택이 동은의 등 뒤로 다가가 그녀의 귓불을 아슬아슬하게 스쳐 지나가며 손을 뻗었다. 캐비닛을 열어 아직은 높은 곳에서 물건을 꺼내는 게 불편한 동은을 배려해 은택이 옷걸이에 걸린 셔츠와 바지, 가벼운 외투를 꺼내 침대 위에 내려 놓았다. 그리고 몇 개 되지 않는 세면도구와 화장품 샘플, 당분간 동은이 먹어야 할 약 등을 종이가방에 담고 퇴원과 관련한 서류까지 꼼꼼히 챙겼다. 마지막으로 화병에 꽂아져 있던 백합을 꺼내 젖은 수건으로 줄기를 감싸 품에 안은 은택이 물었다.

"근데 이거 진짜 누가 보낸 건지 몰라?"

은택이 여전히 싱싱한 백합을 바라보며 심술궂게 물었다. 많은 사람들의 짐작과는 달리 백합은 은택이 보낸 것이 아니었다.

"몰라. 나 입원하기 전에 입원해 있던 사람 앞으로 보낸 건데 날짜가 늦었나 보지."

은택은 백합을 누가 보냈는지 신경이 쓰이는 모양이었지만, 동은은 그런 걸 신경 쓸 여유가 없었다. 또다시 가까이 다가온 은택으로 인해 혼이 쏙 빠질 지경이었다. 숨결이 느껴질 만큼 가까운 거리에서 은택이 짓궂게 속삭였다.

"그런 것치곤 엄청 애지중지 가꾸던데."

"그거야 네가 보내준 꽃인 줄만 알고 있……. 헉."

워낙 정신이 없어서 필터를 거치지 않고 솔직하게 대답하려던 동은이 황급히 제 입을 틀어막았다.

"아니, 그게 그러니까, 야! 얼른 나가! 옷 갈아입는다고 한 지가 언젠데 아직도 이러고 있어!"

저도 모르게 진심을 털어놓을 뻔한 동은이 부랴부랴 은택의 등을 밀었다. 그러나 문이 닫히기 직전 얼핏 본 은택의 입꼬리가 매끈하게 휘어진 것이 이미 속마음을 들킨 게 틀림없었다. 뒤늦게 뜨겁다 못해 녹아버릴 것 같은 귓불을 만져본 동은이 한숨을 푹 내쉬었다. 입으로 아무리 다른 말을 해도 귓불이 실시간으로 붉어지는 통에 거짓말은 아무 소용없었다. 동은이 은택에게 마음껏 휘둘리는 제 허술함을 자책하며 캐비닛 문에 이마를 쿵 하고 찧었다.

"아, 진짜 앞으로 어떡하면 좋아."

동은이 좌절하며 중일이 놓고 간 엄포를 머릿속에 떠올렸다. 원래는 열흘 동안 입원할 예정이었으니 남은 사흘 동안 출근은 꿈도 꾸지 말라던 그 살벌한 말에 동은은 눈앞이 캄캄해지는 기분을 느꼈다. 환자복을 벗고 평상복으로 갈아입으며 차라리 계속 입원해 있는 편이 낫겠다는 생각이 들었지만 이미 엎질러진 물이었다.

털썩. 동은이 무거운 발걸음을 억지로 떼 병실 문을 열고 나서는데 갑자기 어깨 위에 무언가 얹어졌다. 얼핏 옆을 돌아보니 은택은 조금 전과는 달리 가벼운 차림이었다. 아무래도 제가 입고 있던 외투를 벗어준 모양이었다.

"감기 걸리면 큰일이니까 입어."

"됐어. 내 거 입으면 되지, 뭐하러."

무심하게 대꾸하며 외투를 돌려주려는 동은의 손을 은택이 빠르게 잡아챘다.

"얇아서 안 돼. 감기 걸려서 또 입원하고 싶어? 말 들어."

반쯤 벗겨진 외투를 은택이 마치 뒤에서 안 듯이 다시 동은의 몸을 폭 감싸게 덮어주었다. 범죄자를 잡는 일에만 혈안이 됐지, 자신을 돌보는 일에는 전혀 신경 쓰지 않는다는 중일의 말이 딱 맞았다. 자신이 수술을 받은 지 겨우 열흘밖에 되지 않은 환자고, 가뜩이나 개복수술을 받은 탓에 감기라도 걸리면 큰일 나는 환자라는 사실을 전혀 의식하지 않고 있었다.

"정말이지 혼자 못 놔두겠는 건 예나 지금이나 여전하다니까."

가볍게 동은의 코를 비튼 은택이 샐쭉 웃었다. 그러곤 못마땅한 표정을 지으며 입을 비쭉 내밀고 있는 동은의 손을 슬며시 잡았다. 그러자 동은의 어깨가 움찔 튀어 올랐다.

"지금 뭐 하는 거야?"

은택이 배시시 웃으며 손을 빼내려는 동은을 가볍게 저지했다.

"혹시라도 도망칠까 봐 예방하는 거. 수갑 대신이라고 생각해."

"도망 안 가. 그러니까 놔줘."

"어쩌지? 그 이유 아니라도 놓고 싶지 않은데."

그 순간, 화들짝 놀라며 눈을 동그랗게 뜨고 저를 보는 동은의 표정이 깨물어주고 싶을 만큼 귀여웠다. 7년 전 선생과 제자 사이였을 때도 그다지 그녀가 어른이라는 생각은 들지 않았지만, 지금 동은의 모습은 마치 소녀 같았다. 다섯 살이라는 나이 차이는 전혀 느껴지지 않았다.

모처럼 그녀가 아버지처럼 따르는 분에게 부탁도 받았으니 이참에 제대로 보호자 행세나 해볼까 싶은 은택이 연신 꼼지락거리는 동은의 손가락에 단단히 깍지를 꼈다.

제집으로 갈지, 아니면 그녀의 집으로 쳐들어갈지, 이도 저도 아니면 은택관으로 데려가 밥부터 먹일지. 잠시 고민하던 은택이 이내 결정을 내리고 가뿐하게 걸음을 옮겼다.

동은을 은택에게 맡기고 곧장 같은 병원의 다른 병실로 향한 중일은 문 앞에서 옷매무새를 가다듬고 심호흡을 했다. 정말이지 모처럼 이곳을 찾아온 것이어서 평소보다 살짝 더 긴장이 됐다. 이윽고 문을 활짝 연 중일이 호들갑을 떨며 병실 안의 누군가에게 인사를 꺼냈다.

"수연아, 아빠 왔다!"

그러나 중일의 말에 대답해주는 사람은 아무도 없었다. 고요한 병실. 침대에는 기관 절개를 통해 간신히 숨을 쉬고 있는 그의 딸, 강수연이 누워 있었다.

딸이 혼수상태가 되어 지낸 지도 벌써 석 달째. 견우를 제외한 강력 2팀 식구들에게도 수연의 사고 소식을 비밀로 부쳐둔 중일이었다. 중일이 아주 잠깐 우울해졌던 기색을 금세 지워내고 수연의 곁으로 다가가 앉았다.

"아빠 약속 지켰다? 그치?"

활짝 웃는 중일의 시선이 창문 너머 흐드러진 벚꽃에 가 닿았다. 바람에 흩날리는 벚꽃을 따라 중일의 눈동자가 갈피를 잃고 어지러이 흔들렸다.

함께 벚꽃 구경을 가자는 약속은 사고가 있기 전 수연과 마지막으로 한 약속이었다. 그리고 고등학교를 졸업할 때까지 데면데면하게 굴었던 딸이 처음으로 아빠에게 신청한 데이트이기도 했다.

강력반 형사 생활을 하면서 일찍 아내가 죽고 홀로 수연을 키우는 건 여간 힘든 일이 아니었다. 그래서 사춘기 시절 딸을 많이 외롭게 했고, 알게 모르게 많은 상처를 주기도 했었다. 그런 딸이 사춘기가 지나 아버지를 이해하고 용서해주었을 때, 중일은 형사 체면 따위 생각도 않고 참 많이 울었었다.

"벚꽃이 참 예쁘다. 보면 볼수록 우리 수연이처럼 곱다."

꽃처럼 고왔던 딸이었다. 그토록 소중하고 사랑스러운 딸이 지금은 겨우 가느다란 호스에 의지한 채 삶을 이어 나가고 있었다.

당장 수연을 이렇게 만든 녀석의 목을 비틀고 싶었다. 하지만 다른 관할에서 벌어진 사건이라 중일은 수사조차 할 수 없었다.

딸의 사건을 겪고 나서야 중일은 그간 짐작만 해왔던 피해자들의 심정을, 피해자 가족들의 심정을 뼈저리게 느낄 수 있었다. 그리고 동은을 더욱 가엽게 여기게 되었다.

"수연아, 아빠가 전에 말했던 그 골칫덩어리 언니 있지. 글쎄, 그 녀석이 칼을 맞아서 이 병원에 입원했지 뭐냐."

중일이 물티슈를 꺼내 수연의 깡마른 손등을 닦으며 푸념했다.

"아빠는 수연이 네가 그 녀석처럼 왈가닥으로 자랄까 봐 걱정이야. 그러고 보니 너도 유난히 정의감이 넘쳐서 자주 학교에 불려가게 만들곤 했지. 왕따 주동자였던 아이 머리끄댕이 잡고 싸우기도 하고, 담배 피우는 친구한테 잔소리하다가 또 싸우고."

중일이 구슬프게 웃었다. 그러곤 손에서 물티슈를 내려놓고 너무 앙상해 나뭇가지처럼 뼈가 도드라진 수연의 손을 꼭 움켜쥐며 속삭였다.

"그래도 실은 수연이 네가 그 녀석처럼 자라주었으면 싶어. 과거에 무슨 일이 있었든, 용기 있게 그렇게 계속 살아주었으면 해."

수연의 손등 위로 결국 참지 못한 뜨거운 눈물이 흘러내렸다.

"그렇게 해줄 거지? 우리 수연이 눈 뜨면 아빠가 그 언니 소개시켜줄게. 분명 우리 수연이도 좋아할 거야. 그러니까 얼른 일어나자. 아빠랑 같이 집에 가자. 응?"

눈물에 목이 멘 중일의 목소리가 병실을 가득 채웠다.

은택은 갈 곳이 있다며 동은을 차에 태웠다. 차에 올라탔을 때, 지락으로부터 전화가 걸려왔다. 그리고 대뜸 이사할 집을 알아봐 달라는 부탁을 해왔다.

"느닷없이 집을 알아봐 달라니, 도대체 그게 무슨 소리야?"

ᅳ언제까지 최 경위님 집에서 신세 질 수도 없는 노릇이고요. 이참에 경찰서 가까운 곳으로 집을 한번 구해볼까 해서요. 대신 저렴한 곳으로. 아! 그리고 절대 부동산 같은 데 직접 가실 필요는 없고요. 그냥 인터넷으로 검색만 해주세요.

올 봄 강남서로 발령받은 지락은 해온의 집에서 머물고 있었다. 주야간 근무가 달라 집에서 서로 마주칠 일도 없거니와 그다지 불편한 점은 없었지만, 그래도 늘 독립을 하고 싶다는 바람을 품어온 지락이었다.

"근데 그걸 왜 나한테 부탁하는데?"

―어, 그게…… 그러니까…….

뜸을 들이는 지락의 태도에서 동은은 단번에 그 의도를 알아차렸다. 부동산에 가볼 필요는 없고, 인터넷으로 검색만 해달랄 때부터 감이 왔었다.

"야, 오지락이. 팀장님이 시킨 거지?"

―네? 아니에요, 그런 거!

"아니긴! 척하면 척이지. 혹시나 내가 출근할까 봐 집구석에 묶어둘 핑곗거리 하나 만들어낸 거 맞잖아? 그치? 내 말이 맞지?"

―아하하. 역시 선배 눈치 하나는 기가 막히다니깐.

지락이 멋쩍은 웃음을 흘리며 안절부절못했다. 동은은 불만스럽게 눈썹을 구부러뜨리며 휴대전화를 반대편 귀로 옮겼다.

"시끄럽고. 집이 정말로 필요하긴 한 거야? 핑곗거리일 뿐이면 쿨하게 씹어주고."

―진짜로 필요해요! 알아봐 주시면 저야 고맙죠. 아시다시피 선배 없어서 우리 팀 지금 무지 바쁘다고요.

"그럼 내가 일할 테니까 너는 나 대신 집이나 알아볼래?"

동은이 무심하게 던진 말에 지락이 펄쩍 뛰었다.

―그랬다간 저 팀에서 쫓겨나요. 팀장님이 저 가만 안 둘걸요?

"알았다, 알았어. 알아봐 줄 테니까 일이나 열심히 해."

―네, 그럼 팀장님한텐 선배 집에서 푹 쉰다고 보고 올립니다?

"그래, 그래. 들어가라, 그럼."

동은은 싱겁게 웃으며 전화를 끊었다. 핑계를 대려면 좀 더 그럴듯한 핑계를 댈 것이지. 딱 오지랖이다운 발상이기는 했다.

"누가 집을 알아봐 달래?"

곁에서 운전에 열중하던 은택이 물었다. 동은이 갑자기 귓가를 간질이는 은택의 목소리에 괜스레 귀를 후비며 대답했다.

"어? 막내. 갑자기 집을 알아봐 달라고 그러네. 반은 나 출근 못하게 하려는 핑계지만."

"집?"

"응. 지금은 해온이 집에서 잠깐 신세 지고 있거든."

동은의 입에서 해온의 이름이 튀어나오자 은택의 미간이 희미하게 찌푸려졌다. 그것을 미처 눈치채지 못한 동은이 계속해서 해온의 이름을 입에 담으며 말을 이어가자, 은택의 미간은 점점 더 좁아져만 갔다.

"최해온 형사님이랑은 친한가 보지? 다른 형사님들보다 더 허물없어 보이던데."

"어? 그야 동갑…… 이니까."

동은이 저도 모르게 침을 꿀꺽 삼키며 대답했다. 은택이 그 모습을 기름한 눈으로 흘겨보며 말을 보탰다.

"그래도 계급상으로는 꽤 차이가 있어서 오히려 더 어려운 사이여야 하는 거 아닌가?"

"어려워. 그냥 해온이 걔가 워낙에 가볍게 행동해서 네 눈에 더 그래 보이는 거 아닐까?"

목 안쪽이 이상하게 따끔따끔했다. 마치 해온과의 사이를 변명하는 것만 같은 기분이 들었다. 동은이 그 사실을 의식하고 부러 단호하게 턱을 치켜들었다.

"근데 내가 왜 너한테 이런 말을 구구절절 해야 하는 건데?"

"난 꼭 대답하라고 한 적 없다. 당신이 찔려서 대답한 거지."

"찌, 찔리긴 뭐가 찔려? 그런 거 없거든?"

"누가 뭐래요."

은택이 심드렁하게 대꾸하니 펄쩍 뛴 동은이 오히려 민망해졌다. 동은이 창문을 내리고 살짝 붉어진 얼굴을 창밖으로 향했다. 거울로 슬쩍 들여다보니 입을 댓 발은 내밀고 있었다. 은택이 슬그머니 미소 지으며 말꼬릴 돌렸다.

"그나저나 오 형사님 집은 어떻게 알아볼 계획이야?"

"글쎄. 진짜로 알아보라는 것도 아닐걸. 나 쉬라고 하는 거지."

"그래도 집은 필요하신 거잖아."

"어. 근데 그건 왜."

잠깐 사이에 무시무시할 정도로 퉁명해진 목소리에 풋 웃음이 터져 나오려는 걸 간신히 참은 은택이 대꾸했다.

"내가 경찰서 근처에 저렴하고 깨끗한 집 하나 알고 있거든."

"그래? 거기가 어딘데?"

동은이 반색하며 묻자 은택이 슬쩍 시선을 피하며 대답했다.

"당신은 알 것 없고. 오 형사님한테 나중에 나한테 연락 한번 달라고 해줘. 직접 소개해드릴 테니까."

동은이 또다시 저를 제외해놓는 은택의 태도에 불만스럽게 눈을 흘겼다. 덕분에 그 순간, 은택의 눈빛에 짙은 꿍꿍이가 어린 것을 그녀는 알아채지 못했다.

"이……. 이분이 소똥?"

하루는 은택이 데려온 미모의 여성을 바라보며 하염없이 눈만 깜빡였다. 그러니까 눈앞의 이 여성이, 그리스 산토리니를 배경으로 당장 이온음료 CF라도 찍어야 할 것 같은 이 청순하고 산뜻한 여성이…….

사시미칼에 찔렸다는 그 위험한 사람이라고? 사장님이 감시하고 있는 그 도망자라고? 소똥 같은 지저분한 별명을 가지고 있는 바로 그 사람이라고!

"말도 안 돼."

가뜩이나 소똥을 얼굴에 칼자국을 새긴 덩치 큰 건달 정도를 상상했던 하루는, 상상과 현실의 엄청난 차이에 황당함을 감출 길이 없었다.

시간이 지날수록 저를 바라보는 남자의 입이 다물어지기는커녕 점점 더 크게 벌어지는 것을 의식한 동은이 한숨을 푹 내쉬었다. 그러곤 가게 안에 들어오자마자 주방으로 가 열심히 음식을 만들기 바쁜 은택에게 다가가 물었다.

"서은택, 도대체 날 어떻게 소개한 거야."

잇새로 낮게 뱉어낸 물음에 간을 보고 있던 은택이 어깨를 으쓱이며 대답했다.

"당분간 가게에 소홀할 것 같아서 사정을 얘기한 것뿐이야. 거짓말을 한 것도 아니고 사실대로 얘기했어."

"어떤 사실?"

"당신이 사시미칼에 찔려서 입원해 있는 동안은 당분간 식사는 판매하지 않겠다고 했지."

"그리고 또?"

"대체 누구를 만나고 온 거냐고 묻기에 소똥이라고 답해줬지. 하필 그 순간 팀장님이 당신을 그렇게 부르던 게 생각나지 뭐야."

"내가 못 살아."

이제야 저 하루라는 남자가 자신을 왜 그토록 당혹스러운 표정으로 바라봤는지 짐작이 가는 동은이었다. 사실은 사실이나 오해를 불러일으키기 딱 좋은 사실만 골라 설명해놓았다. 동은이 지끈거리는 관자놀이를 짚으며 하루를 향해 어색하게 악수를 청했다.

"반가워요. 난 임동은이라고 해요. 직업은 형사고요."

동은은 자신이 형사라는 사실을 강조해서 소개했다. 그러자 하루의 눈빛에서 의구심이 반쯤 걷혔다. 이 정도만 해도 사시미칼에 찔린 사정은 자연스럽게 설명이 됐을 거라 생각되었다. 무언가 말을 더 이으려던 동은은 잠시 망설였다. 소똥이라는 별명을 얻은 사정까지 구구절절 설명하는 것은 그다지 내키지가 않았다. 그녀가 머뭇거리는 사이, 별안간 하루가 호들갑을 떨며 은택을 불렀다.

"사장님! 사장님!"

완성된 요리를 도시락 용기에 담아내던 은택이 고개를 돌렸다.

"어, 왜?"

"임동은이라는 이름, 어디서 많이 들어봤다 했는데. 사장님 첫사랑 맞죠?"

하루의 입에서 뜬금없이 첫사랑이라는 단어가 튀어나왔다. 동은이 놀란 듯 눈을 치켜떴다. 은택은 곧바로 대답해주는 대신 목까지 새빨개진 채 서 있는 동은과 눈을 마주쳤다. 은택에게서 아무런 대답이 없자 하루가 답답한 듯 부연 설명을 보냈다.

"아, 왜, 사장님 좋다고 고백한 여자들한테 번번이 아직 첫사랑을 못 잊어서 안 된다고 거절했었잖아요. 그때 그 첫사랑 이름이 임동은 맞죠?"

하루가 목격한 은택의 인기는 그야말로 대단했다. 캠퍼스 아이돌이라고 불릴 정도였다.

그러나 은택은 단 한 번도 누군가를 사귄 적이 없었다. 그가 다가오는 여자마다 번번이 차갑게 거절을 해버린 까닭이었다. 아무리 예쁜 여자에게도, 아무리 섹시한 여자에게도 은택은 칼같이 퇴짜를 놓았었다. 그러다 보니 대학교 때 인기와는 별개로 늘 게이라느니 불감증이라느니 치명적인 소문들을 달고 살았던 은택이었다. 덕분에 은택은 해마다 연례행사처럼 신입생들에게 소문을 해명하느라 진땀을 빼곤 했었다. 해명 끝에 그렇다면 도대체 왜 연애를 하지 않느냐는 주변의 물음에 그는 늘 이렇게 대답했었다.

첫사랑 때문이라고. 바로 그 첫사랑을 눈앞에서 목격한 하루는 절로 은택의 마음이 이해가 되었다. 이토록 아름다운 첫사랑이라면 저라도 결코 잊을 수 없을 것 같았다.

"와, 그게 진짜였어! 난 완전히 뻥인 줄 알았는데."

"그럴 리가. 난 거짓말이라면 아주 치가 떨리는 사람이거든?"

도시락을 완성한 은택이 조금 전보다 더 집요하게 동은의 눈을 바라보며 천천히 이쪽으로 걸음을 옮겼다. 마치 누구처럼 거짓말은 하지 않는다는 듯한 얄미운 태도였다. 그리고 어느새 동은의 코앞에까지 다가와 하루의 질문에 마저 대답해주었다.

"다시 제대로 소개할게. 이쪽은 내 첫사랑, 임동은."

은택의 소개에 동은의 두 뺨이 발그레 달아올랐다.

부끄러운 나머지 저녁을 먹고 가라는 권유도 뿌리치고 혼자서 집으로 돌아온 동은은 냉장고에서 차가운 생수를 꺼내 벌컥벌컥 들이켰다. 가슴에서 찌르르 통증이 느껴졌지만 차라리 아픈 게 나았다. 아까부터 쉴 새 없이 두근거리는 심장 때문에 도저히 정신을 차릴 수가 없었다.

'내 첫사랑.'

불을 끄고 누워 양을 천 마리 넘게 셌어도 머릿속에선 계속 같은 말만 반복해서 재생되고 있었다. 그리고 그때마다 심장은 번번이 소란을 떨었다. 집에 도착한 시각이 밤 아홉 시가 조금 지났을 무렵이니, 무려 삼십 분이 넘도록 이 두근거림이 가시질 않고 있는 것이었다.

"젠장. 제발 좀 조용히 하라고!"

홧김에 소리를 버럭 지른 동은이 생수를 다시 냉장고에 집어넣었다. 그리고 천천히 오른손을 들어 올렸다. 그녀가 왼손도 마저 들어 올려 한 치의 흐트러짐도 없는 날렵한 사격 자세를 취했다.

머릿속이 복잡할 때 사격 훈련을 하는 것은 동은의 오래된 습관이었다. 사격은 아무리 훈련일지라도 고도의 집중력을 필요로 했다. 만약 제대로 훈련하지 않아 실전에서 집중력을 발휘하지 못하게 된다면 곧바로 죽음과 직결이 되기 때문이었다. 누군가의 목숨, 혹은 내 목숨이 한순간의 실수로 날아가 버리는 것이다. 감히 허튼 생각 같은 건 꿈도 못 꿀 일이었다.

그런 까닭에 복잡한 머릿속을 깔끔하게 정리하는 데는 이 사격만 한 게 없었다. 물론 제대로 된 사격장에서 훈련을 하는 것이 가장 좋겠지만, 사정이 여의치 않을 땐 이런 식으로 상상을 하며 훈련하는 것도 꽤 쓸모가 있었다. 차분하게 호흡을 가다듬은 동은이 손끝을 가늠쇠 끝으로 생각하고 집 안 곳곳에 붙여둔 표적지를 재빠르게 겨냥했다.

장롱, 현관문, 환풍기, 노트북, 거울. 상상 속에서 표적지 중앙을 전부 명중시킨 동은이 마지막으로 탁자 위의 백합을 겨냥했다. 평소 꽃과는 거리가 먼 동은의 집에 꽃병 같은 게 있을 리 없었다. 적당한 크기의 물병을 꽃병 삼아 꽂아놓은 백합은 이제 대부분 거의 시들었고, 한 송이만 제법 싱싱하게 살아 있었다.

창문을 살짝 열어둔 탓에 꽃이 살랑살랑 움직였다. 그 한 송이를 꽤 오래 주시하던 동은이 문득 자세를 풀고 가까이 다가갔다.

"이게 대체……."

그리고 거친 손길로 꽃을 뽑아 들었다. 늦게 핀 꽃이려니 생각했는데 아니었다. 그것은 생화가 아니라 정교하게 만들어진 조화였다. 주의 깊게 보지 않으면 꼼짝없이 진짜라는 착각이 들 만큼 섬세하게 만들어져 있었다.

게다가 본래라면 꽃 수술이 있어야 할 자리에 다른 인위적인 것이 있었다. 이제 보니 이 한 송이만 줄기가 유난히 굵었다. 그 순간, 동은의 뇌리에 불길한 예감이 스쳐 지나갔다.

그날 밤. 동은이 서둘러 돌아가고 은택은 가게에서 초조하게 누군가를 기다리고 있었다. 쇠뿔도 단 김에 빼라고 했다고, 집으로 돌아가겠다는 동은을 억지로 붙잡아 곧바로 지락에게 연락을 취했다. 덕분에 근무가 끝나는 대로 지락이 은택관에 들리기로 했다.

그때, 유리벽 너머로 주머니에 손을 찔러 넣은 채 정원에 들어선 지락의 모습이 보였다. 은택이 반가운 표정을 지으며 손수 가게 문을 열어주었다.

"어서 오세요, 오 형사님."

"네? 네에."

지락은 얼떨떨한 기색으로 가게 안으로 들어섰다. 은택이 왜 이렇게 살갑게 구는 것인지 도무지 알 수 없는 노릇이었다. 지락을 먼저 자리에 앉히고, 주방에서 감잎차와 직접 만든 약과를 가지고 나오며 은택이 빙그레 미소 지었다.

"드세요. 요즘 같은 환절기에는 감잎차가 좋아요. 약과도 방금 만든 거라 맛있을 거예요."

"네, 잘 먹겠습니다. 그런데 동은 선배한테 듣기로 경찰서 근처에 좋은 집이 있다고 하셨다고……?"

지락이 감잎차를 겨우 한 모금 마시고 조급하게 물어오자 은택이 조금 전보다 더욱 해사하게 웃으며 대답했다.

"네, 마침 아주 좋은 집이 하나 있어서요."

"그곳이 어디……?"

시종일관 어딘가 미묘하게 구는 은택의 태도에 지락이 차마 딱 부러지게 묻지 못하고 말끝을 흐렸을 때였다. 별안간 은택이 기가 막힌 대답을 해왔다.

"제가 지금 룸메이트를 구하고 있거든요."

"룸메이트요?"

"네. 그래서 오 형사님이 저랑 함께 지내는 건 어떨까 하는데."

은택은 감잎차가 담긴 컵의 테두리를 매만지며 설명했다.

"길 건너에 있는 오피스텔이에요. 방은 두 개니까 사생활 침해는 염려하지 않으셔도 돼요. 그리고 식사는 언제든 여기 은택관에 오셔서 하면 되거든요."

길 건너에 있는 오피스텔이라니, 지은 지 얼마 되지 않은 건물이었다. 그야말로 솔깃한 제안이 아닐 수 없었다. 인터넷을 몇 날 며칠 뒤져봐도, 부동산 어딜 가도 이만한 조건의 집을 구할 수는 없을 터였다. 게다가 무상으로 제공되는 셰프의 요리라니. 다만 문제는 가격이었다. 지락이 불안한 기색으로 슬며시 물었다.

"그런데 제가 지금 수중에 가진 돈이 별로 없는데. 그만한 조건이면 보증금이라든가 월세가 엄청나게 비싸지 않나요?"

그러자 은택이 예의 그 해사한 웃음을 지으며 대답했다. 남자인데도 반할 지경이었다.

"그 부분은 걱정하지 마세요. 아무렴 우리 동은이 동료분이신데 제가 야박하게 굴 수야 없죠. 그 대신."

"그 대신?"

지락이 침을 꿀꺽 삼켰다. 은택이 잠시 뜸을 들이다 비밀스럽게 속삭였다.

"오 형사님이 앞으로 저 좀 도와주세요."

"네? 그게 무슨……?"

"차차 알게 되실 거예요."

영문을 몰라 고개를 갸웃하는 지락을, 은택이 회심의 미소를 지으며 바라봤다.

백합에서 이상한 낌새를 차린 뒤로 동은은 밤을 뜬눈으로 꼬박 새웠다. 날이 밝자 그녀는 곧바로 집을 빠져나와 해온에게 전화를 걸었다. 어젯밤 내내 집에서 아무 소리도 내지 않고 지낸 동은이었다. 계단을 내려오는 동안 서너 차례 연결음이 들리고 이내 해온이 전화를 받았다.

─무슨 일이야? 이렇게 아침 일찍?

동은은 쌀쌀한 새벽 공기에 오소소 소름이 돋아난 팔을 손바닥으로 문지르며 휴대폰을 입 부근에 바짝 붙였다. 백합이 근처에 없는데도 괜스레 목소리가 작게 흘러나왔다.

"부탁이 하나 있는데."

바닥을 향해 있던 동은의 시선이 자신의 집 창문을 향해 천천히 들어 올려졌다.

"우리 집으로 좀 와줘."

그리고 전화를 끊은 지 삼십 분 만에 교대를 마치고 해온이 동은의 집에 찾아왔다. 동은은 증거물 봉투에 담긴 백합을 조심스럽게 해온에게 건넸다. 혹시 백합에 도청기가 설치되어 있을지도 몰라 섣부르게 말을 할 수가 없었다. 그녀가 급하게 휴대폰에 문자를 찍어 해온의 눈앞에 들이밀었다.

[곧바로 감식에 넘겨. 그리고 간호사 면담하고 병원 CCTV 싹 다 뒤져서 배달원부터 찾아내.]

해온이 고개를 끄덕이자 동은은 곧바로 두 번째 문자를 찍어 보여주었다.

[혹시 모르니까 나 이전에 그 병실에 입원했던 환자 신변도 파악해두고. 참, 일단 팀장님이나 다른 사람들한텐 말하지 마.]

문자를 다 읽은 해온이 손가락으로 오케이 모양을 만들어 보였다. 그러곤 조심하라는 듯 그녀의 어깨를 탁탁 두드렸다. 동은이 알겠다며 고개를 끄덕이자 해온이 곧 잰걸음으로 계단을 내려갔다. 그 뒷모습을 한동안 지켜보다 동은은 말없이 현관문을 닫았다.

　그녀가 침대가 있는 곳까지 걸어와 한숨을 쉬며 침대 위로 쓰러졌다. 칼에 찔린 자리에 찌르르 통증이 느껴졌다. 몸을 웅크린 동은이 이불을 손에 꾹 말아 쥐었다. 고통이 어느 정도 가시자, 천천히 몸에서 힘을 뺀 그녀는 그야말로 복잡한 표정을 짓고 있었다.

　백합. 도대체 누가 보낸 걸까? 결국 동은은 다시 일어나 앉아 휴대전화로 찍어둔 백합의 사진을 다시 면밀히 살폈다. 도청기를 단 백합을 보낸 인물에 관해 갖가지 추측들이 머릿속에 떠올랐다.

　우선은 동은에게 원한을 가진 범죄자 중 하나일 가능성이 컸다. 강력팀에서 일을 하다 보니 협박 전화나 협박 메일을 받는 경우는 부지기수였다. 심할 땐 스토킹을 당한 적도 있었다. 도청기를 보내온 것은 스토커가 하는 행동과도 맞아떨어졌다.

　그 외에는 동은이 입원하기 전에 병실을 썼던 다른 환자에게 백합이 보내졌을 가능성도 있었다. 그래서 해온에게 그쪽으로도 조사를 부탁한 것이었다.

　동은은 가급적 제 손으로 조사를 하고 싶었지만 상황이 여의치 않았다. 가까스로 경찰서에 출근을 한다고 해도 팀장님이나 2팀 식구들에게 온통 감시를 받을 게 뻔했다. 베테랑 형사들 틈에서 몰래 조사를 하기란 거의 불가능했다. 그래서 하는 수 없이 가장 비밀이 없는 사이인 해온에게 조사를 부탁한 것이었다. 게다가 해온은 동료들 가운데 가장 개인플레이가 많은 팀원이었다. 덕분에 팀장님이나 동료들 눈에 띄지 않고 몰래 조사가 가능할 것이었다.

동은은 확실하게 조사가 이루어지기 전까지 이 일과 관련해 더는 문제가 불거질 일이 없을 거라고 판단했다. 하지만 문제는 전혀 생각하지 못한 엉뚱한 곳에서 발생했다.

딩동. 갑작스러운 벨소리에 동은은 틀림없이 해온이 다시 찾아온 거라고만 생각했다. 그러나 작은 렌즈 구멍을 통해 들여다본 집 앞에는 놀랍게도 해온이 아닌 다른 사람이 서 있었다.

"서은택?"

렌즈 구멍으로 들여다본 은택은 어쩐지 잔뜩 화가 나 있는 것 같았다. 무표정한 얼굴이지만 서늘한 기운이 두꺼운 현관문을 뚫고 느껴졌다. 마치 지난번 해온이 저를 부축해주던 모습을 발견했을 때처럼 사나운 기세였다. 화들짝 놀란 동은이 황급히 문을 열고 나갔다.

"네가 대체 여긴 어떻게……?"

그러나 동은이 질문을 채 끝내기도 전에 사납게 말꼬릴 자른 은택이 낮게 가라앉은 목소리로 물었다.

"왜 최 형사님이 여기서 나와?"

"어? 어, 그게……."

동은은 간신히 입을 열어 얼버무리듯 되물었다.

"그보다 은택이 넌 여기 무슨 일로 왔어?"

그 순간, 한 발짝 더 가까이 다가온 은택이 다시 한 번 또박또박 물었다.

"내가 먼저 물었잖아. 왜 최 형사님이 여기서 나오는 거냐고."

은택은 반드시 대답을 듣고 말겠다는 태도였지만, 동은은 차마 진실을 알려줄 수가 없었다. 저에게 도청기가 배달되었다는 사실을 알게 되면 분명 은택은 가만있지 않을 테니까. 동은이 순식간에 얼굴에서 당황한 기색을 지우고 차갑게 대꾸했다.

"네가 신경 쓸 일 아니야. 그나저나 여긴 대체 뭐하러……."

동은의 무신경한 반응에 은택은 입술을 붉어지다 못해 하얗게 깨물었다. 그러다 별안간 그녀가 손에 들고 있던 휴대전화를 빼앗아 들었다. 동은이 반사적으로 손을 뻗었다.

"뭐 하는 거야? 이리 내!"

그러나 은택은 뒤로 한발 물러서며 가볍게 동은을 뿌리쳤다. 그리고 주머니에서 자신의 휴대전화를 꺼내 동은의 휴대전화와 함께 나란히 그녀의 코앞으로 들이밀었다. 동은의 눈앞에는 지금 두 개의 단축번호 1번이 화면에 띄워져 있었다.

[임동은]

은택의 휴대전화 단축번호 1번. 그곳에는 임동은, 자신의 이름 세 글자가 적혀 있었다. 반면 여전히 저의 휴대전화 단축번호 1번에는 '1번'이라고만 적혀 있을 뿐이었다. 은택이 낮게 가라앉은 목소리로 입을 열었다.

"잘 들어. 나한테 단축번호 1번 임동은은 첫사랑이고 여전히 많이 좋아하는 사람이라는 뜻."

그렇게 말한 은택은 자신의 휴대전화를 다시 주머니에 집어넣고 동은의 휴대전화를 만졌다. 그리고 다시금 그녀의 코앞으로 휴대전화를 들이밀었다. 그녀의 휴대전화 단축번호 1번에는 어느덧 '1번'이라는 글자 대신 다른 것이 저장되어 있었다.

[???]

이 물음표 세 개의 의미가 대체 뭘까? 동은이 눈만 깜빡거리고 있자 은택이 무겁게 입을 열었다.

"전에 내가 말했지. 조금씩, 천천히 하겠다고."

은택이 동은의 손에 다시 휴대전화를 쥐여 주며 속삭였다.

"시간을 줄게. 곰곰이 생각해봐. 당신한테 단축번호 1번은 무슨 뜻인지."

동은의 눈동자가 불안하게 흔들렸다. 이런 식으로 진심을 물어 오면 곤란했다. 더는 그에게 거짓말이 통하지 않을 걸 알기 때문이었다.

"은택아, 나는 있지."

"거짓말로 둘러댈 생각하지 말고. 진심으로, 솔직하게 고민해 보고 대답해. 기다릴 테니까. 응?"

그 말을 마지막으로 남긴 채 은택은 계단을 성큼성큼 내려갔다. 앞으론 그 어떤 거짓말도 허용하지 않겠다는 듯. 탁, 탁, 탁. 은택의 발소리가 동은의 가슴속에 무거운 발자국을 남기며 천천히 멀어져 갔다.

그날 이후로 은택은 동은에게 시간을 주겠다는 말을 지키려는 것처럼 한동안 나타나지 않았다. 다만 중일과의 약속도 지키지 않을 수가 없어 끼니때마다 도시락을 문 앞에 두고 가고는 했다.

그동안 동은은 몇 번이나 단축번호 1번에 저장된 이름을 바꿨다. '서은택'이라고 적었다가, '제자'라고 적었다가, 내내 다른 말을 망설이다가, 결국엔 다시 '???'로 바꾸는 것이 몇 차례 반복되었다.

그렇게 사흘이 쏜살같이 흘러갔다. 장장 열흘 만에 출근한 동은은 왠지 모르게 껄끄러운 기분을 느끼고 있었다. 그도 그럴 게 팀장 중일을 제외한 2팀 식구들이 피부로 느껴지게끔 데면데면하게 구는 까닭어었다. 바로 이런 식으로.

　"홍 선배, 내 거 조서 선배가 대신 다 써줬다면서요? 미안해서 어째요. 제가 밥 쏠까요?"

　"됐어. 뭐, 그런 걸 가지고 다. 그건 그런데, 동은아."

　"네?"

　"아니다. 일 봐."

　"뭔데요?"

　"아니래도. 어서 일 봐."

　비단 견우뿐만이 아니었다. 막내 지락도 같은 반응이었다.

　"막내야, 너 이번에 나 대신 영장 전부 받아 왔다며. 짜식, 제법이다? 다 컸네, 우리 막내. 내가 밥 쏠까?"

　"됐어요. 그 정도 가지고 뭘요. 그런데 선배."

　"응? 왜?"

　"아니에요. 일 보세요."

　"뭐야? 막내 너까지. 대체 뭔데 그래, 다들?"

　평소 같으면 당장에 밥 쏘라고 난리를 쳤어도 열 번을 더 쳤을 판에 이상하게 얌전했다. 지난 열흘간 전화상으로는 너도나도 큰 오빠처럼 든든하게 굴더니 갑자기 왜들 이러는지 알 수 없는 노릇이었다. 게다가 한술 더 떠 건너건너 자기들끼리만 눈치를 주고받는 꼴이 기가 막혔다. 그 불편한 기운에 내내 못마땅한 표정을 짓던 동은이 점심시간을 앞두고 결국 폭발하고 말았다.

"젠장! 도대체 왜들 이러는데요? 할 말 있으면 그냥 하지? 계속 사람 신경 긁지만 말고!"

동은이 결국 참지 못하고 손바닥으로 책상을 내리치며 일어선 순간이었다.

"선배, 연애한다는 거 진짜예요?"

막내 지락을 시작으로 날벼락 같은 말이 연달아 쏟아져 나왔다.

"그래도 소똥 네가 나름 강남서 만인의 연인이었는데. 진짜 연애해?"

"외모는 청순, 몸매는 섹시, 성격은 개차반, 별명은 소똥. 정말이지 누구 한 사람만의 소유로 하기엔 아까운 매력인데 말이지. 정말 소문이 사실이야?"

"아니지? 너 연애한다는 거 헛소문이지? 뻥이지? 그치?"

소문? 그제야 감을 잡은 그녀가 등을 돌려 중일의 책상이 있는 쪽을 휙 노려봤다. 바로 그 순간, 슬그머니 자리를 피하려던 중일과 교묘한 타이밍에 눈이 딱 마주쳤다. 중일이 동은의 눈치를 살피며 두 손을 찰싹 붙이고 손바닥을 사정없이 비벼댔다. 동은이 한숨을 길게 뱉으며 머리카락을 아무렇게나 헝클어뜨렸다. 역시나 소문의 근원지는 중일이었다.

"아니, 난…… 남자 1번이 시키지도 않았는데 나서서 널 책임지고 보살피겠다고 하니까……."

"그럼 아픈 사람 보살펴주면 다 연애하는 겁니까? 지난번에 팀장님 손가락 골절 입으셨을 때 제가 보살펴드렸었는데, 그럼 저랑 팀장님도 연애하는 거겠네요? 네?"

"아휴, 미안해. 미안하다고."

"정말이지 미안하다고 해결될 일이 아니라고요, 이건."

차마 팀장님을 상대로 호통을 칠 수도 없고 동은이 그저 이를 악물며 분을 삭이고 있을 때였다. 중일이 기어코 호통을 치게 만들었다.

"그나저나 소동아, 기왕 이렇게 된 거 그냥 남자 1번이랑 연애하는 건 어떠냐? 경찰서 내에 소문 쫙 퍼졌는데."

"팀장님!"

바로 그때였다. 동은이 중일을 상대하느라 잠깐 방심한 그때, 지락이 순식간에 그녀가 책상에 놓아둔 휴대전화를 낚아채 갔다.

"아무래도 제 두 귀로 직접 확인해봐야겠습니다. 선배랑 남자 1번이랑 연애를 하는지 안 하는지. 궁금해서 도저히 못 참겠어요!"

결국 지락의 엄지가 동은이 막을 새도 없이 재빠르게 단축번호 1번을 꾹 눌렀다.

"막내!"

동은이 앙칼지게 지락을 불렀지만 엎질러진 물이었다. 이미 전화는 걸어진 상태였다. 눈치 없는 지락이 '1번'에서 '???'로 바뀐 이름에 고개를 갸웃거리며 물었다.

"물음표 물음표 물음표. 선배, 이게 대체 무슨 뜻입니까?"

아무래도 지락은 언젠가 단축번호 1번에게 전화를 걸었다가 중요한 부위에 발길질당한 기억을 그새 잊어버린 모양이었다. 동은은 이를 바득바득 갈며 지락에게로 성큼성큼 걸음을 옮겼다.

"오지락아, 쓸데없는 오지랖은 부리지 말라고 내가 몇 번을 말했냐. 네가 아주 겁대가릴 상실했구나? 당장 전화 안 끊어?"

동은은 아직 은택의 물음에 답을 정하지 못한 상태였다. 이 타이밍에 은택이 전화를 받기라도 하면 상당히 곤란했다. 동은이 지락에게서 휴대전화를 빼앗기 위해 필사적으로 매달렸다. 이윽고 휴대전화를 빼앗는 데 성공한 동은이 황급히 통화 종료 버튼을 눌렀다.

가슴을 쓸어내린 그녀가 식은땀을 훔치며 심호흡을 했다. 어찌나 놀랐는지 아직까지도 가슴이 벌렁벌렁했다. 그사이 지락은 쪼르르 도망을 가버린 상태였다. 막 사무실 문을 열어젖힌 지락을 향해 동은이 고함을 쳤다.

"이 오지랖만 태평양같이 넓은 오지락 같으니라고! 내 오늘 기필코 널 태평양 앞바다에 던져버린다! 당장 이리 안 와?"

"악! 살려주세요, 선배! 다신 안 그럴게요!"

동은과 지락이 옥신각신하던 바로 그때였다.

"전화는 왜 걸었다가 끊어?"

어째서인지 등 뒤에서 결코 들려올 리가 없는 은택의 목소리가 들려왔다. 동은이 애써 아닐 거라고, 착각한 거라고 고개를 저으며 간신히 뒤를 돌아본 순간이었다.

"오랜만."

거짓말처럼 은택이 그곳에 서 있었다. 은택이 두 손 가득 들고 있던 짐을 내려놓은 후 손가락을 살랑이며 인사를 건네 왔다. 곧장 그녀의 얼굴이 인형처럼 창백하게 굳었다.

"여길 네가 대체 어떻게……?"

"팀장님이 들여보내주셨어."

"팀장님이?"

"응. 몰랐어? 나 팀장님이랑 문자도 주고받는 사이야."

동은이 다시 한 번 중일을 휙 노려봤다. 엉뚱한 소문만 퍼뜨린 줄 알았더니 어느새 은택과 모종의 관계까지 만들었을 줄이야. 은택이 중일을 원망하기 바쁜 동은의 관심을 다시 제게로 이끌었다.

"근데 당신은 보아하니 답이 나와서 나한테 전화를 건 게 아닌 것 같네."

말을 하는 도중에 은택의 시선이 지락을 향해 뻗어 나갔다. 지락이 장난삼아 전화를 거는 모습도 전부 보고 있었다. 은택의 눈길을 좇던 동은은 불편한 질문에 황급히 말꼬리 돌렸다.

"대체 여긴 뭐하러 왔어? 팀장님까지 포섭해서."

"나? 점심 배달하러 왔지."

"점심?"

"응."

짧게 대답한 은택이 곧이어 사무실이 쩌렁쩌렁 울릴 만큼 우렁차게 외쳤다.

"다들 식사 안 하셨죠? 오늘 특별히 은택관에서 점심 쏩니다!"

그 소리에 강력 2팀 사람들의 눈이 흡사 먹이를 노리는 매의 눈처럼 희번덕거렸다. 오로지 동은만이 눈앞에서 범인을 놓쳤을 때보다 더 절망적인 표정을 지으며 은택을 바라봤다. 가뜩이나 경찰서 전체에 벌써 엉뚱한 소문이 퍼졌다는데, 은택까지 나타나 이런 식으로 굴면 소문은 더 이상 소문이 아니게 될 수도 있었다. 그리고 그것은 단지 동은의 기우가 아니었다.

"와, 선배. 아까부터 계속 밥 쏜다 그러더니 이거 말하는 거였어요?"

"뭐? 아니야. 절대 아니야, 그런 거!"

"잘 먹을게, 동은아."

"그러니까 진짜 그런 의미가 아니었다니까요!"

막내 지락에 이어 평소 점잖은 견우까지 동은의 어깨를 툭 치며 윙크까지 하고 지나갔다. 동은이 답답함에 소리 없는 아우성을 내지르며 고개를 푹 숙였다.

은택은 준비해온 음식을 꺼내놓다 말고 그 모습을 감상하며 회심의 미소를 지었다. 사실 병원에서 중일을 만났을 때, 동은을 노리는 뭇 남성들이 경찰서에 꽤 있다는 정보를 건네받고 계속 연락을 주고받으며 치밀한 계획하에 등장한 은택이었다. 그 때문에 룸메이트 핑계를 대며 지락까지 포섭한 것이었다.

조금씩, 천천히 가겠다고는 했지만, 마냥 얌전히 기다릴 수는 없었다. 24시간 붙어 있을 수 없으니 이 정도 대비는 필요했다. 반짝 눈을 빛낸 은택이 사무실을 빠져나가려는 동은의 팔을 잡아당겨 모두가 모여 있는 테이블에 억지로 앉혔다.

"어허. 주인공이 빠지면 서운하지."

그 순간 발끈하다 말고 그녀의 눈이 휘둥그레졌다. 테이블에는 이제껏 경찰서에서 본 적 없는 호화로운 점심이 차려져 있었다.

"자자, 맛있게 드시고 앞으로도 우리 동은이 잘 부탁합니다."

우리 동은이? 샐쭉 웃는 은택을 보며 그녀가 어이없는 웃음을 흘렸다. 그러나 그 정도로 주눅이 들 서은택이 아니었다. 그는 아랑곳하지 않고 분주하게 움직이며 상을 차렸다.

"넉넉하게 준비해 왔으니까 많이들 드세요!"

이미 반찬만으로도 형사과 낡은 테이블이 임금님 수라상처럼 보이는데 메인 요리를 꺼내놓자마자 여기저기서 탄성이 터져 나왔다. 메인 요리는 봄에 딱 어울리는 미나리 문어초와 봄나물 비빔밥이었다. 한 입 크기로 손질한 문어에 상큼한 레몬 소스를 뿌려 미나리와 함께 먹는 문어초는 봄철 나른한 입맛을 돋우는 데 제격이었다.

뒤이어 나온 봄나물 비빔밥은 보는 것만으로도 정성이 한가득 느껴졌다. 향긋한 깻잎나물, 쌉싸래한 취나물, 알싸한 달래나물, 그리고 구수한 현미밥이 옹기그릇에 깔끔하게 담겨 있었다. 그 곁에는 은택이 직접 담근 고추장과 진하고 고소한 향을 가득 품기는 참기름이 작은 종지에 적당한 양씩 담겨 자리했다.

그러나 눈으로 보는 즐거움은 입으로 맛보는 즐거움을 이기지 못하는 법이었으니. 곧이어 옹기그릇에 숟가락이 부딪치는 소리가 여기저기서 요란하게 들려왔다. 그리고 이미 비빔밥을 맛본 사람들의 입에서는 연신 감탄사가 터져 나왔다

"이야. 허구한 날 짜장면 짬뽕 볶음밥만 먹다가 우리 남자 1번이 정성껏 만든 음식을 먹으니까 속이 정말 편하네. 안 그래?"

"그럼요! 누가 아니래요!"

"지당하신 말씀! 남자 1번 요리 솜씨가 완전 짱입니다!"

중일이 만족스러운 미소를 지으며 너스레를 떨자 견우와 지락이 맞장구를 쳤다. 동은과 눈이 마주친 은택이 어깨를 으쓱하며 손가락으로 브이를 그려 보였다.

동은은 얼굴에 경련이라도 일어난 사람처럼 어색한 표정을 지어 보였다. 갑자기 은택이 찾아와 시끌벅적해진 경찰서가 불편하기만 했다. 그런데 그 와중에도 저도 모르게 입꼬리가 치켜 올라가 있었다. 볼우물을 긁적이며 그녀가 마지못해 숟가락을 집어 들었다.

"기왕 이렇게 된 거 일단 잘 먹을게. 하지만 두 번은 어림……."

"우와아아!"

그러나 은택이 곁들일 음식으로 마저 꺼내놓는 요리를 보는 순간 동은의 말소린 동료들의 함성에 금세 묻히고 말았다. 동은을 제외하곤 모두가 눈을 반짝이고 있었다. 반응도 벌써부터 폭발적이었다.

"우와! 엄청 맛있어 보여!"

"대박! 이거 진짜 먹어도 돼요?"

은택이 전복찜을 내려놓기 무섭게 독수리 떼처럼 젓가락들이 달려들었다. 그러나 딱 한 사람.

"어어? 젓가락! 젓가락 한 개 더 없어요? 난 어떻게 먹으라고."

지락만이 숟가락을 쪽쪽 빨며 발을 동동 구르고 있었다. 은택이 그의 모습을 보며 묘한 눈빛을 지었다. 지락이 괜히 장난 전화 같은 걸 건 탓에 괜히 마음이 싱숭생숭해진 데 대한 보복이었다. 그런데 그때, 제 몫의 비빔밥을 들고 일어선 동은이 지락에게 젓가락을 던져주고 자신의 자리로 향했다.

"난 이거면 되니까 내 젓가락은 막내가 써라."

"정말요? 진짜 제가 써도 돼요?"

"오냐."

조금 전 자신을 태평양에 던져버리겠다던 그 과격한 선배가 이 천사 같은 선배와 동일 인물이라는 게 믿기지 않는다는 듯, 지락이 감격스러운 표정으로 재차 물었다. 동은은 귀찮은 표정을 지으며 고개만 끄덕이곤 매정하게 제자리로 돌아갔다. 은택이 그런 그녀를 졸졸 따라와 책상 앞에 쪼그리고 앉아 눈을 마주쳤다. 과장을 조금 섞자면 금방이라도 울 것 같은 얼굴이었다.

"당신 먹이려고 새벽부터 수산시장 가서 사온 건데, 당신이 안 먹으면 어떡해?"

비빔밥을 먹으려다 말고 지척에서 은택과 눈이 마주친 동은이 멋쩍게 웃었다. 어쩐지 비빔밥을 먹다가 얹힐 것 같은 불안한 기분이 들었다. 그리고 그 기분은 이내 현실이 되었다.

"그건 그렇고 단축번호 1번에 저장된 내 번호, 어떤 뜻일까 고민은 좀 해봤어?"

"어?"

"해봤어?"

은택의 질문에 동은이 한참을 고민했다. 그러다 그녀가 손에 들고 있는 비빔밥을 바라보며 서툰 변명을 하듯 말했다.

"은택아."

"응?"

"……조금씩, 천천히 가도 괜찮은 거지?"

"물론."

은택의 대답에 자신감을 얻은 동은이 숟가락을 집어 들었다. 그리고 비빔밥을 크게 한입 떠서 입에 넣고 우물거렸다. 이윽고 음식을 모두 꼭꼭 씹어 삼킨 그녀가 마저 대답을 이었다.

"나한테 단축번호 1번은……."

"1번은?"

"맛있는 식당 전화번호."

"뭐? 설마 그게 끝이야?"

"이참에 단골이 돼볼까 하는데."

동은이 슬그머니 눈길을 피하며 말끝을 흐렸다. 방금 그녀가 한 대답은 어쩌면 첫사랑이자 지금도 그 마음이 변하지 않았다는 은택의 징표에는 훨씬 못 미치는 대답일 수 있었다. 그래서 동은은 내심 은택이 속상하거나 실망하진 않았을까 걱정스러웠다. 하지만 그녀가 어렵사리 시선을 다시 은택을 향해 옮겼을 때, 그는 세상에서 가장 행복한 웃음을 짓고 있었다.

"그렇단 말이지? 그럼 단골이니까 자주자주 전화해도 이상하지 않겠다? 그치?"

"……응."

고마운 마음에 동은이 수줍게 고개를 끄덕였다. 은택이 그런 그녀를 사랑스럽게 바라봤다. 그리고 이제는 습관이 돼버린 양, 옅게 주름이 잡힌 그녀의 콧등을 툭툭 두드리며 속삭였다.

"배고프면 언제든 전화해. 서비스 잔뜩 줄 테니까."

능청스러운 은택의 대답에 동은이 짧게 웃음을 터뜨렸다. 짧게나마 웃음이 머물다 간 동은의 눈가와 입가를 바라보며 은택은 생각했다. 지금은 이것으로도 충분하다고.

"이게 다 뭐야? 내 건 없어?"

난데없는 해온의 등장에 은택이 저도 모르게 인상을 썼다. 만족스러운 점심시간이었는데 끝이 좋질 않았다. 여기저기서 추가를 외쳐대는 바람에 나물과 현미밥을 옹기그릇에 담기 바쁘던 은택의 손이 눈에 띄게 굳었다. 눈이 마주친 해온이 얄밉게 웃으며 물었다.

"그거 혹시 내 거?"

"아뇨. 이건 오 형사님 건데요?"

은택이 퉁명하게 답하며 봄나물 비빔밥이 담긴 그릇을 지락의 앞에 내려놓았다. 그 순간, 접시 안을 본 지락이 기함했다.

"맙소사. 이게 다 몇 인분이야?"

나물이며 밥이며 족히 2인분씩은 들어 있었다. 이거 뭐, 너무 많아 숟가락으로 한 번 비비기만 해도 그릇 바깥으로 다 넘치게 생겼다.

"저기, 양이 너무 많은 것 같은데……."

빈 그릇을 가져와 덜려는 지락의 손을 은택이 가볍게 저지하며 웃었다.

"뭐가 많아요? 하나도 안 많아요. 다 드세요."

지락이 잔뜩 위축된 표정을 지으며 고개를 끄덕였다. 훈훈하다고만 생각했던 은택의 웃는 얼굴이 왠지 웬만한 흉악범들보다 더 사나운 기운을 내뿜고 있었다.

흐음. 해온이 턱을 매만지며 가늘어진 눈으로 은택의 행동을 관찰했다. 그것도 잠시, 그의 입가에 희미하게 미소가 피어올랐다.

"아무리 봐도 두 사람이 나눠 먹어야 할 것 같은 양인데?"

"아니거든요? 오 형사님, 다 드실 수 있죠? 음식 남기면 지옥 갑니다. 꼭꼭 씹어서 다 드세요."

은택의 협박 아닌 협박에 지락이 마지못해 고개를 끄덕였다. 도와달라는 게 이런 의미였나? 지락이 숟가락을 집어 들었고, 그 모습을 본 은택이 고개를 돌려 해온을 힐끗 쳐다봤다. 중일과 지락이 아군이라면, 해온은 명백한 적군이었다. 덕분에 애꿎은 막내 지락만 배탈이 날 운명이었다.

"안타깝게 됐네요. 최 형사님 몫까진 챙겨 오질 않아서."

나물과 밥이 담겨 있던 텅 빈 용기를 흔들며 은택이 냉기가 뚝뚝 묻어나는 목소리로 말했다. 해온은 바람 빠지듯 피식 웃으며 은택을 지켜보다 어디론가 걸음을 옮겼다. 느긋하게 동은에게로 다가간 해온이 그녀가 먹다 남긴 비빔밥을 손가락으로 가리켰다.

"이거 남길 거야?"

"어? 어어."

"그럼 실례."

어리둥절한 기색으로 동은이 대답하자 해온이 망설임 없이 그녀가 사용한 숟가락을 집어 들었다. 잠시 후, 나물 몇 가닥과 현미밥 두 숟가락 정도가 남아 있던 그릇은 순식간에 깨끗하게 비워졌다.

"어우, 잘 먹었다."

남은 비빔밥을 전부 먹은 후 동은이 사용한 숟가락을 쪽쪽 빠는 모습이 아주 가관이었다. 동은이 입으로 우웩 소리를 내며 숟가락을 든 해온의 손등을 찰싹 내리쳤다.

"왜 남이 먹던 걸 쪽쪽 빨고 그래? 더럽게."

"더럽긴 뭐가. 하나도 안 더럽거든?"

해온이 짓궂게 웃으며 가볍게 불평하는 동은의 어깨를 다정하게 툭 쳤다. 그 순간, 멀리서 두 사람을 지켜보던 은택이 잔뜩 미간을 구겼다. 정말이지 짜증 나는 인간이었다. 애초에 비빔밥 가지고 치사하게 구는 게 아니었는데.

은택이 짧게 한숨을 쉬며 비빔밥을 먹느라 고생 중인 지락을 미안한 눈으로 바라봤다. 뒤늦게 양심에 가책이 느껴졌다. 힘겹게 비빔밥 절반을 먹고 잠시 쉬려는지 숟가락을 밥에 꽂아놓은 지락이 해온에게 별안간 물었다.

"그런데 최 경위님 오늘 비번 아니십니까?"

"비번이지."

무심하게 대답하는 해온에게 지락이 또다시 물었다.

"그런데 서에는 왜 오셨습니까?"

"그러게. 비번에는 일단 전화부터 꺼두고 두문불출하는 녀석이 무슨 바람이 분 거야?"

중일까지 가세하자 해온이 곤란한 눈으로 동은을 내려다봤다. 그제야 감을 잡은 그녀가 분위기를 전환하며 자리에서 일어섰다.

"남의 사생활에 왜 그렇게 관심들이 많아요? 사생활 보호 좀 합시다, 네?"

동은이 최대한 자연스럽게 사무실 문을 향해 다가갔다. 그러나 금세 동은의 이상한 낌새를 알아차린 중일이 물었다.

"어디 가?"

"아, 진짜. 사생활 보호 좀 하자고요!"

결국 큰소릴 치게 만든다. 난데없이 호통을 치는 동은의 기세에 가장 연배가 높은 중일조차도 꼼짝을 못 했다. 동은이 머리를 벅벅 흩으며 사무실을 빠져나갔다. 그 뒤를 해온이 은택 여봐란 듯이 눈을 찡긋하며 따라나섰다. 은택이 못마땅한 기색으로 두 사람을 지켜보다 저도 모르게 따라 나가려던 순간이었다.

"죄송한데, 진짜 이거 다 못 먹겠어요."

지락이 애원하며 팔을 붙잡았다. 결국 두 사람을 따라나설 타이밍을 놓치고 만 은택이 탄식 같은 한숨을 뱉어냈다. 망할. 처음부터 비빔밥 따위 그냥 줘버리는 건데 말이다.

"자."

주차장 구석에 있는 차 안에서 해온이 증거물 봉투를 동은에게 넘겼다.

"소똥, 네 예상대로 도청기 맞아. 근데 고장 난 거래."

"고장?"

"어. 혹시 물에 빠트린 적 있어?"

해온의 말에 동은이 봉투에서 백합을 꺼냈다. 다시 봐도 진짜처럼 보였다. 시들지 않는 꽃이라, 어쩐지 소름이 끼쳤다.

동은은 백합을 바라보며 찬찬히 병실에서 있었던 일을 떠올렸다. 그러고 보니 첫날 적당한 크기의 꽃병을 구하지 못해서 세숫대야에 백합을 담가놓았던 기억이 났다. 나중에 보니 백합의 꽃잎 부분까지 물에 잠겨 있었다.

"있어, 첫날."

"다행이네. 도청은 그럼 첫날만 가능했다는 거니까."

"어쨌든 이거 보낸 사람 신원은?"

그가 대답하기 무섭게 다른 궁금한 걸 동은이 물었다. 해온이 못 말린다는 듯 사진 한 장을 마저 건넸다.

"꽃을 보낸 사람은 아직 못 알아냈어."

"그럼 이 사람은 누구야?"

동은이 사진을 흔들며 묻자 해온이 주머니에서 형사 수첩을 꺼내며 대답했다.

"퀵 배달원. 이름 이제강. 나이는 스물한 살. 사는 곳은⋯⋯."

해온이 배달원이 사는 곳 주소를 막 말하려던 때였다. 느닷없이 동은의 휴대전화가 요란하게 울려댔다. 외부에 있을 때 사건이 터지면 늘 다급하게 연락을 취하는 지락에게서 걸려온 전화라 그녀는 망설이지 않고 통화 버튼을 눌렀다.

"어, 막내야."

-선배님, 신고 들어왔습니다! 2팀 출동 명령 떨어졌어요.

"나 지금 차에 있어. 어디로 가면 돼?"

-그러니까 논현동······.

동은은 급한 대로 해온의 수첩을 가져와 지락이 불러주는 주소를 받아 적었다. 잠시 후, 그녀가 믿을 수 없다는 표정을 지으며 손에서 펜을 떨어트렸다.

데구르르. 바닥을 구르는 펜을 바라보다 동은이 다시 해온의 수첩에 적힌 주소를 바라봤다. 똑같았다. 신고가 들어왔다는 곳의 주소와 해온이 조사한 배달원의 주소지가 똑같았다! 주소를 다 일러준 지락이 마저 사망자 신원도 일러주려는 타이밍이었다.

-그리고 사망자 이름은······.

"이제강."

느닷없이 동은의 입에서 먼저 튀어나온 사망자 이름에 지락이 황당한 기색으로 물었다.

-어라? 어떻게 선배가 사망자 이름을 알고 계십니까?

의아해하는 지락의 목소리를 들으며 동은과 해온이 무언의 눈빛을 주고받았다. 동은이 곧바로 현장으로 가겠다는 말을 전하고 다급하게 전화를 끊었다. 아무래도 일이 돌아가는 상황이 심상치 않았다. 비번이지만 해온도 따라가겠다고 해서 동은이 급히 차를 출발시켰다.

툭. 그 바람에 무릎 위에 올려둔 백합이 바닥에 떨어졌다. 시들지 않는 백합은 바닥에 떨어져도 생채기 하나 생기지 않았다.

3장

　점심시간이 겨우 지났는데 마치 밤이 온 것처럼 갑자기 하늘이 어둑어둑해져 있었다. 금방이라도 소나기가 퍼부을 것 같은 을씨년스러운 날씨에 동은이 미간을 구겼다. 경광등을 요란하게 번쩍이며 현장에 도착하니 벌써 구경꾼들이 사건이 발생한 빌라 주변에 삼삼오오 모여 있었다.

　이러면 수사가 곤란해지는데. 동은이 피곤한 얼굴로 곧장 차에서 내리려다 문득 은택을 떠올렸다. 경찰서에 그를 그대로 놔두고 곧바로 현장으로 달려온 것이 마음에 걸렸다. 전화라도 한 통 해줘야 하나. 생각만으로도 어쩐지 낯간지러운 기분에 그녀의 초승달 같은 예쁜 눈썹이 찌푸려졌다. 먼저 차에서 내린 해온이 여전히 차 안에 앉아 있는 그녀를 재촉했다.

　"뭐 하고 있어? 얼른 안 내리고?"

"어? 그게……. 최해온, 너 먼저 가 있어."

"뭐? 왜?"

"나 전화 한 통만 하고 갈게."

마치 고해성사라도 하는 사람처럼 동은이 사소한 것에도 어깻짓이 움찔 튀어 올랐다. 해온의 눈이 가늘어졌다. 왠지 모르게 썩 좋지 않은 느낌이 들었다.

"누구한테 하려고? 급한 거 아니면 나중에 해."

"안 돼. 급한 일이야."

보통 이렇게 말을 하면 군말 없이 따라나설 법도 한데 동은은 고집을 부리고 있었다. 해온의 감은 그 순간 그녀가 누구에게 전화를 걸지 단번에 알아차렸다.

"알았다. 얼른 통화하고 나와. 나는 담배 한 대 피우고 있을게."

생각 같아선 당장 휴대전화를 빼앗아 사건에나 집중하라고 소리치고 싶었지만, 해온은 그러는 대신 자리를 피해주기 위해 걸음을 옮겼다.

동은이 차 안에 덩그러니 남겨졌다. 그녀는 그대로 한동안 휴대전화를 멍하니 바라보고 있었다. 몇 번을 숫자 1에 엄지를 올려둔 채로 망설이다가 한참 만에 단축 번호 1번을 길게 눌렀다. 은택이 마치 기다렸다는 듯이 전화를 받았다.

ㅡ어.

곧바로 받은 전화치곤 목소리가 살얼음처럼 아슬아슬하고 차가웠다. 귀에 화살처럼 박히는 은택의 첫마디. 순식간에 동은의 얼굴에 그늘이 드리워졌다.

짧았다. 아니, 짧다는 표현조차도 과장처럼 느껴질 정도였다. 겨우 한 글자밖에 되지 않는 은택의 목소리를 거듭 떠올리며 동은이 입술을 깨물었다. 젠장. 삐친 거다.

—한숨 소리 다 들린다.

한숨을 쉬고 있다는 자각조차 없었는데 반대편에서 나무라는 소리가 들려왔다. 동은이 저도 모르게 숨을 들이켰다. 그 후로 은택에게선 한동안 말이 없었다. 동은이 불편한 침묵을 어렵게 깨고 겨우 목소릴 냈다.

"있잖아. 사건 생겨서 앞으로 바빠질 것 같아. 이 말 해주려고."

—그래서, 그게 다야?

"어?"

—할 말이 그게 다냐고.

잠시 고민하던 동은이 정답이 뭔지 알겠다는 듯 눈을 크게 치켜뜨며 대답했다.

"아……. 점심, 고마워."

—그리고 또?

또? 이 말을 듣고 싶었던 게 아닌가? 그러다 은택이 단순히 삐친 게 아니라 어쩌면 화가 났을지도 모른다는 생각이 든 동은이 주눅이 든 목소리로 대답했다.

"혹시 화났어? 말도 없이 그냥 가버려서 화난 거야?"

그때, 반대편에서 예상치 못한 순간 키득거리며 웃음을 참는 소리가 들려왔다.

"은택아?"

—못 살아. 그런 거 아니야. 내가 왜 화가 나. 삐친 척 좀 해봤는

데 더는 못 하겠다. 당신 반응 보니까 마음 약해져서 안 되겠어.

"뭐? 지금 나 놀린 거야?"

―그러게 왜 이렇게 잘 속아? 또 속이고 싶게.

"됐어. 나 바빠. 이제 끊어."

―잠깐! 잠깐만!

동은이 부끄러움을 견디지 못하고 전화를 끊으려 하자, 은택이 다급하게 그녀를 말렸다.

"왜?"

―얼마나 오랫동안 바빠?

"몰라. 범인을 잡느냐 못 잡느냐에 따라 달라."

―그래도 대충.

"대충? 한 일주일? 아니, 보름?"

―뭐야. 겨우 그거 갖고. 나 기다리는 거 잘해. 바쁘면 일주일이고 보름이고 기다릴 수 있어. 7년도 기다렸는데 그 정도도 못 기다릴까 봐?

심장이 요동을 칠 정도로 부끄러운 말이었다. 그런데 이어지는 말은 그 심장을 쿵 떨어트릴 만큼 가슴 아픈 말이었다.

―근데 있지, 나, 더 이상 마냥 기다리는 건 못 해.

부드럽지만 단호한 말투에 동은은 잠시 숨을 쉬는 것조차 잊었다. 가슴이 크게 부풀어 오른 채로 숨을 참고 있다가 그녀가 크게 숨을 토해냈다. 그러자 반대편에서 싱거운 웃음소리가 들려왔다.

―긴장하지 마. 당신한테 어려운 부탁 같은 건 안 해.

그러니까 더 긴장되는 거라고. 도대체 무슨 말을 하려는 거야? 동은이 꿀꺽 침을 삼키며 이어질 은택의 말을 기다렸다.

―나 당신 기다려도 돼?

"뭐?"

―아니, 실컷 기다렸는데 지난번처럼 그런 약속 한 적 없다며 모른 척할까 봐 그러지.

장난스러운 말투였으나 그 안에 담긴 진심은 결코 가볍지 않았다. 동은이 멀찍이 떨어져서 담배를 피우고 있는 해온을 흘깃 쳐다봤다. 그러곤 이내 무언가 결심한 듯 창문을 올렸다. 그녀가 휴대전화를 입에 바짝 붙이고 두 손으로 꼭 감싸며 누가 엿들을세라 조그만 목소리로 속삭였다.

"……네 마음대로 해."

오랫동안 기다렸던 사람이 저를 외면했을 때의 쓸쓸함과 공허함을 동은은 누구보다 잘 알고 있었다. 그래서 많은 걸 욕심내지도 못하고, 겨우 조그만 욕심을 내비치는 은택의 부탁을 차마 외면할 수 없었다. 완전한 허락도 완전한 거절도 아니었지만, 이 대답만으로도 은택은 괜찮을 수 있을 것 같았다. 그리고 그녀에겐 애초부터 불가능한 일이었다. 은택의 마음을 완전히 외면하는 건.

―정말?

이토록 기뻐하는데.

―정말 당신 기다려도 돼?

보잘것없는 제 마음에도 이토록 행복해하는데, 어떻게 외면할 수 있을까. 오랜 세월 아프고 모진 거짓말로 밀어냈어도 결국 여기까지 닿고 만 인연이었다. 동은은 이 아이를 저처럼 아프게 하고 싶지 않았다.

"네 마음대로 하라니까?"

－아하. ……아하하하!

그 순간 동은이 이런 대답을 들려줄 거라 전혀 예상치 못한 듯 반대편에서 은택의 바보 같은 웃음소리가 들려왔다.

－어쩌면 좋지. 웃음이 안 멈춰.

상냥한 투정과 함께 그의 웃음소리가 귀를 간지럽게 울렸다. 마음도 따라 살랑살랑 간지러웠다. 동은이 못 말리겠다며 세 번째 그만 웃으라는 말을 하고 나서야 은택은 간신히 웃음을 멈췄다.

"나 현장이야. 이제 전화 끊어야 돼."

－알았어, 일 봐. 기다릴 테니까.

기다린다는 말이 주는 여운에 동은은 한참 후에야 전화를 끊을 수 있었다.

똑똑. 차창에서 나는 노크 소리에 전화를 끊고 나서도 멍하니 휴대전화만 바라보고 있던 동은이 불현듯 정신을 차렸다. 어느새 담배를 두 대나 태운 해온이 차창에 바짝 붙어 서서 저를 보고 있었다. 썬팅된 창문을 사이에 두고도 그의 눈빛은 마치 용한 점쟁이처럼 저를 꿰뚫어 보는 것 같았다.

순간 발가벗겨진 것 같은 기분에 뜨겁게 달아오르기 시작한 뺨을 손등으로 식히며 동은이 서둘러 걸음을 옮겼다. 그 뒤를 불씨가 꺼진 꽁초를 주워 주머니에 집어넣은 해온이 졸졸 따라붙었다.

"여어, 통화는 잘했어?"

"어? 어어."

"급한 일은 잘 해결했고?"

"어어. 잘 해결했지."

앵무새가 말을 따라 하듯이 말꼬리를 그대로 반복해 대답하는 동은을 해온이 더욱 짓궂은 말투로 추궁했다.

"근데 급한 일이라는 게 대체 뭐였을까? 응? 대체 누구기에 일밖에 모르는 소똥이 현장에서 전화를 다 하게 만들어?"

"어? 그냥, 그럴 일이 좀……."

호오. 동은이 다급히 말을 얼버무리자 해온이 기분 나쁜 감탄사를 소리 내며 바짝 다가왔다. 동은은 마치 불장난을 하다 들킨 어린아이처럼 눈을 피하며 경보 수준으로 걷기 시작했다. 그녀의 뒷모습을 좇으며 해온의 눈이 얄궂게 가늘어졌다.

"너 수상해. 정말 수상해."

귀신같은 놈. 흘깃 해온을 뒤돌아본 그녀가 다시 빠르게 걸음을 옮겼다. 일부러 느린 걸음을 걸으며 뒤처진 해온이 갑자기 등 뒤에서 휘파람을 불었다. 그 순간 애써 태연한 척하던 동은의 귓등이 삽시간에 새빨개졌다.

휘이익! 무르익은 동은의 귓등을 감상하며 해온이 흥분한 관객처럼 엄지와 검지를 입속에 집어넣고 연거푸 휘파람 소리를 크게 냈다. 창피함이 극에 달한 동은이 두 손으로 귀를 가리며 빠르게 계단을 올라갔다. 그러나 붉어진 귀는 이미 다 들킨 상태였다.

"소용없다. 목까지 전부 빨개져 놓고선."

"뭐?"

동은이 허둥대며 목에 손을 가져다 댔다. 서늘한 손끝에 닿는 감각이 지나치게 뜨거웠다. 젠장. 습관처럼 내뱉는 욕설을 잇새로 짓이기며 동은이 결국 도망치듯 계단을 뛰어 올라갔다.

"놀랍다, 진짜. 천하의 소똥이 부끄러워할 줄도 알아?"

"시끄러워!"

동은의 반응에 해온이 크게 소리 내어 웃었다. 정말이지 소똥에게 이런 모습이 숨겨져 있을 줄은 미처 몰랐다. 한바탕 배를 부여잡고 웃은 해온이 머리 뒤로 깍지를 끼고서 동은을 따라 느긋하게 계단을 걸어 올라갔다.

그러나 해온의 그 느긋함은 그리 오래가지 못했다. 먼저 사건 현장에 도착해 있던 동은의 사정도 마찬가지였다. 창피함에 빨갛게 달아올랐던 그녀의 귓등은 어느새 차갑게 식어 있었다.

"젠장! 젠장! 젠장!"

동은이 이를 악물고 거듭거듭 욕설을 중얼거렸다. 하지만 그것은 해온을 향한 것은 아니었다.

목을 맨 시신 아래 헌화(獻花:고인에게 바치는 꽃)처럼 놓여 있는 한 송이의 백합.

유난히 굵은 줄기를 본 순간 두 사람 다 한눈에 알아차렸다. 그것은 동은이 받은 백합과 같은 것이었다.

은택이 돌아왔을 때, 가게에 못 보던 화분이 하나 놓여 있었다. 서둘러 주방에서 나온 하루가 은택을 발견하고 반갑게 인사했다.

"사장님 오셨어요?"

"어. 근데 웬 꽃이야?"

"개업 축하 선물이래요."

개업 축하 선물? 하루의 대답에 은택이 고개를 갸웃했다.

"무슨 개업 축하를 세 달이 지나고 해? 누가 가져왔는데?"

"나다, 서은태기."

은택의 말이 끝나기 무섭게 화장실에서 나온 여자가 짓궂게 대답했다. 그녀는 은택의 대학동기 박연아였다. 학교에 다닐 때만 해도 꽤 친하게 지냈었는데, 졸업한 뒤로는 사는 게 바빠 안부도 제대로 주고받지 못했었다.

"이게 누구야? 여긴 어떻게 알고 왔어?"

은택이 반가운 기색으로 다가가 연아의 손을 잡았다. 흠칫하며 살짝 놀란 듯했던 연아도 은택의 손을 꼭 잡으며 인사를 건넸다.

"이 근처에 요새 핫한 가게가 있다고 해서 찾아와 봤지. 다음 달 우리 잡지에 인터뷰 좀 요청하려고."

연아가 명함을 한 장 꺼내 은택에게 내밀었다. 푸드 매거진 〈블리스 레시피 Bliss Recipe〉 에디터 박연아. 명함을 본 은택이 함박웃음을 지어 보였다.

"와. 연아 너, 푸드 잡지에서 일해? 블리스 레시피라면 엄청 유명한 곳이잖아."

"어. 덕분에 엄청 바빠서 개업한다는 소린 들었는데도 한 번을 못 왔다. 미안."

"미안할 것도 많다. 그건 그렇고 인터뷰 요청이라니, 우리 가게 취재하려고? 진짜?"

은택이 들뜬 기색으로 묻자, 연아가 수줍게 고개를 끄덕였다.

"응, 네가 허락만 해준다면."

"물론 허락하고말고!"

블리스 레시피에 인터뷰가 나간다면 그 홍보 효과야 두말하면 입이 아플 정도였다. 은택관이 이미 발 빠른 블로거들 사이에서 유명세를 타고 있긴 해도 그 효과는 비교 불가였다.

"자자자, 그다음 이야기는 한잔하면서 느긋하게 즐기자고요."

두 사람이 이야기를 나누는 동안 하루가 주방에서 간단한 술상을 내왔다. 테이블 위에는 맥주와 튀각 몇 종류가 놓여 있었다.

"맥주는 따로 사온 거야?"

은택이 의아한 얼굴로 묻자 하루가 대답했다.

"연아 누나 막걸리 마시면 다음 날 유독 힘들어하잖아요. 머리 아프다고. 그래서 사장님 기다리는 동안 얼른 사왔죠."

"내가 만든 막걸리는 안 그래. 얼마나 부드러운데."

"그래도 누나 내일 출근도 해야 하는데."

하루가 걱정스러운 기색으로 연아를 바라보자, 그녀가 황급히 손사래를 치며 은택을 바라봤다.

"아냐! 나 괜찮아. 내 걱정 안 해도 돼."

"정말 괜찮겠어? 그러고 보니 연아 너 술 잘 못해서 맥주만 겨우 마셨던 것도 같고……."

"정말 괜찮아. 그리고 은택이 네가 만든 막걸리 마셔보고 싶어."

"그럼 오케이! 가만있어 보자. 튀각만 있는 건 너무 심심하니까 막걸리 내오는 김에 전도 몇 장 부쳐올게. 기다려."

은택이 바닥에 내려놓은 짐을 챙겨들어 잽싸게 주방으로 향했다. 은택의 뒷모습에서 좀처럼 시선을 떼지 못하는 연아를 흘깃 쳐다본 하루가 답답한 표정을 지으며 의자에 가 앉았다. 그러곤 튀각 하나를 집어 들더니 한숨처럼 중얼거렸다.

"누나도 여전하네요."

"어?"

입안에서 바사삭 부서지는 튀각 소리에 묻혀 하루가 중얼거린 말소리가 잘 들리지 않았다. 아리송한 얼굴로 되묻는 연아를 보며 하루가 어설프게 웃어 보였다.

"아무것도 아니에요."

하루의 대답을 듣기 무섭게 연아의 시선은 다시 주방에서 분주히 음식을 준비하는 은택을 좇고 있었다.

"부탁합니다. 제일 우선으로 처리해주세요."

"알겠습니다. 그럼 임 형사님도 수고하세요."

동은은 감식에게 제일 먼저 백합을 가져가 조사하라고 일렀다. 감식 수사관이 백합을 가지고 현장을 떠나자, 동은과 해온을 비롯한 나머지 수사관들은 매섭게 남은 증거들을 살폈다.

채 10평이 되지 않는 조그만 빌라. 반지하라 창문은 어린아이가 겨우 통과할 만큼 폭과 높이가 좁았다. 그마저도 모두 쇠창살이 설치되어 있어 범인이 침입 가능한 통로는 현관 하나였다. 억지로 문을 연 흔적이 없는 것으로 보아 범인은 면식범일 가능성이 컸다.

이웃을 탐문한 바로는 사망자 이제강은 말수가 적고 집 밖으로 나오는 일도 극히 적다고 했다. 스물한 살에 가족도 없고 학교도 다니지 않았다. 퀵 배달 일을 하며 근근이 먹고사는 형편이었다.

그는 은둔형 외톨이였다. 그럼에도 불구하고 집 안에는 비싼 운동화가 수십 켤레나 눈에 띄었다. 아예 장식장까지 따로 두어 컬렉션을 전시하고 있을 정도였다. 아마도 이 컬렉션을 위해 온갖 위험한 배달 일도 마다치 않았을 것이었다.

"저도 몰랐겠지. 고작 운동화에 자기 목숨까지 걸게 될 줄은."

해온이 장식장 안을 들여다보며 쓸쓸한 투로 중얼거렸다. 동은도 쓰게 웃으며 현장 사진을 모두 찍고 끌어 내려지는 시신을 바라봤다. 시신이 바닥에 온전히 놓이자 동은이 다가가 상태를 살폈다. 목 앞쪽에 두꺼운 밧줄 자국이 선명했다.

하지만 밧줄 자국과는 교묘히 어긋나 있는 가느다란 자국이 눈에 띄었다. 밧줄에 의한 거친 상처와는 다르게 부드러운 상처였다.

이건……! 한참을 부드러운 상처 자국을 유심히 살피던 동은이 감식에게 부탁했다.

"시신 좀 뒤집어봐 주실래요?"

그녀의 말에 감식이 조심스럽게 시신을 뒤집었다. 동은은 장갑 낀 손으로 뒷목을 덮은 머리카락을 살며시 위로 쓸어 올렸다. 그 순간 그녀의 눈빛이 예리하게 변했다. 이제강의 뒷목에 원래라면 없어야 할 자국이 보였다.

목을 매 죽은 시신은 밧줄 자국이 목 앞쪽, 특히 아랫부분에 심하게 나타나는 게 일반적이었다. 목 뒤쪽까지 자국이 남는 경우는 누군가 뒤에서 목을 졸라 죽였을 때 나타나는 현상이었다. 이미 도청기가 설치된 백합이 놓여 있는 것으로 미루어 타살이라고 짐작은 했지만, 보다 확실한 타살의 증거가 나온 셈이었다.

목 뒤쪽에 상처를 낸 물건은 밧줄보다 두께가 현저히 얇고 소재 또한 부드러운 것이었다. 이로써 실제로는 이 얇고 부드러운 것으로 목을 졸라 이제강을 죽이고 밧줄로 자살을 위장한 정황이 낱낱이 드러났다.

그렇다면 정말로 이제강을 살해한 도구는 무엇이었을까? 곰곰이 고민하던 동은이 집 안을 천천히 둘러봤다. 계획적인 살인이 아니라면 살해 도구는 사망자의 집 안에 있는 물건일 가능성이 컸다.

동은은 얇고 부드러운 끈 종류를 머릿속에 떠올렸다. 방 안을 관찰하던 그녀의 시선이 문득 운동화 컬렉션을 전시해놓은 장식장에서 멈췄다.

저거다! 동은은 망설임 없이 장식장 앞으로 성큼성큼 걸어갔다. 장식장에는 운동화뿐만 아니라 운동화 끈도 다양하게 진열되어 있었다. 운동화 끈은 색상별로 꼼꼼하게 분류되어 있었다. 게다가 모두 열 개씩 일정한 간격으로 전시된 상태였다.

그런데 그중 노란색 색상만이 간격이 지나치게 넓었다. 원래 열 개였던 것을 아홉 개로 채워놓아 간격이 넓어진 것이었다. 동은의 머릿속에서 운동화 끈 하나가 사라졌다는 결론이 내려졌다. 그녀의 까만 눈동자가 반짝하고 빛을 냈다.

"……딱 걸렸어."

동은이 재빨리 무전으로 운동화 끈을 찾으라는 지시를 내렸다.

오랜만에 만나 회포를 풀다 보니 어느새 시간이 많이 늦어 있었다. 잔에 남은 막걸리를 남김없이 마신 연아가 먼저 자리를 털고 일어섰다.

"이만 가볼게. 종일 바빠서 쫄쫄 굶었는데 덕분에 잘 먹고 가."

"덕분은 무슨. 나야말로 네 덕분에 좋은 기회 얻게 돼서 고맙지. 그렇지 않아도 요새 하루 녀석이 나 일 띄엄띄엄 한다고 얼마나 구박하는데. 이제 체면 좀 서겠다."

은택이 팔꿈치로 곁에 선 하루의 옆구리를 툭 치며 장난스럽게 속닥였다. 그러자 하루가 억울한 표정을 지으며 하소연을 했다.

"어어? 사장님 요새 일 띄엄띄엄 하는 거 사실이잖아요. 장사

할 생각은 안 하고 만날 동은이 누나 도시락 싸기 바쁘시면서."

"동은이 누나?"

하루의 입에서 갑자기 낯선 여자의 이름이 튀어나오자 연아가
되물었다. 하루가 반사적으로 대답했다.

"왜 있잖아요, 사장님이 매일 노래 부르던 그 첫사랑."

하루의 말이 끝나기 무섭게 연아의 얼굴에 그늘이 드리워졌다.

"아, 은택이 첫사랑. 그분, 결국 다시 만났나 보구나."

곤란한 표정을 숨기지 못하던 연아가 빠르게 가게 문 쪽으로
걸음을 옮겼다. 하루가 곧장 그 뒤를 따라나섰다.

"일부러 안 나와도 되는데. 나 이제 진짜 가볼게."

"내가 데려다 줄까요?"

하루의 물음에 연아는 가볍게 고개를 저었다.

"아니야. 차 가지고 왔……."

"그러지 말고 하루랑 같이 가. 여자 혼자 밤에 위험해."

그때 뒤늦게 나온 은택이 연아가 거절의 말을 꺼내기도 전에
하루의 등을 떠밀었다. 그러곤 지갑에서 만 원짜리 몇 장을 꺼내
하루에게 내밀었다.

"이건 하루 너 올 때 택시비 하고."

"저 돈 있는데."

하루의 뚱한 대답에 은택이 그의 주머니에 돈을 쑤셔 넣었다.

"넣어둬. 내가 데려다 줘야 하는데 내일 가게 문 열 준비 하려
면 바쁠 것 같아서. 하루 네 말대로 내일부턴 우리 동은이 도시락
말고 가게도 제대로 챙겨야지. 그러니까 나 대신 수고 좀 해줘."

"네."

은택이 한쪽 눈을 찡긋하며 하루의 어깨를 툭툭 치고 다시 가게 안으로 들어갔다. 자신에게는 인사 한마디 없는 은택을 연아가 서운한 눈으로 바라봤다.

그러다 그 순간, 은택이 다시 가게 문을 열고 나왔다. 은택과 눈이 마주친 연아가 흠칫 놀라는 눈빛을 지었다. 속마음을 읽기라도 한 건지 은택이 손을 흔들며 연아에게 인사를 건넸다.

"참, 연아 너도 잘 가고. 오랜만에 만나서 반가웠다."

"그래. 너도 수고해."

은택이 완전히 가게 안으로 사라진 후, 덩그러니 남겨진 두 사람이 어색하게 눈짓을 주고받았다.

"우리도 이만 갈까요?"

"어? 어어."

이윽고 연아의 차가 은택관 주차장을 미끄러지듯 빠져나갔다. 가게 안쪽에서 유리벽을 통해 연아의 차가 빠져나가는 걸 지켜보던 은택이 한숨을 내쉬듯 무심결에 중얼거렸다.

"나 진짜 중증이다."

하루가 동은의 얘기를 꺼내는 순간 그녀가 참을 수 없이 보고 싶어졌다. 은택이 곤란한 듯 마른세수를 하며 당장 보러 가는 대신 그녀에게 문자를 찍어 보냈다.

동은이 예상한 대로 진짜 이제강의 목을 조른 것은 노란색 운동화 끈이었다. 경찰 인력을 동원해 이제강의 빌라 근처를 샅샅이 수색한 끝에 쓰레기통에서 운동화 끈이 발견되었다. 그리고 발견된 운동화 끈에서 이제강 이외의 지문이 확보되었다.

탐문 조사를 끝내고 경찰서로 돌아온 동은은 초조하게 지문 대조 결과를 기다렸다. 적어도 내일 아침은 되어야지 정확한 결과가 나올 거라는 걸 잘 알지만, 쉽사리 진정을 할 수가 없었다. 이상하게 이번 사건은 내내 찜찜한 기분이 들었다.

퍼즐 조각을 짜 맞추듯 동은은 사건의 핵심을 하나하나 머릿속에 떠올려 보았다. 충동적으로 저지른 살인, 타살을 자살로 위장한 정황, 도청기가 설치된 백합.

그러나 어찌 된 게 사건의 핵심적인 부분들이 전부 교묘하게 어긋나 있었다. 충동적으로 살인을 저질렀으면서 자살로 위장할 정신은 있었다? 실컷 자살로 위장을 해놓고 설치해둔 도청기를 그대로 놔두고 갔다? 전부 다 말이 되지 않았다.

"으아아아! 대체 무슨 사건이 이렇게 꼬여 있어?"

생각할수록 더욱 꼬여만 가는 사건에 동은이 머리카락을 마구 잡이로 헝클며 앓는 비명을 내질렀을 때였다.

"소똥! 내 정신까지 사나워지려고 하니까 얌전히 앉아 있어!"

눈앞에서 시종일관 부산스럽게 구는 동은을 중일이 결국 나무랐다. 동은이 바람 빠지는 소리를 내며 투덜거렸다.

"팀장님도 참, 제가 뭘 또 얼마나 시끄럽게 굴었다고."

볼멘소리를 하면서도 동은은 억지로 자리에 가서 앉았다. 얌전히 앉아 있는다 한들 이 기분이 진정될 것 같지는 않았지만, 그래도 중일의 명령이니 어쩔 수 없었다. 동은이 낮은 한숨과 함께 의자에 앉은 순간이었다. 문자가 왔는지 휴대전화가 짧게 진동했다. 문자를 확인한 그녀의 얼굴에 금세 해사한 미소가 어렸다.

[아까 잘못 말한 게 있는데. 배고플 때만 전화하지 말고 아무

때나 연락해. 언제든 무조건 슝 하고 달려갈게.]

정말로 동은이 배고플 때만 전화를 할까 걱정이 된 모양이었다. 동은이 살포시 웃음을 띠며 문자 내용을 오래도록 바라보고 또 바라봤다. 신기하게도 조금 전까지 뒤죽박죽이던 머릿속이 한결 차분해지는 기분이 들었다. 그리고 왠지 모르게 서글퍼졌다.

"서은택."

동은이 팔로 흐려지는 눈가를 가리며 쓸쓸하게 중얼거렸다.

"부탁인데, 자꾸 널 욕심나게 만들지 말아줘."

다음 날 아침. 당직실에서 새우잠을 자고 나온 동은에게 지락이 다급하게 종이 한 장을 내밀었다.

"선배, 지문 감식 결과 나왔어요!"

"나왔어? 어디 봐."

동은은 지락이 손에 든 지문감식 결과지를 빼앗다시피 가져와 빠르게 읽어 내려갔다.

용의자는 인정태. 서른아홉 살의 평범한 회사원이었다. 전 애인과의 사이에서 스토킹으로 처벌까지 받았던 전적이 있어 데이터베이스에 기록이 남아 있었다.

곧바로 인정태가 사는 아파트에 경찰 인력이 배치됐다. 동은은 해온과 함께 주축이 되어 인정태의 집에 접근했다. 벨을 누르자 한참 만에야 인정태가 문을 열고 나왔다.

"누구…… 십니까?"

그는 최대한 평온한 척하려 했지만, 흔들리는 눈빛이나 떨리는 목소리까지는 차마 숨기지 못했다. 낯선 외부인의 등장에 지나치게 동요하고 있었다.

"강남서 형사 임동은입니다. 인정태 씨 본인 맞으…… 윽!"

동은이 형사증을 꺼내 보이며 신원을 묻는 찰나였다. 인정태가 동은의 옆구리를 무릎으로 가격하고 순식간에 달아났다.

느닷없이 당한 공격이더라도 평소 훈련을 통해 웬만큼은 방어가 가능했지만, 하필 수술 부위를 가격당한 터라 그녀는 맥없이 나가떨어졌다. 해온이 다급히 밀쳐진 그녀를 일으켜 세우며 물었다.

"야, 소똥, 괜찮아?"

그러나 동은은 오로지 도망치는 인정태만을 신경 쓰느라 정신이 없었다.

"최해온! 너 이게 무슨 짓이야?"

"뭐가?"

"지금이 나 괜찮은지 그딴 거나 신경 쓸 때야? 저 새끼 저거 도망치잖아! 빨리 안 잡아?"

"야, 너 수술한 자리 얻어맞았어! 어디 봐. 상처 터진 거 아냐?"

"너 진짜 끝까지! 놔! 저 새끼 내가 잡을 테니까!"

급기야 동은이 해온을 밀쳐내고 인정태를 뒤쫓기 시작했다. 계단을 통해 아래로 내려가려던 인정태는 아파트 밑에 쫙 깔린 경찰차를 보더니 방향을 바꿔 위로 올라가기 시작했다. 비상구를 통해 인정태를 맞닥뜨린 그녀가 무섭게 경고를 날렸다.

"인정태! 도망쳐봤자 소용없어! 네가 이제강을 죽였다는 증거도 이미 다 확보했다고!"

"빌어먹을!"

그러나 인정태는 순순히 포기하기는커녕 욕지거릴 뱉어내며 더 악을 쓰고 계단을 뛰어 올라갔다. 동은도 질 수 없다는 듯 뒤를 바짝 따라붙었다. 드디어 가까스로 인정태의 발목을 손에 쥔 순간이었다.

"잡았다!"

그러나 바로 그 순간, 동은은 손끝에서 이상한 감각을 느낌과 동시에 비틀거렸다.

은택은 아침 일찍 장을 보러 나와 있었다. 은택관을 개업한 지넉 달이 되어가는 시점. 이미 시장 상인들 사이에서도 은택은 인기 만점이었다.

스물다섯이라는 어린 나이에 번듯한 가게를 차린 사장님. 물건 하나를 고르더라도 꼼꼼하고 신중하게 고르는 믿음직한 성격. 거기에 꽃미남 같은 잘생긴 외모까지 더해져 그야말로 은택은 일등 사윗감으로 통하고 있었다.

"그러지 말고 우리 딸이랑 한번 만나보라니까."

생선 가게 주인아주머니는 은택이 장을 보러 올 때마다 빼놓지 않고 따님 이야기를 꺼내셨다. 다른 분들은 반쯤 농담 삼아 하는 말들. 하지만 이 아주머니만큼은 달랐다. 진심으로 은택을 사윗감으로 원하고 있다는 소문이 시장 내에 파다했다.

"혹시 우리 딸 안 예쁠까 봐 그래? 우리 딸 참말 예쁜대도?"

"손예진보다도 예뻐요? 김태희나 한가인보다도?"

아주머니가 살짝 놀란 듯 눈을 크게 떴다. 웬만한 청순한 여자 연예인들은 죄다 거론하며 물으니 아무리 고슴도치도 제 새끼는 예쁘다지만 차마 입이 떨어지지 않았다. 아주머니가 시무룩한 얼굴로 은택이 고른 해산물을 나무 도마 위에 올렸다.

"은택이 총각, 사람 그렇게 안 봤는데. 여자 외모 따지고 그러는 사람이었어?"

"음, 일부러 따진 건 아닌데요. 좋아지고 나니까 참 예쁜 사람이더라고요. 입은 좀 거칠지만."

은택이 회를 떠버리겠다는 둥, 총으로 쏴버리겠다는 둥 다소 거칠었던 동은의 말을 떠올리며 샐쭉 웃음을 머금었다. 그 모습에 아주머니가 펄쩍 뛰었다.

"에그머니나! 은택이 총각, 설마 여자가 있었던겨?"

"네. 그러니까 이제 저 욕심내시면 안 돼요. 저 임자 있는 몸이거든요."

그 순간 아주머니의 눈빛에 낭패의 기색이 스쳐 지나갔다. 여태껏 애인 있는 사람에게 들이댄 꼴이니, 망측스러웠다.

"아니, 은택이 총각은 왜 그 얘길 이제야 혀? 임자 있는 거 알았으면 딸 얘기 꺼내지도 않았어, 나도."

"그 임자가 얼마 전에 돌아왔거든요."

"뭐야? 여자가 바람이라도 핀 겨?"

"아뇨. 그냥 우리한테는 시간이 좀 필요했어요."

시간? 아주머니가 은택의 말을 흘려들으며 무의식중에 도마 위에 놓인 칼을 집어 들었을 때였다.

"아, 손질을 제가 할 테니까 그냥 주셔도 되……. 앗!"

오징어를 자르려는 아주머니를 말리려다가 은택이 손가락을 베이고 말았다. 칼날에 스친 손가락에서 금세 피가 뚝뚝 흘렀다.

"아이구, 이를 어째! 괜찮아, 은택이 총각?"

놀란 아주머니가 앞치마를 훌렁 벗어 던지고 나오자, 은택이 다른 손을 저으며 상냥한 미소를 지었다.

"괜찮아요. 제 임자는 저런 무서운 칼에 옆구리도 찔리고 다니는걸요."

"오매. 은택이 총각 애인은 그렇게 무서운 사람인겨?"

"무서울 땐 무섭죠. 그런데 눈물이 더 많아요. 아, 생각난 김에 전화나 해봐야겠다. 피 좀 봤다고 괜히 불안하네."

은택이 대충 지혈을 끝내고 서둘러 동은에게 전화를 걸었다. 하지만 두 번, 세 번의 전화를 걸었어도 그녀와는 끝내 연락이 되지 않았다. 은택은 마음이 더욱더 불안해졌다.

인정태를 다 잡았다고 생각한 순간, 엄청난 압력이 손끝에서 느껴졌다. 그리고 그다음 순간, 인정태의 왼쪽 다리가 쏙 빠지며 동은의 몸이 휘청거렸다. 가까스로 난간을 잡고 버틴 그녀가 다급히 손에 쥔 인정태의 다리를 살폈다. 이제 보니 인정태의 한쪽 다리는 의족이었다. 얼마 지나지 않아 인정태의 비명이 들려왔다.

"끄아아악!"

의족이 빠지는 바람에 균형을 잃은 인정태가 고꾸라졌다. 그런데 하필 동은의 위로 덮치듯 쓰러지는 바람에 두 사람은 함께 좁은 아파트 계단에서 굴러떨어지고 말았다. 쿵! 엄청난 소리와 함께 두 사람의 몸이 동시에 바닥에 부딪혔다. 온몸이 욱신거리며 아파왔지만 동은은 고통을 느낄 겨를조차도 없었다.

"너, 이 자식!"

동은은 그사이 인정태가 달아날세라 재빨리 그의 몸을 뒤집고 위로 올라탔다. 그리고 팔목을 꺾어 날렵하게 수갑을 채웠다.

"이 시간부로 인정태 널! 이제강 살인 용의자로 긴급체포합니다. 넌 묵비권을 행사할 수 있으시고요. 네가 말한 모든 것은 법정에서 불리하게 작용할 수 있습니다. 또한 변호인을 선임할 수 있고, 불리한 진술을 거부할 수 있습니다. 여기까지 제가 한 말 귓구멍 열고 똑바로 들으셨습니까? 이 벌레만도 못한 새끼야."

미란다 원칙을 읊은 동은이 수갑까지 단단히 채워 인정태가 섣불리 도망칠 수 없도록 제압했다. 뒤늦게 두 사람을 쫓아온 해온과 다른 형사들이 난리법석인 눈앞의 상황에 혀를 내둘렀다.

"못 말려, 진짜."

해온이 동은에게 다가가 잡고 일어나라는 뜻에서 손을 내밀었다. 그러나 동은은 그의 손을 잡는 대신 수갑을 채운 인정태를 넘겨주었다.

"서로 데려가. 자백 확실하게 받아내고."

"얼씨구? 이 손은 그 손이 아니거든요?"

"이 손이든 그 손이든 데려가기나 해."

"하여간 재미없는 여자."

남자의 매너를 가뿐하게 무시하는 동은을 보며 해온이 혀를 끌끌 찼다. 그러나 동은의 태도는 한결같았다. 오히려 빨리 인정태나 데리고 사라지라는 듯 내려가는 방향을 바라보며 눈을 부라렸다.

"알았다. 안 그래도 가고 있으니까 그렇게 무섭게 보지 말라고."

"얼른 가, 얼른!"

동은이 손을 휘이휘이 저으며 해온을 쫓아냈다. 해온이 마뜩잖은 표정을 지으며 이내 인정태를 데리고 계단에서 사라졌다.

터벅, 터벅. 통, 통. 두 사람이 계단을 내려가는 발소리를 들으며 동은은 바닥에 떨어져 있는 인정태의 의족을 집어 들었다. 계단에서 굴러떨어지면서 의족은 형편없이 망가져 있었다.

인정태 이 자식, 다리는 대체 언제 다친 거지? 인정태의 의족을 보는 동은의 눈빛이 석연치 않은 기색으로 흐릿하게 물들었다.

그렇게 동은이 고심하며 무심결에 옆구리에 손을 가져다 댔을 때였다. 문득 손바닥에 축축하고 뜨거운 기운이 느껴졌다. 천천히 손바닥을 살피던 동은이 인상을 구기며 낭패 섞인 말을 토해냈다.

"젠장. 진짜로 터졌네."

"어라? 이게 언제 터졌지?"

장을 보고 돌아오는 길, 갑자기 물건이 와르륵 쏟아졌다. 은택이 황급히 무릎을 구부리고 앉아 바닥에 널브러진 요리 재료를 주워 담았다. 장바구니에 다 담을 수 없어 사용한 비닐봉지가 어딘가에 긁힌 모양이었다. 새우, 홍합, 오징어 등 해산물 미역국에 쓰일 재료를 차례로 집어 든 은택이 난감한 기색으로 주변을 둘러봤다. 이대로 가게까지 재료들을 따로따로 들고 갈 수는 없기 때문이었다.

"총각, 여기에 담아요."

그때 바로 옆 꽃집에서 아주머니가 비닐봉지 하나를 손에 쥐고 은택을 향해 흔들어 보였다. 그가 반가운 얼굴로 아주머니에게 다가갔다. 그런데 가게 밖에서 볼 땐 꽃에 가려 미처 몰랐는데, 아주머니는 휠체어에 앉아 계셨다. 은택이 조심스럽게 다가가자 아주머니가 봉투 입구를 벌려 편하게 물건을 담을 수 있게 해주셨다.

"자요. 얼른 담아요."

은택이 황급히 들고 있던 재료를 비닐봉지 안에 다 담고 고개를 꾸벅 숙였다.

"감사합니다. 덕분에 살았어요."

"뭘. 별로 한 것도 없는데."

"아니에요. 아주머니 아니었으면 저 이것들 다 따로따로 들고 가느라 손가락에 쥐날 뻔했을 거예요. 정말 감사합니다."

거듭 고마움을 표시한 은택이 꽃집 안을 빙 둘러봤다. 따스한 날씨에 만개한 꽃들이 한가득이었다.

"저기, 꽃을 좀 살까 하는데요."

"그럴 필요 없어요. 사례 받을 만큼 큰 도움 준 것도 아닌데."

아주머니는 은택이 사례를 하려는 줄 알고 한사코 손을 저었다. 은택이 배시시 웃으며 쑥스러운 듯이 말했다.

"사례하려는 거 아니에요. 그냥, 꽃을 보니까 좋아하는 여자한테 선물하고 싶어져서요."

비록 전화도 제때 안 받는 얄미운 여자지만.

"그래요?"

되묻는 아주머니를 향해 은택이 활짝 미소 지으며 주위를 두리번거렸다.

"네. 혹시 추천해주시겠어요? 꽃이 다 예뻐서 못 고르겠어요."

"그럼 여기 이 백합은 어때요?"

아주머니가 골라준 백합을 보며 은택이 저도 모르게 이맛살을 찌푸렸다. 동은이 병원에 입원해 있을 때 그녀가 받은 백합 꽃다발이 생각난 까닭이었다.

"백합보다 더 화려하고 예쁜 꽃이었으면 좋겠는데."

은택이 단호하게 대답했다. 괜한 오기라고 해도 어쩔 수 없었다. 얼굴도 모르는 남자에게 지고 싶지 않았다.

의욕이 충만한 은택을 보며 지그시 미소 지은 아주머니가 버튼을 눌러 휠체어를 이동시켰다. 이윽고 장미가 수북하게 꽂아져 있는 곳으로 간 아주머니가 빨간 장미를 한 다발 꺼내 들었다.

"그렇다면 당연히 장미죠. 뭐니 뭐니 해도 가장 화려하고 예쁜 꽃은 장미니까."

은택이 보기에도 아주머니가 품 안 가득 안고 있는 장미꽃은 아름답기 그지없었다.

"그럼 장미로 주세요. 포장 예쁘게 부탁드릴게요."

"알았어요. 잠시만 기다려요. 얼른 해줄게."

장미를 포장하는 동안, 은택은 아주머니가 처음에 골라주었던 백합을 못마땅한 눈으로 바라보며 무심결에 중얼거렸다.

"아무리 봐도 별로야, 별로."

여태껏 딱히 싫어하는 꽃은 없었는데, 아무래도 백합이 그 첫 번째가 될 것 같았다. 그때, 순식간에 리본 매듭까지 지은 아주머니가 꽃다발을 은택에게 내밀었다.

"자, 다 됐어요."

은택이 커다란 장미 꽃다발을 품에 안아 들었다. 이 꽃다발의 주인은 지금 대체 뭘 하고 있을까? 분명히 휴대전화에 부재중통화가 찍혔을 텐데도 그녀에게선 아직 연락이 없었다.

"임동은, 이 무심한 여자야."

일주일이든 보름이든 기다릴 수 있겠다고 해놓고 은택은 벌써부터 힘들었다.

한편, 그길로 곧장 경찰서로 이송된 인정태는 이제강에게 헤어진 애인에게 도청기를 보낸 사실을 들켜 협박을 당했다고 살인을 하게 된 동기를 시인했다. 조사실에서 인정태와 마주 앉은 동은은 지극히 무심한 표정을 짓고 있었다.

"형사 양반, 나도 다 사정이 있었다니까. 이제강 그 자식이 처음에는 10만 원, 20만 원 부르더니 갑자기 5백만 원을 내놓으라잖아. 평범한 회사원이 그런 액수를 어떻게 감당하냐고! 나쁜 놈! 그거 아주 버러지 같은 새끼야!"

그 순간, 인정태의 맞은편에서 현장 사진을 넘겨 보던 동은이 매섭게 눈을 치켜떴다.

"협박을 당했다고 해서 사람을 죽여도 되는 겁니까?"

"나도 처음부터 죽일 생각은 없었어! 그 자식이 자꾸 날 협박하니까 어쩔 수 없었던 거지! 아니면 내가 죽게 생겼는데 어떡해?"

"이봐요, 인정태 씨! 애초에 당신이 주미령 씨한테 도청기를 보낸 것부터가 범죄입니다!"

주미령은 인정태가 도청기를 설치한 백합을 보낸 전 애인이었다. 예상대로 동은에게 보내진 백합은 잘못 배달된 것이었다. 이제강의 착오로 인해 잠깐이라도 인정태가 저를 염탐했을 거라 생각하니 동은은 소름이 끼쳤다.

"당신도 똑같은 쓰레기 주제에 지금 누구 탓을 해?"

인정태는 동은의 말에 눈을 부라리며 달려들었다.

"웃기지 마! 그 자식이랑 내가 어떻게 똑같아? 그 자식은 태어

나서 누굴 한 번도 사랑해본 적이 없는 놈이야! 그러니까 내 마음 가지고 돈 뜯어낼 궁리나 해대지."

"마음?"

"그래! 마음! 도청기 보낸 거? 그것도 다 사랑 때문이었다고!"

동은은 기가 막혔다. 인정태는 진심으로 자신의 모든 행동을 사랑 때문에 빚어진 일이라고 생각하고 있었다. 동은은 눈앞의 남자가 진심으로 그런 생각을 한다는 자체가 끔찍하고 역겨웠다.

문득, 집착이나 광기가 아닌 그저 순수한 은택의 마음이 생각나서 목이 메었다. 동은이 먹먹한 목을 가다듬으며 다시 인정태를 몰아붙였다.

"그래서 당신은 잘못한 게 하나도 없다? 단 하나도!"

"내가 잘못한 게 있다면 사랑에 빠졌다는 것, 그것밖엔 없어."

인정태는 끝까지 그 역겨운 태도를 고수하며 변해버린 여자의 마음을 이해할 수 없다고 했다. 하지만 변한 게 어디 애인의 마음뿐이었을까. 도청기를 보내고 제가 저지른 범죄를 숨기기 위해 살인까지 저지른 인정태의 마음도 분명 추악하게 변해 있었다. 그런 건 진짜 마음 같은 게 아니었다. 마음은, 그런 게 아니었다.

조사를 끝마치고 조사실에서 나오는 동은의 얼굴은 처음보다도 더 무표정했다. 비틀린 애정과 집착, 광기, 협박과 살인. 온갖 추악한 감정과 행동이 얽혀 있는 사건은 아무리 시간이 지나도 쉽게 잔상이 떨쳐지지 않는 법이었다. 그런 사건 앞에서 언젠가부터 분노 끝에 번번이 무기력함을 느끼는 동은이었다. 휴우. 한숨을 쉬어보지만 무거운 마음을 덜기엔 역부족이었다.

인정태에 관한 조사는 증거가 명확해 금방 끝이 났다. 일이 마무리되고 중일이 모처럼 회식을 제안했다.

"자자자, 기분도 꿀꿀한데 술이나 한잔하자고!"

중일의 제안에 곧바로 너도 나도 모여 들었다. 술 한 잔에 끔찍한 현실과 하루 동안 쌓인 시름을 잊기 위함이었다. 동은도 그 틈에 끼어 인정태에 관한 이 무력한 기분을 떨쳐낼 생각이었다. 저마다 술자리 장소를 추천하며 떠들썩해졌을 때였다.

"맞다! 회식 장소! 은택관 어때요?"

히끅! 막내 지락의 추천에 순간 동은의 입에서 딸꾹질이 새어 나왔다.

마지막 저녁 식사 손님이 빠져나간 시각. 은택은 마침 엄마 혜숙으로부터 걸려온 전화를 받으며 가게를 청소 중이었다. 이제 조금 있으면 술손님들이 가게 안으로 들어설 시점이었다.

"응, 엄마. 그렇지 않아도 룸메이트 구했어. 다음 주쯤 이사 들어올 거야."

은택은 엄마에게 새로 룸메이트를 구했다는 소식을 막 들려준 참이었다. 이번에 맡은 사건이 끝나는 대로 지락은 이사를 오기로 했다. 그러나 혜숙은 무언가 불안한 눈치였다.

−얘, 잘 알아보고 구한 거 맞지? 이번에도 저번처럼 집세도 제대로 안 주고 그런 사람 구한 거 아니지?

지난번 은택의 룸메이트가 꽤나 고약한 사람이었던 전적 때문이었다. 은택은 그런 혜숙의 걱정을 일축하며 단호하게 대답했다.

"걱정하지 마. 이번에는 정말 나한테 꼭 필요한 사람으로 구했으니까."

―꼭 필요한 사람? 아들, 너 설마 룸메이트 여자로 구했니? 동거 같은 거 하려는 거야?

혜숙의 엉뚱한 오해에 은택이 펄쩍 뛰었다.

"그런 거 아니야! 엄마는 지금 무슨 상상을 하는 거야, 대체?"

―아니, 엄마가 느끼기에 네가 다른 때보다 조금 들뜬 것 같아서 그러지.

은택이 들뜬 이유는 앞으로 경찰서에서 일하는 동은에 관해서도 지락을 통해 종종 들을 수 있으리라는 생각에서였다. 하지만 그 사정을 알 리 없는 혜숙으로서는 평소 침착하기만 한 아들이 이토록 들떠 있는 것이 다소 의아하게 느껴질 수밖에.

"됐어. 그런 거 아니니까 매형한테 또 쓸데없는 말 하지 말고."

―얘는. 엄마가 무슨 쓸데없는 말을 했다고 그래.

"처남은 연애 안 하냐고 떠봤다며? 그렇게 안 해도 어련히 알아서 할 테니까 걱정 말라고. 손님 들어와. 끊는다?"

―얘, 얘! 어련히 알아서 한다니? 그게 대체 무슨 소리……!

은택은 그렇게 혜숙이 궁금할 말을 무심결에 내뱉어놓고 아무렇지 않게 전화를 끊어버렸다. 그리고 때마침 전화를 끊기 위한 핑계에 불과했던 손님이 가게로 들어서고 있었다.

문득 그 틈에서 아주 익숙한 실루엣을 발견한 은택의 눈매가 매끄럽게 휘어졌다. 무리를 지은 사람들은 은택도 몇 번 본 적 있는 강력 2팀 식구들이었다. 그중 꽃잎처럼 가냘픈 실루엣은 당연히 동은이었다. 은택이 구석에 놓아둔 장미 꽃다발을 보이지 않게 숨기곤 얼른 문 쪽으로 달려 나갔다.

"자, 마셔, 마셔!"

야심한 시각, 언제나 하이톤을 가진 여성들만 바글바글하던 은택관이 우렁찬 남자들의 목소리로 가득했다. 강남서 강력 2팀의 회식이 벌어진 까닭이었다.

"그건 그렇고, 내가 인정태 같은 새끼들 잡아 처넣을 때마다 불안해서 살 수가 없어요. 우리 금쪽같은 딸이 그런 놈 만날까 봐 밤에 잠도 안 와."

중일이 씁쓸하게 중얼거렸다. 아직도 깨어나지 못한 딸 수연이 생각나서였다. 그의 사정을 아는 견우만이 곁에서 묵묵히 건배를 나눠주었다.

아닌 게 아니라 중일의 말대로 범죄자들은 갈수록 흉악해져 가고 있었다. 게다가 그들은 일말의 양심마저도 가지고 있지 않았다. 딸 가진 아버지라면, 그것도 이 세상의 흉악한 단면을 가장 많이 알고 있는 형사라면 불안해하지 않는 것이 오히려 이상했다.

"그 새끼도 봐봐. 겉은 멀쩡하게 생겨 가지고. 사랑 타령하면서 사람 죽여놓고도 지 잘못 아니라고 하는 꼴을 보라고."

중일이 다시 생각해도 화가 나는지 막걸리를 한입에 털어 넣곤 빈 잔을 깨질 듯 테이블 위에 내려놓았다.

"그러니까 소똥 너 인마, 너도 조심하란 말이야! 얼마나 과격하게 범인을 잡았으면 수술한 자리가 또 터져?"

불똥은 동은에게 튀었다. 회식 때마다 반복되는 익숙한 수순이었다.

"팀장님, 그건 인정태 그 자식이 무릎으로 쳐서 그렇게 된 거라니까요. 그리고 병원 가니까 스테이플러로 몇 번 탕탕 박으니까 치료 끝나던데요, 뭘. 이제 괜찮아요."

"어쨌든, 저쨌든! 네 녀석 정체성은 형사이기 이전에 여자라는 걸 까먹지 말라고. 거, 너 쫓아다니는 놈팽이들! 그놈들이 계속 차이다가 한순간 어떻게 돌변할 줄 알고! 아무리 형사라지만 남자힘 못 이긴다. 조심, 또 조심해, 알았어?"

"네, 네. 명심하겠습니다."

"그리고 굳이 남자를 만날 거면 괜찮은 놈으로 골라."

"팀장님도 참. 저는 일하고 연애한다고 몇 번을 말씀드려요. 그런 걱정일랑 접어두세요."

"못난 것! 접기는 뭘 접어!"

언제는 속이 시키먼 남자를 만날까 불안하다더니, 막상 남자를 안 만나겠다고 하면 그건 그것대로 혼이 나고는 했다. 동은이 한숨을 푹 내쉬며 중일의 곁으로 다가갔다. 이제 자신이 중매를 서겠다는 이야기가 나올 차례였다. 뻔한 레퍼토리였다. 그런데 오늘은 레퍼토리가 조금 달랐다.

"내 생각엔 아무래도 남자 1번이 딱인 것 같아. 어때, 소똥. 생각 없어?"

"팀장님!"

왜 불길한 예감은 틀리지가 않는 걸까. 느닷없이 술에 취한 중일이 중매 대신 남자 1번 이야기를 꺼냈다. 때마침 은택이 안주를 만드느라 분주한 탓에 주방에만 틀어박혀 있어 다행이었다. 동은이 은택이 들을세라 황급히 자리를 파하려고 나섰을 때였다.

"안 되겠다. 소똥이 네가 안 나서면 나라도 가서 남자 1번한테 물어보고 와야지."

"네? 뭘를요?"

그 순간, 중일이 동은을 뿌리치고 남자 1번을 우렁차게 외치며 주방으로 향했다.

"남자 1번! 남자 1번!"

"팀장님, 안 돼요! 진짜 그러지 마시라고요!"

하지만 동은이 말려도 아무 소용이 없었다. 잠시 후 중일은 억지로 은택을 끌고 주방에서 나왔다. 은택의 다부진 팔뚝을 꽉 쥔 중일은 뭐가 그리 좋은지 연신 싱글벙글이었다.

"야, 인마, 소똥!"

중일이 의기양양하게 동은을 불렀다. 중일의 입에서 대체 무슨 소리가 나올까 긴장한 동은이 침을 꼴깍 삼켰다.

"남자 1번이 그러는데……."

1시간 같은 1초가 흘러갔다.

"소똥이 너랑……."

결국 올 것이 오고야 말았다.

"연애하고 싶었단다! 그것도 7년 전부터 쭈욱!"

중일의 말에 동은의 얼굴이 순식간에 발갛게 달아올랐다. 술도 마시지 않았는데 온몸이 불덩이 같았다. 동은은 제발 장난이라고 말해달라는 뜻에서 울 것 같은 눈으로 은택을 바라봤다. 하지만 그는 단호하게 고개를 저었다. 이윽고 은택이 차분한 목소리로 입을 열었다.

"처음부터 숨길 생각도 없었는데요, 뭐. 다들 짐작하셨을 테지만 이참에 정식으로 말씀드릴게요."

동은이 은택의 입을 막기 위해 자리를 박차고 일어섰다.

"아, 안 돼! 더 이상 말하지 마!"

하지만 한발 늦고 말았다.

"저, 임동은 저 사람, 좋아합니다. 제 첫사랑이었어요."

"그만!"

"아직까지도 그 마음 그대로고요."

"서은택!"

"앞으로도 계속 그대로일 거예요."

대단했다. 그 짧은 사이에 과거에 현재에 미래까지. 마음을 전부 털어놓았다. 동은은 은택의 입을 막기 위해 뻗었던 손으로 허망하게 얼굴을 쓸어내렸다. 영락없는 고백이었다. 그것도 동료들 앞에서 빼도 박도 못하게 듣고 말았다.

은택은 돌처럼 굳은 채 두 발짝 떨어진 거리에서 서 황망한 눈으로 저를 보는 동은에게로 천천히 다가갔다. 그리고 그녀를 바라보며 짓궂게, 그러나 더없이 진심을 담아 말했다.

"이제 어쩔래?"

"뭘?"

"당신, 나한테 완전 코 꿰인 것 같은데."

그 순간 모두가 짜기라도 한 것처럼 동시에 동은을 바라봤다. 남자 1번의 마음이야 그간 그렇게 티를 냈는데 몰랐던 것도 아니고, 지금 중요한 건 소똥의 마음이었다.

경찰서 사람들 모두가 인정하는 둘도 없는 철벽녀 임동은! 그녀가 드디어 함락되느냐 마느냐 하는 중요한 순간!

"에이, 세상에 남자가 얼마나 많은데. 소똥이도 언젠간 어련히 연애 안 하겠어요?"

난데없이 해온이 찬물을 확 끼얹었다.

"소똥이가 당분간은 일과 연애하겠다잖아요. 저희는 그냥 지 켜보자고요."

모두가 어이가 없다는 눈빛으로 바라봤지만, 해온은 그저 무심 하게 어깨를 으쓱였다. 잔뜩 긴장했던 동은은 저도 모르게 한숨을 토해냈다. 여기에 계속 있다간 또 어떤 사태를 겪을지 알 수 없었 다. 동은이 부랴부랴 가방을 챙겨 들었다.

"저는 다쳐서 술도 못 마시고. 아무래도 먼저 들어가 보는 게 나을 것 같습니다. 다들 더 즐기다 조심히 들어가세요!"

부랴부랴 인사한 동은이 재빨리 가게를 빠져나갔다. 멍하니 그 녀의 뒷모습을 보던 은택이 황급히 주방에 있는 하루를 불렀다.

"하루야!"

"네, 사장님!"

"나 좀 나갔다 올 테니까 잠깐만 혼자서 가게 좀 보고 있어!"

곧 있으면 하루의 퇴근 시간이었지만, 그것까지 생각할 여유가 없었다. 은택은 구석에 숨겨둔 장미 꽃다발을 챙겼다. 그리고 문 을 열기 직전, 해온을 잠시 서늘하게 노려보고 이내 가게를 박차 고 나갔다. 그런 은택의 모습에 견우와 지락이 해온을 나무랐다.

"야, 인마. 너는 왜 그런 쓸데없는 소릴 하고 그래."

"그래요, 최 경위님. 그 상황에 꼭 그런 식으로 말씀하셨어야 됩니까?"

두 사람의 구박에 해온이 이맛살을 찌푸리며 투덜댔다.

"왜? 내가 없는 말 했어? 소똥이가 부담스러워하잖아."

"에이. 여자 마음을 몰라도 너무 모르신다. 그게 어떻게 부담스러워하는 거예요? 딱 봐도 긴장한 거고만. 게다가 은택 씨, 장미꽃까지 준비했는데 이게 뭐예요. 최 경위님이 분위기 아주 제대로 박살 내셨어요."

"시끄러워. 막내 너까지 나보다 남자 1번이냐?"

"네?"

"소똥이고 막내고 아주 날 쌍으로 서운하게 하는고만. 서럽다, 서러워."

해온이 불만스럽게 혀를 차며 눈앞의 막걸리 한 사발을 사납게 들이켰다. 그의 곁으로 다가온 중일이 무심하게 어깨를 두드리며 다시 술을 채워줬다. 이곳에 올 때부터 내내 답지 않게 입을 다물고 있던 해온이 신경 쓰였었다.

"해온이 너, 무슨 일 있냐?"

중일이 묻자, 해온이 다시 막걸리를 비우곤 대답했다.

"소똥이 녀석. 나한텐 가시 잔뜩 세우고 할 말 다 하면서 남자 1번한테는 절절매는 거…… 못 봐주겠어요."

"아까 현장에서 소똥이한테 혼났던 것 때문에 그래?"

"그거야 뭐……. 제가 잘못했으니까요."

형사라면 그 상황에서 범인을 뒤쫓는 게 옳았다. 하지만 어떤 현장에서든 범인을 체포하는 일보다 피해자를 구하는 것이 최우선이라고 해온은 생각했다. 그건 해온이 범인을 뒤쫓다 피해자의 목숨을 구하지 못한 과거의 뼈아픈 경험 때문이었다. 물론 동은이 피해자는 아니었지만, 어찌 보면 해온에겐 피해자보다 더 중요한 사람이었으니 그 신념대로 행동한 건 자동 반사나 다름없었다.

"제가 잘못은 했지만 다시 그 상황이 와도 전 똑같이 행동했을 거예요."

"알아, 인마. 네가 이유 없이 그런 행동 한 거 아니라는 거. 소똥이도 그 순간엔 욱했지만 지금은 아무 말 안 하잖아. 그러니까 서운한 거 있으면 마시고 털어."

중일이 다시 한 번 해온의 빈 잔을 채워줬다. 그러나 해온은 중일의 잔을 받으면서도 알 수 없었다. 자신이 정말 무엇 때문에 이토록 서운한 기분이 드는 것인지.

은택관을 빠져나온 동은은 혼잣말로 창피함을 달래며 집으로 향하고 있었다.

"정말이지 내가 팀장님 때문에 못 살아! 최해온 아니었으면 꼼짝없이 말려들 뻔했어."

은택이 했던 말들이 여전히 귓속을 파고들고 있었다. 동은이 귀를 마구잡이로 후비며 간신히 걸음을 옮기던 바로 그때였다.

빵, 빠앙! 자동차 경적 소리가 들리더니 노란 헤드라이트 불빛과 함께 차 한 대가 동은의 옆에 멈춰 섰다. 고개를 돌리자 운전석에 앉아 있는 은택의 모습이 보였다. 놀란 동은이 숨을 흡 들이마시며 저도 모르게 한 발짝 뒤로 물러섰다. 그 한 발자국을 용케도 알아챈 은택의 미간이 살짝 구겨졌다.

"데려다 줄 테니까 타."

"혼자 갈 수 있어. 걸어서 가도 20분이면 도착해."

동은은 아까와 같은 상황을 다시 마주하지 않기 위해 일부러 퉁명하게 은택을 거절했다. 하지만 그런다고 물러설 그가 아니었다.

"고집부리지 말지?"

"너야말로 고집부리지 마."

"생각 잘해. 나 차에서 내리는 순간, 당신은 각오해야 할 거야. 지금 겨우 참고 있는데, 내가 무슨 짓을 할지······."

덕분에 동은의 단호함은 오래가지 못했다. 은택의 말이 끝나기도 전에 동은은 잽싸게 차에 올라탔다. 은택은 옆좌석에 앉은 동은을 집요하게 바라보다가 그녀가 계속 창밖만 바라보고 있자 말없이 차를 출발시켰다.

차창에 비친 은택의 옆모습에 동은이 입술을 잘근잘근 깨물었다. 머릿속에서 은택관에서 있었던 일이 다시금 반복되고 있었다. 동은은 어서 빨리 집에 도착하기를 바리며 입을 꾹 다물었다. 먼저 침묵을 깬 건 역시나 은택이었다.

"언제부터 강남서에서 일했어?"

"어?"

얼결에 대답을 하고 만 동은이 눈만 깜빡였다. 은택이 다시 한 번 더 물었다.

"여기서 일한 지 얼마나 됐냐고."

"갑자기 그건 왜?"

"좋아하는 여자가 무얼 하며 살았는지 궁금한 건 당······."

"4년 정도 됐어, 왜!"

또다시 은택의 입에서 좋아한다는 말이 나오자 동은이 심장을 보호하는 차원에서 곧바로 대답했다. 아무래도 은택이 무언가를 물어오면 바로바로 대답하는 게 심장에 이로울 것 같았다.

"그럼 그전에는?"

"강원도 정선에서 근무했었어."

두 번째 질문에도 동은은 칼같이 대답했다. 동은의 대답에 은택이 자못 억울한 표정을 지었다. 은택관에서 경찰서까지는 차로 5분도 걸리지 않는 거리였다. 은택관을 개업한 지는 얼마 되지 않았지만, 집도 가까웠기 때문에 자그마치 4년이란 시간을 지척에 두고도 알아차리지 못했다는 사실이 분하고 억울할 따름이었다.

"대체 언제까지 숨어 있을 작정이었어?"

은택이 던진 질문에 여전히 차창에 머리를 기대고 있던 동은이 천천히 몸을 일으켰다. 그녀가 고개를 살짝 틀어 이해가 가지 않는다는 눈빛으로 은택을 쳐다봤다.

"숨어?"

"아니라고 말할 수 있어?"

"내가 무슨 범죄자도 아니고 숨긴 뭘 숨었다고 그래?"

"당신 말대로 범죄자는 아니지. 그렇지만 당신은 여전히 망설이기만 해."

은택의 말대로였다. 그간 온갖 변명을 갖다 붙이며 은택의 앞에 나서는 걸 계속 망설이고 있었다. 은택이 졸업하기 전까진 계속 그가 학생인 것을 핑계 삼았고, 그 후엔 강원도 정선에서 근무하는 것을 변명 삼았다. 그러다 서울, 그것도 은택의 집에서 가까운 강남서로 발령을 받았을 때는 평생 사라지지 않을 죄책감인 줄 알면서도 아직 제 안에서 죄책감을 다 걷어내지 못했다는 이유로 전화를 걸지 않았다.

그렇게 안타깝게 흘려보낸 7년이란 시간. 그 끝에서 드디어 은택을 다시 만났다. 다른 사람을 대할 때는 이토록 소심하지 않은데 서은택과 관련해서는 스스로 생각해도 답답할 정도로 망설임이 많아졌다. 하나부터 열까지 생각하게 되고 조심스러워진다고 해야 하나. 7년 전에도 그랬지만 지금도 달라진 것은 없었다.

여전히 어떤 말을 하면 좋을지 고민하고 망설이고 있는데, 두 번째 교차로에서 신호를 받은 은택이 대뜸 운전대를 잡은 손을 풀었다. 그리고 안전벨트를 넉넉하게 잡아당기며 동은에게로 상체를 가깝게 기울였다.

"당신한테는 미안한데……."

은택의 숨결이 코앞까지 와서 살랑거렸다.

"천천히 하겠다고 한 말 취소."

그가 동은의 콧등을 아프지 않게 비틀고는 손끝으로 톡톡 두드렸다.

"임동은, 그냥 나랑 연애할래?"

머릿속에서 폭죽이 터진다면 이런 느낌일까. 동은은 다가오는 은택을 피해 뒤로 목을 쭉 뺐다. 하지만 좁은 차 안에서 도망쳐 봐야 어디까지 피할 수 있을까. 결국 차창에 머리를 콩 하고 박은 동은이 앓는 소리를 내며 머리를 감싸 쥐었다.

"괜찮아?"

"안 괜찮아! 서은택, 너 미, 미쳤어?"

"아니. 말짱한 정신으로 한 말인데? 충동적으로 한 말 아니야."

그러나 태연한 은택과는 달리 동은은 정신이 하나도 없었다. 불시에 폭격이라도 맞은 듯한 기분이었다. 무슨 말이든 해야겠는데 아무 말도 생각이 나지 않았다. 멀미라도 하는 것처럼 눈앞은 핑글핑글 돌고 속은 울렁거렸다.

"지난 7년간 당신을 다시 만나면 제일 하고 싶었던 거였어."

그 와중에도 은택의 목소리가 또렷이 들려와서 문제였다. 깊은 눈동자가, 진한 목소리가, 뜨거운 숨결이, 빠른 심장 소리가.

"연애."

부끄럽기 그지없는 단 두 글자에 더할 나위 없는 진심을 각인시켰다. 7년 전에 이어 그의 진심을 또다시 마주한 동은이 불안한 눈동자를 이리저리 굴렸다.

'나, 선생님이 좋아요.'

그때 들었던 고백이 다시 한 번 그녀의 머릿속을 점령했다. 불안하게 흔들리는 눈동자를 숨기려는 듯 동은이 질끈 눈을 감았다. 파르르 떠는 그녀의 속눈썹을 바라보며 은택이 집요하게 공격을 이어갔다.

"팀장님, 아버지 같은 분이라며. 그런 분이 저렇게 적극적으로 밀어주시는데, 그냥 해버리지?"

"야, 서은택. 나는, 나는 있지."

"내가 싫은 건 아니지?"

"그러니까 나는……!"

차라리 차에서 뛰어내릴까? 사실 신호를 받아 차는 멈춰 있는 상태였기에 못할 것도 없었다. 문제가 있다면 안전띠를 매고 있다는 것 정도. 동은의 손이 저도 모르게 안전띠를 풀기 위해 움직였을 때였다.

"어허. 어딜 또 도망가려고."

은택의 커다란 손이 단단히 그녀의 손을 덮치듯이 붙잡았다. 그리고 더는 동은이 빠져나갈 수 없게끔 단호하게 밀어붙였다.

"나 놓치고 후회하지 말고. 지금 나 잡아, 임동은."

"뭐? 고소?"

동은이 날카롭게 언성을 높였다. 은택 역시 그녀를 흘깃 바라보며 불만스러운 표정을 짓고 있었다. 연애하자는 말을 계속 교묘하게 피하더니, 갑자기 걸려온 전화에 반색하며 냉큼 발을 빼버린 그녀였다. 상황이 제법 심각한 듯하니, 이대로 연애하자는 데 대한 그녀의 대답을 듣는 것은 물 건너간 셈이나 다름없었다.

그녀는 전화를 받는 내내 연신 손톱을 물어뜯고 있었다. 답답한 일이 생기거나 심각해질 때에 종종 나오는 습관이었다. 언뜻 들려오는 지락의 목소리에서도 답답한 기색이 역력했다.

—예. 그 새끼가 선배가 과잉진압한 거라고 끝까지 우기잖아요.

"과잉진압은 개뿔. 인정태 그 새끼가 내 말 안 듣고 도망가는 거 붙잡으려다가 그렇게 된 건데. 게다가 저만 다쳤어? 나도 수술한 자리 터져서 다시 박았는데 고소는 내가 해야 할 판이라 그래!"

지난번 인정태를 체포하는 과정에서 의족을 망가뜨린 일로 앞으로 골치 좀 썩을 모양이었다. 인정태 쪽에서 동은의 체포 과정이 과잉진압이었다고 부득불 우겨대고 있다고 했다. 살인범 주제에 참으로 뻔뻔했다.

—선배 탓에 자기 다리 망가진 거라고 꼭 보상을 받아야겠대요.

인정태의 하찮은 시비에 동은이 손톱을 아득 깨물며 주먹으로 시트를 내리쳤다.

"까짓것 의족값 물어내면 되잖아. 얼마 달래? 얼마면 되는데?"
—그게 그러니까 선배.

"아, 왜? 대체 얼만데 그렇게 뜸을 들여?

―천만 원이 훌쩍 넘어요.

"뭐? 처, 천만 원?"

그게 그렇게 비싸? 잠시 갈등하던 동은이 더 당당하게 외쳤다.

"다 됐고! 고소하라 그래. 그 새끼 정황이고 증거고 빼도 박도 못 하게 콩밥 먹게 생겼으니깐 수 쓰는 거야. 누가 겁낼 줄 알아?"

―알아요. 일단 알고는 계셔야 할 것 같아서 전화드린 거예요. 그 자식 아시잖아요. 자기가 잘못한 건 하나도 없다고 생각하는 사이코패스인 거. 어쨌든 제가 잘 해결해볼게요.

저를 어르고 달래는 막내의 목소리에 동은이 피식 웃었다. 충동적이고 감정적인 저를 동료로 둔 덕에 상사건 부하건 고생이 많다는 생각이 들었다.

"알았으니까 내 걱정 말고 그 새끼나 확실히 처리해. 어물쩍대다가 송치까지 몇 달씩 걸리게 만들지 말고."

―걱정 붙들어 매시라니까요. 그럼 지금부터 전 인정태 그 자식 취조하러 갑니다.

"알았다."

―정말로, 진짜 저 믿으시는 거예요?

"알았대도."

몇 번씩 당부를 하며 지락은 전화를 끊었다. 그대로 휴대전화를 대충 뒷좌석에 집어 던진 동은이 창문에 머리를 기댔을 때였다.

홋! 별안간 동은의 입에서 가느다란 비명이 흘렀다. 운전 중이던 은택이 똑바로 앞을 본 채 불쑥 그녀의 왼손을 낚아채 입에 문 까닭이었다.

"지금 뭐, 뭐 하는 거야?"

손톱을 물어뜯은 자리에 기습적으로 따뜻한 혀가 감겼다. 얼마나 세게 물어뜯었는지 비릿하게 올라오는 피 맛에 은택이 눈썹을 찌푸렸다.

"손톱 물어뜯는 버릇 아직도 못 고쳤어?"

손가락을 입에 물고 말을 하니 혀가 닿은 분홍빛 보드라운 살이 아릿했다. 그 야릇한 감각에 미간을 구긴 동은이 붙잡힌 손목을 비틀며 투덜거렸다.

"버릇이 괜히 버릇이야? 무의식에서 나오는 행동이라 쉽게 못 고치니까 버릇……. 아!"

그 순간 은택이 동은이 손끝을 꽉 물어버렸다. 변명을 늘어놓던 앙증맞은 입이 날 선 비명을 삼키며 꾹 다물어졌다. 은택이 깨문 자리를 다시 혀로 핥으며 곁눈질로 흘깃 동은을 노려봤다.

"앞으론 손톱 물어뜯을 때마다 이렇게 물어버릴 거니까 알아서 해."

"뭐? 네가 무슨 짐승이야? 물긴 뭘 물어?"

"몰랐어? 임동은 앞에서 난 항상 짐승인데?"

은택이 능구렁이처럼 웃었다. 그 순간, 목까지 새빨갛게 달아오른 동은이 몸서리치며 은택의 입에서 억지로 손을 **빼냈다.**

할짝. 보고 싶지 않은데 자신도 모르게 입술을 핥는 은택의 혀를 훔쳐본 동은이 고개를 휙 돌렸다. 초조한 마음에 무심코 입으로 가져가려던 손을 주먹 쥐며 동은이 입술만 연신 깨물었다.

동은은 갑자기 노선을 바꾼 은택으로 인해 정신을 차릴 수가 없었다. 어제까지만 해도 소년 같은 인상을 풍기던 녀석이 불쑥 남자가 되어 저를 밀어붙이는 통에 적응하기가 여간 곤란한 게 아니었다.

물론 7년 전에도 은택은 또래답지 않게 적극적이고 저돌적이었지만 확실히 지금보다는 다룰 만했었다. 그땐 적어도 교복을 입고 있었고, 아직 미성년자라는 제약이 있었기 때문이었다.

하지만 그 모든 제약에서 벗어난 지금 그는 동은이 다룰 수 있는 범위 밖에 서 있었다. 사소한 스킨십이며 툭툭 던지는 말들이며……. 온갖 행동들로 정말이지 시도 때도 없이 사람을 긴장시켰다. 서은택이라는 존재 때문에 동은은 하루에도 몇 번씩 숨을 쉬기가 곤란했다. 오늘만 해도 이게 대체 벌써 몇 번째 찾아온 호흡곤란인지.

"너 때문에 진짜 미치겠다, 내가."

고개를 푹 숙인 채 들릴락 말락 한 작은 목소리로 동은이 중얼거렸다. 용케 그녀의 말을 알아들은 은택이 흥미롭다는 듯 옅게 웃으며 대꾸했다.

"나 때문에 왜?"

"진짜 짐승 같아. 길들이기 힘든 짐승. 완전 다루기 힘들어."

"7년 만에 내 앞에 다시 나타났을 땐 이 정도 각오는 했어야지. 당신 때문에 연애 한 번 못 해보고 이날 여태껏 독수공방하며 살았는데."

은택의 말에 동은이 저도 모르게 고개를 치켜들었다. 서은택이 한 번도 연애를 안 해봤다니, 믿을 수가 없었다. 특별한 날이 아니어도 책상 서랍에 러브레터와 깜찍한 선물이 들어 있는 게 전혀 어색하지 않았던 아이. 동은은 7년 전 자신이 은택에게서 받았던 인상을 똑똑히 기억하고 있었다.

"거짓말. 너 좋다고 쫓아다니는 여자애들 무지 많았잖아. 1년

365일이 밸런타인데이였으면서."

"그럼 뭐해. 내가 좋아하는 건 임동은 당신인데."

또, 또, 또 그런다. 은택이 아무렇지 않게 뱉어내는 말이 동은에게는 기습적인 공격처럼 느껴졌다.

"너 진짜. 나 곤란하게 하려고 일부러 그러는 거지? 조금씩, 천천히 하자며? 남아일언중천금. 한 번 뱉은 말은 지켜라. 어?"

"안 돼. 못 하겠다고 했잖아. 취소야."

"시끄러워! 취소는 무슨 취소! 취소한 거 당장 취소해!"

하지만 동은이 거세게 나갈수록 은택 역시 더욱더 단호하게 밀어붙였다. 이제는 그렇게 할 수 없는 이유가 은택에게도 생겼다.

"나도 처음엔 그렇게 하려고 했지. 근데 팀장님 말 들어보니까 안 되겠어. 당신한테 치근대는 남자가 한둘이 아니라며? 그 꼴을 내가 어떻게 봐?"

게다가 이제는 최해온, 그 사람까지 은근슬쩍 마음을 내비치고 있었다. 이런 상황에서 더는 손 놓고 있을 수만은 없었다.

"불안해서 안 되겠어."

"불안할 게 뭐 있어? 내가 관심이 없다니까?"

"그래도 싫어. 그 사람들이 일방적으로 북 치고 장구 치는 거라고 하더라도 싫다고."

"서은택. 너 진짜!"

동은이 말끝을 흐리며 입술을 깨물었다. 아무래도 이 말싸움은 끝날 것 같지 않았다. 누구 하나 양보할 기세가 엿보이지 않았다.

"누누이 말하지만 네가 이럴 필요 없어. 내 문제야."

"난 당신한테 허락받았으니까 내 마음대로 할 거야."

"그거야 기다려도 되냐는 질문에 어쩔 수 없이 한 대답이었지."

"어쩔 수 없이? 상관없어. 이제부턴 진짜 내 마음대로 할 거야."

결국 끝끝내 고집을 꺾지 않는 은택을 동은이 살벌하게 노려봤다. 두 사람 모두 그 상태로 한참 동안 아무 말이 없었다. 이번에 먼저 침묵을 깬 건 의외로 동은이었다.

"서은택."

"왜."

"삐쳤냐?"

운전대 위에 가지런히 놓인 은택의 손가락이 움찔거렸다. 마치 제자를 대하는 듯한 태도가 자존심을 건드렸다.

"당신이 삐칠 만한 행동한 건 아나 보지?"

"너무 그러지 마. 분명 너, 나중에 나한테 고맙다고 느끼게 될 거야."

비록 토라진 척을 하고 있어도 내내 동은의 말에 귀 기울이고 있던 은택의 미간이 그 순간 불만스럽게 좁아졌다.

"그게 무슨 소리야?"

"은택이 너, 꽃이 왜 아름다운 줄 알아?"

"방금 한 말, 무슨 뜻이냐니까?"

시종일관 창밖만 바라보고 있던 동은이 고개를 살짝 틀어 거울 속에서 은택과 눈을 마주쳤다. 별 하나 뜨지 않은 깜깜한 밤하늘처럼 덤덤한 눈빛. 그 눈빛에 그녀의 입술이 이어서 들려줄 말이 벌써부터 가슴을 헤집어놓는 것 같았다.

"금방 시들어버리니까 더 아름답게 느껴지는 거야. 그래서 아쉽고 그리운 거고."

"임동은!"

은택이 거칠게 제 이름을 외쳤지만 동은은 멈추지 않았다.

"너한테 나도 그런 거야. 7년 전 잠깐 함께였던 순간이 활짝 핀 꽃처럼 아름다워서, 그래서 그리워하는 거라고. 언젠가 나도, 그때의 추억도 시들어버리는 순간이 올 텐데, 그땐 어쩌려고?"

"웃기지 마! 당신이 내 마음을 알기나 해?"

이윽고 동은의 집 앞에 도착한 은택이 난폭하게 차를 세웠다. 안전띠를 풀고 오롯이 그녀를 향한 은택이 다시 눈을 집요하게 응시했다. 그 눈빛을 견디다 못해 급하게 차에서 내려 달아나려는 그녀를 은택의 목소리가 붙잡아 세웠다.

"당신, 내 소원이 뭔 줄 알아?"

은택이 보조석 뒤 바닥에 숨겨놓은 장미 꽃다발을 바라봤다. 아마도 오늘은 저 꽃을 전해줄 수 없을 거란 생각이 들었다.

그러나 전할 수 없는 게 어디 저 꽃뿐일까. 그로 인해 매일 밤 고민하고 또 고민했다. 어떻게 하면 이 마음을 당신에게 전할 수 있을지. 동은을 따라 차에서 내린 은택이 그녀의 등 뒤에 서서 고백했다.

"1초라도 좋으니까 당신이랑 나, 마음이 바뀌었으면 좋겠어."

은택의 목소리가 울음을 참는 것처럼 들리는 건 착각일까. 차마 돌아볼 엄두조차 내지 못하는 동은의 등 뒤로 끝내 울음 같은 목소리가 덮치듯이 그녀를 적셔왔다.

"그럼 아마 당신은 알게 되겠지. 내가 당신을 얼마나 좋아하는지."

4장

'그럼 아마 당신은 알게 되겠지. 내가 당신을 얼마나 좋아하
는지.'

도대체 은택에게서 좋아한다는 말을 몇 번이나 들은 걸까? 세
어보진 않았지만 못해도 족히 열 번은 들은 것 같았다. 특히 가슴
을 뜨겁게 흠뻑 적셔놓은 은택의 마지막 고백은 아직도 여운이 가
시지 않고 있었다.

그 후유증으로 잠 한숨 자지 못한 채 결국 동은은 초췌한 몰골
로 출근했다. 그런데 동은이 사무실에 들어섬과 동시에 날벼락
같은 소식이 전해졌다.

"그게 무슨 소리야? 도청기를 놔둔 게 인정태가 아니라니?"

거침없이 문을 열고 들어선 동은이 흥분한 목소리로 소리쳤다.
조사실에서 막 나온 지락이 안으로 무작정 들어가려는 그녀를 말리며 상황을 설명했다.

"자기가 이제강을 죽인 건 맞는데, 이제강 집에 도청기를 놔두진 않았대요. 그리고 선배 앞으로 도착한 백합 있잖아요. 그것도 날짜 제대로 알려줬대요."

"확실해? 인정태가 착각한 거 아니야?"

"아니래요. 이제강한테 몇 번씩이나 확인해서 절대로 날짜를 착각할 리 없다고. 뭔가 이상하니까 계속 다시 조사해달라고 하는데, 완전 끈질기다니까요."

지락의 말에 동은이 사납게 미간을 구기며 편면경(바깥에서만 안쪽을 볼 수 있는 거울) 너머로 불안에 떨고 있는 인정태를 바라봤다. 확실히 이상하기는 했다. 공들여 자살로 위장까지 했으면서 굳이 도청기가 설치된 백합을 가져다 놓을 이유가 없었다. 문득 이제강의 집에서 발견했던 찢겨 나간 메모지를 떠올린 동은이 지락에게 지시했다.

"이제강 사건 증거물 중에서 메모지 가져다 감식한테 압흔(눌림 흔적) 조사하라고 하고 이제강 통화 내역도 조사해봐."

"알았어요. 바로 전달할게요."

"제대로 해. 중간에 인정태가 아닌 다른 인물이 배달 날짜를 변경한 거라면 반드시 흔적이 남아 있을 거야."

지시를 끝낸 동은이 조사실 문고리를 손에 쥐자 지락이 다급하게 가로막았다.

"들어가서 뭘 어쩌시게요?"

"이제강과 인정태가 이용당한 것뿐이라면, 나한테 도청기를 보낸 범인은 따로 있다는 뜻이야. 그리고 놈이 노리는 건 나."

혹시, 어쩌면……. 애써 생각을 거기에서 멈춘 동은이 수많은 감정들이 엉겨 붙어 파르르 떨리는 눈을 꼬옥 감았다가 떴다. 다시 떠진 그녀의 눈빛은 날카롭게 반짝이고 있었다.

"그렇다면 얌전히 기다리고만 있을 수는 없지. 어디 숨은 더러운 쥐새낀지 모르겠지만, 반드시 찾아내서 수갑을 채우고 말겠어."

결연한 표정의 동은이 입술을 짓이기듯 씹으며 지락을 밀쳐내고 거침없이 조사실 안으로 걸어 들어갔다.

"잠깐만요, 동은 선배. 선배……. 앗!"

그러나 때마침 걸려온 전화에 지락은 그녀를 끝까지 말릴 수 없었다.

"오 형사님, 저 서은택입니다."

동은에게 건네지 못한 커다란 장미 꽃다발을 품에 안은 은택이 옥상으로 향하는 계단을 오르며 휴대전화 너머로 인사를 건넸다. 점심시간을 기다렸다가 막 지락에게 전화를 건 참이었다.

-네, 은택 씨. 안 그래도 저도 전화드리려고 했었는데.

그런데 지락의 목소리가 어쩐지 다급하게 들렸다. 은택이 주춤 거리며 말을 이었다.

"이사는 언제쯤 오실 수 있는지 물어보려고요. 오피스텔은 깨끗하게 정리해놨는데."

-그게, 사건이 금방 끝날 줄 알았더니 조금 복잡해져서요.

"복잡해져요?"

어젯밤만 해도 범인을 잡았다며 회식을 하러 가게에 찾아왔던 사람들이었다. 갑자기 사건이 복잡해졌다는 소식에 은택이 불안한 듯 아랫입술을 말아 물었다. 어제 차 안에서 얼핏 들었던 고소와 관련이 있는 것인지 신경이 쓰였다.

"동은이 고소하겠다고 한 범인 때문에 그런 건가요?"

—아뇨. 그거야 지가 도망치려다가 그렇게 된 건데. 어차피 말도 안 되는 수작이었고요. 아무튼 이사는 좀 더 미뤄야 할 것 같아요.

"알겠습니다. 그럼 가능할 때 다시 연락 주세요. 아 참, 동은이는 괜찮은 거죠?"

—네, 선배는 문제없어요. 그럼 들어가세요.

그렇게 전화는 끊어졌다. 동은이 지금 어떤 상황인지 자세히 물어보고 싶었으나, 지락의 목소리가 워낙 다급해서 차마 귀찮게 할 수가 없었다. 이래서 지락을 룸메이트로 들이려고 한 건데. 지락과 가까워지면 은택은 동은에 관한 실시간 정보를 받아볼 생각이었다. 일이 일사천리로 진행되기에 금방 가능해질 것 같았는데, 기약도 없이 뒤로 미뤄지고 말았으니. 은택이 답답한 듯 한숨을 푹 내쉬며 품에 안고 있던 꽃다발을 비어 있는 항아리에 담갔다.

어젯밤 동은에게 전해주지 못한 꽃은 은택의 마음도 모르고 싱싱하게 피어 있었다. 조금 흐트러진 꽃다발 모양을 동그랗게 잡아주며 그가 주문을 걸듯 읊조렸다.

"오래오래 피어 있어라."

시들지 말고 오래오래.

"내 마음처럼."

이 내 마음, 그녀에게 전할 수 있게.

지락은 전화를 끊고 황급히 다시 편면경 너머를 바라봤다. 은택에게 아무 문제 없다고 말은 했지만, 어쩐지 동은의 상태가 불안해 보였다. 조사실 안으로 동은이 들어서자마자 인정태가 미친 사람처럼 웃어댔다.

"이야이야, 이거 내 다리 망가뜨린 형사님 아니신가?"

"도망치는 범죄자 잡으려다가 그런 거니까 고소해봤자 씨알도 안 먹혀."

"씨알이 먹힐지 안 먹힐지는 저질러봐야 알지, 형사님."

"내가 너한테 잡아먹힐 것 같아?"

팽팽한 두 사람을 지켜보는 지락의 목울대가 크게 출렁였다. 그 순간, 의자에 앉을 것처럼 행동하던 동은이 기습적으로 헐겁게 매어진 인정태의 넥타이를 움켜쥐었다.

"윽!"

"시답잖은 소리 그만하고, 도청기! 누구한테서 샀어?"

동은의 물음에 인정태의 눈이 도리어 평온함을 되찾았다. 동은이 재차 도청기에 대해 묻자 인정태가 기분 나쁘게 비실비실 웃어대며 중얼거렸다.

"그렇지. 그자가 있었어."

"뭐?"

"내가 도청기 보낼 계획을 알고 있는 인간이 또 있었다고."

동은이 더 이상 인내심을 갖지 못하고 인정태의 넥타이를 더 힘껏 틀어쥐며 물었다.

"그게 누구야? 말해! 말하라고!"

동은이 흥분해서 다그치는 와중에도 인정태는 지나치게 차분했다. 지금껏 도무지 누가 자신의 범행을 이용했는지 갈피를 잡을 수 없던 인정태가 동은의 눈을 똑바로 응시하며 대답했다.

"백합."

"백…… 합?"

"12년 전 전국을 떠들썩하게 만들었던 연쇄납치살인범일지도 모르는 인간."

그 순간, 동은의 눈동자가 정처 없이 흔들렸다. 그것을 눈치챈 인정태가 기분 나쁘게 웃으며 속삭였다.

"형사 양반, 당신 백합이랑 무슨 관련이라도 있는 거야?"

"뭐……?"

"아니면 미령이한테 보낸 도청기가 어째서 당신한테 간 걸까?"

"백합, 백합! 수작 부리지 말고 그 새끼 진짜 이름을 말해!"

넥타이에 목이 조여 얼굴이 온통 시뻘겋게 변한 상태에서도 인정태의 목소리에는 흐트러짐이 없었다. 귓바퀴에서부터 시작된 기분 나쁜 소름이 스멀스멀 온몸으로 번져갔다.

"진짜 이름은 몰라. 들은 거라곤 그 자식이 12년 전 연쇄납치살인 사건의 진범일지도 모른다는 것밖에."

인정태의 말에 동은의 시선이 두 사람 사이를 가로막은 널찍한 테이블 위로 향했다. 어지럽게 흩어져 있는 사진들 가운데 백합이 찍혀 있는 사진에 그녀의 눈빛이 날카롭게 박혔다.

결코 시들지 않는 백합. 사진일지언정 당장에라도 찢어발기고 싶은 충동을 간신히 다스리고 있는데, 교묘하게 동은을 따라 눈동자를 움직이던 인정태가 속삭이듯 읊조렸다.

"단단히 조심해야겠어, 형사 양반. 아무래도 나보다 더 집요한 녀석한테 걸린 것 같으니까."

인정태의 비아냥거림에 동은이 손에 쥐고 있던 넥타이를 힘을 주어 거칠게 잡아당겼다. 그 바람에 그는 테이블 모서리에 명치를 찍혀 그대로 정신을 잃고 말았다. 동은은 그런 인정태를 무감하게 노려보다 조사실을 빠져나왔다. 무너질 것 같은 몸을 간신히 벽에 기대어 버티며 그녀가 힘없이 중얼거렸다.

"정말로 너였어……?"

깜깜한 창고 안, 쓰레기 냄새에 미묘하게 섞여 있던 백합의 향기를 떠올린 동은이 온몸을 부들부들 떨며 눈을 감았다.

"정말로 돌아온 거야……?"

아주 오래전 일인데도 그때의 기억이 몸서리쳐질 만큼 생생하게 되살아났다. 그녀가 떨리는 몸을 가까스로 추스르며 비틀비틀 어디론가 걸음을 옮겼다. 지금 이 순간 동은이 보고 싶은 사람은 오로지 단 한 사람뿐이었다.

"서은태기. 그러니까 축제 같이 가자. 응?"

오전 9시. 아직 손님을 받지 않는 시간임에도 은택관의 주방이 분주했다. 잡지에 실릴 인터뷰를 위해 연아가 방문한 탓이었다. 표지에 실을 음식을 촬영하고, 인터뷰를 진행하는 중간중간 그녀는 계속 축제에 관해 이야기를 꺼냈다.

"이번에 애들, 일일 레스토랑에 엄청나게 힘 빡 준 모양인데 선배가 돼서 안 가면 쓰냐. 어? 가자. 가자고오."

"나 바빠. 한동안 가게 일도 쉬어서 매상 메우려면 쉬는 날도 반납해야 할 판인데 축제는 무슨. 안 그러냐, 하루야?"

끈질긴 연아를 설득하기 위해 은택이 하루에게 도움을 청했다. 그러나 하루는 냉정하게 은택을 외면하고 연아의 손을 들어줬다.

"하루 정도 문 닫는다고 매상 크게 안 줄어요. 다녀오세요."

"와, 하루 너 이러기야?"

"그러지 마시고 이참에 축제 가서 사장님 게이설 오해인 거 밝히고 오시면 좋잖아요. 안 그래도 아직까지 사장님 소문 두고두 고 회자되고 있다고 하던데."

그 순간, 여태껏 아무런 반응도 보이지 않던 은택이 처음으로 솔깃한 눈치를 보여왔다.

"흐음. 그거 완전 괜찮은 생각인데?"

곧 그가 미묘한 웃음을 입가에 가득 띠었다.

"미쳤어, 임동은. 어쩌자고 여길 온 거야."

동은은 경찰서를 나와 정신없이 차를 몰았다. 문득 정신을 차 렸을 땐 은택관 앞이었다.

"찾아와서 뭘 어쩌자고……."

힘없이 중얼거린 동은이 젖은 눈을 감았다. 아직 10시밖에 되 지 않았으니 은택관이 문을 열려면 적어도 2시간은 기다려야 했 다.

새벽같이 일어나 장을 보고, 점심이 오기 전 가게 문을 열고, 술 향이 무르익을 때쯤 가게 문을 닫는, 평범한 하루. 은택에게는 그것이 당연하다는 것을 알면서도 동은은 이곳에 그가 없다는 사 실에 어쩐지 서운한 기분이 들었다. 동은은 핸들에 팔을 걸치고 은택관을 바라봤다.

"주인 닮아서 가게도 참 멋지다."

멋쩍게 혼잣말한 동은이 문득 주머니에서 휴대전화를 꺼내 들었다. 전화를 걸어 목소리라도 들어볼까. 그러나 동은은 또다시 망설였다. 어젯밤 그의 진심을 그렇게 매몰차게 거절해놓고 위로를 받으러 찾아온 자신이 더없이 뻔뻔하게 느껴졌다.

동은이 이러지도 저러지도 못하고 괜스레 고요한 가게만 바라보던 바로 그때였다. 마치 짠 것처럼 은택에게서 전화가 걸려왔다.

"⋯⋯여, 여보세요?"

동은이 살짝 머뭇거리다 전화를 받았다. 짝사랑에 빠진 소녀처럼 목소리가 떨려 나왔다.

─한동안 얼굴 보기 힘들 줄 알았는데. 혹시 다시 생각해보니까 나랑 연애할 마음이 들었다거나?

은택의 목소리는 짓궂었다. 하지만 부끄러워할 새도 없었다. 동은이 다급하게 그의 위치를 물었다.

"너 나 보여? 지금 어디야? 어디에 있는데?"

─그렇게 내가 보고 싶어?

"장난치지 말고."

그때. 은택의 다정한 목소리가 전화기 너머에서 아득하게 흘러나왔다.

─위에 봐봐.

은택의 말에 동은이 고개를 틀어 위를 보기 위해 애를 썼다. 그러나 차 안에서는 각도 때문에 위를 볼 수 없었다. 동은이 다급하게 차에서 내려 위를 올려다봤다. 그곳에 눈부시게 파란 하늘을 배경 삼아 은택이 옥상에서 저를 내려다보고 있었다.

─보고 싶었어.

보고 싶다는 솔직한 고백과 함께 은택이 환하게 웃었다. 그것은 언젠가처럼 상상이 만들어낸 거짓이 아니었다.

─장난치는 거 아니고, 진심으로.

손을 뻗으면 뻗을수록 더 멀어지는 것이 아닌, 마음먹고 다가가면 닿을 수 있는 그런 미소였다.

올라오라며 손짓하는 은택을 물끄러미 바라보던 동은이 조심스럽게 걸음을 내디뎠다. 한 걸음 한 걸음, 단단하지만 왠지 위태로운 계단을 밟아 올라가니 꿈에서 보듯, 은택이 서 있었다.

무의식중에 손을 뻗던 동은이 이내 멈칫했다. 여기까지 정신없이 오긴 했는데, 결국엔 또 망설여졌다. 자신의 상처를 은택에게 모두 털어놓을 자신이 없었다. 7년 전에도 털어놓지 못하고 도망쳤던 상처를, 지금이라고 솔직하게 말할 용기 같은 건 없었다.

"무슨 일 있어?"

은택이 물었지만, 동은의 입은 딱 붙어서 떨어지지 않았다.

"말하기 싫어?"

시무룩해하는 미약한 숨소리가, 자꾸만 망설이는 목소리가 동은의 가슴에 하나씩 돌을 얹었다. 그렇게 더해진 무게로 인해 동은은 금방이라도 무너질 것 같았다. 다가와 동은의 양어깨를 짚은 은택이 눈을 맞추며 한 번 더 물었다.

"나한테 말하고 싶은 게 있어서 찾아온 거 아니야?"

"어? 그게, 그러니까 갑자기 배가 고파서. 그래서 오긴 했는데."

"배가 고파서 왔다고?"

"어. 근데 아무래도 너무 일찍 온 모양이라 기다리고 있던 참이었어."

횡설수설하는 동은의 어설픈 변명에 은택은 입술을 꼭 깨문 채로 한동안 아무 말이 없었다. 이래서야 7년 전이랑 달라진 게 아무것도 없었다. 여전히 저의 마음은 닿지 않았고, 그녀는 계속 중요한 걸 숨기고 있었다. 하지만 더 추궁할 수가 없는 건 그녀가 떨고 있기 때문이었다.

은택은 문득 동은을 처음 보았을 때가 생각이 났다. 그때처럼 살짝 건드리기만 해도 자지러질 것 같은 위태로운 모습에, 은택은 말없이 어깨를 짚었던 손을 내려 그녀의 팔을 부드럽게 쓸어내렸다. 그래서 또 한 번 동은이 하는 익숙한 거짓말에 속아주기로 결심했다.

"아무튼 난 이만 가볼게. 근무 시간 빼먹고 온 거라……."

황급히 빠져나가려는 그녀의 손을 은택이 날렵하게 잡아챘다. 그는 한없이 다정하게 그녀를 바라봤다. 비록 거짓말쟁이여도 당신을 사랑한다는 마음을 가득 담은 눈빛.

"가긴 어딜 가? 배고파서 왔다며."

"어?"

"가자. 밥해줄게."

은택은 그길로 곧장 부드럽게 동은의 손을 잡아끌었다.

"뭐 먹고 싶은 거 있어?"

은택이 동은을 주방과 맞닿아 있는 테이블에 앉히며 물었다.

"먹고 싶은 거 있으면 뭐든 말만 해. 다 해줄게."

동은이 정신없는 표정으로 은택을 바라봤다. 은택은 어느새 앞치마까지 두르고 있었다.

"나는……."

배가 고파서 왔다는 변명을 해버렸으니 뭐라도 먹고 싶은 걸 말해야 했다. 가게 안을 두리번거리던 동은의 눈에 문득 오늘의 메뉴가 눈에 들어왔다. 선간판에 단정한 글씨로 적힌 오늘의 메뉴는 고등어간장조림과 모듬 해산물 미역국이었다.

"저거. 저걸로 줘."

"오늘의 메뉴?"

"응."

그러자 은택이 선간판을 가리킨 동은의 손을 다시 테이블 위로 가져오며 다정한 목소리로 말했다.

"먹고 싶은 거 말하랬지, 누가 메뉴 중에서 고르래?"

"아니, 나는 정말로 저게 먹고 싶어서 그런 건데."

"괜찮아. 당신은 나한테 엄청 특별한 사람이니까. 특별히 먹고 싶은 거 만들어 줄게."

특별이란 단어가 두 번이나 쓰였다. 동은은 살짝 부끄러운 기분이 들었다. 동은이 살며시 눈을 내리깔며 은택의 시선을 피했다. 불현듯 먹고 싶은 음식이 생각난 까닭이었다.

눈동자가 왔다 갔다 하는 걸 보니 그녀는 또 말을 꺼내는 걸 망설이는 것 같았다. 동은의 마음을 눈치챈 은택이 다정하게 속삭였다.

"뭐든 괜찮으니까 말해봐."

"혹시, 재료가 없을지도 모르잖아."

걱정스러운 표정으로 묻는 동은의 뺨을 은택이 살짝 눌렀다.

"은택관 냉장고를 뭐로 보고! 당신 냉장고를 생각하면 곤란하거든?"

볼을 꾹 누르고 있는 탓에 오리입이 된 동은을 보며 은택이 환하게 웃었다. 저 미소를 보고 있으니 동은은 이곳에 오기까지의 불안하고 긴장된 마음이 순간 모두 사라진 것 같았다. 그녀가 한결 편해진 마음으로 수줍게 말문을 열었다.

"닭불고기랑 연근전. 그리고 얼갈이 된장국…… 이 먹고 싶어."

가만히 동은이 말해주는 메뉴를 듣고 있던 은택이 그녀를 뚫어져라 응시했다. 그녀가 방금 주문한 메뉴는 7년 전 자신이 동은에게 처음 만들어준 도시락 메뉴였다. 그녀에게 마음을 표현하고 싶어 새벽 3시에 일어나 쌌던 도시락. 은택은 그것을 아직까지도 정확하게 기억하고 있는 그녀가 놀랍기도 하고 감동적이기도 했다.

"좋았어! 내 실력이 얼마나 좋아졌는지 이참에 확실하게 보여줄 테니까 기대해!"

"못 살아, 정말."

"금방 만들어 줄 테니까 얌전히 기다려."

은택이 동은의 콧등을 톡톡 두드리곤 이내 요리에 집중하기 시작했다. 동은은 은택의 말대로 얌전히 앉아 그가 요리하는 모습을 넋을 잃고 바라봤다.

은택은 한 번에 여러 가지 요리를 하면서도 움직임 하나하나가 군더더기 없이 자연스러웠다. 손길은 분주하고 재바르면서도 동작은 우아하고 차분했다. 하얀 도자기 그릇에 금방 요리한 음식들을 정갈하게 담아내는 손끝은 마치 예술을 하고 있는 것처럼 느껴지기까지 했다. 이윽고 완성된 음식을 모두 한 쟁반에 담아 테이블 위에 내려놓으며 은택이 시원스레 외쳤다.

"주문하신 요리 나왔습니다. 이름 하여 임동은 스페셜!"

동은이 은택에게 점심식사를 막 대접받은 그 시각. 설렁탕을 시켜 먹고 있던 강력 2팀에 난데없는 살인 사건이 하나 접수됐다.

현장은 끔찍했다. 버려진 창고에서 발견된 시신은 몸 곳곳에 상처들이 가득했다. 부패가 꽤 진행된 상태여서 얼굴을 알아보는 것조차 힘들었다. 결국 치아 대조를 통해 사망자의 신원이 밝혀졌다.

"사망자의 이름은 강철희. 조직폭력배 말단입니다. 그런데……."

보고를 올리던 수사관이 말끝을 흐렸다. 수사관의 이상한 낌새를 알아차린 해온이 물었다.

"왜 그래? 무슨 문제 있어?"

"그게……. 이 사망자, 지난번 임 형사님 칼로 찌르고 도망간 그 날치기범 같아요."

수사관의 보고를 들은 모두가 약속이나 한 듯 입을 다물었다. 지난번 사건이 있었을 당시, 동은이 손톱으로 범인의 목을 긁어 DNA는 확보해놓은 상태였다. 하지만 그 후 어디에서도 범인의 흔적을 찾을 수 없었다. 대체 어디에 숨었는지 잡히지 않아 꽤나 애를 먹고 있었는데 느닷없이 시체로 나타난 것이었다.

그리고 어김없이 시체 근처에 놓여 있는 한 송이의 백합. 백합을 바라보는 모두의 눈빛이 어둡게 가라앉았다. 과연 이걸 우연이라고 할 수 있을까. 우연이라면 정말이지 불길한 우연이라고밖에

할 수 없는 일이었다. 하지만 베테랑 형사의 감은 그 불길한 가능성마저 부정하고 있었다.

"이거 선배한테도 소식 전해야 하는 거 아닙니까?"

지락이 불안한 목소리로 물었다. 해온은 고개를 세차게 저었다.

"아니. 이 사건은 우리끼리 수사한다."

"나중에 선배가 알면 불같이 화를 낼 겁니다."

"할 수 없어. 범인 잡기 전까진 절대 동은이한테 말하지 마."

"하지만……."

"제길! 오지락! 내가 그런 쓸데없는 오지랖은 집어치우랬지!"

해온이 욕지거리를 뱉어내며 이를 악물었다. 사실 해온도 동은에게만 비밀로 부쳐두는 것이 내키지는 않았다. 하지만 괜히 동은이 수사에 나서서 또 다치는 모습을 보고 싶지는 않았다. 그런 해온의 마음을 알아챘는지 곁에서 중일이 그의 말을 거들었다.

"해온이 말이 맞다. 지금 동은이한테 알려봤자 불안함만 심어줄 거야."

중일이 해온에게서 지락에게로 시선을 옮기며 말을 이었다.

"동은이만 제외시키는 게 팀워크에 어긋난다고 생각할 수 있지만, 난 이 녀석 선택도 팀워크의 일종이라고 생각한다. 그러니까 일단 우리끼리 수사 진행하고 진척이 있으면 그때 가서 동은이한테 알리는 걸로 하자."

중일의 말에 지락이 뒤늦게 그런 해온의 마음을 깨달았는지 곁에 가 허리를 폭 숙였다. 해온이 멋쩍은 표정을 지으며 그런 지락의 머리통을 마구 헤집었다.

"됐어, 인마."

"아닙니다! 제가 생각이 짧았습니다!"

"됐다고. 나도 신경질 내서 미안했다."

해온이 고개를 든 지락을 향해 입꼬리를 끌어 올려 미소 지어 주었다. 그러나 입가에 미소가 머무는 동안에도 그의 머릿속에선 결코 불안함이 사라지지 않았다.

일명 '임동은 스페셜'을 대령받은 동은의 입이 떡 벌어졌다. 주방 옆의 숙성실에서 꺼내 온 깻잎 김치와 동치미까지 더해져 말 그대로 스페셜한 한 상이었다. 매콤하고 달콤한 닭불고기 냄새며 고소한 연근전 냄새, 시원한 된장국 냄새까지 먹기 전부터 침이 절로 고였다. 은택이 동은의 옆에 나란히 앉아 수저를 챙겨주며 잔뜩 기대하는 표정을 지었다.

"자, 어서 먹어봐."

"응."

"빨리."

"알았대도."

동은이 안 그래도 뭘 제일 먼저 먹을까 고민하고 있는데 은택이 성화를 부렸다. 그녀가 젓가락을 고쳐 잡으며 '잘 먹겠습니다.'를 외치고 요리 주변을 서성였다. 그러다 하트 모양의 연근전을 발견하고는 민망한 표정을 지어 보였다. 젓가락으로 연근전을 집어 드니 기다렸다는 듯이 은택이 한마디 했다.

"그건 내 마음."

눈이 마주치자 은택이 눈꼬리를 접어 올리며 예쁘게 웃었다. 동은이 질색하며 젓가락을 든 손을 내저었다.

"어우, 느끼해."

"느끼하긴 뭐가? 그리고 있지, 닭불고기에 들어간 채소들도 전부 하트다? 그러니까 닭……."

"닥쳐."

나 참. 끝말잇기도 아니고. 하트 채소가 들어간 닭불고기도 빨리 먹어보라고 말하려던 은택은 불만스럽게 입을 다물었다. 동은이 그 모습을 보며 혀를 쯧쯧 찼다. 은택관에서 만천하에 서은택이 임동은을 좋아한다는 사실을 알린 이후로, 그는 자기감정을 표현하는 것에 있어 한 치의 거리낌도 없어졌다. 정말이지 뻔뻔함이 나날로 업그레이드 되어가고 있었다.

"정말이지 누가 서뻔뻔 아니랄까 봐."

"아니지. 서뻔뻔이 아니고 서솔직이라니까?"

문제는 은택이 그 뻔뻔함을 솔직함으로 우긴다는 데 있었다.

"그래, 그럼 나도 어디 한번 솔직하게 평가해봐?"

동은이 질 수 없다는 듯 소매를 걷어붙였다. 그리고 연근전을 한입에 쏙 집어넣었다. 그다음 그녀가 예상치 못한 순간 인상을 쓰며 중얼거렸다.

"맛없어."

흡사 유명한 요리 경연 프로그램의 못된 심사위원 같은 표정이었다. 은택이 눈에 띄게 당황했다.

"마, 맛이 없어?"

"어. 짜고 연근 하나도 안 익었어. 생연근 씹는 것 같아."

"설마. 그, 그럴 리가 없는데."

동은은 요 며칠 짐승처럼 계속 저를 공격해대는 은택을 잠시나

마 골려줄 생각이었다. 하지만 금세 풀이 죽는 모습을 보니 도저히 장난을 계속할 수가 없었다.

"이리 줘봐. 나도 한번 먹어보게."

급기야 은택은 자기가 직접 먹어보겠다며 달려들었다. 동은은 그런 은택을 가볍게 밀어내며 살짝 엄지를 치켜들었다.

"거짓말이야. 맛있어. 너무너무 맛있어."

"뭐?"

동은의 고해성사에 은택의 얼굴에 금세 미소가 감돌았다.

"와, 이 여우! 진짜 놀랐잖아!"

동은은 가슴을 쓸어내리는 은택의 모습을 감상하며 마저 연근전을 맛봤다. 아삭한 연근과 바삭한 아몬드와 호박씨가 씹으면 씹을수록 부드럽게 뭉개지며 조화로운 맛을 냈다. 입안에 남은 연근전을 모두 꼭꼭 씹어 꿀꺽하고 삼킨 동은이 다시 한 번 엄지를 치켜들자 그가 어린아이처럼 좋아했다.

"이번엔 국물도 먹어봐."

은택의 말대로 동은은 다음에는 국물을 한 숟가락 떠먹었다. 국물이 식도를 타고 내려가자 속이 편안해지는 기분이 들었다. 조미료가 일절 들어가지 않아 깔끔한 국물 맛이 일품이었다. 평소라면 수프가 아니면 찌개 맛을 낼 줄 모르는 동은에게는 정말이지 감동적인 맛이 아닐 수 없었다.

더는 은택이 옆에서 재촉하지 않는데도 동은은 절로 마음이 동해서 알아서 차례로 남은 음식들도 맛봤다. 분명히 이곳에 갑자기 찾아온 걸 변명하기 위해 둘러댄 말이었는데, 어느새 식욕이 마구 샘솟고 있었다. 매콤한 닭불고기를 한 입 먹고 고소한 연근전을 한 입 먹으니 그 조화가 가히 예술이었다. 깻잎 김치와 동치미는 자칫 기름질 수 있는 입안을 깔끔하게 해줬다. 덕분에 얼마든지 계속 먹을 수 있을 것 같았다.

그렇게 한참을 정신없이 먹다가, 문득 턱을 괴고 지그시 저를 보느라 여념이 없는 은택의 시선을 깨달은 동은이 민망한 표정을 지었다.

"왜, 왜 그렇게 쳐다봐?"

"예뻐서."

"뭐?"

"당신 입에 들어가는 그 음식을 만든 사람으로서 나 지금 엄청난 보람을 느껴."

허! 동은이 기가 차다는 듯 바람 빠지는 소리를 냈다. 마치 교생이었을 적, 오냐오냐해줬더니 머리끝까지 기어오르는 학생을 보는 기분이었다. 그런데 어떻게 된 것이, 이 학생은 밉지가 않았다.

그 순간, 동은이 고개를 도리도리 저었다. 맛있는 음식 앞에 그간 은택을 만날 때마다 간신히 부여잡고 있던 이성 한 가닥이 툭 끊어져버린 느낌이었다.

역시나 이 애가 해주는 음식은 함부로 먹는 게 아니었다. 이토록 위험한 줄 알면서도 먹은 제 탓이었다. 동은이 그런 자신이 우스운 듯 혀를 찼다. 그녀가 젓가락을 탁 소리가 나게 내려놓으며 몸을 일으켰다.

"됐고. 밥값이나 계산해. 얼마야?"

그러자 곧바로 은택이 눈을 부라렸다.

"나도 됐거든? 그냥 가. 지금 누구더러 누구한테 돈을 받으라는 거야?"

"밥을 먹었으면 밥값을 내는 게 당연하지. 얼마냐니까?"

"이 여자야! 세상 누가 좋아하는 여자한테 밥해주고 돈을 받아?"

그래도 받아. 받으라고! 동은이 오늘의 메뉴에 적힌 가격만큼 지갑에서 현금을 꺼내 팔랑팔랑 흔들었다.

"당신 진짜 끝까지 이럴래?"

"너야말로!"

나한테 이러지 마. 날 더 얼마나 미안하게 만들 셈이야? 차마 할 수 없는 말을 꾹 눌러 삼키며 동은이 기어코 은택의 손에 만 원을 억지로 쥐여 줬다.

"받으라면 받아, 좀."

"당신, 어떻게 남자 마음을 이렇게 모르냐……."

속상한 얼굴로 중얼거리던 은택의 표정이 확 뒤바뀐 것은 바로 그 순간이었다.

"그렇지, 참!"

갑자기 얼굴에 화색이 돈 은택이 동은이 쥐여 준 만 원을 테이블 위에 도로 내려놓으며 말했다.

"그렇게 밥값을 내고 싶으면 돈 말고 다른 거 줘. 그럼 받을게."

"뭔데?"

"당신이 충분히 줄 수 있는 거야. 줄 거지?"

"그러니까 그게 뭔데? 말을 해줘야 줄지 말지 결정을 하지."

동은은 왠지 모르게 불안한 기분이 들었다. 그리고 그녀가 불안해하면 할수록 은택의 얼굴에는 꿍꿍이 짙은 미소가 뭉게뭉게 피어오르고 있었다.

"나쁜 놈! 사기꾼! 이 상도덕도 없는 자식!"

동은은 베개를 샌드백 삼아 분노를 터뜨렸다. 은택관에서 밥 한 끼 먹고 뒤집어쓴 바가지가 며칠째 내내 그녀를 괴롭히고 있었다.

'다음 주에 우리 학교 축제야.'

'축제?'

'응. 후배들이 일일레스토랑을 하는데 날 초대했거든. 같이 가.'

'내가 왜?'

'말했잖아. 밥값 대신이라고.'

돈 말고 다른 걸 주라고 하더니 은택은 뜬금없이 함께 일일레스토랑에 가자고 했다. 그래, 같이 가는 것 정도야 뭐 어떠냐 싶어서 동은은 잠깐 정색한 것 빼곤 쉽게 고개를 끄덕였다. 그런데 그 뒤에 그런 무시무시한 조건을 덧붙일 줄이야.

'참. 거기 가서 당신, 내 애인인 척 해줘야 한다.'

'뭐?'

'전에 하루가 말해준 적 있잖아. 내가 첫사랑 때문에 독수공방하며 지냈는데도 전부 뻥인 줄 알았다고. 다른 후배들도 그래.'

대학을 졸업한 지는 4개월 남짓. 하지만 아직까지도 전부 저를 게이나 불감증 환자 취급을 한다고 했다. 그것이 억울해 분통이 터질 것 같아도 여태껏 증명을 할 수가 없었다고. 그러니 애인이라도 데리고 가야 믿어줄 것 아니겠냐고. 그 애인이 그렇게 노래 부르던 첫사랑이라면 그 임팩트가 얼마나 대단하겠냐며. 은택은 한 방에 저에 관한 소문을 종식시킬 최고의 방법이라고 능수능란하게 동은을 설득했다.

'같이 가줄 거지? 당신이 안 가면 난 평생을 게이라는 억울한 누명을 뒤집어쓴 채 살아야 한다고.'

'그래, 가! 간다고!'

'화내지 마. 나는 안 받겠다고 한 거, 끝까지 주겠다고 한 건 당신이잖아?'

결국 그날, 밥 한 끼 얻어먹고 애인대행이라는 어마어마한 값을 지불하게 된 동은이었다.

하지만 은택의 애인인 척 그의 후배들 앞에 나서려니 문제점이 한두 가지가 아니었다. 동은은 한숨을 푹 내쉬며 난장판이 돼버린 집 안을 빙 둘러봤다. 옷장에 있는 옷이란 옷은 죄다 꺼내놨는데도 도무지 축제에 입고 갈 옷이 없었다. 있는 거라곤 범인 잡을 때 편한 옷들뿐이어서 하나같이 여성스러움과는 거리가 멀었다.

"하아, 서은택."

너 때문에 내가 이게 무슨 꼴이니. 동은이 박음질이 터질 정도로 쥐어 패던 베개에 얼굴을 파묻으며 한숨을 푹 내쉬었다. 바로 그때였다. 갑자기 현관문을 쾅쾅쾅 두드리는 소리가 들려왔다.

지난번 도청기가 달린 백합을 받은 전적도 있고 해서 그녀는 금세 경계 태세를 갖추고 현관문 쪽으로 다가갔다. 그녀의 집에 누군가 방문하는 일이 극히 드물기 때문이었다.

"누구시죠?"

동은이 묻자, 문 너머에서 우렁찬 목소리가 들려왔다.

"퀵 배달입니다! 임동은 씨 맞으시죠?"

퀵 배달이라고 해도 경계심이 순식간에 풀어지는 건 아니었다. 동은은 언제 어느 때고 상대방을 때려눕힐 수 있을 정도의 채비를 갖추고 문을 열었다. 문을 열자마자 배달원이 커다란 상자를 그녀의 품에 떠밀었다.

"자, 여기 물건!"

"어, 그런데 누가 보낸 건가요?"

"글쎄요. 열어보면 금방 아실 거라던데. 참! 저 제대로 전달했습니다. 이거 보내신 분이 꼭 본인한테 잘 배달해달라고 어찌나 신신당부를 하시던지! 그럼!"

배달원은 그렇게 물건을 동은에게 넘기고 곧바로 계단을 내려갔다. 동은은 석연치 않은 기색으로 발신인도 적혀 있지 않은 상자를 들고 조심스럽게 집 안으로 다시 들어왔다. 아직 긴장을 늦출 순 없었다. 그녀는 칼을 집어 들어 신중하게 테이프를 뜯었다. 지난번처럼 또 도청기가 보내져 왔을지도 모를 일이었다.

그러나 막상 상자를 연 동은의 입에서는 감탄사가 터져 나왔다. 검은색 리본이 허리춤에 매듭지어진 흰색 원피스, 레이스가 장식된 크림색 하이힐, 눈길을 사로잡는 쨍한 색상의 핸드백까지. 동은의 고민을 한 방에 해결해줄 의상이 상자 안에 고이 담겨 있었다.

그리고 그 순간, 배달원의 말처럼 이것을 보내온 사람이 누구인지 동은은 바로 알아차렸다. 서은택, 그 애였다.

탁탁탁, 양파를 썰다 말고 은택이 배시시 미소를 지었다. 보글보글 끓는 찌개의 간을 맞추다가도 배시시. 고소한 참기름을 둘러나물을 버무리다가도 배시시. 그릇에 예쁘게 음식을 옮겨 담으면서도 배시시.

좋게 말해 배시시지, 그의 입에선 '으흐흐'거리는 바보 같은 웃음소리가 끊임없이 새어 나왔다. 은택은 지금, 계속해서 동은을 떠올리고 있었다.

'잘 맞을까 모르겠네.'

오랜 경험으로 은택은 눈으로 보기만 해도 재료의 크기나 무게를 대충 알아맞힐 수 있었다. 그래서 동은의 옷이나 신발 사이즈도 어림잡아 준비했는데, 사실 제 눈이 얼마나 정확할지는 장담할 수 없었다. 확신할 수 있는 건, 그 옷을 입은 동은이 장난 아니게 예쁠 거라는 거.

은택은 상상만이 아닌 어여쁜 동은의 모습을 실제로 빨리 보고 싶었다. 그 기대감으로 인해 요리를 완성해 하루의 손에 넘기면서도 그는 좀처럼 웃음을 참지 못했다. 하루가 그런 저를 이상한 눈으로 흘겨보아도 어쩔 수 없었다.

은택이 벽에 걸린 달력을 흘깃 바라봤다. 어느덧 축제가 하루 앞으로 다가와 있었다.

"악!"

하이힐을 신은 동은이 계단을 내려오다 여지없이 무릎이 꺾였다. 난간을 잡고 겨우 기우뚱하는 몸을 다잡은 그녀가 화사한 화장에 어울리지 않게 무섭게 눈썹을 찌푸렸다. 차라리 이단옆차기가 쉽지, 하이힐 위에 올라가 서 있는 건 정말이지 고문이 따로 없었다. 8센티미터 위에서 오늘 하루를 무사히 버틸 수 있을지 벌써부터 눈앞이 캄캄했다.

"기왕이면 굽 좀 낮은 걸로 골라주지."

중얼거린 동은이 뻣뻣해진 종아리를 주무르며 다시 어렵게 걸음을 내디뎠다. 당장에라도 늘 입던 옷, 늘 신던 신발로 바꾸고 싶은 마음이 굴뚝같았다. 하지만 은택이 옷과 함께 보내온 메모의 내용을 떠올린 동은이 고개를 도리도리 저었다.

〈백화점에서 3시간 넘게 고른 거야. 무조건 꼭 입고 와야 돼.〉

3시간이나 골랐다는데 감히 다른 옷을 입는다거나, 다른 신발을 신는 건 상상할 수도 없었다. 동은은 편의점 유리 벽을 거울 삼아 제 모습을 다시 한 번 점검했다.

평소 셔츠에 바지 일색이던 모습과는 전혀 다른 여성스러운 모습에 그녀가 수줍게 뒷머리를 긁적였다. 저한테 이런 모습이 숨겨져 있을 줄은 정말이지 전혀 몰랐다. 은택이 선물한 옷을 입고 모처럼 머리와 화장까지 신경을 썼더니 마치 새로 태어난 것 같았다.

늘 수더분한 차림을 하고 있어서 그렇지, 외모는 청순, 몸매는 섹시, 성격은 개차반이라는 강남서 사람들의 평가가 틀리지 않았다는 것이 여실히 증명되는 순간이었다. 편의점 안에서 바닥 청소를 하고 있던 아르바이트생마저 넋 놓고 쳐다볼 만큼 아름다운 모습이었다. 그러거나 말거나 정작 본인은 타이트한 치마와 높은 하이힐에 고전을 면치 못하고 있었지만.

"대체 여자들은 이걸 신고 어떻게 걸어 다니는 거야?"

자신도 여자이면서 여자들을 이해할 수 없다는 말투로 동은이 불퉁거렸다. 살짝 타이트한 치마에 나뭇가지 위에 올라가 있는 듯 아슬아슬한 하이힐. 덕분에 동은의 걸음걸이는 뒤뚱뒤뚱 펭귄이

따로 없었다. 그렇게 얼마쯤 걸음을 옮겼을까.

"비켜요, 비켜!"

난데없이 골목에서 자전거 한 대가 튀어나와 동은을 향해 달려 오고 있었다. 그러나 동은은 불편한 옷차림 덕분에 타고난 반사 신경을 발휘할 여유가 없었다. 그녀는 비명과 함께 그대로 고꾸라 지고 말았다.

"죄송합니다! 먼저 가볼게요! 제가 진짜 급한 일이 있어서!"

먼저 가긴 뭘 먼저 가! 얼른 내리라고, 이 자식아! 그러거나 말 거나, 동은이 바닥에 주저앉아 있는데도 자전거 주인은 급한 일이 있다는 핑계만 대고는 쌩하니 지나쳐 갔다.

"젠장! 뭐, 저런 자식이 다 있어!"

정말이지 자전거에 번호판이 없는 게 천추의 한이었다. 동은은 간신히 일어서서 하이힐부터 살폈다. 드라마에서 보면 이럴 때 꼭 구두굽이 부러지는 불상사가 일어나곤 했으니까.

그래도 그나마 하이힐은 멀쩡했다. 하지만 더 큰 불상사가 그 녀를 기다리고 있었으니.

"에라이! 망했어, 망했다고!"

골반 바로 아래까지 치마가 후두둑 찢어져 있었다.

"미안해! 진짜진짜 미안해!"

가게 안에 들어오자마자 갑자기 고개를 숙이며 사과하는 동은 을 은택이 황당하게 쳐다봤다. 예쁘게 옷도 입고 화장도 하고 머 리도 했는데 대체 뭐가 미안하다는 건지 알 수가 없었다. 그러다 동은이 급기야 두 손을 싹싹 비비며 사죄를 시작했을 때, 은택은 그녀가 왜 이러는지 그 이유를 알 수 있었다.

백화점에서 구입해 퀵 배달로 보낼 때만 해도 멀쩡했던 옷이 너덜너덜해져 있었다. 그것도 골반 바로 아래까지 아슬아슬하게 찢어져서는 허벅지를 있는 대로 드러내놓고 있었다.

"이게 대체 어떻게 된 거야?"

"그게, 자전거에 부딪혀서 넘어지는 바람에…….."

동은에게서 자초지종을 들은 은택이 답답한 표정을 지으며 마른세수를 했다. 자전거 주인이 눈앞에 있다면 당장 목을 쥐고 흔들고 싶은 심정이었다. 그런 은택의 심정을 아는지 모르는지 동은이 더욱 기가 막힌 소리를 해왔다.

"정말 미안한데, 아무래도 축제는 너 혼자 가야 할 것 같아."

"뭐? 그게 무슨 말도 안 되는 소리야? 치마 좀 찢어졌다고 축제를 나 혼자 가라니?"

"그렇다고 이 꼴을 하고서 갈 수는 없잖아."

"다른 옷 입으면 되잖아. 집에 다른 옷 없어? 들렀다 가면 돼."

"그건 안 돼!"

집에 들러 옷을 갈아입고 가자는 은택의 말에 동은이 펄쩍 뛰었다. 은택이 이해가 안 간다는 표정으로 저를 바라보자 동은이 조그만 목소리로 대답했다.

"입고 갈 만한 옷이 없어서 그래. 그러니까 그냥 너 혼자 가!"

"안 돼! 나야말로 절대 안 된다고! 혼자 가서 '나 실은 게이 아니다!' 백날 설명해봤자 아무도 안 믿는다니까!"

"그럼 어떡해! 이대로 갈까? 정말 이대로 가?"

동은이 보란 듯이 다리를 쑥 내밀며 따졌다. 은택이 눈앞에 펼

180

쳐진 뽀얀 살결에 두 눈을 질끈 감으며 입고 있던 재킷을 벗어 그
녀의 다리 위로 얹었다.

"누가 그러고 가래?"

"그럼 어쩌자는 건데?"

이 원피스를 입어본 이상 집에 있는 다른 옷들이 성에 찰 리가
없었다. 동은이 절대 물러날 수 없다는 듯이 따져 묻자 은택이 강
경하게 소리쳤다.

"벗어!"

"뭐?"

"당장 그 옷 벗으라고!"

잠시 후, 동은이 자못 억울한 표정을 지으며 탕비실에서 걸어
나왔다. 그 모습을 은택이 콧노래까지 흥얼거리며 지켜봤다.

갑자기 옷을 벗으라기에 별별 생각이 다 들었건만. 그는 탕비실
에서 자신의 유니폼을 가지고 나오더니 동은더러 갈아입으라고 했
다. 그러곤 놀라운 솜씨로 찢어진 부분을 수선하기 시작했다.

다시금 그때를 떠올린 동은이 민망한 듯 눈을 내리깔았다. 절
로 시선이 은택이 수선해놓은 치마로 향했다. 수선해놓은 솜씨가
정말이지 기가 막혔다. 단순히 뜯어진 자리를 기운 것뿐만 아니라
어디서 났는지 단추까지 달아놓았다. 그래놓곤 그는 자신의 허락
없이는 절대 단추를 풀어서는 안 된다고 으르렁대기까지 했다.

"서은택."

"응?"

"이거 한 개만 풀자. 불편해서 걷기 힘들어."

축제에 가기 위해 차로 향하던 동은이 손끝으로 단추를 가리켰다. 찢어진 부분을 기우느라 안 그래도 살짝 타이트했던 치마는 더욱 불편해진 상태였다. 그런 데다 단추까지 채워놓으니 한 걸음 떼는 것조차 예민해졌다. 형사 일을 하다 보니 이런 식의 다소곳한 걸음걸이는 불편하기만 했다. 은택이 치마를 수선하는 동안 입고 있었던 그의 유니폼이 새삼 그리워질 지경이었다.

갈증이 일어난 사람처럼 안절부절못하는 동은을 향해 은택이 샐쭉 웃어 보였다. 차가 있는 곳까지 성큼성큼 걸어간 그가 보조석의 문을 열며 손짓했다.

"차에 타면."

휘어진 눈꼬리가 얄궂기 짝이 없었다. 동은은 대체 이게 무슨 개고생인가 싶었다.

"하나만 풀어."

마치 조련이라도 당하는 기분이었다. 하지만 당장은 억울한 기분보다도 3센티미터의 해방감이 그녀에게는 더 소중했다. 동은은 냉큼 보조석에 앉아 단추를 하나 풀었다.

차 문을 닫다 말고 그 모습을 내려다본 은택이 슬며시 눈을 감았다. 그가 천천히 손가락으로 눈두덩을 매만졌다. 눈두덩에서 손가락을 떼어낸 그의 눈빛이 숨이 막힐 만큼 짙고 깊었다. 해방감을 만끽하고 있던 동은이 흠칫 놀라며 고개를 뒤로 뺐다. 이건, 그때 그 눈빛이었다. 손가락을 깨물렸을 때의 그 눈빛.

"뭐야? 사람을 왜 그렇게 쳐다봐?"

미처 다듬지 못한 목소리가 갈라져 나왔다. 은택의 시선이 단추가 풀린 자리에 드러난 허벅지 살결을 더듬고 있다는 걸 깨달은 동은이 황급히 다시 단추를 채웠다.

딱 달라붙는 치마와 서은택. 어느 쪽이 더 불편한지는 자명했다. 단추를 단단히 채운 걸로도 모자라 치마 끝단을 계속 끌어 내리는 동은을 보며 만족스러운 미소를 지은 은택이 운전석으로 향했다.

"위험해. 정말 위험해."

보닛을 돌며 은택이 작게 중얼거렸다. 동은이 단추를 푸는 순간 아찔한 현기증이 느껴졌었다. 저 요망한 단추가 언제 다시 풀릴지 모르니, 과연 오늘 축제를 제대로 즐길 수가 있을지 의문이었다.

하지만 애석하게도 단추가 다시 풀리는 순간은 캠퍼스에 도착하자마자 곧바로 찾아왔다. 일일 레스토랑이 열리는 건물을 찾아가던 도중에 동은의 눈에 띈 이벤트 때문이었다. 분수대 근처에서 태권도부가 주최한 격파 이벤트가 벌어지고 있었다. 남자는 기와 10장, 여자는 기와 8장을 깨면 영화 관람권을 주는 이벤트였다.

참새가 방앗간을 두고 그냥 지나칠 순 없는 법. 영화 관람권이 아니라 순수하게 격파에 눈이 먼 동은은 이미 두툼한 장갑을 끼고 애처로운 눈으로 은택을 바라보고 있었다.

"왜?"

"이거."

동은이 눈짓으로 단단히 채워진 단추를 가리켰다. 그러나 은택은 시큰둥한 표정을 지으며 모른 척했다. 그러자 동은이 이번에는 아예 다리 한쪽을 들어 올리며 대놓고 단추를 가리켰다. 그 모습이 얼마나 자극적인지 여기저기서 침 삼키는 소리가 들렸다. 은택이 탄식 같은 한숨을 내쉬며 주변을 슥 둘러보곤 머리가 아픈 듯

관자놀이를 짚었다.

"야, 서은택! 이걸 풀어야 격파를 하지!"

동은의 눈치 없는 요구는 계속되었다. 결국 은택이 마지못해 고개를 끄덕였다. 격파를 못 하게 하면 계속 저런 식으로 보챌지도 모르니, 차라리 얼른 끝내버리자는 계산이었다.

"알았어. 하나만 풀어, 하나만."

그 순간, 허락이 떨어지기 무섭게 그저 신이 난 동은이 단추를 두 개나 풀어 헤쳤다.

"하나만 풀라고, 하나만!"

하지만 은택의 외침이 동은의 귀에 들어갈 리가 없었다. 격파를 준비하느라 그녀는 벌써 눈빛부터 달라져 있었다. 그사이에도 치마의 트임은 점점 더 벌어져만 갔다. 그 모습이 슬로우 모션처럼 시야에 콕콕 박혀서 은택이 저도 모르게 눈을 질끈 감았다.

하압! 기합 소리와 함께 뒤이어 곧바로 기와가 깨지는 소리가 우렁차게 들려왔다. 그제야 은택은 뒤늦게 눈을 뜰 수 있었다.

눈을 뜨자 깔끔하게 두 동강이 난 8장의 기와가 보였다. 동은은 만족스러운 미소를 지으며 바닥에 널브러진 기와를 줍고 있었다. 그녀가 허리를 숙이자 치마의 트임 부분이 조금 더 위로 올라갔다.

그 모습을 빠히 지켜보던 은택이 이내 빠른 걸음으로 그녀에게 다가갔다. 그가 잽싸게 동은의 한쪽 허리를 살며시 끌어안으며 손으로 다시 단추를 꽉 채워주었다.

동은은 갑작스러운 접촉에 뜨거운 숨을 들이켰다. 급기야 그가 마치 단추가 단단히 잘 채워졌나 확인이라도 하듯 그 위를 손가락으로 조심스레 쓸어내린 순간엔, 숨조차 쉴 수가 없었다.

"이제 만족했어?"

은택이 마무리로 치마 위를 탁탁 두드리며 물었다.

"어? 어어."

동은이 간신히 대답했다. 그러자 은택이 자신은 아직 만족하지 못했다는 듯 불만스러운 표정을 지으며 속삭였다.

"이번엔 내 차례."

말이 끝나기 무섭게 은택이 기와 10장이 단단히 쌓여 있는 곳 앞으로 가서 섰다. 그는 기와 10장 대신 주변에 서 있는 남자들을 한 명 한 명 노려보더니 일말의 망설임도 없이 주먹을 내리꽂았다.

와장창! 조금 전 동은이 격파했을 때보다 더 살벌하게 기와 깨지는 소리가 마치 위협하듯 들려왔다. 그 의미가 무엇인지 너무도 뻔했다. 이 여자한테 눈독 들이면 가만두지 않겠다는 무언의 경고.

은택이 격파한 기와는 깔끔하게 두 동강이 난 동은의 것과는 사정이 달랐다. 산산조각이 난 기와를 보며 주변에서 연신 들려오던 침 삼키는 소리는 다시는 들려오지 않았다.

일일레스토랑에 가기 위해 계단을 오르는 은택의 손에는 영화 관람권 넉 장이 부채처럼 들려 있었다. 격파 이벤트에서 받은 경품이었다. 질투에 눈멀어 부들부들 떨 땐 언제고 은택은 지금 잔뜩 신이 나 있었다. 하지만 은택과는 달리 동은의 표정은 마냥 좋지만은 않았다.

"당신, 표정이 왜 그래?"

계단의 절반쯤 올라가다 걸음을 멈춘 은택이 눈을 내리깔며 물었다. 그토록 하고 싶어 하던 격파도 하게 해줬는데 왜 이런 못마땅한 표정만 짓고 있을까. 계단 아래에 서서 은근히 좁아져 있는 동은의 미간을 엄지로 살살 문지르며 은택이 채근했다.

"말해봐. 격파로는 부족했어? 설마 차력쇼 같은 게 하고 싶었던 건 아니지?"

은택의 시시한 농담에 동은이 얼굴에서 그의 손을 떼어내며 조그맣게 물었다.

"은택이 너, 아까 보니까 주먹 무지 세더라?"

"뭐?"

은택이 황당함에 바람 빠진 한숨 소리를 냈다. 도대체 뭐가 불만인가 싶었더니 이렇게 황당한 이유였을 줄이야.

"설마 지금, 내가 기와 두 장 더 격파했다고 질투하는 거야?"

아무렴 그 이유는 아니겠지, 한 가닥 희망을 붙들고서 던진 질문이었건만. 풍선처럼 볼을 부풀리고서 떨떠름하게 고개를 끄덕이는 동은의 모습에 은택이 쓰게 웃었다.

좋아하는 여자에게서 이런 질투를 받아본 남자가 과연 몇이나 있을까. 하도 어이가 없어서 다리에 힘이 다 풀릴 지경이었다. 은택이 맥없이 그녀에게로 두 손을 뻗었다.

"임동은."

"왜?"

동은이 쉽게 손을 내밀어주지 않자 은택이 두 손을 마구 흔들었다. 동은이 뒤늦게 마지못해 그가 내민 손을 잡았다. 은택이 동은의 손가락 사이사이를 간질이듯 깍지를 끼며 그녀를 천천히 잡아당겼다. 덕분에 동은의 가녀린 상체가 천천히 아래에 서 있는 은택을 향해 기울어졌다.

"이보세요. 질투할 대상이 틀렸다는 생각 안 들어?"

"글쎄. 모르겠는데?"

"정말?"

"정말이라니까……. 앗!"

한사코 고집을 부리던 동은이 별안간 외마디 비명을 터뜨렸다. 은택이 천천히 잡아당기던 손을 한순간에 온몸이 휘청댈 정도로 세게 잡아당긴 까닭이었다. 깍지를 끼고 있지 않았다면 필시 비명을 지르며 은택의 목을 끌어안았을 상황. 은택이 손을 단단히 잡아준 탓에 동은은 대신 코앞에 그의 얼굴을 두고 비명을 꿀꺽 집어삼켰다. 은택이 긴장한 듯 크게 출렁이는 동은의 목을 감상하며 얄궂게 중얼거렸다.

"나는 아무리 생각해도 틀린 것 같은데."

"뭐가?"

"질투할 대상 말이야. 아무렴 남자인 내가 여자인 너보다 힘이 약할까. 그런 걸로 질투를 하는 게 말이 된다고 생각해?"

"옳은 걸 말해봐, 그럼."

코앞에 은택의 잘생긴 얼굴을 두고 동은이 애써 태연한 척 되물었다. 그 순간 은택이 거리를 더욱 좁히며 속삭였다.

"이를테면 위에서 우리를 구경하고 있는 여자들이라든가?"

은택의 말에 동은이 2층 난간에서 은택과 저를 구경하는 한 무리의 여자들을 바라봤다. 어라? 원래 저기에 저렇게 사람이 많았던가? 게다가 눈빛들이 하나같이 파파라치처럼 집요했다.

저 중에는 은택에게 고백을 거절당하고 은택이 게이가 틀림없다고 굳게 믿고 있는 여자 후배도 있었다. 심지어 은택을 한 번도 본 적 없는 후배들까지도 선배들이 술만 먹으면 떠들어대는 소문의 남자를 구경하기 위해 배꼼 고개를 내밀고 있었다.

동은의 정수리 위로 뭇 여자들의 질투 섞인 눈빛이 쏟아졌다. 갑자기 불청객이 된 것만 같은 기분에 동은이 금세 고개를 떨궜다. 은택이 그런 동은에게로 얼굴을 바짝 들이밀었다.

"뭐 하는 거야?"

"여기 온 목적, 잊었어? 당신이 내 애인인 척해서 억울한 누명 벗겨주러 온 거잖아."

"그래서?"

"그럼 이 정도는 거뜬히 해줘야지."

그 순간 씨익 웃은 은택이 동은의 하얀 푸딩 같은 볼에 보란 듯이 입을 맞췄다. 쪽. 푸딩을 베어 무는 것 같은 소리가 들림과 동시에 2층에서 돌고래 소리 같은 비명이 비처럼 우수수 떨어졌다.

"꺄아아악!"

귀가 따가울 정도로 쏟아지는 비명과 볼에 느껴지는 미묘한 감각에, 동은이 지금 무슨 일이 벌어졌는지 깨닫지 못한 사람처럼 느리게 눈을 깜빡였다. 그 얼빠진 모습에 은택이 웃음을 애써 삼켰다. 그가 방금 입 맞춘 자리를 엄지로 슥슥 문지르며 속삭였다.

"이제 알았지?"

"뭐, 뭘?"

"방금 질투를 어떻게 하는지 가르쳐줬잖아. 질투는 이렇게 좋아하는 남자가 다른 여자한테 잘해줄 때 하는 거야, 저기 저 사람들처럼."

동은의 시선이 은택의 눈짓을 따라 계단 위로 향했다. 여자들은 여전히 호들갑스럽게 비명을 지르고 있었다.

"새겨둬. 질투를 하려면 이렇게. 알았어?"

자신이 저들 중 하나였고, 은택이 누군가에게 입 맞추는 상황을 상상한 동은이 저도 모르게 고개를 끄덕였다. 그러다 문득 그녀가 눈을 획 치켜떴다. 뭐야? 그럼 저 많은 여자들이 다 저를 좋아하기라도 한다는 거야? 이 도끼병! 은택이 불만으로 더 깊어진 동은의 볼우물을 손가락 끝으로 꾹 찍어 눌렀다.

"대체 뭐가 이렇게 불만이야? 겨우 볼에다 뽀뽀해놓고 이런 취급 받으니까 억울한데? 확 입술에다 해버려?"

"어디 그러기만 해? 그땐 진짜……!"

"진짜 뭐? 뺨이라도 때리게?"

"못 때릴 건 또 뭐야?"

분을 터뜨리느라 덩달아 꿈틀대는 보조개를 은택이 불평은 그만하라는 듯이 집요하게 꾹꾹 눌렀다.

"새삼스럽게. 애인인 척 하기로 했으면 이 정돈 예상했어야지."

"시끄러워! 다음에 또 의견도 안 묻고 이런 짓 하면 진짜 가만 안 돼. 알았어?"

"의견 묻고는 해도 된다는 뜻이야?"

"서은택!"

"알았어, 알았어. 그러니까 이제 스마일. 이러다 애인 대행인 거 들키겠어."

은택의 경고에 동은이 흥 하고 콧방귀를 뀌었다.

"들켜도 난 상관없어! 너만 손해지!"

"어허. 애인 대행 이거, 엄연히 밥값 대신이다? 제대로 해주지 않으면 곤란해."

그 끝에 은택이 얄미운 말을 덧붙여왔다.

"당신, 그렇게 양심도 없는 사람이었어?"

뭐라? 경찰이 된 뒤로 길에 쓰레기 한 번 버린 적 없고, 신호 위반 한 번 해본 적 없는 사람한테 지금 양심 타령을 한 거야? 동은은 그 순간, 자신의 청렴결백한 양심을 증명하기 위해 최선을 다해 애인 대행을 할 수밖에 없었다.

씩씩하게 계단을 올라가는 동은을 바라보며 숨넘어가게 웃던 은택이 냉큼 달려 그녀가 손을 잡아챘다. 감질나게 하나둘 얽혀드는 손가락에 동은이 바짝 긴장하는 게 느껴졌다. 은택이 매니큐어가 예쁘게 칠해진 동은의 손톱을 어루만지며 기분 좋은 콧소리를 냈다.

"이제 손톱 안 물어뜯나 보네?"

"뭐?"

"옛날엔 내가 손톱 물어뜯지 말라고 방지제까지 사다 줘도 죽어라 말 안 듣더니."

은택은 늘 초조하고 불안한 기색이던 동은이 신경 쓰여 그런 사소한 것까지 챙겨줬던 기억을 떠올리곤 새삼스러워 웃었다. 동은은 대꾸할 말이 떠오르지 않았는지 불만스러운 기색으로 붙잡힌 손을 빼려고 했다. 하지만 은택은 그녀의 뜻대로 해주지 않았다.

어쨌든 지금은 애인의 자격으로 이곳에 와 있는 거니까. 그 시절 서운한 마음까지 모조리 풀고 갈 생각이었다. 그렇게 누가 봐도 연인 같은 모습으로 원래 예정이었던 일일레스토랑으로 향하는 두 사람이었다.

두 사람이 일일레스토랑이 한창인 조리학과 실습실에 도착했을 때, 계단에서의 뽀뽀 해프닝은 이곳에서도 여전히 계속되고 있었다. 여기저기에서 조금 전 뽀뽀에 관한 속닥거림이 들려왔다.

"저 사람이야? 서은택 선배 애인?"

"내가 봤어! 계단에서 저 두 사람 뽀뽀하는 거!"

동은은 부끄러워 죽겠는데 은택은 더없이 태연했다. 저 때문에 벌어진 난리인데도 조금도 아랑곳하지 않았다. 수군거리는 사람들 사이를 뚫고 들어가 태평하게 동은을 자리로 안내한 그가 의자를 빼주었다. 동은이 의자에 앉으면서도 자못 억울한 표정을 지으며 은택을 노려봤다. 그리고 그의 면전에 대고 멋대로 갖다 붙인 그의 별명들을 죄다 중얼거렸다.

"서짐승, 서뻔뻔, 서도끼!"

다시 만난 그는 이렇듯 능구렁이 같은 별명의 총집합체였다. 바로 그때였다. 찰칵. 별안간 은택이 휴대전화를 꺼내더니 동은의 사진을 찍었다. 난데없는 찰칵 소리에 놀란 동은이 흠칫하며 따져 물었다.

"갑자기 뭐 하는 거야?"

"생각해보니까 이렇게 예쁜 모습 사진으로 남겨둬야 안 억울할 것 같아서."

"뭐? 그런데 그걸 왜 하필 지금 찍어?"

"그거야 내 마음이지."

은택이 액정에 뜬 동은의 사진을 만족스럽게 바라보며 후배를 불러 식사를 주문했다. 그 모습을 바라보며 동은이 나직하게 한숨을 내쉬었다. 왠지 오늘 하루를 무사히 넘길 수 있을 것 같지가 않았다.

"막내야."

강력 2팀 사무실. 의자에 눕다시피 앉아 있는 해온이 불만스럽게 지락을 불렀다. 그러나 지락은 휴대전화를 보면서 웃느라 해온이 자신을 부른지도 모르고 있었다.

"오지락이! 선배가 부르는데 씹어?"

결국 해온이 폭발하고 말았다. 웬만한 일로는 큰 소리를 내지 않는 해온이기에 지락이 용수철처럼 그의 앞으로 뛰어 나갔다.

"아닙니다, 최 경위님! 제가 감히 선배님 말씀을 씹을 리가요!"

지락이 갖은 말솜씨를 뽐내고 나서야 해온이 한결 누그러진 목소리로 본론을 꺼냈다.

"막내 너, 소똥이랑 비번 바꿨냐?"

"네, 바꿨습니다."

"누구 마음대로?"

"네?"

"누구 마음대로 비번을 바꿔?"

내내 불만스럽게 굴더니 이 때문이었나 보다. 평소와 다름없는 깃털처럼 가볍고 살랑이는 말투였으나 스멀스멀 엄습해오는 긴장감에 절로 침이 삼켜졌다. 지락이 입안에 모인 침을 꿀꺽 넘기며 해온의 눈치를 살폈다. 사실대로 말해야 좋을지, 적당히 둘러대야 좋을지 머리가 잘 굴러가지 않았다.

"괜히 짱구 굴리지 말고 사실대로 말해. 소똥이한테 무슨 일 있는 거냐?"

"그게, 무슨 일이 있기는 한데……."

"빨리 말 안 해?"

해온의 발이 허공으로 1센티쯤 들어 올려졌다. 지락이 반사적으로 사실을 실토했다.

"오늘 남자 1번이랑 해야 할 일이 있으시다고. 처음엔 저도 절대 안 된다고 거절했었는데요. 나중엔 남자 1번이 직접 전화까지 해서 부탁하는 바람에."

"우리 막내, 남자 1번이 부탁하면 뭐든 들어주고 그러나 보지?"

"그게 그러니까……."

해온이 눈을 기름하게 뜨고서 지락을 올려다봤다.

"제가 얼마 전에 집을 구했다고 하지 않았습니까? 그 집이 사실 남자 1번 집이어서……."

"집주인한테 잘 보이겠다, 이거군."

"보증금도 없고, 집세도 정말 싸게 해줘서."

지락의 말에 해온이 쓰게 입맛을 다셨다. 저는 보증금이 뭐야, 집세도 받지 않고 한 달이 넘도록 집을 제공해줬는데 말이다. 그러나 생색을 내려고 하니 구차할 뿐이었다. 해온이 귀찮다는 듯 손을 털었다. 그러다 문득 마음에 걸리는 것이 있는지 그가 다시 지락을 불러 세웠다.

"막내 너 혹시, 전에 그 사건 소동이한테 말한 거 아니지?"

"그럼요! 제 입으로 그걸 말할 리가 있겠습니까?"

"그럼 됐어. 가서 보던 일이나 계속 봐."

그런데 해온이 보내주기 무섭게 지락이 다시 휴대전화를 보며 실없이 웃어댔다. 해온이 도대체 뭐 때문에 지락이 나사 하나 빠진 것처럼 구나 싶어 몰래 뒤로 가 액정을 훔쳐봤다. 그리고 그는 곧 휴대전화 속 생전 처음 보는 눈부시게 아름다운 동은의 모습에 말을 잃고 말았다. 뒤늦게 해온이 등 뒤에 서 있는 걸 알아챈 지락이 더 자세히 보라며 그의 눈앞에 휴대전화를 들이밀었다.

"어떻습니까, 우리 임 선배? 정말로 예쁘지 않습니까? 해야 할 일이 있으시다더니 데이트였던 모양입니다."

"쳇. 소똥이 주제에 꾸며봤자지."

"어어? 제대로 보신 거 맞습니까? 선배 엄청 예쁜데."

"저리 치워. 배고파 죽겠으니까 짜장면이나 시켜."

"옙! 근데 이 사진 보니까 두 사람은 지금 식사하러 간 것 같은데. 선배는 지금쯤 남자 1번이랑 엄청 맛있는 음식을 드시고 계시겠네요. 아, 부럽다."

그러자 자리로 돌아가던 해온이 그 순간 지락의 말에 이맛살을 구기며 지락에게 소리쳤다.

"남자 1번한테 질 수야 없지. 막내야, 탕수육도 시켜라!"

그러나 동은이 처한 상황은 지락의 예상과는 180도 달랐다. 동은이 비어 있는 자신의 맞은편을 한 번, 그리고 양식 코너 주방에서 열심히 프라이팬을 흔들고 있는 은택을 한 번, 떨떠름한 시선으로 번갈아 바라봤다.

식사를 주문하려는데 대뜸 일손이 필요하다며 후배 하나가 은택을 끌고 가버렸다. 양식 코너를 맡은 후배 하나가 격파 이벤트에 도전했다가 손목 골절을 입었단다. 그 뒤로 벌써 한 시간째, 은택은 파스타만 만들고 있었다. 쳇. 기와 10장 다 격파해놓고서 생뚱맞게 파스타 프라이팬 들다가 손목 골절 입게 생겼다.

그래도 요리하는 은택의 모습을 감상하는 것은 즐거웠다. 우아하한 그 모습을 감상하라면 1시간이든 2시간이든 할 수 있었다.

하지만 비단 그 감상을 저만 하는 것이 아닌 게 문제였다. 사방으로 완벽하게 오픈된 주방. 은택의 그 모습은 누구나 감상할 수 있었다. 특히 엉큼한 여자들이.

동은의 시선이 아닌 척 시치미를 떼며 은근슬쩍 양식 코너에 길게 늘어선 줄을 향했다. 실습실 안에 마련된 스무 개 남짓한 테이블은 이미 만석이었다. 길게 늘어선 줄은 전부 포장 주문을 기다리고 있는 사람들이었다. 문제는 양식 코너의 줄만 끝날 기미가 보이지 않는다는 것이었다.

동은은 차마 저 긴 줄을 감당할 수가 없어 한식 코너에서 주문을 했다가 겨우 배만 겨우 채운 상황이었다. 그녀가 이번에도 관심 없는 척, 양식 코너에 길게 늘어선 줄을 흘깃 바라봤다. 얼씨구. 죄다 늘씬한 각선미를 자랑하는 여자들만 서 있었다.

물끄러미 여자들의 다리를 쳐다보던 동은이 무심코 자신의 다리를 내려다봤다. 그러다 슬그머니 은택의 눈치를 살피며 굳게 잠긴 단추를 하나 슬쩍 풀었다. 그 순간 완성된 파스타를 포장 용기에 담아 손님에게 건네던 은택의 웃는 얼굴이 거짓말처럼 사나워졌다.

'당장 안 내려?'

눈빛으로 하는 말인데도 토씨 하나까지 정확하게 알아들었다. 동은이 입을 비죽이며 다시 단추를 채웠다. 그런데 그때, 웬 처음 보는 여자가 동은이 앉은 테이블로 다가와 말을 건넸다.

"임동은 씨, 맞으시죠?"

동은이 당황한 기색으로 위를 올려다봤다. 은택과 같이 온 터라 다들 저를 호기심 어린 눈으로 바라보기는 했지만, 이렇듯 직접적으로 말을 걸어온 여자는 처음이었다.

"아, 놀라셨죠? 저는 은택이 동기 박연아라고 해요. 워낙 이야기를 많이 들어서 인사나 할까 하고요."

동은이 뒤늦게 연아가 내민 손을 마주 쥐며 물었다.

"제 얘기를 많이 들었다고요?"

"은택이가 학교 다닐 때 첫사랑, 첫사랑 노래를 불렀었거든요."

"말했잖아. 당신 때문에 나 독수공방했었다고."

그때, 간신히 주문을 다 소화한 은택이 연아의 등 뒤로 다가오며 대화에 불쑥 끼어들었다. 동은이 또 아무렇지 않게 부끄러운 말을 뱉어내는 은택을 보며 눈을 흘겼다.

"바빠서 안 온다더니, 결국 왔네?"

연아가 자신의 어깨 위를 올려다보며 묻자, 은택이 양손을 으쓱해 보이며 그녀의 옆자리에 앉았다.

"지난 몇 년간 나를 둘러싼 모든 소문에 종지부를 찍으려고 왔다."

"안 그래도 들었어. 실습실 계단에서 벌써 한 건 터뜨렸다고."

"그새 소문이 났어?"

"소문나라고 벌인 일 아니야?"

두 사람이 마주 보며 키득키득 웃었다. 어쩐지 다정해 보이는 두 사람의 모습에 동은이 말없이 앞에 놓인 와인을 들이켰다.

"참, 은택관 인터뷰한 거 아주 좋다고 칭찬받았어."

"진짜?"

"이참에 꽃미남 요리사 기획하자고 난리셔."

연아의 말에 은택의 입꼬리가 귀에 가 걸렸다.

"근데 연아 넌 왜 에디터가 됐어? 기억하기로는 네 요리 실력 꽤 좋았던 것 같은데."

"만드는 것도 좋지만, 난 먹는 게 더 좋더라고. 맛있는 음식 있으면 여기저기 추천해주고도 싶고."

"그래, 에디터 박연아도 무지 잘 어울린다."

"아무렴 꽃미남 요리사 서은택만 할까."

두 사람의 대화를 들으며 동은은 새삼 자신이 어떤 자리에 와 있는 것인지를 다시 한 번 깨달았다. 대학 축제이니만큼 동기인 두 사람이 할 말이 많은 것은 당연했다.

하지만 그럴수록 가슴속에서 이상한 불씨가 번지는 것 같았다. 지난 7년 동안 은택의 전화번호를 알고 있으면서도 고집스럽게 연락을 하지 않은 건 바로 자신이었다. 그러니 은택의 과거를 욕심낼 자격 같은 건 저에게 없다는 걸 인정하면서도 가슴속에 번지는 불씨는 좀처럼 사그라들지 않았다. 간신히 그 불씨를 참아내느라 동은이 조용히 마시는 와인의 잔 수도 늘어만 갔다.

한 잔, 두 잔, 세 잔. 도대체 몇 잔을 마신 걸까. 비워지기 무섭게 누군가 다시 채워놓고 가는 바람에 수를 제대로 헤아리지도 못했다. 어느 순간, 동은이 가물거리는 눈을 애써 부릅뜨며 은택을 불렀다.

"서은택."

"응?"

"나 집에 갈래."

"벌써? 조금 있으면 밴드 공연도 하고 칵테일파티도 있을 텐데."

이 눈치 없는 자식. 그 순간 동은은 문득 은택이 했던 말이 떠올랐다.

'새겨둬. 질투를 하려면 이렇게.'

그렇게 불씨는 결국 커다란 불꽃이 되고 말았다.

"그럼 나 혼자라도 갈래."

동은이 결국 벌떡 몸을 일으켰다. 그러나 그 순간 곧바로 올라온 취기에 동은의 몸이 휘청거렸다. 은택이 흔들흔들하는 동은의 몸을 가뿐하게 부축했다. 동은은 은택의 손을 뿌리치려고 노력했다. 하지만 단단히 붙든 그의 손은 쉽게 떼어지지 않았다.

"이거 놔. 혼자서도 갈 수 있어."

"누가 뭐래? 내가 당신 손잡고 싶어서 잡은 거거든?"

비틀거리는 동은의 손을 은택이 말없이 잡아끌었다. 그는 어쩐지 기분이 좋아 보였다. 동은의 가방을 챙겨 든 그가 연아에게 가볍게 손짓해 보였다.

"연아야, 미안한데, 나 이제 가봐야겠다. 재밌게 놀다 가."

"어? 어어. 그래."

"다음에 또 보자. 먼저 갈게."

"응. 근데 은택아."

연아는 무언가 더 말을 하려는 듯 보였지만, 은택은 거기까지 신경 쓸 여유가 없었다. 은택은 곧장 동은의 손을 잡고 건물을 나섰다. 건물을 빠져나오자마자 차가운 밤공기가 피부에 스며들었다. 그 서늘함에 동은의 어깨가 흠칫하며 놀라는 게 느껴졌다. 은택이 그녀의 어깨에 자신의 재킷을 둘러주고 서둘러 차가 있는 곳으로 이동했다.

그러나 채 몇 걸음 떼지 못하고 동은의 몸이 이번에는 완벽하게 축 늘어졌다. 은택이 무너져 내리는 그녀의 몸을 재빨리 받아 안았다. 간신히 바닥에 무너지기 직전 한쪽 다리를 굽혀 그 위에 취한 동은을 앉힌 은택이 한숨을 토해냈다. 마치 흔들의자에라도 앉은 것처럼 몸을 흔드는 동은을 은택이 곤란한 눈빛으로 바라봤다.

"임동은."

"응? 으응."

다행히 아예 기절을 한 건 아닌 모양이었다.

"지금 이렇게 정신을 잃으면 곤란한데. 도대체 와인을 몇 잔이나 마신 거야?"

"몰라. 내가 마시면 누가 또 따라놓고, 내가 또 마시면 누가 또또 따라놓고."

대체 어떤 놈이야? 은택이 눈을 가늘게 뜨며 불만스럽게 중얼거렸다. 그가 흘러내린 동은의 머리카락을 손가락 사이사이에 끼워 쓸어 넘겼다. 긴 머리카락이 조그만 얼굴을 다 가려 애가 탔다. 머리카락을 귀 뒤에 꽂아보려고 하는데 취한 동은이 자꾸만 꾸벅꾸벅 조는 사람처럼 몸을 움직이는 바람에 잘되지 않았다. 결국 귀 뒤로 머리카락을 넘기는 건 포기했다. 흔들거리는 동은의 몸을 아예 꽉 끌어안아 버린 은택이 그녀에게 속삭였다.

"당신, 왜 이렇게 예뻐?"

"으응?"

"질투하는 법 가르쳐 줬더니 이렇게 바로 제대로 해주고. 누가 이렇게 예쁜 짓 하래? 응?"

그러나 동은에게선 대답이 없었다. 술에 취해도 부끄러운 건 부끄러운 모양이었다. 은택이 결국 대답을 듣는 걸 포기하고 동은에게 자신의 어깨를 짚게 했다. 이대로 그녀를 업고 차가 있는 곳까지 갈 생각이었다. 동은이 자신의 목을 끌어안는 것이 느껴져 은택이 다리에 힘을 주고 벌떡 일어섰다.

"어라?"

그런데 어째 뭔가 좀 이상했다. 동은이 대롱대롱 매달려 있었다. 작지 않은 키라 시간이 지날수록 목이 갑갑해져 왔다. 필사적으로 동은의 무릎 밑으로 손을 집어넣으려 하는데 한쪽에 성공하면 다른 쪽은 반드시 실패였다. 그러다 얼핏 뭔가를 떠올린 은택이 곤란한 표정을 지으며 읊조렸다.

"아, 치마."

이놈의 요망한 단추가 끝까지. 은택이 하는 수 없이 단추를 하나 풀었다. 그러자 간신히 양쪽 다리 모두 단단히 받쳐 들 수 있게 되었다.

그런데 톡, 단추 풀리는 그 소리가 왜 이렇게 야하게 들리는지. 서늘한 밤공기마저 후덥지근하게 느껴지고 괜히 열이 올랐다. 자꾸만 딴생각이 드는 머리를 훌훌 털며 은택이 애써 성큼성큼 걸음을 옮겼다.

조금 걷자 동은이 신고 있던 하이힐이 툭 벗겨졌다. 은택이 하이힐을 집어 들기 위해 허리를 숙이고 손을 뻗는데, 귓가에 이번엔 단추 하나가 튕겨져 나가는 소리가 들려왔다.

"죽겠네, 진짜."

연신 목덜미를 지분거리는 동은의 뜨거운 숨결과 톡 하는 단추 풀리는 소리가 그렇게 궁합이 잘 맞을 수가 없었다. 은택이 단추가 얌전히 그 상태로 있게끔 최대한 군더더기 없이 움직여 하이힐을 집어 들었다.

"임동은."

은택이 조심스럽게 걸음을 옮겼다. 그리고 부드럽게, 그러나 말을 듣지 않으면 가만두지 않겠다는 단호한 말투로 동은의 귓가에 속삭였다.

"다시는 이 치마 입지 마."

유난히 더운 밤이었다.

5장

출근을 한 뒤로 동은은 내내 휴대전화만 들었다 놨다 했다. 술에 취해 은택이 집까지 데려다준 것 같은데 도무지 기억이 나질 않았다. 혹 추태를 부리진 않았을까 걱정이 되었다. 차라리 구박이라도 해줬으면 좋겠는데, 은택에게선 문자조차 오지 않았다.

"신경 쓰지 말자. 일이나 하자, 일이나!"

동은이 과장된 동작으로 컴퓨터를 켰다. 이럴 땐 일에 집중하는 게 최고였다. 아직 지난번 자신을 찌르고 달아난 날치기범도 잡지 못했다. 동은은 곧바로 심스(CIMS:범죄 정보 관리 시스템)에 접속했다. 그녀가 막 사건을 검색하려는 순간이었다. 갑자기 지락이 득달같이 달려들었다.

"선배, 이 건은 제가 조사할 테니까 저한테 맡겨주세요!"

"뭐? 갑자기 왜?"

지락의 단단한 팔꿈치가 키보드 위에 올라가 있는 덕분에 검색란에는 의미를 알 수 없는 내용이 마구잡이로 타이핑되고 있었다. 동은이 황당한 표정을 지으며 밀어내 보지만, 지락은 꿈쩍도 하지 않았다. 그저 꼿꼿이 자기 할 말만 했다.

"갑자기라니요. 언제부터 제가 이 사건 맡고 있었는데요."

"그래도 내가 피해자야. 내가 조사하는 게 당연하잖아."

"아니죠! 선배가 피해자여서 문제인 거 아닙니까? 자칫하면 트집 잡힐 수도 있고. 팀장님도 선배 입원해 있는 동안 저더러 맡아보라고 하셨어요. 그, 그렇죠, 팀장님?"

동은이 혹시나 강철희 사건을 검색할까, 안절부절못하며 지켜보던 중일이 지락의 말에 고개를 크게 끄덕였다.

"그래! 막내도 이제 단독으로 사건 맡아볼 때도 됐지? 그 건은 이참에 막내한테 맡겨. 겨우 날치기범인데 막내도 어련히 알아서 잡겠지."

하지만 중일까지 나서서 거들었어도 동은은 영 지락이 못 미더운 눈치였다.

"아무리 그래도 지금 한 달이 넘도록 이 자식 행방조차도 모른다는 게……. 저 이제 다친 곳도 멀쩡해졌고, 제가 조사할 수 있습니다, 팀장님."

동은이 날치기 건을 끝까지 고집부리자, 지락이 갑자기 말꼬리를 돌렸다.

"그건 그렇고 선배! 어제 식사는 잘하셨습니까?"

지락이 꺼낸 말로 다시금 어제 은택과 함께 축제에 갔던 상황을 떠올린 동은이 심란한 표정을 지었다. 그러나 그녀는 애써 느긋한 척 되물었다.

"생뚱맞게 갑자기 그건 왜 묻고 난리야?"

"어제 선배 완전 여신 같았습니다, 여신!"

"뭐?"

"이것 보세요."

지락이 주머니에서 휴대전화를 꺼내 내밀었다. 바탕화면은 동은의 사진이었다. 은택이 선물해준 옷을 입고서 안 하던 화장까지 공들여 해놓은 바로 그 모습. 절대로 아무 눈에도 띄고 싶지 않았던 그 모습! 그 모습이 지락의 휴대전화 바탕화면에 저장되어 있다니. 동은의 눈이 경악스럽게 커다래졌다.

"오지락이! 너 이 사진 어디서 났어?"

"어디긴 어딥니까. 남자 1번이지."

"내가 서은택 이 녀석을 그냥!"

부리나케 은택에게 전화를 걸려던 동은은 이내 한숨을 푹 쉬며 머리를 감싸 쥐었다. 술에 취한 자신을 집까지 데려다준 은택에게 겨우 사진 한 장 몰래 찍었다고 화를 낼 수는 없었다.

'내가 못 살아! 와인은 왜 죽자 살자 마셔 가지고!'

창피함에 날치기 사건은 어느새 동은의 의식 속에서 슬금슬금 저 끄트머리로 밀려나고 있었다.

"데이트하려고 비번까지 바꾸고. '우리 소똥이가 달라졌어요!'라도 찍어야 할 판이야, 지금."

그런 데다 해온까지 가세해서 속을 박박 긁으니, 심스를 검색하려던 기억은 결국 안드로메다로 날아가 버리고 말았다.

"데, 데이트는 무슨! 그런 거 아니거든?"

눈에 띄게 말을 더듬으며 동은이 자리를 박차고 일어섰다. 해온이 그 앞으로 다가가 세모꼴 눈을 하고서 반박했다.

"아니긴? 데이트도 아닌데 이렇게 꾸미고 나간 거야? 그게 더 이상한데?"

"그건! 그럴 만한 사정이 있어서! 아니, 근데 내가 데이트를 하건 말건 네가 왜 불만인데?"

"오호라. 데이트를 한 건 맞다, 이거네?"

"아니라니까!"

그렇게 동은과 해온이 티격태격하는 사이 지락이 재빨리 심스가 띄워진 창을 껐다. 동은과 입씨름을 하는 해온도, 몸을 날려 검색을 막은 지락도, 그 모습을 전부 지켜보고 있던 중일과 견우도 그 순간 일제히 남몰래 한숨을 내쉬었다는 걸 동은만 알지 못했다.

그때 휠체어를 탄 여성이 순경의 도움을 받아 강력 2팀 사무실 안으로 들어섰다. 아무래도 파출소에서 넘어온 사건 같았다.

"여기, 도난 사건 신고하러 오셨다는데요."

"어, 내가 할게."

피해자를 확인한 견우가 먼저 맡겠다고 나섰지만, 동은이 불쑥 끼어들었다. 데이트 구설수에 휘말린 이 상황에서 벗어날 돌파구를 찾은 듯, 기꺼운 얼굴이었다.

"홍 선배, 저분, 제가 맡을게요!"

동은이 동아줄이라도 발견한 사람처럼 휠체어에 앉은 여성에게 후다닥 다가갔을 때였다. 그녀에게 문자가 한 통 도착했다.

[경찰서 앞이야. 잠깐 나와.]

은택이었다. 그가 문자도 아니고, 전화도 아니고, 직접 경찰서까지 찾아온 것이었다. 동은이 쭈뼛거리며 해온에게로 다가갔다.

"최 경위님."

그녀는 다소 민망한 표정을 지으며 해온을 불렀다. 세탁소용 비닐커버를 정복에서 막 벗겨내던 해온이 고개만 살짝 돌려 그녀를 바라봤다.

"왜?"

"어? 그게 있잖아."

동은이 '최 경위님'이라는 호칭을 사용하는 경우는 딱 두 가지였다. 대부분은 그녀가 머리끝까지 화가 났을 때. 그리고 아주 간혹 피치 못할 부탁이 있을 때. 나긋나긋한 목소리가 알려주길, 이번에는 후자라는 뜻이었다.

"무슨 부탁을 하려고 그렇게 뜸을 들이실까."

해온이 뚱하게 반응해왔다. 하긴, 조금 전까지 옥신각신해놓고선 금세 바뀐 태도가 못마땅하기야 하겠지. 동은이 아랫입술을 꾹 말아 물며 어렵게 입을 열었다.

"내가 갑자기 일이 생겨서 그러는데, 저분, 대신 좀 맡아주라."

"아깐 네가 맡겠다며?"

"일이 생겼대도. 얘기 들어보니까 단순 절도사건 같아. 어렵지 않을 거야."

"그러니까 도대체……."

"오늘 저녁에 내가 밥 살게. 응? 그럼 부탁한다!"

해온이 말꼬릴 잡고 늘어지면 한도 끝도 없었다. 도대체 내가 왜 그래야 하는데? 싫은데? 부탁 들어주면 넌 뭐 해줄 건데? 그가 늘어놓을 말들이 자연스럽게 머릿속에 떠올랐다. 하지만 동은에게는 그 말들을 전부 진득하게 들어줄 여유가 없었다. 이럴 땐 재빨리 대가를 내밀고 발을 빼는 게 상책이었다.

"야! 야, 소똥!"

해온이 등 뒤에서 외치는 소리를 들은 체 만 체 동은이 빠른 걸음으로 사무실 입구를 향했다. 가는 길에 휠체어에 앉은 여성과 눈이 마주쳐 가볍게 목례를 하고, 그녀는 곧 사무실을 빠져나왔다.

밖으로 나오니 햇살이 눈이 부셨다. 저만치 경찰서 입구에 주차된 은택의 차가 보였다. 멍하니 은택의 모습을 바라보던 동은이 불현듯 마른세수를 하며 차가 있는 곳으로 걸어갔다. 똑똑. 차창을 두드리자 은택이 환한 미소와 함께 문을 열어주었다.

"왔어? 얼른 들어와서 앉아."

"어. 근데 경찰서까진 어쩐 일이야?"

도무지 떠오르지 않는 기억에 몸부림치며 동은이 어색하게 물었다. 은택은 어설프게 모르쇠로 구는 동은을 보며 입술을 둥글게 말아 모으고 눈을 가늘게 떴다. 덕분에 그녀는 창피한 기분이 정수리까지 가득 들어찬 기분이었다. 집요한 시선이 부담스러워진 동은이 다급히 말꼬릴 돌렸다.

"그, 그건 뭐야?"

은택의 발치에 손수건으로 싸여진 무언가가 놓여 있었다. 동은이 손가락으로 가리키자 은택이 물건을 집어 들었다.

"이거? 당신 속 좀 풀어주려고."

은택이 금세 집요한 시선을 거두고, 물건을 감싼 손수건을 풀어냈다. 그 안에서 나온 건 놀랍게도 뚝배기였다. 팔팔 끓고 있는 건 아니지만, 아직도 김이 모락모락 나고 있었다. 두꺼운 나무 쟁반에 뚝배기를 내려놓은 은택이 숟가락과 함께 동은에게 내밀었다.

"식사는 기본. 해장은 서비스. 이런 게 바로 단골집 마인드 아니겠어?"

은택이 동은의 손에 손수 숟가락을 쥐여 줬다.

"뜨거울 때 얼른 먹어봐. 속 금세 풀릴 거야."

"설마 이거 가져다주러 여기까지 온 거야?"

"보나 마나 귀찮다고 해장 같은 건 생각도 안 했을 거 아냐. 나라도 챙겨줘야지."

동은이 시큰해진 코를 찡그리며 은택을 바라봤다. 눈빛이 마주치자 그녀는 어색해진 표정을 들킬까 황급히 숟가락을 집어 들고 해장국을 입에 넣었다. 따끈한 국물이 식도를 타고 내려갔다. 그 한 술에, 어젯밤 절 데려다주느라 괜한 고생을 했으면서도 해장국을 끓여 여기까지 찾아온 은택의 마음이 사무치게 전해져 왔다.

고개를 숙이고 있는 동은의 속눈썹이 파르르 떨렸다. 그녀의 속내를 알아챈 은택이 괜한 헛기침을 했다.

"어때? 맛있지?"

동은은 부러 대답하지 않았다. 한 숟갈, 두 숟갈, 그저 묵묵히 먹기만 했다.

"천천히 먹어. 체하겠다."

은택이 동은의 등을 부드럽게 두드렸다. 그러나 동은은 음식 때문이 아니라 은택의 따뜻한 마음에 체할 것 같았다. 자꾸만 은택이 욕심나서 두려워졌다.

"옳지. 그렇게 꼭꼭 씹어 먹어."

그 체기 같은 마음을 아는지 모르는지. 마치 오빠처럼 읊조린 은택이 손을 옮겨 동은의 머리카락을 부드럽게 쓰다듬었다. 앞머리를 푸스스 헤집는 손가락이 미풍처럼 따스하고 부드러웠다.

"들어가. 나도 곧바로 가게 가봐야 돼."

은택이 빈 뚝배기를 다시 손수건으로 감싸며 분주하게 굴었다. 동은의 식탁만 책임지지 말고 손님들 테이블도 책임져 달라며 하루의 눈치가 여간 아니라고 했다.

"알바생 주제에 사장 눈칫밥을 먹인다니까?"

"그러니까 앞으로 이렇게 무턱대고 가게 비우지 마. 나야 정 속 안 좋으면 근처 해장국집에서 시켜 먹어도 되는 거고."

"어허. 비교할 걸 비교해. 정성이 달라요, 정성이."

"그럼 차라리 날 가게로 부르든가."

"아서라. 당신이 내가 부른다고 올 사람이야?"

뼈가 있는 말이었다. 양심은 있는 모양인지 동은이 아무 말이 없자, 은택은 차라리 웃어버렸다.

"와. 끝까지 오겠다는 말은 안 하네?"

"그만 가봐. 곧 있으면 손님 들이닥칠 시간이잖아."

동은은 서둘러 차에서 내렸다. 그리고 운전석 쪽으로 가서 손을 흔들었다.

"얼른 가래도."

은택은 잠시 서운한 표정을 지었다가 이내 대수롭지 않다는 듯 입술을 비죽 내밀었다.

"내 맘대로 할 거야. 어차피 내가 사장이거든?"

은택이 불쑥 창문을 내리고 동은의 눈을 들여다봤다.

"보고 싶으면 이렇게 내가 보러 올게. 그러니까 당신은 도망치지만 마."

간절한 말끝에 은택이 오롯이 동은과 눈을 마주쳤다. 그 깊은 눈빛에 동은은 저도 모르게 고개를 끄덕이고 말았다.

은택이 경찰서에서 가게로 돌아왔을 때, 픽업대 위에 블리스 레시피 이번 달 잡지가 펼쳐져 있었다.

"이거 뭐야? 하루 네가 사 왔어?"

바로 위로 위치 변동 그의 눈에 은택관 인터뷰가 실린 부분이 제일 먼저 눈에 들어왔다. 은택이 천천히 잡지를 살피는데, 주방에서 설거지를 끝내고 나온 하루가 대답했다.

"연아 누나 왔다 갔어요."

"연아가?"

"네. 타이밍이 어떻게 매번 그러네요. 사장님이 동은이 누나 만나러 가면 짜기라도 한 것처럼 연아 누나가 오고."

"아, 축제에서 만났을 때 물어본다는 게 깜빡했다."

"안 그래도 날짜 말해주려고 했는데 사장님이 쌩하니 가버렸다던데요?"

"연아가 그렇게 말했어?"

하루가 대답 대신 연신 고개를 끄덕였다.

"미안해 죽겠네. 내가 먼저 사서 고맙다고 연락이라도 했어야 하는 건데."

은택이 인터뷰 끝에 적힌 연아의 이름을 보곤 입술을 깨물었다. 그날은 동은을 집에 바래다주는 것만 머릿속에 가득해서 미처 연아를 챙길 정신이 없었다.

그러고 보니 마지막으로 무언가 말을 하려던 연아의 모습이 기억났다. 은택이 황급히 휴대전화를 꺼내 들었다. 곧바로 연아에게 전화를 걸려다가 아차 싶은 표정을 지으며 그가 하루를 바라봤다.

"왜요?"

하루가 어깨를 으쓱거리며 묻자, 은택이 곤란한 표정을 지었다.

"나 연아 번호 좀 알려주라. 글쎄, 저장이 안 되어 있네."

은택의 말에 하루가 인상을 찌푸렸다.

"와. 아무리 사장님이 내 여자한테만 자상한 남자라지만 이번엔 심했어요. 지금까지 연아 누나가 여길 몇 번을 왔다 갔는데 어떻게 전화번호 물어볼 생각도 안 했어요?"

"그래, 내가 무심했다. 연아한테 이르지만 마라."

"자요. 얼른 전화나 하세요."

하루가 자신의 휴대전화에 연아의 번호를 띄워 은택에게 내밀었다. 후다닥 전화번호를 누른 은택이 가볍게 손을 흔들며 옥상으로 향했다.

-어, 은택아!

신호음은 몇 번 들리지도 않고 금세 휴대전화 너머로 연아의 목소리가 흘러나왔다. 잔뜩 들뜬 연아의 목소리를 들은 하루가 옅은 한숨을 내쉬었다. 픽업대로 다가간 하루가 은택이 보다 만 잡지를 내려다봤다. 인터뷰 마지막 질문이 우연히 눈에 들어왔다.

〈Q. 요리를 할 때 특별히 생각하는 사람이 있나요?〉

〈A. 있어요. 제 첫사랑이요. 그 사람을 생각하며 만든 요리는 절대 맛없을 수가 없거든요. 사실 그게 제 요리 비결이에요. 소중

한 사람을 위해 만드는 요리는 항상 최고의 맛을 내죠.〉

하루는 문득 생각했다. 서은택. 저 남자의 꿈도 인생도. 전부 첫사랑, 그 한 여자만을 위해서 존재하는 것 같다고.

은택이 가게로 돌아간 그 시각. 동은은 사무실에서 해온을 다시 마주쳤다. 해온은 막 사무실을 나설 채비를 하고 있었다.

"조사는? 끝났어?"

"어. 지금 현장 가보려고."

"잠깐. 그거 내가 갈게!"

동은은 해온 대신 나서서 지문 감식 도구를 챙겼다. 장갑을 주머니에 쑤셔 넣고, 족적을 확인할 플래시도 꼼꼼히 확인했다. 모든 준비를 마치고 피해자에게로 다가가려는 동은의 팔을 해온이 덥석 붙잡았다.

"대신 맡아달라고 부탁할 땐 언제고?"

"미안. 아깐 내 생각만 했다."

"뭐가? 왜 갑자기 진지하게 사과야?"

"너, 가봐야 할 데 있잖아."

동은의 시선이 해온이 의자 등받이 반듯하게 걸어둔 정복으로 향했다. 평소 저만큼이나 갑갑한 정복을 챙겨 입는 걸 싫어하는 녀석이 굳이 세탁소에까지 맡겨 찾아온 걸 보면 오늘이 바로 그날이었다. 좀 더 빨리 눈치챘어야 했는데.

"가봐. 동생이 오빠만 기다리겠다."

동은은 가볍게 해온의 등을 떠밀었다. 의자가 있는 곳까지 떠밀려간 해온이 고개 숙인 시야에 들어온 정복을 물끄러미 바라봤다. 정복을 보는 순간, 어쩐지 마음이 급해져서 기왕 맡은 거 끝까지 책임지겠다는 말은 목구멍 아래로 쑥 내려가 버렸다.

"그래, 그럼. 사건 네가 다시 가져가라."

"진작 그렇게 나올 것이지."

동은이 손가락으로 오케이 모양을 만들어 보이더니 이내 손등이 보이게 손을 휘휘 저었다. 어서 가보라는 뜻이었다. 피식 웃은 해온이 조심스럽게 정복을 집어 들고 탈의실로 향했다. 그 뒷모습을 말없이 바라보다 동은도 등을 돌렸다.

"오빠 왔다. 최해수."

어느 납골당. 해온은 그중에서도 교복을 입은 채 환하게 웃고 있는 여동생의 유골 앞에 서서 억지로 미소를 내비쳤다.

어느 날 갑자기 찾아온 쌍둥이 여동생의 죽음. 열여덟이라는 나이에 받아들이기에는 너무도 어렵고 힘들었던 상황이었다. 지금도 어떻게 그 시절을 견뎠는지 기억이 나지 않았다. 그리고 그렇게, 어느새 그날로부터 12년이라는 시간이 흘러가 버렸다.

"어떠냐, 이 오빠. 나이 먹을수록 어쩜 더 멋있어지는 거 같지 않냐?"

해수는 경찰대에 합격해 제복을 입은 오빠의 모습이 보고 싶다며 입버릇처럼 말하곤 했었다. 그 시절 해수의 바람대로 이곳을 찾을 때마다 해온은 꼬박꼬박 정복을 챙겨 입었다.

"모르지? 경찰서 여자들이 이 모습 보고 끔뻑 죽는다, 다들."

해온이 어깨에 달린 견장을 탁탁 쳤다. 남자 1번이 출몰한 덕분에 그 인기가 살짝 시들해지긴 했지만, 경찰서 내 부동의 인기투

표 1위 하면 여전히 최해온이었다. 오늘따라 여동생 앞이라고 어깨에 힘 잔뜩 주는 그였다.

"너 질투는 엄청 심해 가지고, 단축번호 1번에 네 번호 저장하면서 이 자리는 아무한테나 주면 안 된다고 난리였었잖아."

해온은 주머니에서 휴대전화를 꺼내 물끄러미 바라봤다. 단축번호 1번에는 여전히 해수의 번호가 저장되어 있었다. 아프면서도 고마운 열한 자리의 숫자. 순전히 이 번호 때문이었다. 동은과 만날 수 있었던 것은.

몇 년 전만 해도 공교롭게도 동은은 죽은 해수의 번호와 같은 전화번호를 사용하고 있었다. 그래서 한때는 해수가 이 자리를 동은에게 허락해줬다고 생각한 적도 있었다. 하지만 언젠가 동은은 해수의 자리를 함부로 침범하지 않겠다며 기어코 전화번호를 바꿔버렸다. 그때부터 동은의 자리는 단축번호 2번.

"본인이 싫다는데 허락은 개뿔. 그치, 해수야?"

인연이 아니라 단지 우연. 진작 그렇게 정리된 노선이었다. 그러니 왜 이제 와서 그때 그 일이 서운한 건지 도무지 알 수 없는 노릇이었다. 그의 시선이 문득 활짝 웃고 있는 해수의 사진으로 향했다. 꾹 다물려 있던 입술이 희미하게 벌어졌다.

"해수야."

해수의 이름을 작게 부르며 해온은 지난 두 건의 사건에서 시체 옆에 놓여 있던 백합을 떠올렸다.

12년 전, 모두 6명의 여고생을 죽이고 사라진 연쇄살인범이 있었다. 해수는 결국 미결로 남아버린 그 사건의 마지막 희생자였다.

"이번엔 반드시 잡을게. 너 이렇게 만든 놈."

해온이 해수의 사진 위를 쓰다듬듯이 어루만지며 무너졌다.

그 상태로 시간이 얼마나 흘렀을까. 한참 만에야 납골당을 나선 해온의 눈에 익숙한 모습이 보였다. 계단의 끄트머리, 저처럼 정복을 차려입고 서 있는 그녀는 동은이었다.

"소통, 네가 여긴 어쩐 일이야?"

"아까 내가 밥 산다고 했잖아."

"그래서 여기까지 왔다고?"

"근처에 보리굴비 맛있게 하는 집 있거든. 오랜만에 먹고 싶네."

동은의 어설픈 연기에 해온이 싱겁게 웃었다. 경찰서에서 1시간이 넘게 걸리는 거리. 그녀가 평소 꺼리는 정복까지 입고 나타난 이유가 너무나 뻔했기 때문이다. 해온이 저도 모르게 손을 뻗어 동은의 앞머리를 매만졌다.

"형사가 이렇게 노련하지 못해서 어디다 쓰냐."

바람처럼 살랑거리는 손길에, 동은은 차 안에서 이렇게 제 머리카락을 매만져 주던 은택의 모습이 문득 생각났다.

"어우. 기껏 단정하게 빗어놨는데 하지 마."

"하지 말긴 뭘 하지 마?"

"하지 말랬다?"

강제로 해온의 손을 떼어낸 동은이 그의 어깨를 툭툭 두드리곤 계단을 올랐다.

"여기서 잠깐 기다려. 나도 해수한테 인사 좀 하고 올게."

해수의 기일. 그녀가 납골당에까지 찾아온 것은 처음이지만, 그래도 이날만큼은 빠지지 않고 저를 챙겨주는 동은의 마음을 해온이 모를 리 없었다. 해온은 계단 난간에 기대 차분하고 올곧은 자태로 걷는 동은의 뒷모습을 눈에 담았다. 그가 차마 전할 수 없는 미안한 마음을 들릴 듯 말 듯 작게 전했다.

"미안하다. 강철희 사건 숨겨서."

들키는 날엔 아마 불같이 화를 낼 것이다. 하지만 어쩔 수 없었다. 동은이 또다시 상처받는 모습을 보고 싶지 않았다.

이윽고 동은의 뒷모습이 계단 너머로 아득히 사라졌다. 그 순간, 누군가 헌화하고 간 백합의 냄새가 바람을 타고 실려 왔다. 해온이 주먹을 불끈 쥐며, 조금 전 했던 맹세를 거듭 다짐했다.

연아에게 인터뷰 고맙다는 전화를 건 후, 은택은 동은에게 주려던 장미꽃을 들고 다시 꽃집을 찾았다. 휠체어에 앉아 어질러진 가게 안을 치우던 아주머니가 은택을 보고 반갑게 알은체를 했다.

"어머. 그때 그 총각?"

"안녕하세요. 잘 지내셨어요?"

"그럼요. 잘 지냈어요."

"그런데 가게가 왜 이래요? 무슨 일 있었어요?"

은택이 난장판이 된 가게 안을 둘러보며 걱정스러운 기색으로 물었다. 그도 그럴 게, 바닥에 짓밟힌 꽃들이 수북했기 때문이다.

"좀도둑이 들었나 봐요. 가져갈 게 없으니까 분풀이로 가게만 엉망으로 만들어놓고 간 모양이야."

"저런. 다치신 곳은 없고요?"

은택의 질문에 아주머니가 말없이 입가에 미소를 매달았다. 은택은 제 질문에도 그저 웃기만 하는 아주머니를 고개를 갸웃하며 바라봤다.

"왜 웃으세요?"

"그게, 보통 귀중품은 안 없어졌냐고 먼저 묻지 않나 해서."

"아……."

은택이 품에 안고 있던 꽃다발을 내려놓곤 머쓱한 표정으로 말을 이었다.

"듣고 보니 그러네요. 좀도둑이 들었다는데. 하지만 좀도둑이랑 마주치기라도 하셨으면 분명 위험했을 거잖아요."

"그것도 그러네. 사람 먼저 생각하는 걸 보면 총각은 참 좋은 사람 같아요."

"네? 아니에요. 과찬이세요."

"그나저나 오늘은 무슨 일로 왔어요? 그때 사간 꽃도 다시 가져왔네요?"

아주머니의 시선이 은택이 내려놓은 꽃다발로 향했다. 그간 관리를 잘해준 모양인지 봉오리가 섞여 있던 장미꽃이 활짝 피어 더욱 풍성해지고 더욱 화사해졌다.

"혹시 이 꽃도 저렇게 만들 수 있을까요?"

은택의 손가락이 벽에 걸려 있는 드라이플라워를 향했다. 마치 섬세하게 그려진 정물화처럼 벽에 장식되어 있던 것이 언뜻 기억이 나 꽃집엘 다시 찾은 참이었다.

"그걸 드라이플라워로 만들려고요? 전부 다?"

"네. 근데 아주머니."

"응?"

"꽃은 금방 시들기 때문에 아름다운 걸까요? 금방 피었다 지는 존재라서 찰나의 아름다움만 기억하게 되는 거라고 생각하세요?"

난데없는 질문에도 아주머니는 당황하지 않고 고개를 저었다.

"아뇨. 꽃은 꽃이라서 아름다운 거예요."

아주머니의 대답에 그늘진 기색이었던 은택의 얼굴에도 다시 장미처럼 화사한 기운이 감돌았다. 그가 내려놓았던 꽃다발을 다시 품에 안으며 환하게 웃는 얼굴로 말했다.

"그걸, 알려주고 싶은 사람이 있어요."

"그럼 우리 그 꽃, 예쁘게 말려봐요. 내가 도와줄 테니."

"감사합니다, 아주머니."

은택은 연약한 꽃잎 위를 부드럽게 쓸어내렸다. 이 드라이플라워가 완성되는 날. 은택은 다시 한 번 동은에게 제 마음을 고백할 생각이었다.

"이리 와요. 일단은 줄기에 남은 물기부터 제거해줘야 하니까."

휠체어를 탄 아주머니가 앞장서 가게 안쪽 공간으로 향했다. 은택은 반사적으로 아주머니의 뒤를 좇다가 문득 짓밟힌 꽃들을 치우기 시작했다.

뒤에서 들려오는 부스럭거리는 소리에 아주머니가 고개를 돌렸다. 부탁한 것도 아닌데 나서서 가게를 치우는 은택을 보는 아주머니의 표정에 무언가 미묘한 감정이 숨어 있었다.

"꽃집 아줌마가 수상하다고?"

납골당을 나와 식당에 들어서자마자 동은이 꺼낸 말은 조금 전 조사하고 온 꽃집 절도사건에 관한 것이었다. 그녀는 심각한 표정으로 어쩐지 단순 절도사건이 아닌 것 같다는 말을 덧붙였다.

"응, 이것 좀 봐."

동은이 주머니에서 지문 채취 필름을 꺼내 해온에게 내밀었다.

"가게 안쪽에 캐비닛이 하나 있었거든. 금고 말고 그 캐비닛에도 이 지문이 잔뜩 묻어 있었는데 주인은 한사코 거기선 없어진 게 없다고 하는 거야."

"그래서 안은 확인해봤고?"

해온이 메뉴판을 살피며 물었다. 동은은 심각한 기색으로 수저를 내려놓으며 대답했다.

"잠겨 있더라고. 평소엔 열쇠로 잠가놓는대. 아마 도둑도 열지 못한 것 같다고 말씀은 하시는데, 열쇠 구멍 안쪽이 지저분했어. 마치 억지로 열었던 것처럼."

"그렇다면 수상하긴 하네. 억지로 연 흔적이 있는데도 아니라고 잡아뗀단 말이지? 게다가 열쇠로 잠가두고 지낼 정도면 무언가 중요한 물건이 들어 있었다는 건데, 없어진 물건이 없다라……."

"그치? 수상하지? 파출소 순경이 그러는데 신고도 어쩔 수 없이 한 거더라고. 다른 사람이 난장판이 된 가게를 먼저 발견했다는데, 오히려 주인은 신고하는 걸 별로 내키지 않는 것 같았어."

"피해자가 그런 식으로 비협조적이면 수사가 쉽진 않겠네."

해온이 심드렁하게 의자에 등을 기대며 대꾸했다. 메뉴판을 다 살핀 그에게 지금 이 순간 더 황당한 쪽은 수사를 원하지 않는 피해자보다도 동은이었다.

"근데 소통, 그 맛있다던 보리굴비는 어디에 있어?"

"어?"

"하다못해 메뉴에 있지도 않아요. 이봐요, 거짓말도 치밀한 조사가 필요한 법이거든요? 이거 완전 대충대충 조사했고만."

동은은 해온에게서 슬그머니 눈길을 피했다. 길어지는 잔소리에 슬슬 짜증이 올랐다.

6년이란 시간 동안 알고 지내면서 이곳까지 따라나선 건 처음이었다. 하지만 왠지 모르게 해온이 평소와 다른 것 같은 느낌을 받아 그냥 있을 수가 없었다.

그런데 그토록 싫어하던 정복까지 입고 뒤쫓아와 급하게 변명거릴 생각해낸다는 게, 인터넷에서 엉뚱한 정보를 구한 모양이었다. 끝이 보이지 않는 잔소리에 동은이 아랫입술을 말아 물며 툭 내뱉었다.

"그냥 아무거나 먹지?"

"심지어 보리굴비 비슷한 것도 없어."

"야!"

조금만 더 하면 또 '최 경위님'이라고 불릴 것 같았다. 물론 머리끝까지 화가 나서 부르는 '최 경위님'을 말하는 것이었다.

해온이 짓궂게 웃으며 저녁 특선을 주문했다. 붉어진 귓불이 간지러운지 연신 손가락 끝으로 문지르는 동은을 보며 해온이 피식 웃음을 흘렸다. 어설프긴 해도 소똥이 저를 위해 이런 노력을 해주었다는 게 기뻤다.

"소똥."

"왜 불러."

창피함에 퉁하게 대답하는 동은에게 해온이 모처럼 가벼운 말이 아닌 진심을 전했다.

"고맙다. 같이 있어줘서."

꽃집에 다녀온 후, 은택은 바쁜 저녁 시간을 소화하고 한숨 돌리고 있었다. 그런데 그가 의자에 앉기 무섭게 가게 안으로 손님이 들어섰다.

"어서 오세요."

인사하는 그의 목소리에서 피곤함이 뚝뚝 묻어 나왔다. 아무래도 동은을 봐야지만 이 피곤함이 가실 것 같았다.

"왜 이렇게 피곤해 보여? 오늘 많이 바빴어?"

그런데 놀랍게도 방금 들어온 손님이 바로 동은이었다. 은택은 반가운 마음에 피곤함도 잊은 채 동은에게로 한달음에 다가갔다.

"아니. 당신 보니까 피곤했던 게 싹 가시는……."

그러나 뒤이어 들어선 해온을 보고 은택은 곧 표정을 무섭게 굳혔다.

"여어!"

해온이 특유의 껄렁한 인사를 건네왔다. 하지만 은택의 시선은 동은에게만 콕 박혀 있었다.

"두 사람이 왜 같이 와?"

질문하는 은택의 눈빛에도, 목소리에도 파문이 번지듯 희미한 떨림이 묻어 나왔다. 언젠가 집 앞에서 해온을 본 그날도 은택은 저런 표정을 짓고 있었다. 저도 모르게 어깨를 움츠린 동은이 변명하듯 대답했다.

"어? 그게……."

하지만 변명이라고 의식한 순간 아무 말도 할 수가 없었다. 가뜩이나 노골적으로 해온을 경계하는 은택인데 역시나 장소 선정을 잘못한 것 같았다. 부득불 2차 장소로 은택관을 고집한 쪽은 해온이었다.

'여기 음식에 조미료 장난 아니게 넣었나 봐. 속이 느글느글해 죽겠다.'

납골당 근처 식당의 저녁 특선 메뉴는 정말이지 맛이 없었다. 특히 요즘 끼니때마다 은택이 해주는 요리만 먹고 있는 동은의 입에는 아주 형편없었다. 결국 식사 내내 먹는 둥 마는 둥 굴다가 식당을 나선 두 사람이었다.

'진짜 속이 느끼하긴 하다.'

웬만하면 음식 가지고 불평 안 하는 동은이 저도 모르게 투덜거렸다. 그 맛이 어느 정도였냐면, 은택이 만들어다 준 해장국으로 풀린 속이 다시 울렁거릴 정도였다. 그때 해온이 제시한 곳이 은택관이었다.

'그럼 은택관이나 갈까? 지난번 회식 때 먹었던 버섯전골 먹고 싶다. 국물 장난 아니게 시원했는데.'

그렇게 해온의 꼬임에 넘어가 결국 서은택표 요리의 유혹을 뿌리치지 못하고 오긴 했는데, 분위기가 심상치가 않았다. 동은을 사이에 두고 은택과 해온의 기세가 살벌했다.

그녀는 뒤늦게 후회가 밀려들었다. 속을 풀기 위해 온 건데, 어쩐지 속이 더 꼬일 것만 같은 기분이 들었다. 그리고 그 불길한 예감은 역시나 틀리지 않았다.

은택은 일부러 요리를 하면서도 상황을 살필 수 있는 테이블로 두 사람을 안내했다. 그리고 해온이 동은에게 바짝 붙어 앉자 곧바로 발끈했다.

"좀 떨어져 앉으시죠?"

동은은 마치 가시방석에 앉아 있는 듯한 기분이었다. 그러나 그런 상황에서도 해온은 능청스러웠다.

"소똥, 너 나중에 혹시 남자 1번이랑 연애라도 하게 되면 당장 파트너부터 바꿔야겠다. 이 등쌀에 숨이나 제대로 쉴 수 있겠냐?"

"순수한 파트너 관계만이라면 제가 이럴 필요도 없겠죠."

뜨겁게 달군 돌판 위에 전골냄비를 올려놓은 은택이 차분하게 대꾸했다.

"하지만 최 형사님 마음……."

은택은 해온의 앞에 전골을 덜어 먹을 수 있는 접시와 작은 국자를 내려놓으며 결정적인 말을 이었다.

"그게 전부는 아니지 않습니까?"

콜록! 두 사람의 팽팽한 기 싸움에 하염없이 물만 마시던 동은이 은택의 말에 기침을 해댔다.

"은택아, 그게 무슨 말도 안 되는 소리야? 콜록, 콜록. 해온이랑 나는……."

"말도 안 되는 소리?"

그러나 동은의 말을 부정하고 나선 것은 놀랍게도 은택이 아닌 해온이었다. 동은이 당혹스러운 눈으로 해온을 바라봤다. 그러자 그가 특유의 장난스러움이 가득 담긴 목소리로 되물었다.

"내가 너를 좋아한다고 하면 어쩔 건데?"

그 순간, 물을 따라 내놓으려던 은택이 매서운 눈빛으로 해온을 노려봤다. 해온은 여전히 짓궂게 미소 짓고 있었지만, 어째서

인지 사뭇 진지해 보였다.

연이은 해온의 발언으로 동은은 당혹스럽다 못해 아찔한 기분을 느꼈다. 당장 무슨 일이 벌어져도 이상할 것 같지 않았다. 진땀을 흘리는 동은의 얼굴은 불안함으로 인해 새하얗게 질려 있었다. 한참 후에야 동은이 가까스로 정신을 차리고 해온을 나무랐다.

"최해온, 장난은 이제 그만둬. 은택이 놀리려고 그러는 건 알겠는데 지나쳐, 너."

"남자 1번 놀리려고 그러는 거 아닌데?"

"그만하라니까?"

동은은 빨리 이 이야기를 끝내고 싶었다. 그래서 최대한 냉정하게 해온의 말을 끊었다. 그런데 바로 그때, 콰악! 어디선가 날카로운 소리가 들려왔다. 소리가 나는 곳을 좇아 시선을 옮기던 동은의 눈이 경악으로 물들었다. 방금 들었던 날카로운 소리는 은택이 들고 있던 컵을 테이블에 내리꽂는 바람에 난 소리였다. 산산조각이 난 유리가 은택의 손을 금세 붉게 물들였다.

"서은택!"

동은이 새된 비명을 지르며 피가 흐르는 은택의 손을 꾹 감싸쥐었다. 그녀는 주머니에서 손수건을 꺼내 재빨리 상처 부위를 지혈했다.

그 와중에도 은택의 시선은 동은을 안타까운 눈으로 바라보고 있는 해온을 향해 있었다. 동은이 덜덜 떨리는 손으로 간신히 지혈을 끝내고 은택을 잡아끌었다.

"당장 병원부터 가자. 아니다, 시간이 너무 늦었으니까……. 응급실! 응급실 가자, 얼른!"

하지만 은택은 해온을 노려보느라 아무 대답도 해주지 않았다.

"은택아, 제발! 병원 가야 한다니까!"

동은이 울먹이며 은택에게 매달렸다. 그러나 은택은 붙박인 듯 서서 움직이지 않았다. 보다 못한 해온이 옆에서 거들었다.

"나 그만 노려보고 응급실부터 가."

"최해온 형사님!"

"따지고 싶은 게 있어도 나중에 해. 이 녀석, 우는 거 안 보여?"

해온이 곁눈질로 옆에서 안절부절못하고 있는 동은을 가리켰다. 그가 한심하다는 눈빛을 지으며 곁눈질로 옆에서 안절부절못하고 있는 동은을 가리켰다.

"너 때문에 울잖아. 그러니까 이 녀석부터 수습하라고."

해온의 말에 은택이 신경질적으로 입술을 꽉 깨물었다. 파트너인 척 교묘하게 진심을 숨기고 있는 주제에! 분이 풀리지 않는지 그 뒤로도 계속해서 해온을 노려보고 서 있는 은택을 동은이 억지로 잡아끌었다. 더 이상 이러고 있을 시간이 없었다. 동은이 묶어준 손수건은 이미 피로 흥건해져 있었다.

처음에는 버티던 은택도 동은이 완강하게 나오자 어쩔 수 없이 걸음을 옮겼다. 그렇게 함께 병원으로 향하는 두 사람이었다.

"내가 못 살아. 요리하는 녀석이 손을 다치면 어쩌자는 거야?"

찢어진 부위를 봉합하는 내내 은호의 잔소리가 이어졌다. 한 번도 이렇게 손을 함부로 다룬 적이 없는 녀석인데 이상한 일이었다. 그러나 이상한 건 그뿐만이 아니었다.

"어이, 서은태기. 누나 말 듣고 있어?"

"어. 듣고 있어."

듣긴 뭘 들어. 은호는 동생의 영혼 없는 대답에 맥 빠진 한숨 소리를 냈다. 남동생임에도 자라는 동안 주변에서 늘 오빠 같다는 소리를 들어온 은택이었다. 그건 아빠가 일찍 돌아가시고 은택이 가장 역할을 해온 탓이 컸다.

그래서일까. 은택은 엄마나 누나의 말을 한 번도 대충 흘려들은 적이 없었다. 언제나 귀 기울여주고, 진심 어린 말을 아끼지 않았다. 그런데 그랬던 녀석이 지금은 누나의 말을 귓등으로도 듣고 있지 않았다.

하지만 이해가 가지 않는 것은 아니었다. 은택은 뭐 하나에 빠지면 주변을 잘 보지 못하는 녀석이었다. 이렇게 무언가에 집중할 때면 주변에서 어떤 말을 해도 소용없었다.

은택관 개업을 준비하면서 새로운 메뉴를 개발할 때, 은택은 거의 한 달여를 잠 한숨 자지 않고 꼬박 몰두했었다. 언젠가 그 모습을 본 남편과 우스갯소리로 그런 이야기를 한 적이 있었다.

'처남, 꼭 요리랑 연애하는 것 같지 않아? 엄청 집중하고, 또 엄청 소중하게 여기기도 하고.'

'누가 아니래. 말도 마요. 분명 나중에 저 녀석이랑 연애하는 여자는 어디 도망도 못 가고 꽉 잡혀 살 거야.'

은호는 잠시 바늘을 멈추고 조금 떨어진 곳에서 이곳을 보고 있는 동은을 눈에 담았다. 속상함에 눈물을 뚝뚝 흘리면서도 그녀는 아무 말도, 아무 행동도 하지 않았다.

은호는 복잡한 표정으로 다시 봉합을 이어갔다. 연애란 게 원래 쉽지 않다는 건 알지만, 그녀는 그 이상의 복잡한 사연을 가지고 있는 것 같았다.

그건 그렇고, 이 녀석은 왜 자꾸 샐쭉 웃어대는 거야? 은호가 은택을 보며 눈을 흘겼다. 처음에는 심각하게 화가 난 것처럼 보이던 녀석은 언젠가부터 입술을 오물거리며 겨우 웃음을 참고 있었다. 그리고 그런 그의 시선이 향하는 곳은 역시나 임동은, 그녀였다. 바늘이 피부를 뚫고 왔다 갔다 하는데도 그것에는 관심조차도 없는 듯한 태도였다.

일 났네, 일 났어. 은호가 속으로 몰래 중얼거렸다. 남편과 우스갯소리로 했던 말이 현실이 되어가고 있었다. 은호가 붕대를 다 감고 테이프로 고정함과 동시에 은택의 코를 비틀었다.

"뭘 잘했다고 웃어?"

"아야야! 갑자기 왜 이래? 아프잖아!"

"이 정도가 아픈 녀석이, 이건 어떻게 참았대?"

은호가 붕대를 동여맨 은택의 손을 눈짓으로 가리켰다. 은택이 겸연쩍은 표정을 지으며 작게 대답했다.

"이거야 내가 조심하지 못한 거니까. 아무튼 이제 다 끝났지?"

"끝나긴 뭘 끝나. 은택이 너, 당분간 요리하지 마."

은호의 단호한 말에 은택이 펄쩍 뛰었다. 그렇지 않아도 장사 제대로 안 한다고 하루한테 혼나는 마당에 손까지 다쳤으니 아마 잔소리가 두 배로 늘어날 것이었다.

"봐주라. 나 안 그래도 하루한테 눈치 보이는데……."

"상처 덧나면 더 오래 고생해. 잔말 말고 시키는 대로 해."

"아, 진짜……."

"그리고 너, 내가 볼 땐 지금 하루 씨 눈치 걱정할 때가 아닌 것 같은데?"

"어?"

은호의 시선이 은택의 어깨 너머로 향했다. 은호를 따라 은택의 고개가 자연스럽게 뒤로 돌아갔다. 그곳에 동은이 서 있었다. 멍하니 눈물을 흘리고 있던 그녀는 갑자기 두 개의 시선이 날아와 꽂히자 허겁지겁 얼굴을 닦아냈다.

"잘 달래줘. 많이 놀란 것 같으니까."

은호가 은택의 등을 떠밀었다. 고꾸라질 것처럼 앞으로 밀린 은택이 동은의 앞에서 간신히 균형을 잡았다.

아직도 눈물이 마르지 않은 얼굴. 짓무른 눈에 빨개진 코. 잔뜩 젖어서 무거워 보이기까지 하는 속눈썹. 은택이 동은의 얼굴에 손을 뻗었을 때였다. 은택의 다친 손을 노려보던 동은은 곧장 등을 돌려 응급실을 빠져나갔다. 은택이 허겁지겁 그 뒤를 쫓았다.

"윽!"

그러다 별안간 은택이 배를 감싸 쥐며 바닥에 주저앉았다. 병원 로비로 나오자마자 난데없이 배에 주먹이 꽂혔다. 동은이 갑자기 뒤돌아서서 주먹을 날린 까닭이었다.

"뭐야? 쿨럭. 가, 갑자기 왜……?"

어찌나 아픈지 말을 하기는커녕 숨조차 쉬기 힘들었다. 동은은 그런 은택을 향해 한 번 더 주먹을 뻗었다. 은택이 황급히 상체를 뒤로 뺐다.

"왜, 왜 이래! 갑자기 뭐 하는 거냐니까!"

"너야말로 뭐 하는 짓이야?"

생명의 위협을 느낀 은택이 소리치자, 동은은 그보다 더 크게 소리를 질렀다.

"왜 컵을 깨뜨려? 왜 피가 날 지경으로 유리 조각을 움켜쥐는 건데? 그렇게 피가 보고 싶어? 그렇게 다치고 싶어? 그럼 말만 해! 얼마든지 때려줄 테니까! 더 때려줘?"

동은이 씩씩거리며 그동안 참아왔던 말을 토해냈다. 마구잡이로 닦아낸 눈가에 또다시 눈물이 그렁그렁 고여 있었다. 막무가내로 주먹을 뻗어오는 그녀의 손을 은택이 한순간 다치지 않은 쪽 손으로 꼭 움켜쥐었다.

"이거 놔."

동은이 은택에게 붙잡힌 손목을 사납게 비틀었다. 하지만 아무리 발버둥 쳐도 벗어날 수가 없었다.

"이거 놓으라니까!"

"미안해."

순식간에 공기가 달라진 것만 같았다. 조금 전만 해도 들려오던 시끄러운 소리들이 하나도 들리지 않았다.

"내가 잘못했어."

우물에 떨어지는 물방울 소리처럼 고요히, 그러나 짙게 깃들어오는 목소리. 은택의 그 한마디에 동은의 마음이 무너져 내렸다.

"나쁜 자식."

동은은 붙잡히지 않은 손을 들어 올려 은택의 가슴을 때렸다. 조금 전 그의 배를 가격했을 때와 비교하면 간지러울 정도의 힘이었다. 그러나 이 주먹이 오히려 더 은택의 가슴을 더 아프게 했다.

해온으로 인해 참을 수 없이 화가 난 건 아주 잠깐이었다. 동은의 손에 이끌려 병원으로 오는 길. 은택은 저로 인해 눈물을 펑펑 쏟는 동은의 모습에 이기적이게도 행복함을 느꼈다. 적어도 자신이 그녀를 울릴 수 있는 존재라는 사실이 가슴이 벅차오를 만큼 기뻤다. 하지만 그것이 얼마나 어리석은 생각이었는지 이 순간 깨달았다.

"미안. 당신이 나 때문에 속상해하고 나 때문에 우는 게 기뻐서, 당신 마음이 얼마나 아플지는 생각을 못 했네. 미안해. 내가 잘못했어."

그 순간, 가슴을 때리던 동은의 손이 어느새 은택의 옷깃을 꾹 움켜쥐었다. 파들파들 떨고 있는 손. 은택은 조심스레 붕대가 감긴 손으로 그 연약한 손을 덮었다. 그러자 동은의 가느다란 목소리가 잔잔히 귓가에 들려왔다.

"한 번만 더……."

"응?"

"한 번만 더 네가 나 때문에 다치면, 나 너 다시는 안 볼 거야."

"뭐? 아무리 그래도 그런 게 어디 있어?"

"안 다치면 되잖아!"

다시는 안 본다는 소리에 가슴이 철렁 내려앉은 은택이 언성을 높이자, 동은이 매달리듯 몸을 기대오며 애원했다.

"제발 나 때문에 다치지 마."

저 때문에 다치지 말아달라는, 뼈에 사무치는 부탁. 동은의 몸이 떨리는 만큼 맞닿은 은택의 몸도 떨려왔다. 그토록 간절하고 절박한 바람이었다. 은택은 최선을 다해 그녀의 마음을 달랬다.

"응, 안 다칠게. 다시는 이렇게 안 다쳐. 그러니까……."

"그러니까 뭐?"

"최 형사님이랑 둘이서 밥 먹고 그러지 마."

"뭐어?"

은택의 엉뚱한 질투에 눈물마저 쏙 들어가 버렸다. 동은이 황당하다는 듯 웃음을 터뜨렸다. 지금까지 심각했던 게 어이가 없을 정도였다.

하지만 은택은 그런 아이였다. 사는 게 너무 힘들어서 차라리 죽고 싶다는 생각이 들 때. 그런 순간에도 작은 행복을 느끼게 해 주었던 기적 같은 아이.

"응? 밥은 나랑만 먹어."

"너 진짜……."

"대답해, 얼른."

그리고 쓸데없이 집요했다. 동은이 손목에 찰싹 달라붙은 은택의 손가락을 떼어내려고 했다. 하지만 떼어내려던 손가락은 곧 다시 엉겨 붙었다. 마치 새끼손가락을 걸듯, 천천히 깍지를 끼며 하나하나 맞물려 가는 손가락. 은택은 노골적이었다. 동은은 창피함에 서둘러 대답했다.

"알았으니까 좀 떨어져."

"진짜다? 밥은 나하고만 먹는 거야."

"알았대도?"

"당신 마음 열 기회도 나한테만 줘."

그 순간, 동은이 고개를 들어 올려 은택과 눈을 마주쳤다. 한없이 장난스럽더니, 또 갑자기 한없이 진지해졌다.

"나한테만 줘. 그 기회. 최 형사님 말고, 다른 누구도 말고. 나한테만."

가슴이 떨렸다. 그렇게 마음에 걸어둔 빗장이 느슨해진다.

"응?"

은택의 성마른 채근에 동은이 저도 모르게 고개를 끄덕이려 했을 때였다. 갑자기 등 뒤에서 저를 부르는 목소리가 들려왔다.

"어이, 소똥!"

"은택아!"

다름 아닌 해온과 연아였다.

병원 로비의 대기 의자. 네 사람은 나란히 앉아 있었다. 동은과 은택이 병원으로 떠나고, 가게에 들른 연아를 해온이 병원으로 데리고 왔다고 했다.

"여기까지 굳이 안 오셔도 되는데."

"내가 꼭 오겠다고 했어. 너 다쳤다는 소식 듣고 가만있을 수가 없어서……."

연아의 변명에 은택이 하는 수 없이 한발 물러섰다.

"그나저나 가게는 어떻게 하고 오셨습니까?"

어금니를 악문 듯한 목소리에는 여전히 달갑지 않은 기색이 역력했다.

"아, 가게. 내가 하루한테 물어봐서 잠금장치 걸고 나왔어. 나중에 비밀번호 바꿔."

이번에도 연아가 나서서 대답했다. 은택은 잔뜩 날이 선 말투로 물었던 것이 민망한 듯 손사래를 쳤다.

"됐어. 다른 사람도 아니고 연아 넌데 바꿀 필요가 뭐 있어.

아무튼 방금 화낸 건 너한테 그런 거 아니다? 알지?"

그 말에 동은의 어깨가 움찔 튀어 올랐지만, 은택은 다른 것에 정신이 팔려 그것을 눈치채지 못했다. 은택의 시선이 해온에게로 흘깃 향했다.

"아시죠, 누군지?"

굳이 확인사살을 하는 은택의 태도에 해온이 입술을 내밀며 콧잔등을 찡그렸다. 또다시 슬슬 발동을 걸고 있는 두 사람의 신경전을 알아챈 동은이 황급히 말꼬릴 돌렸다.

"그나저나 해온이 넌 여기 왜 왔어?"

"그야, 당연히 걱정되니까."

"그나마 양심은 있네. 걱정되면 앞으로 그런 장난 치지 마."

"내가 걱정한 건 남자 1번 손 다친 게 아닌데?"

"뭐? 그럼 뭔데?"

동은은 어리둥절한 눈빛으로 해온을 돌아봤다. 해온의 시선이 아직도 젖어 있는 동은의 눈가로 향했다. 그런데 그 사이를 불쑥 커다란 손바닥이 가로막았다.

"그만 좀 보시죠? 우리 동은이 얼굴 닳겠습니다."

해온이 손가락으로 은택의 손을 살짝 끌어 내리며 못마땅한 콧소리를 냈다.

"흐음. 가만 보면 남자 1번은 날 은근히 싫어한단 말이야."

"틀렸습니다. '은근히'가 아니고 '대놓고'죠."

"아니, 도무지 이해가 안 가. 날 왜 싫어해? 경찰서에 날 싫어하는 사람이 없어요. 다들 너무 좋아라 해서 탈이지."

그러자 해온의 말에 동은이 말도 안 된다는 듯 고개를 털었다.

하지만 해온은 어깨를 으쓱하며 더욱 뻔뻔하게 굴 뿐이었다.

"남자 1번은 모르지? 나랑 같이 밥 먹자는 사람이 줄을 섰어요. 영광인 줄 알아야지."

"그럼 밥은 최 형사님 좋아라 하는 그분들이랑 드세요. 괜히 우리 동은이 귀찮게 하지 마시고요."

"와, 진짜 좀생이도 아니고. 파트너가 밥도 같이 못 먹나, 어? 소똥아, 남자 1번이 우리의 순수한 우정을 몰라도 너무 몰라준다."

"남녀 사이에 우정이 어딨습니까?"

"그럼 그쪽들은 순수한 우정 아니고 흔들린 우정 그런 건가?"

해온의 시선이 나란히 서 있는 은택과 연아에게로 향했다. 순간 당황한 은택이 곧바로 말을 바꿨다.

"정정하죠. 남녀 사이에 우정도 있을 수 있습니다. 하지만 최 형사님은 아니에요."

"어허. 사람이 왜 그래? 신념을 무슨 호떡 뒤집듯이 뒤집고 말이야. 순 변덕쟁이고만."

"아니거든요? 제가 얼마나 지고지순한데. 당신은 내 마음 알지?"

해온의 공격에 은택이 불안한 듯 동은의 새끼손가락을 덥석 잡아왔다. 조금 전 깍지를 꼈을 때의 감촉이 더 진해졌다. 결국 인내심이 한계에 다다른 동은이 벌떡 일어섰다.

"두 사람 다 그만 좀 해! 연아 씨, 이제 그만 가요."

"네?"

동은이 마치 악당에게서 여주인공을 구하듯이 연아의 손을 잡고 병원을 빠져나갔다. 그 뒷모습을 은택과 해온이 한동안 얼떨떨한 얼굴로 바라봤다.

"우리도 이제 그만 가지?"

해온이 무릎을 툭툭 치며 일어섰다. 연아의 손을 잡은 동은은 이미 저만치 멀리 가 있었다. 멍하니 그 뒷모습을 보던 은택이 해온의 심드렁한 말투에 정신을 번쩍 차리곤 껑충 일어섰다.

잠깐이었지만 연아한테까지 질투를 했었다. 단순히 동은이 손을 잡았다는 이유만으로. 은택이 그런 자신이 어이가 없어 설핏 웃음을 짓곤 해온의 뒤를 따라 걸었다. 앞장서 걷던 해온이 몸을 살짝 돌려 손가락으로 앞을 가리켰다.

"남자 둘, 여자 둘. 내가 동은이를 데려다 줄 테니까, 남자 1번은 저 여자분을 바래다주는 걸로. 그럼 딱 맞지?"

동은을 가리킨 손가락이 이어 연아를 가리키고 마지막으로 은택을 향했다. 코앞에 들이밀어진 손가락에 미간을 사납게 모은 은택이 반박했다.

"왜 최 형사님이 동은이를 바래다줍니까?"

"그럼 내가 생판 본 적도 없는 여자분을 바래다드릴까?"

해온이 기가 막힌다는 표정을 지으며 저 앞에서 자신들을 기다리고 있는 두 사람을 바라봤다. 살짝 화가 난 듯한 동은과 그 옆에서 어쩔 줄 몰라 하며 서 있는 연아를 본 은택이 한숨을 푹 내쉬었다.

두 사람의 집은 엄연히 반대 방향. 양쪽 다 자신이 데려다 주겠다며 우길 수도 없는 상황이었다. 은택이 낮은 한숨과 함께 어금니를 깨물며 말했다.

"남자가 아니라 파트너."

"응?"

"남자가 아니라 파트너로서 오늘은 최 형사님이 우리 동은이 데려다 주세요. 대신 그 전에."

"그 전에?"

은택이 대답을 기다리는 해온을 지나쳐 동은에게로 달려갔다. 연아와의 틈을 비집고 들어간 그가 동은과 마주 서서 그녀의 얼굴을 감싸 쥐었다.

"왜?"

역시나 당황한 동은은 눈동자를 이리저리 굴려댔다. 은택은 양쪽 집게손가락을 그녀의 눈가로 가져갔다.

"도대체 얼마나 운 거야? 아직도 눈이 젖어 있잖아."

아까 그녀의 눈물에 기뻐했던 게 뼈저리게 후회가 될 만큼 은택은 이 여자의 젖은 눈에 마음이 욱신거렸다. 여전히 뺨을 감싸 쥔 채로 부지런히 손가락을 움직여 은택이 동은의 젖은 눈을 슥삭슥삭 닦아냈다.

"내일 일어나면 눈 퉁퉁 부어 있겠다. 속상하게."

"아깐 기쁘다며? 그나저나 젖긴 뭘 젖었다고 자꾸 닦아? 하지마, 쓰라려."

"가만히 있어. 아직도 살짝 젖어 있단 말이야."

"그만하래도? 아프다니까?"

은택은 아프다는 동은의 말에 손짓을 멈추고 대신 후후 입김을 불어댔다. 동은은 하는 수 없이 눈이 뻑뻑해질 때까지 은택에게 붙잡혀 있어야 했다. 간신히 물기가 다 말랐을 때 은택이 동은을 놓아주며 속삭였다.

"나 말고 다른 남자가 당신 눈물 닦아주는 거 싫으니까."

은택의 시선이 뒤에서 느긋하게 다가오는 해온을 향해 뻗어 나갔다. 동은은 은택이 어째서 이런 행동을 했는지 납득하고선 맥 빠진 웃음소리를 냈다. 하여간 최해온과 관련한 일이라면 정도를 모르지.

"이제 다 됐지? 너 때문에 없던 안구건조증까지 생길 판이니까 얼른 가."

"당신 안구건조증 생기는 건 싫은데."

"아직 안 생겼어! 근데 네가 계속 이러면 생길 거야! 그러니까 얼른 가!"

동은이 간신히 은택을 떼어냈다. 그리고 뒤에서 민망한 표정을 짓고 서 있는 연아를 향해 손을 흔들었다.

"미안해요. 번번이 이렇게 정신없이 인사하게 돼서."

"아니에요. 오늘은 제가 갑자기 찾아온걸요."

"조심해서 들어가요. 다음엔 제대로 인사할 수 있었음 좋겠다."

동은은 지난번 술에 취해 제대로 인사도 나누지 못했던 기억을 떠올리며 어설프게 웃었다. 연아가 은택의 어깨 너머로 겨우 인사를 건네고 몸을 반대 방향으로 살짝 틀었다.

"그럼 전 이쪽으로 가야 해서. 다음에 또 봬요. 은택아, 나 가볼게."

"기다려. 내가 데려다 줄게."

"어? 뭐라고?"

"내가 데려다 준다고. 늦었잖아."

은택이 동은의 어깨 위로 자신의 외투를 얹으며 습관처럼 손등으로 뺨을 톡톡 두드렸다.

"춥다. 얼른 들어가."

"어? 너도."

"얼른 가세요, 최 형사님. 동은이 잘 부탁드립니다."

자신의 가죽 재킷을 내려다보고 있던 해온이 혀를 차며 동은에게 다가갔다. 애초에 외투를 벗어줄 생각 같은 건 없었음에도 괜스레 입안이 썼다. 해온이 마뜩지 않은 얼굴로 은택이 벗어준 외투 소매를 잡아끌었다. 동은이 질질 끌려가듯 해온을 따랐다. 두 사람이 모퉁이를 돌아 사라지자, 그때야 은택도 발길을 옮겼다.

"가자, 우리도."

"그래."

나지막하게 대답한 연아가 조용히 은택의 뒤를 따라 걷기 시작한 그 순간이었다. 갑자기 구급차 한 대가 병원 입구로 급하게 들어와 멈춰 섰다.

"보행자 교통사고 환자입니다. 출혈이 너무 많아요. 의식도 없는 상태고요."

구급대원의 말에 기다리고 있던 의사는 곧바로 침대 위에 올라타 심폐소생술을 시작했다.

"하나, 둘, 셋, 넷……!"

의사가 외치는 압박한 횟수를 세는 소리. 구급대원의 다급한 말소리. 이동식 침대가 숨 가쁘게 굴러가는 소리. 고요하던 밤은 그렇게 삽시간에 돌변했다.

그 틈에서 정신을 잃은 채로 응급실로 옮겨지는 한 소녀가 은택의 시야에 들어왔다가 천천히 멀어져 갔다. 문득 피투성이가 된 소녀의 교복을 보는 순간, 은택은 아주 오래된 기억 하나가 떠올랐다.

7년 전이 아닌 12년 전, 그러니까 동은을 처음 만난 날의 기억이었다.

쏴아아아아. 하늘에 구멍이라도 뚫린 것처럼 연일 비가 쏟아지던 어느 날. 은택이 감기에 걸려 일찍 조퇴를 하고 학교를 나섰을 때였다.

"살려줘!"

난데없는 비명과 함께 어두운 골목 끝에서 교복을 입은 여자가 은택을 향해 뛰어왔다. 여자는 누나 은호의 또래로 보였다.

"나 좀 살려줘!"

은택의 바로 앞까지 필사적으로 달려온 여자는 그 순간 정신을 잃고 쓰러지고 말았다.

눈앞에서 쓰러진 여자는 마치 죽은 것 같았다. 미동도 없는 몸, 온몸에 가득한 상처, 빗속에서도 선명한 핏자국. 아직까지도 피가 나고 있어 쓰러진 그녀의 주위로 비와 함께 붉은 핏물이 번져갔다.

그 순간, 두려움보다도 더 강렬한 감정이 어린 은택을 움직였다. 머릿속엔 온통 이 사람을 살려야 한다는 생각뿐이었다.

은택은 우선 도움을 구할 사람이 있는지 확인하기 위해 주변을 두리번거렸다. 그러나 근처에는 아무도 없었다. 다급히 공중전화 박스 안으로 들어간 은택은 119에 전화를 걸었다. 그리고 구급차가 도착할 때까지 단 한 순간도 그녀의 곁을 떠나지 않았다.

은택은 그녀를 따라 함께 병원까지 갔지만, 응급실에 도착했을 때 곧바로 그녀의 부모님이 도착했고 어린 그는 더는 할 수 있는 일이 없었다. 은택은 경찰에게 그녀를 발견할 당시의 상황을 설명하고 집으로 돌아왔다.

이따금씩, 그날의 기억이 나고는 했다. 1년, 2년……. 충분히 잊힐 만한 시간이 흐른 때에도. 어째서인지 그녀는 늘 은택의 가슴에 박혀 있었다. 몸은 다 나았을까? 무사히 잘 살고 있겠지? 그렇게 저도 모르게 습관처럼 그녀를 떠올렸다. 그래서 다시 그녀를 만나게 됐을 때 은택은 누구보다도 기뻤다.

그녀와의 재회의 순간은 7년 전 4월, 평소보다 일찍 핀 벚꽃과 함께 시작된 봄에 찾아왔다.

"반갑습니다. 이번에 여러분 반에서 교생실습을 하게 된 임동은이라고 합니다."

그녀가 은택의 학교로 교생실습을 나온 것이었다. 그러나 반갑다며 인사하는 그녀의 표정은 전혀 반가워 보이지 않았고, 교실의 들뜬 분위기와도 전혀 어울리지 않았다. 이 사람, 무사히 잘 지내지는 못했구나. 그녀의 텅 빈 눈빛에서 괴로웠을 지난 시간이 여실히 느껴졌다.

"앞으로 잘 부탁합니다."

그러나 말과는 달리 그녀는 학교에서 늘 무표정으로 일관했다. 웃지도, 당황하지도, 화를 내는 일도 없었다. 그 누구와도 어울려 지내지 않았다. 어느덧 학생들 사이에서 이 웃지 않는 여자 교생은 얼음마녀라 불리며 금세 유명인이 되었다.

어떤 아이는 그녀를 한번 웃겨보겠다며 시도 때도 없이 시시한 개그를 선보이거나 엉뚱한 상황을 연출하고는 했다. 그런가 하면 심각할 정도의 수작을 거는 아이도 있었다. 그러나 그 숱한 시도

속에서도 동은은 단 한 번도 미소를 보여준 적이 없었다.

은택 역시 그녀가 웃는 모습을 보고 싶었지만, 그건 다른 아이들이 가지는 호기심과는 달랐다. 은택은 억지로 그녀를 웃기기보다, 그녀가 진심에서 우러나와 웃을 수 있기를 바랐다. 그녀를 위로해주고 싶었고, 그녀를 어루만져 주고 싶었다. 그 감정이 단순히 동정이 아니라고 깨달은 건, 그로부터 얼마 지나지 않아서였다.

동은이 지도 선생님의 권유로 원래는 하지 않아도 되는 야간 자율학습 감독을 하게 된 날이었다. 온종일 내린 비에 자율학습 분위기는 어수선했다. 겨우 10시까지 버티고 막 하교가 시작됐을 무렵. 학생들이 대부분 빠져나간 교실에는 동은과 은택만이 남아 있었다.

"저기, 선생님……."

딱히 어떤 말을 해야겠다고 생각한 것은 아니었다. 그저 말 한마디라도 나눠보고 싶었다. 동은은 누구와도 말을 섞지 않았고, 그건 은택 역시 예외가 아니었다. 아무래도 그녀는 처음 만났던 날을 기억하지 못하는 것 같았다.

"혹시 저 기억 못 하세요?"

순전히 충동적으로 꺼낸 질문이었다. 잠시 당황했던 동은은 언제나처럼 무표정한 얼굴로 고개를 저었고, 그 순간 은택은 안도감이 드는 한편 서운함도 느꼈다.

동은이 그날의 아픈 기억을 모두 잊었으면 하는 마음과 그래도 저만은 기억해주길 바라는 이율배반적인 감정. 은택이 스스로도 다스리기 힘든 감정에 입술만 달싹이던 바로 그때였다.

"선생님!"

갑자기 반장이 울면서 교실로 들이닥쳤다.

"선생님! 일영이가……. 일영이가……!"

일영은 동은을 짝사랑하기로 유명한 아이였다. 가끔 도가 지나칠 정도로 동은에게 들이대곤 했었다. 그래서 반장의 입에서 일영의 이름이 나왔을 때 그녀는 또 장난일 거라고 대수롭지 않게 여기는 듯했다.

"일영이가 구건물 창고에 갇혔대요!"

하지만 일영이 갇혔다는 말을 듣는 순간 동은의 온몸이 눈에 띄게 떨고 있었다.

"뭐……? 갇혀? 언제부터?"

"모, 모르겠어요. 문자는 야자 시작할 때쯤 도착했는데……."

순식간에 얼굴이 하얗게 질린 동은은 그 길로 빗속을 내달렸다.

"선생님!"

그건 은택이 붙잡을 새도 없이 벌어진 일이었다. 은택도 재빨리 동은을 뒤쫓아 뛰었다. 허겁지겁 달려 구건물에 도착했을 땐 주변은 완전히 어둠에 잠겨 있었다. 그러나 깜깜한 어둠 속에서도 어스름한 불빛 아래 낡고 녹이 슨 철문의 윤곽은 너무도 선명했다. 그녀는 창고 문을 필사적으로 두드렸다.

"일영아! 일영아! 거기 있니? 내 목소리 들려? 대답 좀 해봐!"

동은이 목이 다 쉬도록 애타게 일영의 이름을 불렀지만 아무런 대답도 들려오지 않았다. 을씨년스러운 비바람 소리만 들려올 뿐이었다.

동은은 자물쇠를 억지로 뜯어내려다가 안 되겠는지 주변을 두리번거렸다. 근처에서 커다란 돌을 발견한 그녀가 곧바로 돌을 집어 들어 자물쇠를 힘껏 내리쳤다. 시간이 지나자 그녀의 손이 찢겨 나가고 그 위로 피가 흐르기 시작했다.

은택은 피투성이가 된 동은의 손을 보고는 황급히 동은을 말렸다. 그 바람에 그녀의 손에서 벗어난 돌이 둔탁한 소리를 내며 바닥에 처박혔다.

"경비 아저씨 불렀어요. 열쇠 가지고 오신댔으니까 기다려요."

"이거 놔!"

"경비 아저씨 불렀다고요!"

"이거 놓으라고! 놓으라고 했잖아!"

동은은 은택이 붙잡은 팔을 매섭게 뿌리치고 다시 돌을 집어 들었다. 쾅! 쾅! 깜깜한 어둠 속에 절박한 소리가 계속해서 울려 퍼졌다.

그러다 어느 순간 자물쇠를 내리치던 그녀가 무게중심을 잃고 미끄러졌다. 퍽 하는 소리와 함께 돌이 바닥에 박히고 동은이 고꾸라졌다. 그런데도 곧바로 일어서서 또다시 돌을 집어 드는 그녀를 은택이 필사적으로 막아 세웠다.

"그만해요, 제발! 선생님 손, 다친 거 안 보여요? 잠깐만 기다리면 된다고 했잖아요!"

"잠깐? 그 잠깐이 저 안에 갇혀 있는 사람한테는 1년 같고 10년 같아. 당장에라도 죽을 것 같은 기분을 네가 알아?"

"선…… 생님……?"

비에 젖고, 흙탕물까지 뒤집어썼는데도 동은의 하얀 얼굴 위에 흐르는 것이 뜨거운 눈물이라는 걸 은택은 알 수 있었다. 동은은 방금 자신이 한 말처럼 당장에라도 죽을 것 같은 눈빛으로 은택을 바라봤다.

"이럴 시간 없어. 이럴 시간 없다고!"

넋이 나간 사람처럼 동은이 중얼거렸다. 피투성이 손이 일그러진 얼굴을 감쌌다. 젖은 얼굴 때문에 손이 자꾸만 미끄러졌다. 비에 젖어 하얀 목에 달라붙은 까만 머리카락을 미끄러진 손이 발악하듯 움켜쥐었다.

"저러다 죽어! 정말로 죽는다고!"

그 순간 동은을 붙잡은 은택의 손이 스르르 풀렸다. 동은은 은택의 손이 느슨해지자 곧바로 다시 자물쇠를 부수기 시작했다. 쾅! 쾅! 고막을 찢어놓을 것 같은 소리에 의식이 다 몽롱해졌다. 은택은 깨지고 부서지는 것이 자물쇠가 아니라 마치 임동은, 그녀처럼 느껴졌다.

눈앞에 있는 여자는 다른 시간 속에 있었다. 그 시간 속에서 그녀는 당장에라도 죽을 것 같은 고통에 시달리고 있었다. 찰나가 1년 같고 10년 같은 절박한 순간에 놓여 있었다. 그 모습 위로 아주 오래전, 그녀를 처음 만났을 때의 모습이 겹쳐졌다.

"선생님, 대체……."

무슨 일이 있었던 거예요? 지금 선생님이 보고 있는 게 대체 뭐예요? 차마 입 밖으로 꺼내지 못할 질문들이 은택의 목을 숨도 못 쉬게 움켜쥐었다.

그때였다. 더는 동은이 버틸 수 없다는 생각이 든 순간이었다. 이대로 가다간 그녀가 완전히 부서져 버릴 것 같다는 생각이 든 바로 그 순간.

철컹! 드디어 자물쇠가 깨졌다. 넋을 놓고 있던 동은이 다급히 창고 문을 열었다.

"일영아! 이일영!"

하염없이 일영의 이름을 부르며 동은은 망설임 없이 안으로 뛰어 들어갔다. 그러나 그 안에서 동은을 기다리고 있던 건…….

"서프라이즈! 히히. 놀랐죠?"

멀쩡히 걸어 나오는 일영이었다. 그것도 웃는 얼굴로.

"와. 내가 진짜 선생님 관심 끌려고 별 짓을 다……."

쫘악! 그 순간 무신경하게 웃고 있던 일영의 얼굴이 순식간에 돌아갔다. 피가 묻은 일영의 볼이 금세 부어오르기 시작했다. 일영의 뺨을 때리고 무너지듯 주저앉은 동은이, 부들부들 떨리는 손을 꼭 움켜쥐며 입술을 하얗게 깨물었다.

한 번쯤은 짚고 넘어갔어야 했다. 일영이 원래부터 장난이 유독 심한 아이였다는 걸. 자신의 관심을 끌려고 지나친 장난도 서슴지 않는 아이였다는 걸.

그러나 그 모든 걸 생각해볼 여력이 동은에게는 없었다. 반장의 입에서 '갇혔다'는 말을 듣는 순간 아무것도 생각할 수 없었다. 오로지 당장 구해야겠다는 생각 말고는 할 수가 없었다.

"지금 내 뺨 때린 거예요?"

일영이 놀랐다기보다 화가 난 것 같은 얼굴로 물었다. 은택은 일영이 동은에게 다가가려는 걸 중간에 가로막았다. 그리고 일영에게 속은 걸 알고 속상한 마음에 울기 시작한 반장을 겨우 달래 일영과 함께 돌려보냈다. 뒤늦게 도착한 경비 아저씨에게도 사정을 설명했다.

은택이 그렇게 하나하나 상황을 정리하는 동안, 동은은 여전히 무너진 그 자리에서 주저앉아 있었다. 어느덧 사납게 퍼붓던 비도 잠잠해지고 주변은 고요하기만 했다. 동은이 버겁게 내쉬는 숨소리가 창고 바닥에 무겁게 내려앉았다. 그 모습을 지켜보며 한참을 망설이던 은택이 동은에게로 다가가 손을 뻗었다. 그러나 동은은 이번에도 거칠게 은택의 손을 쳐냈다.

"만지지 마!"

하지만 은택은 이번만은 절대 놓아주지 않겠다는 듯 다시 동은의 손을 꼭 잡았다. 동은이 사납게 발버둥 쳤다.

"놓으라고 했잖아! 제발 나 좀 그냥 놔두라고!"

"그렇게 못 해요."

"서은택!"

"말했잖아요! 그렇겐 못 한다고!"

은택이 소리쳤다. 은택의 목소리 또한 동은 못지않게 숨도 못 쉴 만큼 절박했다.

"선생님 지금 어떤 줄 알아요? 당장에라도 죽을 것 같단 말이에요. 알기나 해요?"

"그래서 네가 날 위해서 뭘 해줄 수 있는데? 평생 네가 날 지켜주기라도 하겠다는 거야?"

움켜쥔 동은의 손이 여전히 떨고 있었다. 동은이 날카롭게 곤두선 눈빛으로 은택을 노려봤다.

"착각하지 마. 네가 뭔데? 신경 쓰지 말고 차라리 죽게 놔둬."

"선생님! 그걸 지금 말이라고 해요?"

"그래! 그게 지금 내가 가장 바라는 거니까."

동은은 그렇게 끔찍한 말을 쏟아놓곤 그대로 은택을 지나쳐 걸었다. 아니, 그러려고 했다. 하지만 그다음 순간 은택이 물어오는 말에 저절로 발이 멈추고 말았다.

참고 또 참았던 말. 그러나 차라리 죽게 놔두라는 말까지 들은 지금, 은택은 더 이상 참을 수가 없었다.

"대체 무슨 일이 있었던 거예요? 뭐가 그렇게 두려운 건데요?"

은택의 물음에 동은이 천천히 뒤돌아섰다. 그리고 은택의 눈을 노려보듯 똑바로 바라봤다.

"너, 뭐야? 네가 나에 대해 뭘 안다고 그딴 걸 물어?"

부들부들 떨리는 목소리는 예민하고 날카로웠다.

"난……. 나는……!"

그러나 은택은 차마 그녀에게 처음 만난 날에 관해서까지 털어놓을 수 없었다. 그녀가 두려워하고 있기 때문이었다. 자신이 꽁꽁 숨겨온 비밀을 들킬까 전전긍긍하는 기색이 역력했다.

"아무것도 모르면서 함부로 남의 인생에 끼어들지 마."

그녀는 그 말만을 남기고 은택을 싸늘하게 지나쳐 갔다. 은택이 가슴을 움켜쥐며 중얼거렸다.

"하지만 난, 도저히 선생님을 혼자 둘 수가 없어요."

그날이 시작이었다.

그 순간부터 은택의 감정은 단순한 동정이 아니었다. 단순히 동정이라면 이렇게 가슴이 뜯겨 나갈 것처럼 아프진 않을 것이었다. 그래, 그 극렬한 고통이, 이 여자를 지켜주고 싶다는 욕심이 은택에겐 바로 첫사랑의 시작이었다.

"뭐야. 이렇게 따로 걸으면 내가 바래다주는 의미가 없잖아."

회상에 잠겨 있던 은택이 문득 뒤를 돌아보며 싱겁게 웃었다. 생각에 골몰하느라 뒤늦게 연아와의 거리가 1미터 이상 벌어져 있다는 걸 알아차린 까닭이었다.

"그걸 이제야 안 거야?"

연아가 어이가 없다는 듯 허탈한 웃음을 지으며 되물었다.

"응?"

"설마 진짜 몰랐어? 우리 적어도 십 분 넘게 이러고 걸었거든?"

내내 무언가 골똘히 생각하느라 저는 신경도 쓰지 않은 은택이 내심 서운한 듯 연아가 대꾸했다. 은택이 멋쩍은 표정을 지으며 연아에게 뒷걸음질로 다가갔다.

"미안. 옛날 생각이 좀 나서."

"첫사랑 생각?"

"어? 어떻게 알았어?"

"네가 그런 표정 지으면서 떠올릴 생각이야 뻔하거든?"

연아가 어색한 표정을 지으며 과장되게 손사래를 쳤다. 은택이 민망했는지 괜히 기지개를 켰다. 그렇게 한참을 걷다 은택의 입꼬리가 슬그머니 다시 올라가자 연아가 불만스럽게 입을 내밀었다.

"또 그 표정."

"어?"

"또 첫사랑 생각하는 표정이라고."

"아아……."

은택이 머쓱한 웃음을 지었다. 그사이에 또 동은과의 추억이 생각났기 때문이다.

"예전에 이렇게 그 사람을 집까지 바래다준 적이 있었어."

구건물 창고에서 그런 일이 있은 후로 은택은 도무지 안심이 되지 않았다. 그녀가 유독 깜깜한 곳을 무서워하는 듯한 인상을 받았기 때문이었다. 그래서 그녀가 야자 감독을 설 때마다 집까지 바래다주기로 마음먹었다. 물론 동은이 알게 된다면 거절할 게 뻔했다. 그래서 은택은 동은 몰래, 지금의 연아처럼 뒤에서 따라 걷고는 했다. 그러나 그때 당시는 몰랐지만, 아무래도 그녀는 천성이 형사였던 모양이었다. 은택은 번번이 몰래 뒤를 따라 걷다가 들키곤 했었다.

저를 뒤돌아보던 그 모습. 까만 밤, 별처럼 반짝이는 벚꽃 아래 그 모습이 어찌나 어여뻐 보였는지. 그 아름다운 모습에 은택은 번번이 넋을 놓고 그녀를 바라보곤 했었다. 저도 모르게 그때 생각이 나 웃어버리고 만 것이었다.

"그때 나도 뒤에서 이렇게 졸졸졸 따라 걸었었거든. 이제 보니 바래다준 게 아니라 미행이라도 한 것 같다는 생각이 들지 뭐야."

"너도 참. 짝사랑 한번 거하게 했다."

"동감."

깔끔하게 인정하는 은택의 모습에 연아가 슬쩍 입술을 깨물었다. 한계였다. 이제 더는 아무렇지 않은 척하기가 힘들 것 같았다. 연아가 돌연 걸음을 멈췄다.

"은택아, 여기서부턴 나 혼자 갈게."

"어? 왜? 조금 더 가야 하잖아."

"그렇긴 한데. 그래봤자 5분만 더 걸으면 되는데, 뭘. 그리고 너 손도 다쳤잖아. 얼른 집에 들어가서 쉬어야지."

"난 괜찮은데."

"내가 안 괜찮아서 그래. 그럼 나 간다?"

연아는 은택이 더 붙잡기 전에 뒤돌아서 뛰어갔다. 잠시 멍하니 연아를 따라갈까 고민하던 은택은 천천히 뒤돌아 걷기 시작했다.

걷던 그가 이내 뛰기 시작했다. 연아에겐 미안하지만, 동은의 얘기를 꺼낸 그 순간부터 내내 머릿속에 그녀에 관한 생각뿐이었다. 보고 싶은 마음이 도저히 참아지지 않았다. 그래서 은택은 지금 당장 그녀를 만나러 갈 생각이었다.

"최해온."

병원에서 나와 한참을 걷다가 동은이 걸음을 멈추고 말했다.

"왜?"

"나 안 바래다줘도 돼. 언제부터 우리가 집까지 바래다주는 사이였다고. 새삼스럽다, 야."

동은이 쑥스러운 듯 손을 휘휘 저었다. 은택 앞에서는 차마 혼자 가겠다는 말을 할 수 없던 모양이었다. 그럼 걱정할 게 뻔하니까. 해온이 시큰둥한 눈빛으로 동은의 얼굴을 빤히 바라봤다.

"물론 지금 네 얼굴이 무기라 걱정은 안 되긴 한다만……."

"뭐? 얼굴이 무기?"

"몰라서 물어? 눈은 퉁퉁 부었지, 얼굴은 얼룩덜룩하지. 세상에 이만한 무기가 어딨다고."

"최해온 너, 뚫린 입이라고 계속 지껄이지? 그래, 어디 한번 계속해봐. 대신 그만한 응징은 각오하……."

"너 그렇게 우는 거, 두 번째야."

헤드록을 걸어줄까, 정강이를 발로 차줄까. 온갖 응징의 방법을 고민하던 동은의 생각은 불쑥 뱉어진 해온의 말에 딱딱하게 굳어버렸다.

"……어? 뭐, 뭐가?"

그녀가 모른 척 되묻자 어느새 진지해진 눈으로 해온이 또박또박 같은 말을 전했다.

"두 번째로 봤다고. 너 그렇게 우는 모습."

해온의 표현을 빌리자면 안 그래도 무기인 얼굴이 그 말 한마디에 더욱 일그러졌다. 저 얼굴을 보고 있으니 해온은 이제야 알 것 같았다. 임동은이 우는 순간은 오로지 한 남자 때문이라는 것을.

12년 전 있었던 일을 떠올릴 때도 악착같이 울지 않던 그녀였다. 그 끔찍한 일을 팀장님을 비롯한 강력 2팀 식구들에게 털어놓을 때도 입술을 피가 나도록 깨물며 눈물을 참아내던 그녀였다. 그런 여자가 어느 날 갑자기 길을 가다가 울어버린 적이 있었다.

'저기요. 휴대폰 번호 좀 알려주면 안 돼요?'

교복을 입은 남학생 하나가 동은에게 번호를 물어왔다. 그날 동은의 몰골이 어땠더라. 범인과 한바탕 난투극을 벌이고 온 덕분에 입술에 피딱지가 내려앉아 있고, 뺨 한쪽엔 시퍼렇게 멍이 들어 있었다.

동은이야 워낙 이런저런 상황에서 온갖 남자들이 달라붙곤 했지만, 그 꼴을 하고서도 헌팅을 당할 줄이야. 해온은 그 옆에서 실시간으로 상황을 목격하며 배꼽 잡고 웃어댔었다. 하지만 그때…….

'흑! 흐읍!'

동은은 별안간 어깨를 들썩이기 시작하더니 이내 바닥에 주저앉아 엉엉 울었다. 덕분에 전화번호를 물어온 남학생보다 제가 더 당황했었다.

나중에야 동은이 그때 울었던 이유가 남자 1번 때문이라는 사실을 알게 됐다. 그 아이와 이별하던 순간이 떠올라 그랬다는 걸.

그때는 동은의 눈물도, 그녀가 우는 이유도 그저 당혹스럽기만 했던 것 같은데, 지금은 이상했다. 가슴에서 알싸한 통증이 느껴졌다. 해온이 손바닥으로 가슴 부근을 세게 문질렀다. 그러나 아무리 문질러도 통증은 사라지지 않았다.

"왜 그래? 어디 아파?"

해온이 갑자기 얼굴을 찡그리며 가슴을 쓸어내리자 동은이 걱정스러운 듯 물었다. 가까이 다가온 동은의 얼굴을 본 해온의 눈빛이 어지러이 흔들렸다.

왜 하필 이 순간일까. 조금만 더 일찍 깨달을 것을. 적어도 남자 1번이 나타나기 전, 그때만이라도.

"최해온, 어디 아프냐니까…… 앗!"

다시 한 번 물결 같은 눈동자가 가까이 다가왔다. 그 순간 해온이 입술을 깨물며 동은의 허리를 잡아당겼다. 그리고 그대로 그녀에게 덮치듯 입을 맞췄다.

읍! 동은이 해온의 품에 갇혀 온몸을 비틀었다. 그러나 남자의 힘에는 꼼짝할 수가 없었다.

시작은 충동이었을지 몰라도 해온은 진심으로 동은의 입술을 탐하고 있었다. 그가 어느 순간 발버둥 치는 동은의 양손을 틀어쥐고 벽으로 밀어붙였다. 낯 뜨거운 소리가 들리고 입술이 더 깊이 맞물렸다.

동은의 입술에 정신을 온통 빼앗긴 그 순간, 갑자기 정강이에 화끈거리는 불길이 치솟았다. 해온이 다급히 다리를 움켜쥔 채 주저앉았다.

간신히 해온에게서 벗어난 동은이 숨을 몰아쉬며 소리를 질렀다. 그녀의 얼굴도 입술도 온통 붉었다.

"하아, 하아. 너 미쳤어? 이게 지금 뭐 하는 짓이야?"

해온은 대꾸 없이 동은을 올려다봤다. 어쩌면 자신이 정말 미친 건지도 몰랐다. 남자 체면에 우습게 눈가에 눈물까지 찔끔 고여놓고도, 얻어맞은 정강이보다도 마음이 더 쑤셔대는 걸 보면 미친 게 분명했다.

"큰일 났다, 우리."

해온이 찡그리듯 미소 지으며 동은에게 말했다.

"남자 1번 앞에서 우리 둘이 단순히 파트너 사이라는 말은 곧 죽어도 못하겠다, 이제."

집으로 들어온 동은은 신발을 벗을 생각도 못하고 그대로 현관문에 등을 기댄 채 무너져 내렸다. 혼란스러워서 아무 생각도 할 수가 없었다.

해온이 저를 좋아한다고는 정말이지 조금도 생각해보지 못했다. 해수와 자신이 겪은 일 때문에 파트너 이상으로 돈독하게 지내왔지만, 여태껏 그 경계를 넘은 적은 결코 단 한 번도 없기 때문이었다. 그렇기 때문에 이제 와서 해온이 이러는 이유를 동은은 알 수 없었다.

혹시 은택이 때문인가. 불현듯 은택이 필요 이상으로 해온을 경계했기 때문에 그가 이러는 걸지도 모르겠다는 생각이 들었다. 동은이 순간 저도 모르게 휴대전화를 꺼냈다.

그러나 따져 물으려던 동은은 이내 마음을 접었다. 차마 길게 누르지 못한 숫자 1이, 바닥에 내려놓은 휴대전화 액정 위에 허망하게 떠 있었다.

전화해서 너 때문에 해온이 이상해졌다고 따질 수는 없었다. 키스를 당한 사실을 들켰다간 은택이 어떻게 나올지 불을 보듯 뻔했다. 그건 불난 집에 기름을 붓는 격이었다.

동은이 한숨을 쉬며 무릎을 끌어 모아 얼굴을 파묻었다. 머릿속이 터질 것 같았다. 차가운 물이라도 마셔야겠다는 생각에 동은은 불을 켜고 주방으로 향했다. 그런데 바로 그때, 그녀의 휴대전화가 사납게 진동을 해댔다. 액정에 뜬 발신인은 '단골집 주인'이었다. 동은이 떨리는 손으로 전화를 집어 들었다. 그녀가 통화 버튼을 누르고 조심스럽게 휴대전화를 귀에 가져다 댔다.

"여, 여보세요?"

―나야. 잘 들어갔어?

은택의 목소리에 동은이 저도 모르게 손으로 입술을 가리며 대답했다.

"어? 어어. 잘 들어왔어. 이제 자려고."

동은이 서둘러 전화를 끊기 위해 자려고 했다는 핑계를 댔을 때였다. 은택이 조금도 예상하지 못한 질문을 해왔다.

―근데 불은 왜 켰어?

"뭐? 내가 방금 불 켠 거 어떻게 알았어?"

"그거야……."

의뭉스러운 은택의 태도에 동은이 벌떡 일어나 창문을 열었다. 놀랍게도 은택이 건물 아래에 서 있었다. 동은의 얼굴이 경악스럽게 물들었다.

"뭐, 뭐야? 네가 여기 왜 있어?"

"왜 이렇게 놀라? 괜히 수상하게."

"뭐? 내, 내가 뭘?"

그러나 모른 척하는 말과는 달리 동은은 입을 가리며 커튼 뒤쪽으로 자신을 숨겼다. 도둑이 제 발 저리는 꼴이나 다름없었다.

은택은 그런 동은의 얼굴을 보기 위해 옆으로 몇 발자국 걸음을 옮겼다. 간신히 그녀와 눈을 마주칠 수 있게 되자 은택이 마뜩지 않은 목소리로 중얼거렸다.

"수상해. 나 몰래 최 형사님이랑 이상한 일 있었던 거 아니야? 혹시 또 집까지……."

"야! 너 진짜 사람을 뭐로 보고! 그때도 볼 일 있어서 집 밖에서 잠깐 있다 간 거거든?"

"근데 왜 내 눈을 똑바로 못 봐?"

"내가 언제!"

동은이 커튼을 젖히고 나와 당당한 기세로 반박했다. 그러나 그녀는 곧 슬그머니 마주친 시선을 피하며 말꼬릴 돌렸다.

"쓸데없는 말 할 거면 얼른 집에나 가."

그러자 은택이 새끼손가락을 내밀며 손을 흔들었다.

"아까 내가 한 부탁 들어준다고 약속하면."

"무슨 부탁?"

"당신 마음 열 기회, 나한테만 달라고 했는데 아직 대답 안 했잖아."

그러고 보니 대답을 하려던 찰나에 해온과 연아가 나타나는 바람에 자연스럽게 대답을 건너뛰고 말았다. 동은이 아랫입술을 꾹 말아 물며 곤란한 표정을 지었다.

밤은 너무나 고요했고 이곳엔 저와 은택, 단둘뿐이었다. 반드시 대답을 듣고 말겠다는 은택의 집요한 눈빛에 아주 잠깐 차라리 창문을 휙 닫아버릴까 하는 생각도 들었다.

하지만 그녀는 이내 곧 외면하려던 마음을 접었다. 언젠가 자신이 누군가에게 마음을 내어준다면 그건 서은택, 이 아이밖에는 없을 거라는 걸 알고 있기 때문이었다.

"지켜. 지킬게."

"좋아. 그리고 또 하나 약속해줬으면 하는 게 있는데."

이 정도도 엄청 용기를 내서 솔직한 마음을 고백했다고 생각했는데, 은택은 아직 부족한 모양이었다. 한 가지 약속을 더 받아내려는 은택을 동은이 얄미운 눈길로 바라보며 되물었다.

"또 뭐?"

"당신 마음이 열리려고 할 때, 절대 눈 감거나 뒤돌아서지 마."

은택의 말투는 동은의 망설임마저 전부 거두어 가려는 듯 단호했다. 그리고 간절했다.

"마음이 열리는 순간, 그냥 나한테 뛰어들어. 응?"

언젠가 그 순간이 온다면, 너에게 한 이 약속을 지킬 수 있을까? 잠시 망설이던 동은이 이내 조심스럽게 고개를 끄덕였다.

6장

"정말 이 사람 지문이 맞아요? 섞인 거 아니고?"

꽃집 절도사건 현장에서 나온 지문의 신원이 밝혀졌다는 소식에 출근하자마자 과학수사계 사무실을 찾은 동은은 당혹스러움을 감추지 못했다.

현장에서 나온 지문은 총 두 사람의 것이었다. 그중에서도 동은이 의심스러워했던 캐비닛에서 나온 지문은 그녀도 익히 잘 알고 있는 사람의 것이었다. 지문 감식 결과지를 손에 든 동은이 믿지 못하겠다는 듯 감식 수사관에게 한 번 더 물었다.

"감식이 잘못된 거 아니에요?"

"저희도 혹시나 그런 걸까 봐 몇 번 확인했어요. 확실해요."

수사관은 단호했다. 동은은 결과지를 다시 한 번 살피며 망연자실하게 중얼거렸다.

"젠장. 왜 자꾸 연결되는 거야."

캐비닛에서 나온 지문의 주인은 다름 아닌 이제강이었다. 인정태의 전 애인인 주미령에게 갔어야 할 백합 도청기를 동은에게 보낸 바로 그 배달원.

종이에 구멍이 날 정도로 보고 또 봤지만, 그런다고 해서 달라질 결과가 아니었다. 동은은 답답한 마음에 머리카락을 벅벅 흐트러뜨리며 과학수사계 사무실을 나섰다. 그런데 사무실을 나서기 무섭게 누군가 그녀에게 말을 걸어왔다.

"지문 감식 결과 나왔어?"

길게 뻗은 복도를 두리번거리던 동은의 시선이 사무실 문 옆으로 향했다. 그곳엔 해온이 벽에 등을 기댄 채 서 있었다. 해온과 눈이 마주친 순간 동은의 얼굴이 화륵 달아올랐다. 간밤의 일을 떠올린 그녀가 저도 모르게 입술을 질끈 깨물었다. 느긋하게 굴던 해온 역시 엄지로 아랫입술을 쓸며 머쓱한 표정을 지어 보였다.

해온의 입술에서 정강이까지 빠르게 훑고 내려간 동은의 시선이 괜스레 허공을 맴돌았다. 출근길 내내 최대한 아무렇지 않은 척하자고 다짐했건만, 막상 해온을 직접 맞닥뜨리니 아무 소용이 없었다. 침묵이 오래 이어지자 해온이 다시 물었다.

"누구야?"

"어? 뭐가?"

"지문 주인. 누구냐고."

"아아, 지문 주인."

동은은 설명하는 대신 손에 들고 있던 결과지를 해온에게 건넸다. 잠시 후, 결과지를 확인한 해온 역시 동은과 마찬가지로 믿을 수 없다는 표정을 지어 보였다.

"정말 이제강이 맞대?"

"나도 수십 번 물어봤어. 확실하대."

동은의 말에 잠시 고민하던 해온이 벽에 기대고 있던 상체를 벌떡 일으켰다.

"소통, 너 지금 꽃집 갈 거지?"

"가야지. 가서 일이 어떻게 된 건지 확인해봐야지."

인정태가 이제강을 죽였다는 사실은 밝혀졌으나, 백합을 현장에 두고 간 범인에 관해서는 여전히 오리무중이었다. 만약 꽃집 사건이 이제강과 관련이 있다면 확실히 해둘 필요가 있었다. 동은의 반짝이는 눈을 바라보던 해온이 그녀를 지나쳐 걸어가더니 얼마 가지 않아 슬쩍 뒤를 돌아봤다.

"뭐 해? 안 가?"

방금 한 해온의 행동은 꽃집에 같이 가자는 뜻이었다. 그 순간, 은택과 한 약속이 떠오른 동은은 슬며시 고개를 저었다.

"나 혼자 가도 돼."

동은의 태도에 전에 없던 경계심이 잔뜩 묻어 있었다. 달라진 동은을 느낀 해온의 얼굴에 서운한 기색이 먹구름처럼 드리워졌다. 그러나 그는 곧 서운한 기색을 말끔히 지우고 동은을 향해 시원하게 웃어 보였다.

"같이 가. ……파트너."

그 순간 동은은 곧 죽어도 파트너 사이라는 말은 못 하겠다던 해온의 말을 떠올렸다. 그렇기에 해온이 어떤 뜻에서 다시 파트너라는 말을 입에 담았는지 금방 알아차릴 수 있었다. 간밤의 행동이 진심이었건 충동이었건, 그는 그녀를 잃고 싶지 않은 것이었다.

"가자."

묵묵히 눈을 맞추던 해온이 그렇게 말하곤 다시 걸음을 옮겼다. 동은은 이번에는 고개를 젓는 대신, 말없이 그 뒤를 따라 걸었다.

"안녕하세요! 저 또 왔어요!"

은택이 우렁차게 인사를 하며 꽃집 안으로 들어섰다. 드라이플라워를 만들기 위해 꽃을 말리기 시작한 지 일주일째. 은택은 그동안 하루도 빼놓지 않고 꽃집을 찾았다.

주인아주머니께 드릴 도시락을 테이블 위에 내려놓은 은택이 곧장 꽃을 말리고 있는 안쪽 공간으로 들어갔다. 처음 이곳에 들어섰을 때도 느꼈지만, 여긴 왠지 모르게 비밀스러운 공간이었다. 바깥에서는 절대 안이 들여다보이지 않는 데다, 특히 구석에 자리 잡은 캐비닛은 항상 자물쇠로 잠겨 있고는 했다. 은택이 안에 들어서자 캐비닛 안에 무언가 물건을 집어넣고 있던 주인아주머니가 살짝 당황한 기색으로 은택을 맞이했다.

"또 왔어요? 이, 이렇게 매일같이 안 와도 된다니까."

"아는데, 빨리 선물해주고 싶어서요. 2주는 걸린다고 하셨는데도 완성됐을까 봐 계속 보러 오게 되네요."

드라이플라워가 완성되는 날, 동은에게 다시 한 번 제 마음을 전하기로 결심한 후 은택은 하루하루가 더디게만 느껴졌다. 게다가 어젯밤, 동은에게서 절대 눈 감지도 뒤돌아서지도 않겠다는 약속까지 받고 나니 결전의 그날이 더욱더 기다려졌다. 어제는 동은에게 제 마음을 고백하고, 동은이 그런 절 받아주는 순간을 상상하고 또 상상하느라 결국 밤을 꼬박 새우고 말았다. 그렇게 잠 한 숨 이루지 못하고서도 피곤한 줄 모르고 날이 밝자마자 꽃집을 찾아온 은택이었다.

동은에게 선물할 꽃이 어떻게 변해가는지 직접 눈으로 보고 싶었다. 이 꽃은 은택의 마음 그 자체였다. 하루하루 아름다운 색을 띠며 잘 말라가고 있는 꽃처럼, 그렇게 은택의 마음도 나날이 여물어 가고 있었다. 곁에서 그런 은택을 계속 지켜본 주인아주머니가 못 말린다는 듯 손사래를 치며 핀잔을 줬다.

"자그마치 7년을 기다렸다며? 앞으로 7일만 더 기다리면 되는데 조금만 참아요."

"당연히 참아야죠! 얼마든지 참을 수 있어요! 그런데 꽃은 잘 마르고 있나요?"

참을 수 있다고 해놓고 금방 조급하게 꽃이 잘 마르고 있는지를 물은 은택이 스스로 생각해도 민망했는지 혀를 쏙 내밀었다. 주인아주머니가 피식 웃고는 빨래처럼 매달려 있는 수십 송이의 장미꽃을 바라보며 대답했다.

"그럼. 매일같이 정성을 쏟는데 잘 마르지, 당연히."

"그래요? 정말 다행이네요."

바로 그때였다.

"실례합니다."

꽃집에 들어선 누군가의 목소리가 들렸다. 은택이 제법 익숙하게 주인아주머니의 휠체어를 밀어 바깥으로 나갔다.

"어서 오세……."

아주머니 대신 손님에게 인사를 건네던 은택의 목소리가 끝까지 이어지지 못하고 끊어졌다. 손님이 다름 아닌 동은과 해온인 탓이었다. 은택을 발견한 두 사람 역시 당혹스러운 듯했다.

"은택아, 네가 여긴 어떻게……?"

"남자 1번?"

그 순간, 나란히 서 있는 동은과 해온을 본 은택의 턱이 못마땅한 듯 딱딱하게 굳어졌다.

동은은 사건 수사를 하러 온 것이기에 일단 일에 집중하기로 했다. 옆에서 은택과 해온이 벌이는 눈에 보이지 않는 신경전이 마음에 걸렸지만, 지금은 일이 우선이었다.

"드세요."

주인아주머니가 차를 내오고 자리를 잡자 동은은 품에서 사진 한 장을 꺼내 내밀었다.

"이 사람, 누군지 아십니까?"

동은이 사진 속 인물을 가리키며 주인아주머니에게 물었다. 사진을 받아 든 아주머니가 고개를 끄덕이며 대답했다.

"우리 가게에서 배달 일을 했었어요. 오래는 아니고 잠깐. 그런데 이 아이는 왜……?"

"지난번에 여기서 발견한 지문이 이제강의 것으로 밝혀졌어요."

동은의 설명에 주인아주머니가 당황한 표정을 지으며 되물었다.

"제강 군이 범인이라는 뜻인가요?"

"아뇨. 이제강은 절도사건이 벌어지기 전에 사망했습니다."

이제강의 사망 소식에 주인아주머니는 그가 범인이라고 생각했을 때보다 훨씬 더 놀란 듯 보였다. 아니, 놀랐다기보다 어딘가 굉장히 불안해 보였다.

"제강 군이 죽었…… 다고요?"

"모르셨어요?"

"예, 연락이 끊긴 지 한 달이 넘었거든요."

주인아주머니는 대답을 하는 내내 동은과 눈을 똑바로 마주치지 못했다. 그럴수록 동은의 의구심은 점점 더 커져만 갔다. 동은의 시선이 주인아주머니에서 꽃집 안쪽 공간으로 향했다.

"저, 혹시 이제강이 캐비닛을 열어본 적이 있습니까?"

"예?"

동은의 질문에 불안해 보이는 아주머니의 태도는 더 심해졌다.

"이제강의 지문은 캐비닛에서만 나왔거든요. 혹시나 캐비닛 안에 이제강의 물건이 보관되어 있다면……."

"아뇨. 제강 군 개인 물건을 보관하지는 않았어요. 보시다시피 제가 몸이 불편해서요. 무거운 물건은 대부분 알바생들이 날라주곤 하거든요. 제강 군 지문도 아마 그때 묻은 걸 거예요."

주인아주머니는 동은이 무언가 더 물어볼세라 칼같이 동은의 말을 자르고 대답했다. 하지만 그렇다고 포기할 동은이 아니었다. 동은은 고집스럽게 물어보려던 말을 뱉어냈다.

"실례가 아니라면 캐비닛 안의 물건을 살펴볼 수 있을까요?"

"아무것도 없어요. 도둑 든 뒤로 전부 따로 보관하고 있거든요."

"그래도 혹시라도 뭔가 남아 있을 수도 있으니까요. 저희가 한 번 확인을……."

"없어요. 제가 여러 번 확인했어요."

주인아주머니가 대각선 맞은편에 앉아 있는 은택을 힐긋 바라보며 대답했다. 그러곤 강경한 눈빛으로 고개를 저었다. 아주머니는 시종일관 비협조적인 태도였다. 억지로 캐비닛을 열어볼 수도 없는 노릇이기에 동은은 말없이 앞에 놓인 찻잔을 집어 들었다. 그녀가 골똘히 생각에 잠기며 찻잔을 입에 가져다 댔을 때였다.

"야, 그거 내 거야!"

해온이 소스라치게 놀라며 찻잔을 쥐고 있는 동은의 손을 막아 세웠다. 그 바람에 동은은 손에서 찻잔을 놓치고 말았다. 쨍그랑! 날카로운 소리와 함께 바닥에 떨어진 찻잔이 산산조각이 났다. 동은이 황급히 무릎을 구부리고 앉아 깨진 조각을 주워 담았다. 그때 해온이 거들며 미안한 목소리로 말했다.

"미안. 내가 입에 댔던 거라 말려야 할 것 같아서……."

"어? 어어. 고, 고마워."

아아. 왜 하필 고맙다는 대답을 해버린 걸까? 간접키스 할 뻔한 걸 막아줘서? 보통이라면 컵을 깨트릴 뻔한 걸 막아줘서 고맙다는 말을 해야 정상이었다. 그러나 지금 동은은 오히려 컵을 깨트리게 만들어줘서 고맙다는 말을 하고 있었다.

백번을 생각해도 수상하다고밖에 여겨지지 않는 상황. 동은이 은택의 눈치를 살피며 마저 조각을 주워 담으려던 때였다.

"왜 당신이 최 형사님 컵에 입을 대는 걸 그렇게나 신경 써?"

역시나 눈치 빠른 은택은 그냥 넘어가지 않았다. 은택의 질문에 동은도 해온도 안절부절못했다. 두 사람의 난처해하는 기색을 지켜보던 은택의 눈썹이 사납게 치켜 올라간 것은 바로 그때였다.

"두 사람, 설마 키스라도 한 거야?"

정곡을 찌르는 은택의 물음에 동은도 해온도 모두 경악했다. 그런 두 사람을, 은택이 매섭게 화가 난 눈으로 바라봤다.

"왜 말이 없어?"

은택이 낮은 목소리로 다시 한 번 물었다.

"설마 했는데, 진짜 한 거야?"

난데없이 정곡을 찔러오는 은택의 말에 유리 조각을 줍던 동은과 해온의 표정이 동시에 굳었다. 동은은 뜨끔하는 속마음을 감추기 위해 무작정 깨진 유리 조각을 주워 담았다. 그 모습을 본 은택이 눈살을 찌푸렸다. 동은의 하얀 손가락이 위태롭게 유리 조각 근처를 스쳐 지나는 순간, 은택이 성큼성큼 그녀에게 다가갔다.

"위험하잖아. 내가 할 테니까 당신은 가만히 있어."

은택은 부드럽게 동은의 손을 움켜쥐곤 깨진 조각으로부터 멀리 떼어냈다. 동은이 은택에게 붙잡힌 손을 빼내기 위해 비틀었다.

"됐어. 너 안 그래도 손 다쳤잖아. 그냥 내가 하는 게……."

"내가 해."

단호한 은택의 태도에 동은이 하는 수 없이 물러났다. 은택에게 억지로 손을 붙잡힌 채로 움직이지 못하는 동은을 지켜보던 해온이 나머지 조각들을 치우기 시작했다. 그러다 흘깃 시선을 주며 그가 은택을 향해 씨익 웃어 보였다. 은택이 해온의 웃음에 미간을 구기며 물었다.

"왜, 웃으십니까?"

"어째서 그런 생각을 했어?"

"뭘를 말입니까?"

"왜 우리가 그랬을 거라고 생각했냐고."

은택이 깨진 조각을 하나 주워 들었다. 금방이라도 살이 베이고 피가 날 것 같은, 날카롭고 예리한 감각이 은택의 가슴속에서도 요동치고 있었다.

"두 사람."

은택이 마음을 억누르듯 주워 든 조각을 휴지통에 버렸다. 톡, 톡. 모두가 숨을 죽이고 있어서 유리 조각이 휴지통에 떨어지는 소리가 지나치게 크게 들려왔다. 은택이 못마땅한 목소리로 마지못해 대답했다.

"내 앞에서 계속 어색하게 굴었으니까."

"그리고?"

"같은 찻잔을 사용하는 것에 지나치게 예민하기도 했고."

"촉이 좋네, 남자 1번? 형사 해도 되겠다."

해온이 얄밉게 씨익 웃었다. 그의 웃음에 은택이 불쾌한 표정을 여과 없이 드러냈다. 해온이 그런 은택을 도발하듯 말을 이었다.

"어때? 우리가 했을 것 같아, 안 했을 것 같아?"

해온이 이어서 소리 내지 않고 입 모양만으로 주어를 전달했다. 키스. 그 순간 은택이 주먹을 꾹 움켜쥐었다. 야릇하게 벌어진 입술로 발음한 그 단어는 분명 도발이었다. 주먹 쥔 은택의 손이 부르르 떨렸다. 그러자 은택보다도 동은이 더 당황해 언성을 높였다.

"야, 최해온!"

"나 귀 안 먹었어. 소리 안 질러도 돼."

"왜 그래? 은택이 앞에서 그런 장난 이제 그만하라고 했잖아!"

"장난?"

해온이 동은을 똑바로 바라봤다. 느닷없이 진지한 눈빛으로 변한 해온을 보며 동은이 침을 꿀꺽 삼켰다. 은택이 해온에게 유독 예민하게 반응했듯, 해온 역시도 그랬다.

"장난 아닌 거 이제 너도 알잖아."

"해온아."

동은이 차마 아무 말도 할 수 없어 복잡한 눈으로 해온을 바라봤다. 그 눈빛을 외면하며 해온이 입술을 깨물었다. 이곳에 올 때까지만 해도 이 마음에 매달리지 않으려고 했었다. 충동이라고 치부하려고 했었다. 지금까지처럼 그저 파트너인 척하려고 했었다. 동은과의 관계가 이대로 끝나는 건 싫었으니까.

하지만 남자 1번 앞에서는 번번이 오기가 생기고 말았다. 이대로 순순히 동은을 넘겨주고 싶지 않았다. 해온이 은택의 눈을 똑바로 들여다보며 말했다.

"남자 1번, 저번에 그랬지."

은택 역시 해온을 향해 천천히 시선을 들어 올렸다. 이윽고 두 사람의 눈이 마주쳤다.

"나는 임동은한테 남자가 아닌 파트너라고."

은택은 가타부타 대답하지 않았다. 턱에 힘을 주고 해온을 노려봤다. 그렇게 최대한 이성적으로 굴기 위해 노력했다.

"이젠 아니야."

하지만 그 노력은 곧 물거품이 되고 말았다.

"임동은이랑 나, 더 이상……."

그가 예상했던 대로.

"그냥 파트너는 아니야."

은택의 입매가 딱딱하게 굳었다. 은택은 더는 참을 수가 없었다. 해온을 지나쳐 동은에게로 다가간 은택이 그녀의 손목을 붙잡아 끌었다. 휘청하는 동은의 몸을 제게로 끌어당긴 은택이 속삭였다.

"여기서 당장 나가자."

이런 얘기, 듣게 하고 싶지 않아. 은택은 해온뿐만 아니라 아무에게도 그녀를 넘겨줄 수 없었다. 동은이 저에게 해준 약속을 떠올리며 은택이 잡은 손에 힘을 실었다. 그리고 그대로 동은을 데리고 꽃집을 빠져나갔다.

"건방진 녀석."

은택과 동은이 빠져나가고 홀로 꽃집에 남겨진 해온이 짓이기듯 중얼거렸다. 막무가내로 동은을 끌고 나간 은택의 행동에 화가 났다. 동은을 붙잡지 못한 저에게도 마찬가지였다. 저였다면 동은이 저렇게 얌전히 끌려 나가지 않았을 거란 생각을 하니 괜스레 입안이 더 쓰게 느껴졌다. 입안 여린 살을 혀로 훑으며 해온이 답답한 듯 마른세수를 했다.

"그나저나……."

앞으로 소통 얼굴을 어떻게 본담. 얼굴을 쓸어내린 해온이 감았던 눈을 뜨며 나직이 한숨을 내쉬었다. 첫 번째 충동이야 어물쩍 넘어갔지만, 두 번째 충동은 그럴 여지가 전혀 없었다. 보나 마나 동은은 앞으로 저에게 데면데면하게 굴 게 뻔했다. 어쩐지 앞날을 상상하는 것만으로도 숨이 턱턱 막혔다. 불을 보듯 뻔한 상황에 막막한 기분이 밀려들었다.

이 일을 어떻게 수습해야 할까. 아니, 이 감정을. 해온이 그렇게 또다시 남자 1번 때문에 충동적으로 저지른 일의 뒷수습을 고민하고 있을 때였다. 막내 지락에게서 전화가 걸려왔다.

"무슨 일이냐, 막내?"

해온은 갑갑한 속내를 감추며 태연하게 전화를 받았다. 그런데 오히려 지락에게서 땅이 꺼질 듯한 한숨 소리가 흘러나왔다.

ㅡ휴……. 최 경위님, 그때 그 강철희 사건 말입니다.

"어. 그게 왜?"

ㅡ그 사건 유력한 용의자가 나왔는데 조금 이상해서요. 아니, 많이 이상합니다.

해온이 불현듯 심각한 표정으로 되물었다.

"뭐가?"

ㅡ최 경위님이 담당한 꽃집 절도사건 있죠. 거기 주인 지문이 강철희 사건 현장에 있던 백합에서 발견됐어요.

"그게 정말이야?"

ㅡ예. 뭔가 수상하지 않습니까? 이제강, 인정태, 강철희, 그리고 꽃집 사건까지. 이 사건들, 엄청 얽히고설킨 듯한 느낌이 들어요.

지락의 보고를 들으며 해온은 문득 이곳에 오는 도중 동은이 했던 말이 기억이 났다.

'그 꽃집, 혹시 조화도 판매하는지 알아봐야겠어.'

'조화?'

'응. 나한테 보내온 백합 말이야. 캐비닛 안에 넣어두었던 물건이 뭔지는 모르겠지만, 이제강이 백합을 배달했던 게 마음에 걸려. 수상해.'

동은은 이제강이 꽃집에서 배달한 물건이 도청기가 설치된 백합일지도 모른다고 의심하고 있었다. 그리고 해온 역시 슬슬 이 모든 게 단순히 우연이 아닐 거라는 확신이 들기 시작했다.

"어라, 다들 어디 갔어요?"

해온이 한참 얼기설기 잡혀 있던 사건의 흐름을 다시 정확하게 머릿속에 그려보고 있을 때였다. 할 이야기가 있는 것 같으니 잠깐 자리를 비켜주겠다던 꽃집 아주머니가 돌아와 사라진 두 사람을 찾았다.

"은택이 총각이랑 임 형사님은……?"

"급한 일이 있어서 먼저 갔습니다. 저도 막 돌아가 보려던 참이었고요."

해온이 껑충 일어서서 아직까지 찻물 자국이 남아 있는 바닥을 바라보며 말했다. 무심코 은택이 동은을 데리고 나간 장면을 다시 떠올린 해온이 쓰게 입술을 감쳐물며 말했다.

"제가 실수로 찻잔을 깨뜨렸는데, 변상하겠습니다."

"아유, 형사님도 참! 무슨 그런 소릴 하세요?"

주인아주머니는 지갑을 꺼내 든 해온을 한사코 만류하며 고개를 저었다. 해온은 몹시 곤란한 표정을 지었지만, 이내 아주머니의 성화에 지갑을 다시 주머니에 집어넣어야만 했다.

"범인 잡아주시겠다고 이렇게 고생하고 계신데 그냥 가세요. 바쁘실 텐데 얼른요."

아주머니는 해온이 또다시 지갑을 꺼내 들까 황급히 그의 등을 떠밀었다. 해온이 억지로 출입구로 향하면서 아주머니께 인사를 건넸다.

"그럼 오늘은 이만 가보겠습니다. 범인은 꼭 잡도록 할 테니까 너무 걱정하지 마세요."

"얼마 되지도 않는 하루 매상 가지고 간 게 전부인데요, 뭘. 다른 급한 사건들 먼저 신경 쓰세요. 저는 괜찮으니까요."

"저기, 그런데……."

해온이 가게를 나서기 직전, 갑자기 생각난 것처럼 물었다.

"혹시 생화 말고 조화 같은 것도 직접 만들어서 파시나요?"

그러자 아주머니가 불안한 듯 눈동자를 이리저리 굴리며 해온의 시선을 은근슬쩍 피했다. 해온이 달라진 아주머니의 분위기를 주시하며 한 번 더 물었다.

"진짜랑 구분이 안 갈 정도로 정교한 조화인데요. 이제강이 그걸 배달한 후에 사망했거든요."

"그, 글쎄요. 저는 잘 모르겠는데."

말끝을 흐리는 아주머니의 속눈썹이 파르르 떨렸다. 해온이 그 낌새를 놓치지 않고 질문을 이어 나갔다.

"그럼 아주머니 주변에 이런 정교한 조화를 만드는 사람은요?"

"어, 없어요. 잘 몰라요, 전."

"혹시 모르니까 이 사진 한 번만 봐주시겠어요?"

해온이 주머니에서 사진 한 장을 꺼내 내밀었다. 현장에서 발견된 백합을 찍은 사진이었다. 사진을 본 아주머니의 눈빛에 일순 동요하는 기색이 일렁였다. 해온이 눈을 가름하게 뜨며 일부러 사진을 아주머니의 무릎 위로 떨어뜨렸다.

툭. 그 순간, 아주머니가 눈을 질끈 감으며 사진에서 고개를 돌렸다. 해온이 눈을 반짝 빛내며 무릎 위에서 천천히 사진을 거두어 갔다.

"어떠세요? 모르시겠습니까?"

"모, 몰라요. 제강 군이 어떤 일을 벌였든 우리 가게랑은 아무 상관도 없는 일이에요."

"그렇군요. 번거롭게 해드려서 죄송합니다. 그럼 이제 진짜로 가보겠습니다."

"예, 들어가세요. 혀, 형사님."

해온이 고개를 꾸벅 숙이고선 곧바로 등을 돌려 가게를 빠져나왔다. 미소가 어려 있던 그의 얼굴은 꽃집을 나서자마자 순식간에 무겁게 가라앉았다. 지락의 말대로였다. 최근 벌어진 세 건의 사건은 모두 연관되어 있었다.

해온이 무심결에 휴대전화를 꺼내 들었다가 도로 주머니에 쑤셔넣었다. 동은에게 전화로 방금 안 사실을 일러줄 생각이었지만, 왠지 그녀가 전화를 받지 않을 것 같다는 생각이 들었다. 막상 전화를 걸었는데 그녀가 받지 않는다면, 기분이 바닥을 칠 것 같았다.

"은택아."

뒤에서 저를 부르는 동은의 목소리가 들려왔지만 은택은 걸음을 멈추지 않았다. 아니, 멈출 수가 없었다. 해온의 진심을 들은 순간부터 속에서 무언가 끊임없이 끓어오르고 있었다. 이대로 걸음을 멈추면 폭발하고 말 것 같았다.

아무것도 보이지 않고, 아무것도 들리지 않고, 아무 생각도 들지 않았다. 그의 들끓는 마음만큼 걸음도 빨라졌다. 스쳐 지나는 풍경이 점점 더 빠른 속도로 멀어져 갔다.

"잠깐만."

은택은 억지로 동은의 목소리를 외면하고 또 외면했다. 걸음을 멈추고 이대로 그녀와 마주 보게 되면, 분명 상처를 주고 말 것이었다. 그러니 제발 이대로 계속 따라와 주길.

"은택아!"

제발!

"서은택!"

하지만 은택의 바람은 무참히 무너지고 말았다. 결국 은택이 걸음을 멈췄다. 동은의 손을 움켜쥔 은택의 손이 위태롭게 떨렸다.

"아프니까 이것 좀……. 훗!"

바로 그때였다. 쾅! 은택이 손목을 비틀어 빠져나가려는 동은을 벽으로 밀어붙였다. 그가 두 팔 사이에 그녀를 가두고 사납게 숨을 뱉어냈다. 얼굴을 점점 더 가까이 가져가자 동은이 버티지 못하고 고개를 돌렸다. 뜨거운 숨이 목덜미에 와 닿자 그녀가 어깨를 흠칫 떨었다.

"당신."

울음 같기도 하고 한숨 같기도 한 은택의 목소리가 동은을 꼼짝없이 옭아매었다.

"나한테만 주겠다고 했잖아."

은택이 떨고 있는 동은의 어깨에 이마를 기대며 읊조렸다.

"당신 마음 열 수 있는 기회. 나한테만 주겠다고 그랬잖아."

그의 불안한 마음이 고스란히 전해져 왔다. 동은이 외면했던 시선을 다시 은택에게로 기울였다.

"은택아, 해온이랑 나는……."

그러나 동은은 말을 끝까지 이을 수 없었다. 해온에게 강제로 키스를 당했다고 변명하는 것도 우스웠다. 그런다고 해서 은택의 화가 가라앉을 것 같지도 않았다. 갑자기 말이 없어진 동은의 어깨를 은택이 꽉 움켜쥐었다. 탁하게 가라앉은 눈동자가 동은의 마음까지 먹먹하게 만들었다.

"계속해. 변명이든 거짓말이든 좋으니까 뭐든 하라고. 그럼 괜찮을 것 같으니까."

그제야 동은은 알 수 있었다. 은택이 불안해하고 있다는 걸, 그래서 그 불안함을 거두어주길 바란다는 걸. 한껏 뜨거워진 은택의 체온이 피부로 느껴지는 순간, 간절한 그의 기분이 동은에게도 여실히 전달되어졌다.

"제발 아무 사이 아니라고 말해. 응?"

동은은 홀린 듯 고개를 끄덕였다.

"해온이랑은 그냥 친구 사이야. 파트너고. 네가 생각하는 그런 사이 아니야."

"나하고 한 약속도 어긴 적 없다고 말해."

"없어, 정말. 단 한 번도."

"그럼 아무 일 없었던 거지, 최 형사님이랑?"

하지만 아무리 그래도 거짓을 말할 수는 없었다. 동은의 입술이 다물어진 채로 굳어 있자 은택의 얼굴이 일그러졌다.

"거짓말이라도 해달라니까 당신 진짜 말 안 듣는다."

서운하고 속상한, 복잡한 심경이 가득 담긴 목소리였다. 목소리만큼이나 표정 또한 쓸쓸했다. 동은이 긍정도 부정도 하지 못한 채 고개만 푹 숙이고 있을 때였다.

"근데 당신, 그거 알아?"

은택이 팔을 뻗어 엄지로 동은의 입술을 매만졌다. 마치 키스하듯 은택의 손가락이 입술 위를 부드럽게 움직였다.

"이 입술."

동은은 긴장감에 숨조차 쉴 수가 없었다. 손가락 끝에서부터 퍼지는 열기 때문에 입술이 녹아 없어질 것만 같았다. 도대체 무슨 말을 하려는 것일까. 이윽고 입술을 쓸던 손가락의 움직임이 멎고, 아득한 시선이 맞물렸다.

"내가 먼저 가졌어."

예상치 못한 은택의 폭탄선언에 동은의 눈이 휘둥그레졌다.

"뭐? 그게 지금 무슨……?"

"그날. 내가 처음으로 당신을 좋아한다고 했던 날부터. 우리 함께 바다 갔던 그날부터."

그날 밤을 닮은 동은의 까만 눈동자를 바라보며 은택이 단언했다.

"내 거였다고. 당신 입술."

폭탄선언을 내뱉은 은택이 마치 당장에라도 동은의 입술을 함빡 머금을 듯 가까이 다가갔다.

일영이 구 건물 창고에 갇혔다는 고약한 장난을 친 이후로 그날 벌어진 모든 일은 엉뚱하게도 동은이 책임을 지게 되었다. 학생의 뺨을 때렸다는 이유로 그녀에게는 그 후로 일체의 수업에 참가하지 말라는 조치가 취해졌다. 은택이 일영의 장난이 지나쳤다고 아무리 말해도 소용없었다.

덕분에 은택이 동은을 볼 수 있는 기회는 그녀가 아무도 맡고 싶어 하지 않는 야간 자율 학습 감독을 설 때나, 금요일 저녁에 있는 특별활동 시간밖에는 없었다. 동은은 4월 한 달간, 은택이 부장으로 있는 영화 감상반의 임시 고문이었다.

'그 일'이 있었던 날은 '굿 윌 헌팅'이란 영화를 본 날이었다. 무슨 이유에서 그날 그 영화를 고른 것인지 기억나지는 않았다. 하지만 그날, 그 영화를 보며 동은이 어떤 반응을 보였는지는 또렷하게 기억이 났다.

영화는 세 번의 입양과 반복되는 파양, 그 속에서 겪게 되는 학대를 모두 자신의 탓이라 생각하는 불우한 수학 천재 윌 헌팅의 이야기를 담고 있었다. 그런 주인공의 재능을 알아봐 주고, 상처 또한 알아본 심리학 교수 숀 맥과이어. 매번 교수를 밀어내기 바쁘던 주인공은 교수가 해준 어떤 대사로 인해 처음으로 자신의 뭉그러진 속마음을 내비친다.

'네 잘못이 아니야.'

바로 그 순간. 영화 속에서 그 대사가 흘러나옴과 동시에 무심하게 늘어져 있던 동은의 어깨가 움찔 튀어 올랐다.

'네 잘못이 아니야.'

분명 그녀는 동요하고 있었다. 일영이 창고에 갇혔다는 소식을 들었을 때처럼. 은택은 무언가 심상치 않다는 걸 느꼈다.

'네 잘못이 아니야!'

그렇게 대사가 반복되면 될수록 동은은 급기야 온몸을 파르르 떨기 시작했다. 은택이 다가가 자신도 모르게 그녀의 어깨에 손을 짚었을 때였다. 탁! 반사적으로 은택의 손길을 쳐낸 동은이 시청

각실을 뛰쳐나갔다.

"선생님!"

하지만 곧 영화가 끝날 타이밍이었기 때문에 부장이었던 은택은 동은을 따라 나갈 수 없었다. 초조한 시간이 흐르고, 겨우 부활동을 마무리 지은 은택이 시청각실을 나섰다. 2시간이 넘는 영화의 러닝타임이 끝나자 바깥은 이미 어둑어둑해져 있었다. 은택은 동은을 찾아 학교 이곳저곳을 뛰어다녔다.

"선생님, 임동은 선생님!"

그러나 아무리 애타게 그녀를 불러도 대답 소린 들려오지 않았다. 스산한 바람 소리만 들려올 뿐이었다. 그 순간 은택은 문득 피투성이가 되어 누군가로부터 필사적으로 달아나던 그녀의 모습이 생각났다. 그리고 일영의 뺨을 때리고 무너져 내리던 비에 젖은 그녀의 모습이 생각났다.

그녀가 가슴에 품었을 상처를 어렴풋이나마 짐작하게 하는 일련의 상황들. 그리고 그때마다 그녀가 보여주던 행동들.

은택은 위태로운 그녀를 지켜주고 싶었다. 더 이상 괴롭지 않게, 이제는 아프지 않게. 그녀가 왜 그토록 괴롭고 아파하는지 이유는 알지 못해도 진심으로 자신이 그녀의 구원이 될 수 있길 바랐다.

은택이 턱 끝까지 차오른 숨을 쏟아내며 다시 동은을 찾아 부지런히 발을 움직였다. 그렇게 한참을 더 헤맨 끝에 간신히 그녀를 발견한 곳은 놀랍게도 구 건물 창고 앞이었다. 뒤로는 벚나무가 늘어선 낡은 벤치에 앉아 동은은 몸을 웅크린 채 잠들어 있었다. 한 발짝, 조심스럽게 그녀에게로 다가간 은택이 그 앞에 무릎을 구부리고 앉았다.

눈물자국이 말라붙은 얼굴. 그럼에도 여전히 말간 얼굴을 들여다보며 은택이 손을 뻗었다. 차마 닿기 직전 멈춘 손이 애처롭게 허공을 쓸어내렸다.

"선생님."

도대체 이곳에서 구 건물 창고를 바라보며 그녀는 무슨 생각을 했던 것일까. 모두가 자기 잘못이라며 소리를 지르던 영화 속 주인공처럼 동요하던 동은의 모습을 떠올린 은택이 천천히 그녀에게로 다가갔다.

"나는……."

선생님이 그만 아파했으면 좋겠어요. 진심으로요.

"내가……."

지켜주고 싶어. 그러니까 조금만 기다려줘요. 내가 어른이 될 때까지. 내가 남자가 될 때까지. 은택은 용기 내어 마치 그녀를 품에 가두듯 벤치를 양손으로 짚으며 얼굴을 좀 더 가깝게 다가갔다.

세 뼘, 두 뼘, 한 뼘. 이윽고 살랑이는 벚꽃 잎처럼 다가온 입술을 은택이 부드럽게 머금었다. 두근, 두근, 두근. 터질 것 같은 심장 소리가 들려왔다. 은택이 미친 듯이 뛰는 제 심장 소리에 놀라 입술을 떼어냈을 때였다. 동은이 스르르 눈을 떴다.

촉촉하게 젖은 눈동자에 제 모습이 담겨 있었다. 은택은 홀린 듯이 그 순간에 충실한 말을 입 밖으로 흘려보냈다. 이 말을 하지 않고는 도저히 그 순간을 버티지 못할 것 같았다.

"나, 선생님이 좋아요."

그날, 동은이 기억하는 건 좋아한다는 고백부터였다. 벤치에서 불편한 자세로 잠들어 있다가 눈을 떴을 때, 갑자기 은택이 좋아한다는 말을 해서 어찌나 놀랐는지. 그런데 고백보다 더한 일이 있었을 줄이야.

"뭐야, 너. 설마 그때 나한테 키, 키, 키……."

동은은 차마 키스라는 단어를 발음할 수가 없었던 모양인지 표현을 달리해 다시 물었다.

"그러니까 너, 그 짓을 했다고? 그 짓을?"

"응, 했어."

은택이 눈 하나 깜빡이지 않고 대답했다.

"그 짓."

하! 동은이 기가 막힌 표정을 지으며 실소를 뱉어냈다. 은택과 입을 맞춘 사실을 무려 7년 만에야 알게 된 것이었다.

그날, 첫키스를 빼앗긴 줄도 모르고 바다를 보러 가자는 은택의 말에 무작정 고속버스에 몸을 실었다. 버스에서도 피곤했는지 깜빡 잠에 들었었는데…….

"너, 서, 설마 버스에서도 몰래 그 짓 한 거 아니지?"

"날 뭘로 보고! 나 그 정도로 도둑놈 아니거든?"

"시끄러! 너 도둑놈 맞거든? 어린놈이 발라당 까져가지고!"

민망함에 얼굴만이 아니라 목까지 전부 새빨개진 동은이 목소리를 크게 냈다. 목소리 끝은 당황함을 숨기지 못하고 갈라져 있었다. 은택이 문득 그런 동은을 사랑스럽게 바라봤다.

"발라당 까진 게 아니라 순수했던 거지. 키스도 아니고 겨우 뽀뽀였는데."

"겨우? 겨우우?"

"그래, 겨우. 지금이었으면, 어우!"

"이게 진짜, 못 하는 말이 없어!"

동은이 억울함을 담아 은택을 힘껏 노려봤다. 그것이 제 인생의 첫 키스였다는 사실을 이 아이는 알기나 할까. 그러나 곧이곧대로 그 사실을 말해주고 싶지는 않았다. 고집스럽게 저를 노려보는 동은을 은택이 낮은 한숨을 내쉬며 응시했다.

"그렇게 억울해?"

은택이 동은의 바짝 힘이 들어간 눈매를 바라보며 물었다. 동은은 격렬하게 고개를 끄덕였다.

"그럼……."

은택이 입술에 닿아 있던 손을 그녀의 귀밑을 감싸듯 옮기며 속삭였다. 서로의 입술은 여전히 닿을 듯이 가까이 있었다. 서로가 한마디 한마디 할 때마다 뜨거운 열기에 절로 몸서리가 쳐졌다. 게다가 이렇게 가까운 거리에서 노려보려니 점점 더 눈이 아파왔다. 동은이 버티지 못하고 눈을 질끈 감은 순간이었다.

"내가 이 입술 책임질게. 그러면 돼?"

"뭐?"

동은은 눈을 번쩍 뜨려고 했다. 하지만 동은이 눈을 뜨기 전 아주 찰나에, 입술에서 무언가 뜨거운 감촉이 느껴졌다. 아무리 찰나라고는 하나, 촉 달라붙었다 떨어지는 소리로 인해 여실히 알 수 있었다. 방금 제 입술에 다녀간 것이 은택의 입술이라는 것을.

"서은택, 너……. 읍!"

그러나 그대로 멀어질 거라고 생각했던 은택은 곧 다시 다가왔다. 그리고 그녀의 입술을 온전히, 깊이 머금었다. 몸이 녹아내릴 것 같다는 생각을 하며 동은은 문득 조금 전 '지금이었으면.'라고 중얼거린 은택의 말을 머릿속에 떠올렸다. 그 말이 무슨 뜻이었는지 비로소 알 것 같았다.

지금이었으면 이런 키스를 하겠다는 뜻이었겠지. 이렇게 부드럽고 이렇게 뜨거운. 이대로 가다간 심장이 멈출 것 같다는 생각이 든 순간이었다. 한참 만에야 입술이 떨어졌다. 누구의 뜨거움인지도 모른 채 달아오른 입술을 움켜쥐며 동은이 말을 더듬거렸다.

"하아. 너, 너, 너……!"

결국 동은이 은택의 어깨를 밀어내며 소리를 질렀다.

"지금 뭐 한 거야? 죽고 싶어?"

"당신이야말로. 앞으로 또 이렇게 무방비하게 뺏기거나 하면 가만 안 둘 거야."

"뭐라고?"

적반하장도 유분수지. 멋대로 입술을 가져가버리고선 은택은 지금 동은을 나무라고 있었다. 동은이 끓어오르는 화 때문인지, 갑자기 빼앗긴 입술 때문인지 씩씩거리며 입을 연 순간이었다.

"하! 서은택! 너한테 지금 그런 말 할 자격이 있다고 생각해?"

"잔말 말고 잘 지켜. 또 뺏기기만 해. 어?"

"그러니까 너는 그런 말 할 자격이 없다고 몇 번을……!"

"내 거야. 당신 입술, 처음부터 내 거였다고. 그러니까 자격 있어, 난."

굳이 격렬한 키스가 아니어도 도톰하게 부풀어 오른 동은의 입술을 은택이 손끝으로 톡톡 두들겼다. '내 거'라는 말에 말문이 막힌 동은이 눈만 끔뻑이자 은택이 눈매를 휘며 짓궂게 굴었다.

"아, 최 형사님 생각하니까 또 화나잖아."

"그래서 뭐, 뭐 어쩌라고?"

"화나는데 한 번 더 가져버릴까?"

"이 변태! 시끄러워!"

그 순간 동은은 더는 뺏기지 않겠다는 듯 은택에게서 멀어졌다. 언뜻 본 그녀는 입술을 말아 물며 한일자로 꼭 다물고 있었다.

아아, 정말이지 어쩜 이렇게 사랑스러울까. 은택은 새삼 자신이 교복을 입고 있지 않다는 사실에 감사했다. 남자로서 그녀의 앞에 설 수 있어서 정말로 다행이었다.

문득 올려다본 하늘에 그때처럼 별이 가득했다. 몰래 그녀의 입술을 훔쳤던 그 밤이 다시 찾아온 것 같았다. 은택이 얼굴 가득 만족스러운 웃음을 띠며 동은의 입술을 가리켰다.

"걱정 마. 다음에 다시 가질 땐, 쌍방 합의하에."

은택이 싱긋 웃었다. 어이가 없는지 아무 말도 못하고 동은이 휙 등을 돌려 걸었다.

그녀의 손목을 붙잡아 다시 입 맞추고 싶은 충동을 겨우 억누른 은택이 앞서 걷기 시작한 동은을 졸졸 따라 걸었다. 그러다 문득.

"아 참, 그런데 말이야."

은택이 갑자기 무언가 생각난 듯 동은에게로 바짝 다가갔다.

'그 캐비닛 말이야.'

아침 일찍 출근한 동은은 어젯밤 은택이 해준 이야기를 떠올리고 있었다.

'내가 봤어. 아주머니가 뭔가 그 안에 집어넣고 있는 모습.'

꽃집 아주머니가 끝끝내 아무것도 들어 있지 않다고 증언했던 캐비닛 안에 물건이 들어 있는 걸 은택이 목격했다고 했다. 게다가 은택이 나타나자 살짝 당황하는 모습까지 보였다고.

"분명히 뭔가 있는데."

동은이 의구심이 가득한 표정으로 키보드를 두드렸다. 모니터에 떠 있는 범죄 정보관리 시스템 검색창에는 이제강의 이름이 입력되고 있었다. 아무리 생각해도 이제강이 도청기가 설치된 백합을 보내온 것과 그가 꽃집에서 배달 일을 했던 것 사이에 무언가 연결 고리가 있을 거라는 생각이 들었다. 집중해서 사건을 살피던 동은이 이제강 사건에서 별다른 특이점을 발견하지 못하고 다음으로 꽃집 절도 사건을 검색했을 때였다.

"이건……!"

동은의 눈이 일순 커다래졌다. 꽃집 아주머니의 이름인 홍미란 옆에 눈에 띄는 사항이 기재되어 있었다.

〈××동 살인 사건의 용의자. 현장에서 발견된 백합 도청기에서 홍미란의 지문이 발견됨.〉

글자를 읽어 내려가던 동은의 입에서 마치 둔기로 머리를 얻어맞은 듯한 신음이 흘러나왔다. 동은이 황급히 ××동 살인 사건을 검색했다. 그러자 끔찍한 현장 사진과 함께 사망자의 이름이 화면에 떴다.

강철희. 익숙한 이름 석 자에 동은이 미간을 찌푸렸다. 그놈이었다. 분명 동은을 칼로 찌른 그 날치기범이었다.

게다가 현장엔 백합 도청기까지 놓여 있었다. 동은이 이제강의 사건 현장과 정교하게 겹쳐지는 강철희의 사건 현장을 보며 불길한 느낌에 손톱을 까득 깨문 순간이었다.

"선배! 모닝 차 대령입니다!"

때마침 사무실 문을 열고 지락과 해온이 들어섰다. 은택관의 로고가 새겨진 테이크아웃 잔을 흔들며 다가온 지락이 차갑게 굳은 동은의 눈치를 살피며 쭈뼛거렸다.

"선배, 무, 무슨 일 있어요?"

"일?"

싸늘하게 대꾸한 동은이 모니터를 지락이 볼 수 있게끔 돌렸다. 언젠가 팀원들 모두가 허둥지둥대며 자신이 강철희 사건을 검색하는 걸 극구 말리던 모습을 떠올린 동은이 쓰게 대답했다.

"있지."

"뭔데요? 곤란한 일 있으면 말씀만 하세요! 제가 다 해결……."

그러나 살갑게 굴던 지락의 입은 이어지는 날카로운 동은의 질문과 함께 금세 찰싹 다물어졌다.

"이 사건, 왜 숨겼냐, 막내야."

툭. 모니터에 뜬 강철희 사건을 본 지락이 손에 들고 있던 컵을 바닥에 떨어트렸다. 화면을 꽉 채운 핏자국처럼 금세 바닥에도 붉은 찻물 자국이 번져갔다. 당황한 지락이 떨어트린 컵을 주울 생각도 못한 채 황급히 변명을 하려고 나섰다.

"서, 선배. 그러니까 이게 어떻게 된 거냐면요."

"막내야, 칠칠치 못하게 이게 뭐 하는 짓……."

그 순간, 바닥에 차를 흘린 지락을 나무라려던 해온 역시 모니터에 뜬 강철히 사건을 발견하고 입술이 굳고 말았다. 지락이 애처로운 눈빛으로 해온을 봤지만, 그 또한 입이 열 개라도 할 말이 없었다.

"그러니까 조화를 만든 사람이 꽃집 주인 홍미란인 것 같다, 이거지? 데려와서 조사까지 했는데 살인은 하지 않았다고 주장하는 상황이고?"

"네. 증거불충분으로 금방 풀려났어요."

의외로 동은은 차분했다. 막내 앞에서 무섭게 으르렁거리긴 했지만, 팀원들이 강철희 사건을 숨긴 이유가 무엇인지 이미 알고 있기 때문이었다.

오로지 저를 위해서. 자신이 상처받지 않기를 바라는 마음 때문에. 그러니 화는 나지만 동료들을 탓할 수가 없었다. 저 역시 반대 입장이라면, 쉽게 이 사실을 말할 수 있을 것 같지 않았다.

대신 조사가 어디까지 진행되었는지는 확실히 전해 들어야 했다. 살벌한 동은의 기세에 지락과 해온은 결국 이제까지 조사한 전부를 그녀 앞에 이실직고했다.

"인근 CCTV를 확인해본 결과 인정태의 모습이 찍혀 있었어요. 아무래도 인정태가 그 꽃집에 도청기가 설치된 백합을 주문한 게 틀림없는 것 같아요."

"그렇다면 남은 건 증거 확보뿐인데."

지락의 보고를 들으며 동은은 꽃집 아주머니가 끝내 문을 열어주지 않았던 캐비닛을 떠올렸다. 분명 그 안에 이 사건을 풀 중요한 단서가 숨겨져 있을 터였다.

"해온이 너, 지금 당장 영장 받아 와. 막내랑 나는 일단 꽃집으로 가서 상황을 지켜보고 있을게."

"뭐? 내가 왜?"

"고작 절도 사건에 영장 달라고 하면 어느 검사가 내주겠어? 이럴 때 네 빽 좀 써보자고. 응?"

검찰총장 아버지. 해온은 자신의 배경을 그다지 마음에 들어 하지 않았다. 특히 해수가 그렇게 된 후로 아버지와의 사이는 소원하기만 했다. 하지만 지은 죄가 있으니 동은의 말을 거역할 수는 없었다. 해온이 툴툴거리며 사무실을 나섰을 때였다. 지락이 무언가 떠오른 듯 무릎을 탁 쳤다.

"아! 그러고 보니까 은택 씨 이 꽃집 간다고 했던 것 같은데."

"뭐? 은택이가? 왜?"

동은이 다급하게 묻자, 지락이 아침 일찍 은택관에 차를 사러 갔을 때 본 그의 모습을 떠올리며 대답했다.

"이유는 말 안 해주고, 그냥 중요한 일이 있다고만 했어요."

"중요한 일?"

"네."

지락의 말에 동은의 눈빛이 일순 불안해졌다.

"……막내야. 서두르자."

곰곰이 생각하던 그녀가 황급히 나갈 채비를 서둘렀다. 왠지 모르게 불길한 예감이 들었다.

"제발 좀 받아라. 받으라고, 좀!"

동은이 휴대전화를 꾹 움켜쥔 채 거듭 중얼거렸다. 벌써 여러 번 은택에게 전화를 걸었지만 받지 않았다. 번번이 음성사서함으로 넘어가버렸다.

－고객이 전화를 받지 않아 음성사서함으로 연결⋯⋯.

"젠장!"

결국 마지막 전화마저 음성사서함으로 넘어가자 동은이 낮은 욕지거릴 내뱉으며 휴대전화를 내동댕이쳤다. 차 앞 유리에 부딪힌 뒤 구석에 처박힌 휴대전화를 동은이 이를 악물고 노려봤다. 운전 중이던 지락이 그녀의 눈치를 살피며 물었다.

"은택 씨, 전화, 안 받아요?"

"어."

초조함을 숨기려고 짧게 대답했지만, 동은의 모습 곳곳에서 불안해하는 기색이 여실히 느껴졌다. 정처 없이 흔들리는 눈동자, 창백해진 안색, 계속해서 물어뜯는 손톱. 피가 나도록 손톱을 깨물던 동은이 일순 손끝에서 느껴지는 아릿한 통증에 인상을 찌푸렸다.

그 순간 무심코 떠올리고 말았다. 손톱을 깨물 때마다 짐승처럼 물어버리겠다며 진담 같은 농담을 던지던 은택의 모습이. 그리고 그때 느꼈던 두근거림이.

은택아. 동은이 차마 크게 소리 내지 못하고 속으로 애처롭게 은택을 불렀다. 너 괜찮은 거지? 그렇지? 괜찮을 거라고 생각하며 질문을 해보지만, 마음은 계속 불안할 뿐이었다.

아직 확실하진 않지만 그 꽃집은 과거 전국을 떠들썩하게 만들었던, 그리고 지금 또다시 범행을 시작한 연쇄납치살인범 '백합'과 관계되어 있을지도 몰랐다.

백합을 떠올린 동은의 눈빛에 후회의 기색이 짙게 깔렸다. 은택이 저에게 꽃집 아주머니가 캐비닛에 무언가 물건을 넣어두었다고 말한 시점에 앞으로는 꽃집에 찾아가지 말라고 말할 걸 그랬다. 은택 역시 무언가 이상한 낌새를 눈치채고 있다고 가정하면, 은택은 지금 위험에 처해 있을 수도 있었다.

동은이 저도 모르게 셔츠 밑으로 도드라진 목걸이를 더듬었다. 아버지가 열여덟 살 생일 선물로 주셨던 목걸이가 만져졌다. 그해, 생일선물이었던 목걸이는 동시에 아버지의 유품이 되어버렸다.

"싫어."

깜깜한 밤. 아버지의 서재에서 보았던 어느 날의 풍경을 떠올린 동은이, 손가락 끝으로 자신의 이니셜 모양의 목걸이를 쥐며 중얼거렸다. 가득 차오른 눈물을 흘려보내는 대신, 목소리에 꾹꾹 눌러 담은 감정이 여실히 느껴졌다.

"더는 싫다고!"

동은이 운전 중인 지락의 팔을 꾹 움켜쥐었다.

"막내야! 밟아. 밟을 수 있는 최대한!"

팔을 움켜쥔 손에 실린 간절함을 알아차린 지락이 액셀러레이터를 꾹 밟았다. 평화로운 한낮. 정적을 깨고 사이렌이 울려 퍼지고, 경광등이 요란하게 번쩍였다. 앞을 주시하는 동은의 눈동자 역시 단호한 빛을 머금고 반짝였다. 동은의 눈빛을 본 지락이 한 번 더 액셀러레이터를 힘껏 밟았다. 차는 무서운 속도로 꽃집을 향해 달려 나갔다.

입구에 달린 벨에서 소리가 나지 않게 조심스럽게 문을 연 동은이 살금살금 꽃집 안으로 들어갔다. 캐비닛이 있는 비밀스러운 안쪽 공간에서 말소리가 들려오고 있었다. 동은이 최대한 숨을 죽이고 다가가자 말소리가 조금 더 뚜렷하게 들렸다.

"임 형사님한테는 아직 말 안 했죠?"

꽃집 아주머니의 목소리였다. 동은이 긴장하며 벽에 몸을 바짝 붙였다. 안에서 들려오는 말소리에 귀를 기울이며 동은이 손짓으로 반대편을 가리키자 지락이 사뿐히 그곳으로 몸을 옮겼다. 두 사람이 안으로 들어갈 타이밍을 가늠하며 눈을 마주쳤다. 바로 그 때, 또 한 사람의 목소리가 들려왔다.

"당연하죠. 절대 말 안 했어요. 이걸 어떻게 말해요."

은택의 목소리였다. 그는 도대체 무엇을 절대 말하지 않았다는 것일까. 동은이 불안한 듯 눈동자를 이리저리 굴렸다. 그사이 두 사람의 대화는 계속 이어졌다.

"어어? 조심해서 다뤄야 해요. 꽃잎 한 장이라도 허투루 다루면 망가지기 쉽거든."

"앗! 정말 그러네요. 금방이라도 부서질 것 같아요."

"자, 나처럼 해봐요. 이렇게. 어때요?"

"어우, 이거, 볼 땐 쉬운데 하는 건 어렵네요. 요리만큼이나 섬세함을 필요로 하는 작업이네요."

들으면 들을수록 꽃집 주인 홍미란과 은택이 나누는 대화는 어딘가 모르게 수상했다. 두 사람이 무엇을 만드는지 곰곰이 고민하던 동은이 예민하게 눈을 치켜떴다.

혹시 조화를 만들고 있는 것일까? 만약 홍미란이 은택이 눈치채지 못하는 사이 그를 범죄에 가담시키고 있는 것이라면? 동은이 바짝 말라 부르튼 입술을 꾹 깨물었다. 역시나 후회가 됐다.

은택이 저에게 캐비닛에 관해 말해주었을 때, 저 역시 꽃집에 대해 당부했어야 했다. 하지만 차마 사건에 관해 털어놓을 수가 없어 침묵했던 것이 결국 일을 이 지경으로 만들고 말았다.

평소의 그녀였다면 보다 확실한 타이밍을 노렸겠지만 지금은 그런 걸 재고 있을 겨를이 없었다. 동은이 곧바로 지락에게 신호를 보냈다. 그녀가 오른손을 들어 손가락을 접기 시작했다. 하나. 둘. 셋! 동은과 지락이 같은 타이밍에 쏜살같이 안으로 향했다.

"경찰서에서 나왔습니다! 움직이지 마십⋯⋯!"

하지만 동은은 말을 끝까지 이을 수 없었다. 안으로 뛰어 들어갔을 때, 예상과는 180도 다른 풍경이 눈앞에 펼쳐져 있었다.

은택이 허겁지겁 테이블 위에 놓인 물건을 몸으로 가렸다. 은택의 행동을 지켜본 동은이 불안한 표정을 지으며 물었다.

"너. 여기서, 뭐⋯⋯ 해?"

동은은 무사한 은택이 고마우면서도, 자신에게 무언가 숨기려고 하는 은택의 모습에 화가 났다. 그런 동은의 마음을 아는지 모르는지 은택이 어설프게 웃으며 되물었다.

"당신이야말로 여긴 어쩐 일이야? 오늘 주간 근무 아니었어?"

"내가 지금 누구 때문에 미친 사람처럼 여기에 왔는데!"

"어? 그게, 무슨 소리야?"

"말해! 여기서 뭐 하고 있었어? 등 뒤에 숨긴 건 또 뭐고?"

복잡한 심정을 주체하지 못한 동은이 언성을 높였다. 그러자 은택이 곤란한 표정을 지으며 주춤주춤 옆으로 비켜섰다.

"설마 이런 식으로 들킬 줄은 몰랐는데⋯⋯."

은택이 비켜나자 테이블 위에 수북하게 쌓인 장미꽃이 눈에 들어왔다. 동은이 생각했던 것처럼 조화를 만들고 있던 게 아니라는 사실에 안심이 되는 것도 잠시. 테이블 위에 놓인 장미꽃은 흔히 생각하는 탐스러운 붉은색이 아닌, 코코아 빛깔의 진한 갈색을 띠고 있었다. 마치 일부러 말린 것 같았다. 은택이 철사로 단단하게 고정한 줄기에 리본을 덧대 묶으며 한숨을 푹 내쉬었다.

"좀 더 멋진 장소에서 전해주고 싶었다고."

"뭐?"

하나부터 열까지 알 수 없는 소리만 늘어놓는 은택을 동은이 답답한 눈으로 바라봤다. 그런 동은 보란 듯이 리본을 매듭지은 은택이 말린 장미꽃이 부서지지 않게 조심스럽게 안아 들었다.

"하는 수 없지. 기왕 이렇게 된 거, 지금 해버리는 수밖에."

뭘, 도대체 뭘 하려는 건데? 동은이 어서 말하라는 듯 눈을 부릅떴다. 그러자 주위를 빙 둘러본 은택이 고개를 도리도리 저으며 덥석 동은의 손을 잡았다.

"여긴 보는 눈이 너무 많으니까."

은택은 곧장 꽃집에서 조금 떨어진 곳으로 동은을 이끌었다.

꽃집에서 조금만 걸어가면 초등학교가 하나 있었다. 주말이어서인지 운동장은 조용했다. 플라타너스 나무가 그늘을 드리운 곳으로 동은을 데리고 들어간 은택이 걸음을 멈췄다. 그리고 조금은 쑥스러운 듯한 기색으로 동은과 마주 보고 섰다. 동은이 여전히 불안한 듯 정처 없이 움직이는 시선을 애써 은택에게로 기울였을 때였다. 마주 보고 서 있던 은택이 문득 가깝게 다가왔다. 두 사람의 사이에는 커다란 꽃다발이 간신히 자리하고 있었다.

"당신이 전에 나한테 그랬지. 꽃은 금방 시들기 때문에 아름다운 거라고."

은택은 늘 저에게 좋아하는 마음을 표현했다. 말로 전하든, 표정으로 전하든, 행동으로 전하든, 그 무엇이든 간에 언제나 온몸으로, 온 마음으로 진심을 전하기 위해 노력했다. 하지만 단 한 번도 대답을 강요하거나 구체적으로 무언가를 바란 적은 없었다. 그런 은택이 느닷없이 연애를 하자고 했었다.

그때, 당황한 동은이 그만 포기하라고 해준 말이었다. 꽃처럼 아름다웠던 그 시절은 이미 시들어버렸다고. 부러 냉정하게 내뱉은 말이었다.

"당신은, 내가 당신을 그리워하는 것도 그런 거라고 했어. 우리가 함께였던 순간이 꽃이 피어 있는 시절처럼 짧았기 때문에, 그래서 더 아름답게 느껴지는 것뿐이라고."

분명히 제 입으로 한 말이었다. 정확히 제가 의도했던 뜻이었다. 그런데도 그걸 은택의 입으로 듣고 있으니 가슴이 저미어 왔다.

"하지만 당신이 틀렸어."

은택이 동은의 손에 말린 꽃다발을 쥐여 주며 물었다.

"드라이플라워야. 당신 주려고 직접 만들었어. 어때? 예쁘지?"

은택의 말대로였다. 짙은 갈색으로 변해버린 장미꽃은 그럼에도 불구하고 아름다웠다.

"봐. 꽃은 시들어도 꽃이야."

은택이 꽃다발을 든 동은의 손을 감싸 쥐며 말을 이었다.

"임동은 당신은 나한테 평생 꽃일 거야. 시간이 얼마가 흘러도, 그래서 당신이 그 어떤 모습으로 변한다 해도, 나한테 당신은 평생 아름다운 사람이야."

동은은 마치 취한 것처럼 아득한 어지러움을 느꼈다. 바로 코 밑에서 풍겨오는 꽃향기 때문일까? 말린 꽃에서도 이토록 아름다운 향기가 난다는 걸 처음 알았다.

하지만 지금 이 순간 어지러운 건 꽃향기 때문이 아니었다. 은택의 뜨거운 진심 때문이었다. 따사로운 눈빛, 맞닿은 손에서 느껴지는 체온, 가슴을 두근거리게 하는 고백. 그 모든 것에서 느껴지는 진심 때문이었다. 아무리 밀어내고 또 밀어내도 몇 번이고 다시 전해오는 서은택이란 남자의 이 진심 때문이었다.

"임동은."

은택이 꽃다발을 사이에 두고 동은의 이마에 제 이마를 맞대었다. 두 사람 품에 갇힌 말린 꽃에서 나는 바스락거리는 소리가 귓가를 간질였다.

"당신이 왜 마음을 열지 못하는지 나는 몰라. 하지만 나한테 말하려고 몇 번이나 망설이고 고민했다는 거 알아."

"은택아."

"용기를 내려면 시간이 더 필요한 거지?"

단 한 번도 말한 적 없지만, 이미 제 마음을 다 헤아리고 있는 은택이었다. 은택은 마치 잔잔한 파도 같았다. 소리 없이 밀려와 마음을 흠뻑 적셔놓는 그런 존재였다.

눈을 맞춘 동은이 미안한 얼굴로 조심스레 고개를 끄덕였다. 은택은 그녀의 대답을 이미 알고 있었다는 듯 옅게 웃었다.

"알았어. 기다릴게. 그 대신 나한테도 기회를 줘."

"기회?"

"응. 당신 마음 열릴 때까지 아무것도 안 하고 기다리기만 하는 건 너무 가혹하잖아. 그러니까 나한테 당신 마음 열 수 있는 기회를 달라고."

동은은 언젠가 은택이 마치 떼를 쓰듯 했던 말을 떠올렸다. 마음을 열 수 있는 기회는 오직 저한테만 달라고 했던. 그리고 지금, 은택은 그 기회를 구체적으로 실현시킬 생각이었다.

"한 달. 당신이 열여덟 살이었던 내 인생에 살았던 시간이야."

7년 전, 첫사랑이 머물다 간 그 특별한 시간은 마치 이 세상에 존재하지 않는 시간처럼 느껴지곤 했었다. 어쩌면 이 세상에는 없는 13월이란 시간을 살았던 게 아닐까 생각이 들 정도였다. 그래서 동은이 떠나고 참 많이 아팠고, 참•많이 외롭고, 참 많이 그리웠다.

"그 시간을 다시 한 번 나에게 줘."

"지금, 무슨 말을 하는 거야? 나 네가 하는 말, 못 알아듣겠어."

"그때는 당신은 선생님이고, 나는 학생이니까. 싫어도 볼 수밖에 없었잖아. 주말 빼고는 매일매일 당신 얼굴을 봤었어."

은택이 그리운 표정을 지으며 맞대고 있던 이마를 떼어냈다. 그가 이번엔 눈을 맞추며 속삭였다.

"그때처럼, 싫어도 내 옆에 계속 있어달라고."

"뭐?"

"앞으로 딱 한 달만 나랑 연애해보자, 임동은."

스물다섯 내 인생에도, 한 번 더 곁에 머물러줘. 그때는 할 수 없었던 걸, 지금은 할 수 있을지도 몰라.

은택은 그 시절, 그토록 동은을 구원하고 싶었으나 끝내는 그러지 못했던 기억을 떠올리며 주먹을 바르쥐었다. 이번에야말로 기필코 그녀를 깜깜한 과거 속에서 꺼내주고 싶었다. 하지만 여전히 그 깜깜한 과거 속에 사는 동은은 망설였다.

"은택아, 나는······."

"일단 내 말 끝까지 들어."

단호한 은택의 말에 동은이 하는 수 없이 입을 다물었다. 은택이 그런 동은이 귀여워 살포시 웃으며 중요한 말을 이었다.

"만약 한 달이 지난 후에도 당신이 마음을 열 수 없다면, 다시는 지금처럼 내가 뭔가를 바라는 일은 없을 거야."

"그게, 무슨 뜻이야?"

설마. 포기하겠다는 건가? 더 이상 날 좋아하지 않겠다는 뜻인 거야? 동은의 눈빛이 초조하게 물들었다. 은택은 그런 동은을 안심시키듯 포근한 미소를 머금은 채로 대답했다.

"아마 난, 당신을 좋아하는 마음만큼은 평생 지울 수 없을 거야. 하지만 욕심내지 않을게. 좋아한다는 말로 당신한테 부담 주지도 않을 거고, 시도 때도 없이 당신한테 찾아가는 일도 없을 거야. 이렇게 당신을 만지고, 당신에게 입 맞추는 일도······ 안 할게."

아직 일어나지도 않은 일이건만, 말하는 은택도, 듣는 동은도 가슴이 욱신거렸다.

"약속한 한 달이 지났을 때, 그때도 당신이 마음을 열지 못하겠다면······ 놓아줄게. 그렇게 할게."

은택이 맹세를 모두 말한 순간엔, 두 사람 다 웃는 것도 우는 것도 아닌 어설픈 표정을 짓고 있었다. 그 가운데 먼저 울 것 같은 표정을 지운 건 은택이었다. 은택이 불현듯 진지해진 눈빛으로 동은을 바라봤다.

"그 말은 바꿔 말하면, 앞으로 한 달간은 매일같이 당신에게 좋아한다는 말을 할 거라는 뜻이야. 매일같이 당신을 만나러 갈 거라는 뜻이기도 하고. 그리고 또⋯⋯."

은택이 손을 뻗어 동은의 뺨을 어루만졌다. 뺨을 간질인 손이 천천히 턱 선을 따라 올라가 이번엔 말랑말랑한 귓불을 매만졌다.

"당신을 만지고 싶으면 이렇게 만질 거고, 당신한테 키스하고 싶으면⋯⋯."

느닷없는 스킨십에 동은이 멍하니 구는 사이, 어느새 은택의 얼굴이 성큼 다가와 있었다. 그사이에도 은택의 얼굴은 계속 다가왔고, 결국 입술이 맞닿았다. 촉, 가볍게 닿았다 떨어진 입술이 멀어지며 빙그레 호선을 그렸다.

"이렇게 키스할 거야."

놀란 동은이 은택을 바라보며 눈을 깜빡거렸다. 제 생각이 틀렸다. 은택이 잔잔한 파도인 줄만 알았지만, 그는 거친 파도였다. 아니, 파도가 아니라 해일이었다. 은택은 그렇게 해일처럼 완전히 동은을 덮칠 준비를 하고 있었다.

"각오해, 당신."

"뭘?"

"연애란 어떤 건지, 제대로 가르쳐줄 테니까."

은택의 자신만만한 말에 두려우면서도 설레는, 이율배반적인 감정을 느끼는 동은이었다.

7장

연애.

이제껏 해본 적 없고, 또 앞으로도 절대 할 일 없을 거라고 생각했던 일이었다.

하지만 지금, 그 일이 일어나버렸다. 허무하리만큼 순식간에 그렇게 됐다. 비록 한 달짜리 유통기한이 정해진 연애라고는 해도, 동은은 마냥 얼떨떨하기만 했다.

'연애란 어떤 건지, 제대로 가르쳐줄 테니까.'

자신만만한 은택의 선전포고에 혼이 다 쏙 빠진 기분이었다. 동은이 오롯이 마주친 은택의 시선을 계속 보고 있기도, 그렇다고 피하기도 애매해 정신없이 눈만 깜빡이고 있을 때였다.

느닷없이 은택의 휴대전화가 울려댔다. 은택이 주머니에서 휴대전화를 꺼내 들자 액정에 뜬 발신인이 동은에게도 보였다. 하루

씨였다. 통화 버튼을 누르자마자 하루의 목소리가 쩌렁쩌렁 울려 퍼졌다.

　―사장님!

　목소리가 어찌나 큰지 멍하니 굴던 동은도 놀라 정신이 번쩍 들었다. 반사적으로 귀에 가져다 댔던 휴대전화를 멀리 떼어낸 은택이 멋쩍게 전화를 받았다.

　"나 귀 안 막혔거든? 귀청 떨어지겠어."

　―지금 어디세요? 또 어디 가신 거예요, 진짜!

　굳이 식사 시간이 아니더라도 테이크아웃 주문이 밀려들면 바쁘기 마련이었다. 가뜩이나 블리스 레시피에 인터뷰가 나간 후로 여성 손님이 더 늘었다. 바쁜 와중에 또 은택이 사라졌으니 하루는 딱 죽을 맛이었다. 그런데도 은택은 느긋하기만 했다.

　"중요한 일이 좀 있었어. 하루 넌 무슨 일로 전화했는데?"

　―누가 모를 줄 알아요? 또 동은이 누나 만나러 가셨죠?

　"그 사람 만나는 게 나한테는 가장 중요한 일이야."

　―내가 미쳐! 그놈의 첫사랑, 두 번만 앓다간 가게 말아먹겠네!

　하루의 속사포 같은 꾸지람에 은택이 동은의 눈치를 살폈다. 멋있는 모습만 보여줘도 시원찮은 상황에 직원에게 혼이나 나는 사장의 모습이라니. 당장 전화를 끊고 싶은 심정이었다.

　"하루야, 바쁜 거 아니면 일단 끊자. 나 진짜 중요한 일……."

　―바빠요! 바빠 죽겠으니까 얼른 오세요! 당장이요!

　계속되는 하루의 닦달에 은택이 결국 휴대전화를 손바닥으로 덮고 한숨을 내쉬었다.

　"미안. 나 먼저 가봐야 할 것 같아."

작게 말하며 양해를 구하듯 눈빛을 보내오는 은택에게 동은이 더없이 환한 미소로 응답했다.

"괜찮으니까 어서 가봐."

그런데 동은의 배려심에 은택은 오히려 볼을 부풀리며 토라진 표정을 지어 보였다. 기뻐하며 자신을 어서 보내려는 듯한 동은의 태도에 서운함이 밀려들었다. 생각하면 할수록 속이 상했다.

지금이 어떤 타이밍인데! 무려 연애 1일째라는 기념비적인 순간이었다. 그런데 전화로는 하루가 계속 어서 오라며 성화고, 눈앞에 있는 동은마저 아쉬운 기색도 없이 그저 어서 가보라고만 했다. 그런 서운한 마음도 모르고 손만 흔드는 동은을 보며 은택이 눈을 부라렸다.

─사장님, 오고 계세요?

"어, 가고 있어! 가고 있다고!"

은택이 괜스레 하루에게 화풀이를 하며 학교 정문을 향해 걸음을 옮겼다. 그러다 우뚝 걸음을 멈추더니, 그가 다시 성큼성큼 동은에게로 다가갔다.

"왜, 왜? 빨리 가봐야 하는 거 아니었……?"

동은이 휘둥그레진 눈을 하고서 뒷걸음질 쳤다. 은택은 휴대전화를 들지 않은 손으로 그런 동은의 허리를 휘감아 휙 끌어당겼다. 쪽, 쪽. 가까이 끌려온 동은의 입술에 가볍게 연달아 키스한 은택이 짓궂게 눈매를 휘며 웃었다. 화들짝 놀라 딸꾹질 같은 숨을 토해내는 동은을 보며 은택이 만족스러운 듯 웃었다. 그러곤 다시 등을 돌려 걸었다.

여전히 하루의 전화는 끊어지지 않은 상태. 짧은 도둑키스가 끝나자마자 하루의 불만스러운 목소리가 들려왔다.

-뭐지? 지금 쪽쪽 하는 소리가 들린 것 같은데요?

"잘못 들은 거야."

여운을 즐길 새도 없이 은택이 반사적으로 대답했다. 입술에 남아 있는 동은의 온기를 조금 더 느끼고 싶은데 눈치 없는 하루가 자꾸만 끼어들었다.

-그나저나 어디쯤 오고 계신데요?

"거의 다! 거의 다 왔어!"

-사장님, 안 보이는데요?

"바쁘다면서 나 오는지 안 오는지 그거나 살피고 있어? 기다려, 금방 도착해."

일방적으로 전화를 끊은 은택이 휙 뒤를 돌아봤다. 여전히 망부석처럼 굳어 있는 동은의 모습에 눈매가 절로 구부러졌다. 귀엽다. 도대체 몇 번을 입을 맞춰야만 놀라지 않을까. 얄미운 상상을 하며 은택이 머리 위로 손을 크게 흔들었다. 안 그래도 토끼 같은 눈을 하고 있는 동은을 더 놀라게 만들 기가 막힌 생각이 방금 머릿속에 떠올랐다.

"애인! 나 갈게!"

역시나 동은의 눈이 튀어나올 것처럼 커다래졌다. 피식 터져 나온 웃음을 애써 삼키며 은택이 마저 인사했다.

"애인도 조심해서 가! 이따 전화할게!"

낯뜨겁게 변한 호칭에 동은의 얼굴이 뜨겁게 달아올랐다. 뒤늦게 눈을 부라려보지만, 은택은 이미 정문을 벗어나 사라져 버린 후였다. 휑한 운동장에 오도카니 서서 동은이 이제는 아프기까지

한 입술 위에 손끝을 올렸다. 문득 지난번 기습적으로 입을 맞췄을 때 그가 했던 말이 떠올랐다.

'다음에 다시 가질 땐, 쌍방 합의하에.'

기가 찬 동은이 입술을 질끈 깨물었다. 거짓말쟁이! 이게 어딜 봐서 쌍방합의야? 사기죄로 확 신고해버릴까 보다! 발갛게 달아오른 얼굴을 쓸어내리며 동은이 시선을 떨궜다.

혼자 부끄러워하고, 혼자 열 내고. 이게 대체 뭐 하는 짓인지 모르겠다. 가슴은 계속 터질 것 같고 내뱉는 숨결은 좀처럼 얌전해지지 않았다. 달래듯이 가슴을 툭툭 두들기며 동은이 망연자실한 한숨을 내쉬었다.

은택이 말한 연애란 게 어떤 건지 첫날부터 아주 제대로 실감하고 말았다. 제 인생에 절대 없을 것 같던 연애가 정말로 시작되고 만 것이었다.

"어디 갔다 와?"

동은이 꽃집에 돌아왔을 때, 지락은 어디 가고 해온이 혼자 가게 앞 주차된 차 안에서 그녀를 기다리고 있었다. 해온과 눈이 마주치자 동은이 후다닥 손에 들고 있던 드라이플라워를 등 뒤로 숨겼다. 하지만 그 커다란 꽃다발이 그런다고 숨겨질 리가 없었다. 해온이 눈을 가늘게 뜨고 동은을 의심스럽게 바라봤다.

"웬 꽃?"

해온이 턱짓으로 드라워플라워를 가리켰다. 동은이 뒷좌석에 꽃다발을 내려놓으며 정색했다.

"신경 끄셔."

"야, 근데 이거 다 시들었는데?"

"시든 거 아니거든! 일부러 말린 거야."

어느새 보조석에 앉은 동은이 꽃을 향해 손을 뻗는 해온의 손 등을 찰싹 내리치며 물었다.

"근데 네가 여긴 왜 왔어?"

"뭐? 영장 갖고 오랄 땐 언제고 이제 와서 딴소리야?"

해온이 기가 막힌 눈빛을 보내며 바람 빠지는 한숨 소릴 냈다. 동은이 뒤늦게 이곳에 오기 전 해온에게 영장을 부탁했던 일을 떠올리곤 고개를 주억거렸다.

"맞다. 그랬지, 참."

"그랬지, 차암? 야, 이거 받아 오겠다고 정 검사한테 영화에 저녁 식사까지 풀코스로 쏘게 생겼는데, 그랬지이, 차암?"

해온이 싫은 기색이 역력한 얼굴로 불만을 토로했다. 정서영 검사. 해온의 외모를 보고 한눈에 반했다가 그가 검찰총장의 아들인 걸 알고 난 후로는 대놓고 애정공세를 퍼붓는 여자였다. 공적인 일에 꼭 사적인 대가를 바라기 때문에 웬만한 일이 아니고는 해온은 절대로 그녀를 찾아가지 않았다. 그랬던 그가 고작 캐비닛 하나 열겠다고 정 검사를 찾아간 건 순전히 동은이 부탁했기 때문이었다. 그러니 그로서는 동은의 이 싱거운 반응이 억울할 수밖에.

"그래서 캐비닛은 열어봤어? 백합은, 있었어?"

어디 억울하다 뿐일까? 해온이 정말로 사적인 얘기 좀 나누고 싶은 이 여자는 죽어라 공적인 말만 해대니 속이 타들어가는 기분이었다. 그래도 일단은 공적인 얘기를 끝내놓을 필요가 있었다.

그렇지 않으면 이 답답한 여자는 절대 한마디도 제 얘기를 들어주지 않을 테니까.

"안에 아무것도 없더라. 미리 눈치채고 덜미를 잡힐 만한 물건은 싹 다 치운 것 같아. 일단은 강철희 사건을 좀 더 파봐야겠어. 거기서 나온 홍미란 지문부터 시작해야지."

"그리고 홍미란이 언제 다리를 다쳤는지 그것도 알아봐야겠어."

"다리? 그건 왜?"

"그냥. 신경이 좀 쓰여서."

문득 인정태의 의족을 떠올린 동은이 석연치 않은 표정을 지으며 말끝을 흐렸다. 백합과 관련이 있을지도 모르는 인물마다 다리가 불편한 것이 우연치곤 너무 기이했다.

그렇게 금세 사건에 몰두한 동은의 모습을 잠자코 지켜보던 해온의 시선이 거울 속에 비치는 꽃을 향해 기울었다. 예쁘게 잘 말린 꽃은 언젠가 남자 1번이 은택관에서 동은을 뒤쫓아 나갈 때 챙긴 그 꽃을 닮아 있었다.

"저거 혹시, 남자 1번이 줬어?"

"어?"

집중하고 있으면 아무리 큰 소리가 나도 좀처럼 반응하지 않는 녀석이 남자 1번이라는 말에 금세 눈을 마주쳐왔다. 맞구나. 해온이 쓰게 입술을 감쳐물며 이어서 질문했다.

"정식으로 고백이라도 받은 모양이네?"

누가 형사 아니랄까 봐 하여간 감 하나는 끝내주게 좋다. 쥐구멍에라도 숨고 싶은 심정이었지만, 동은은 거울 속에서 마주친 해온의 시선을 부러 피하지 않았다.

해온이 자꾸만 저와 은택을 신경 쓰는 이유를 모르지 않았다. 그러니 피할 수 없었다. 모른 척할 수 없었다. 마음이 더 깊어져서 더 큰 상처를 받기 전에 그의 마음을 끝내야 했다.

해온은 동은이 피하지 않고 저를 보자 먼저 고개를 돌렸다. 똑바로 저를 향하는 동은의 눈빛이 무엇을 의미하는지는 너무도 자명했다.

남자 1번은 분명, 일부러 말린 꽃처럼 더 이상 시들지 않는 제 마음을 고백했겠지. 그리고 동은은 그 마음을 받아준 게 틀림없었다. 이로써 동은을 만나 하고 싶었던 사적인 이야기는 꺼낼 필요조차 없었다. 나도 널 좋아해. 마음에 담은 그 말은 절대 할 수 없었다. 그녀의 단호한 태도가 대답이나 다름없었다. 해온이 쓰게 웃으며 운전대를 꽉 움켜쥐었다.

차라리 희망고문이라도 해주지. 그러나 해온은 그 말을 입 밖으로 꺼내지 못했다. 그저 말없이 시동을 걸고 차를 출발시켰다.

"근데 막내는?"

한참이 흘러도 계속되는 침묵에 결국 무거워진 분위기를 견디지 못한 동은이 말꼬릴 돌리며 물었다. 동은이 조금 미안해하는 기색으로 묻자 해온이 애써 밝게 대답했다.

"점심시간 전에 가볼 데가 있다더라."

"흐음, 그래?"

"응."

그걸 끝으로 두 사람 다 더는 할 말이 없었다. 차 안에 또다시 무거운 침묵이 찾아들었다. 계기가 없어 변하지 않던 두 사람의 관계가 그렇게 서서히 변하고 있었다.

"어우. 일부러 점심시간 피해서 온 건데도 붐비네."

지락이 은택관 테이크아웃 부스를 바라보며 곤란한 표정을 지었다. 꽃집에서 동은을 기다리고 있는데 은택에게서 전화가 왔다. 할 말이 있으니 가게로 와달라는 연락이었다.

때마침 해온이 와서 일을 처리하고 부랴부랴 은택관으로 달려온 참이었다. 그런데 점심시간이 되려면 아직 한 시간이나 남았는데도 가게 안은 분주했다. 부쩍 더워진 날씨에 테이크아웃을 하려는 줄이 길게 늘어서 있었다. 개중 대부분은 여자 손님이었다. 오래 기다려야 함에도 모두들 눈이 반짝반짝했다. 모두 은택을 연예인 바라보듯 구경했다.

새삼 남자 1번이 어떤 존재인지 의식한 지락이 가게 안으로 들어갈지 말지 고민하고 있을 때였다. 지락을 발견한 은택이 반갑게 손을 흔들었다.

"오 형사님, 왔어요? 들어와서 기다려요!"

"네? 네에."

지락이 홀린 듯 가게 안으로 들어섰다. 얼마 후 은택이 지락 몫의 음료를 가지고 주방에서 걸어 나왔다.

"미안해요. 내가 와달라고 해놓고 기다리게 만들어서."

"아니에요. 근데 무슨 일로 오라고 한 거예요?"

"아, 오 형사님 이사는 언제쯤 하실 수 있을까 해서요. 사건 아직도 안 끝났어요?"

은택이 지락에게 이사 얘기를 꺼낸 지 벌써 한 달이 다 되어가고 있었다. 당장에라도 이사를 올 것 같았던 지락은 백합 사건에 발이 묶여 좀처럼 시간을 내지 못했다.

"아, 그게, 사건이 생각보다 복잡하게 꼬여 있어서요. 요새는 바빠서 집에도 잘 못 들어가는 형편이라."

"오 형사님 짐 많아요?"

지락이 선뜻 은택이 내뱉은 말의 의미를 헤아리지 못하고 눈을 깜빡였다. 얼떨떨한 기색으로 그가 대답했다.

"아뇨, 많지는 않은데……."

"그래요? 많지 않으면 내가 옮겨줄게요."

"제 짐을요?"

살짝 놀란 기색이던 지락이 음료를 한 모금 마시고 물었다. 은택이 이렇게까지 저의 이사에 목을 매는 이유가 궁금했다.

"근데 은택 씨."

"네."

"왜 이렇게 날 이사시키고 싶어 해요? 나랑 같이 산다고 해도 동은 선배랑 잘되는 것도 아닐 텐데."

지락의 말에 은택이 그가 먹다 흘린 음료를 냅킨으로 닦아내며 답했다.

"알아요."

"아는데 그래요? 대체 뭐가 그렇게 간절해요?"

"그냥 내가 모르는 그 사람 모습, 오 형사님은 매일같이 보고 있잖아요."

"은택 씨가 모르는 선배 모습이요?"

은택이 고개를 끄덕이며 아련하게 미소 지었다.

"왜, 그런 거 있잖아요. 그 사람이 범인 쫓을 때 모습, 사무실에서 밥을 시켜 먹는 모습, 당직실에서 자고 나온 모습. 오 형사님한테는 당연하지만, 나는 볼 수 없는 것들. 그걸 듣고 싶어요."

지락은 은택의 말을 곰곰이 들으며 동은의 모습을 머릿속에 떠올렸다. 은택의 말마따나 저에게는 당연하게 볼 수 있는 모습들이었다. 하지만 이 남자는 여자의 그 모습들을 무척이나 소중하게 여기고 있었다.

"지난 7년간 내가 보지 못했던 임동은이란 사람이 난 너무 아깝거든요."

제 짐작보다 더 지고지순한 마음이었다. 감동받은 표정의 지락이 고개를 끄덕이며 은택의 손을 꼭 붙잡았다.

"저, 내일 당장 짐 가지고 들어갈게요!"

"정말요?"

해온을 떠올리며 딱딱하게 굳었던 은택의 표정이 거짓말처럼 부드럽게 풀어졌다. 지락이 다행이다 싶은 표정으로 말을 보냈다.

"네! 짐이라고 해봤자 박스 두어 개면 끝나요!"

"그럼 우리 집들이도 해요!"

"집들이?"

난데없이 집들이를 하자고 하는 은택을 지락이 고개를 갸웃하며 바라봤다.

"네. 모두가 보는 앞에서 할 말이 있거든요."

"모두?"

"강력 2팀 식구들. 그중에서도 특히 최 형사님이요."

해온을 콕 집어 말하는 은택의 눈빛이 유독 반짝거렸다.

"그런 이유로, 오늘! 집들이를 하게 됐습니다!"

난데없이 이사를 하겠다는 걸로도 모자라 집들이까지 한다는 지락의 말에 강력 2팀 식구들 모두가 어리둥절한 표정을 지었다. 그중에서도 가장 당혹스러운 건 역시나 동은이었다. 어쩐지 시키지도 않았는데 비번인 날에 김밥이며 떡볶이며 이것저것 사와서 갖다 바치더라니. 멀쩡하게 먹던 김밥이 목구멍에 걸린 것 같았다.

나름 은택과 연애란 걸 시작한 지 이틀째. 어젯밤 은택은 연인들은 원래 잠들기 직전 전화 통화를 한다며, 휴대전화가 뜨거워지도록 한 시간이 넘게 이런저런 이야기를 했었다.

그렇지만 그 긴긴 통화 시간 동안 지락이 이사를 오기로 했다는 말은 한마디도 하지 않았다. 물론 집들이에 관해서도 전혀 언급이 없었다.

"무슨 이사를 이런 식으로 해?"

동은의 핀잔에 지락은 눈에 띄게 당황했다.

"네? 그, 그게……."

"은택이가 당장 이사 오라고 협박이라도 했어?"

"아, 아뇨! 무슨 그런! 은택 씨가 왜 그런 협박을 합니까?"

엄밀히 말하면 협박이 아니라 권유였다. 지락은 문득 어제 집들이에서 꼭 전할 말이 있다던 은택의 모습을 머릿속에 떠올렸다. 그리고 그 끝에 비밀스럽게 덧붙이던 말도.

'아 참, 오 형사님. 동은이한테는 절대 말하면 안 돼요. 그냥 집들이 오라고만 전해줘요. 알았죠?'

은택이 한사코 부탁을 했었다. 지락은 그가 동은이 알면 기함할 사건을 준비하고 있는 게 틀림없다고 생각했다. 하지만 지락은 자신의 판단을 그저 지레짐작이라고 치부했다. 그러니 자신이 동은에게 이 사실을 말하지 않은 건, 절대 지레짐작으로 사건을 수사해서는 안 된다는 선배의 가르침 때문이었다.

"그럼 오늘 저녁에 한 분도 빠짐없이 오시는 겁니다? 시간 맞춰 마중 나올 거예요. 일단 전 이사 준비로 바빠서 먼저 가볼게요."

지락이 고개를 꾸벅 숙이고 사무실을 나서려는 찰나였다. 동은이 집게손가락을 까딱이며 가까이 오라는 신호를 해 보였다.

"어딜 그냥 가? 잠깐 나 좀 봐."

시종일관 저를 의심스러운 눈초리로 봤던 동은이었다. 지락이 경계하며 어색하게 행동했다.

"선배? 이, 이따 집들이에서 보면 안 될까요? 저 지금 이삿짐 옮겨야 해서 바쁜데!"

"어허, 선배가 오라는데! 안 와? 내가 가?"

동은이 살짝 몸을 일으켰다. 그러자 지락이 갑자기 주머니에서 휴대전화를 꺼내 들며 바쁜 척을 했다.

"어? 은택 씨 전화다! 안 그래도 빨리 오라고 난리거든요! 그럼 이따 봐요, 선배!"

"야! 막내!"

지락은 동은이 일어서서 다가오기 직전, 잽싸게 사무실을 빠져나갔다. 동은이 마뜩지 않은 표정으로 다시 주저앉았다. 그녀가 김밥을 입에 욱여넣으며 중얼거렸다.

"수상해."

수상해도 너무 수상했다. 오지락이 누군가. 우유부단의 대명사가 아니던가. 그런 녀석에게 이런 전광석화와 같은 결단력이 있을 리가 없었다. 분명 그 배후엔 서은택이 있을 터였다. 한입에 담기엔 지나치게 커다란 김밥을 우물거리며 동은이 휴대전화를 만지작거렸다. 아침부터 한 시간 간격으로 걸려오던 전화가 감감무소식인 게 어쩐지 수상했다.

'나 참. 또 무슨 짓을 벌이려는 거야, 서은택?'

은택이 무슨 일을 벌일지 몰라 불안한 동은이 저도 모르게 몸을 부르르 떨었다.

"어라? 팀장님, 어디 가세요? 막내 집들이 하는데 안 가세요?"

지락이 말한 시간을 앞두고 사무실을 나서는 중일에게 견우가 물었다. 중일은 주머니에서 담배를 꺼내 입에 물며 답을 했다.

"수연이한테 좀 들렀다 오려고. 요새 백합 사건 때문에 통 못 찾아갔거든."

"그럼 같이 갈까요? 저도 오랜만에 수연이 보고 싶은데."

견우가 부랴부랴 따라나설 준비를 했다. 하지만 중일은 천천히 고개를 저었다.

"얼굴 보면 마음만 아파. 우리 수연이 건강해지면 그때 와."

하다못해 '안녕하세요.' 인사만이라도 할 수 있을 때, 그때. 씁쓸하게 거절하는 중일을 향해 견우가 묵묵히 고개를 끄덕였다.

수연이 혼수상태가 된 지 워낙 오래된 탓에 의사들은 회복될 가능성이 지극히 낮다는 말만을 했다. 하지만 중일은 아직도 희망을 버리지 않았다. 아니, 버릴 수가 없었다. 수연은 중일에게 남은 유일한 가족이었다. 세상의 전부였다.

혼자서 병원에 온 중일이 여느 때처럼 문 앞에서 옷매무새를 다듬으며 억지로 입꼬리를 끌어 올렸다. 이곳에 올 때마다 항상 하는 행동이었다. 아무리 피곤해도, 아무리 억장이 무너져도 딸 수연의 앞에서만큼은 웃어줄 것이다. 비록 수연이 마주 보고 웃어 줄 리 없다 해도.

"수연아, 아빠 왔다!"

중일은 오늘도 여지없이 활짝 웃으며 병실 문을 열었다. 그런데 어째서인지 수연의 침대 주위에 의사며 간호사들이 잔뜩 둘러서 있었다.

"수연아!"

소란한 분위기에 중일의 뇌리에 가장 먼저 불안함이 엄습했다.

"선생님, 우리 수연이한테 무슨 일이라도 있는 건가요?"

중일이 불안한 표정으로 수연에게 다가갔을 때였다.

"아…… 아……."

가녀린 바람 소리 같은 게 들려왔다. 그 소리에 귀를 기울이던 중일의 움푹 파인 눈가에 금세 뜨거운 눈물이 고여 들었다.

"아…… 빠……."

목에 연결된 호스 때문인지 바람 소리가 섞인 수연의 목소리가 간신히 중일에게 닿았다. 중일이 와락 딸을 끌어안았다.

"수연아! 우리 딸!"

딸이 잠들어 있는 동안 짧다면 짧고 길다면 긴 시간이 흘렀다. 보통의 사람들에겐 덧없이 흘러가버릴지도 모를 짧은 시간. 또 어떤 이들에겐 희망의 끈을 놓아버릴 만큼 긴 시간이었다.

응성거림 속에서 누군가는 '기적'이란 말을 했다. 기적처럼, 그 토록 오랜 기다림 끝에 드디어 수연이 깨어났다.

그러나 그 순간 아무도 눈치채지 못한, 숨은 그림자 하나. 베테랑 형사 중일조차도 깨닫지 못한 어둔 그림자 하나가 그곳에, 있었다.

"그래서 그 오랜 기다림이 끝나고 나니 기분이 어때요?"

하루가 주방에서 분주하게 움직이는 은택에게 물었다. 은택은 무화과청, 석류청, 모과청으로 푸딩을 만들고 있었다.

"내 기분이 어떨 것 같아?"

완성된 디저트를 깔끔한 유리병에 옮겨 담으며 은택이 싱긋 웃었다. 굳이 말하지 않아도 알 수 있었다. 저 미소만으로도 충분히 대답이 되었다.

"아주 좋아서 입이 귀에 걸리셨네요."

물론 심정이야 이해할 수 있었다. 첫사랑. 7년의 기다림. 그리고 드디어 연애를 하게 된 남자의 마음이 오죽할까. 다 알지만 그래도 얄미운 건 어쩔 수가 없다. 하루가 입을 비죽이며 픽업대에 기대고 있던 몸을 일으켰다. 그러곤 늘어지게 기지개를 켜며 휑한 가게 안을 둘러봤다.

밤 아홉 시. 평소 같으면 슬슬 술손님이 들이닥쳐 분주해질 시간이었지만, 오늘은 한가했다. 저녁에 중요한 일이 있다며 은택이 또 가게 문을 걸어 닫은 것이었다.

"난 정말 사장님이 이제 가게 일 열심히 하려는 줄 알았다고요. 완전 속았어."

하루의 속사포 같은 푸념이 한숨과 함께 쏟아졌다. 오늘따라

종일 주방에만 틀어박혀 있기에 드디어 사장님이 정신을 차린 줄만 알았다. 그런데 나중에야 은택이 집들이를 위한 음식을 마련하느라 그랬다는 걸 깨달았다.

"여전히 가게는 뒷전이고 사장님 머릿속엔 온통 동은이 누나뿐이죠?"

이제는 하다하다 애인의 동료를 챙긴다는 명목하에 가게 문까지 걸어 닫다니. 정말이지 못 말리는 남자였다. 어쩌면 이 남자는 숨 쉬는 모든 순간 첫사랑 생각만 하는 게 아닐까. 머릿속으로 은택의 뇌 구조를 그려보던 하루가 살살 손사래를 쳤다.

"관둬요. 사장님을 누가 말려요."

은택이 한숨을 푹푹 내쉬는 하루를 보며 지그시 웃었다. 그의 눈빛엔 미안함이, 그의 입가엔 고마움이 그득했다. 하루 말마따나 첫사랑 한 번 지겹게 앓는 저 때문에 엉뚱하게 고생이 참 많은 녀석이었다.

"삐치지 마. 하루 네 것도 만들었어. 자."

은택은 멋쩍은 기색으로 장난인 듯 진심을 담아 하루의 기분을 풀어주려고 노력했다. 이건 집들이를 위해서도 아니고 동은을 위해서도 아닌, 고생한 하루에게 주는 선물이었다.

"우씨, 누가 사장님 요리 먹고 싶어서 이러는 줄 알……. 우와!"

불퉁거리던 하루의 입은 은택이 내민 음식에 감탄사를 내뱉으며 얌전해졌다. 엄청 공을 들였겠거니 짐작은 했지만, 이건 척 보기에도 입이 떡 벌어질 정도였다. 애피타이저부터 디저트까지, 요리마다 정성이 가득 들어가 있었다.

"일단 사장님 정성을 봐서 먹긴 하는데요. 이번엔 동은이 누나 마음 좀 확실히 잡아요? 네?"

버섯 샐러드에 포크를 가져가며 하루가 투덜거렸다.

"연애하기로 했다면서 뭐가 그렇게 불안해요? 그렇게 하루 24시간 붙어 있지 않아도 이제 동은이 누나 사장님 여자거든요?"

무심하게 중얼거리는 하루 몰래 은택이 씁쓸하게 웃었다. 이 연애가 유통기한 한 달짜리라는 사실은 하루에게 말하지 않았다.

일부러 한 달이라는 시간을 정한 것은, 7년 전과 같은 소중한 13월이 다시 한 번 제 인생이 찾아와주길 바라는 마음에서였다. 그리고 두 번 다시 그때와 같은 후회는 하지 않기를 바라는 마음도 함께 담았다.

그러니 한 달. 그동안 은택은 전력을 다할 생각이었다. 한 달짜리 유통기한이 평생이 될 수 있도록. 7년 전처럼. 그때처럼. 그녀를 떠나보내고 아주 오랜 시간 후회하지 않도록. 다시는, 그런 이별이 오지 못하게 할 생각이었다.

"아……."

동은이 저도 모르게 감탄사를 흘려보냈다. 강력 2팀 식구들과 함께 지락의 집들이에 가는 길. 원래대로라면 지락이 마중을 나오기로 했었는데, 어두컴컴한 골목, 환한 가로등 밑에서 기다리고 서 있는 사람은 은택이었다. 그 모습이 문득 눈물 어린 어느 날과 겹쳐져서 멋대로 눈앞이 뿌얘졌다.

그날은 동은의 교생실습이 끝나는 날이었다. 얼음마녀라고 불렸던 만큼 마지막 날도 떠들썩한 이별 파티 같은 건 하지 않았다.

마치 내일도 볼 것처럼 평범한 인사를 나누며 그렇게 조용하게 보냈다. 그러나 정말 마지막의 마지막 순간만큼은 그러지 못했다.

동은이 어둠을 무서워한다는 걸 알고 은택이 몇 번인가 바래다준 적 있는 길. 이별은 그 길에서 맞이했었다.

'휴대폰 번호라도 알려주고 가요.'

학교가 아닌, 학생들이 아닌, 서은택, 그 애와 하는 이별의 순간만큼은 동은도 더 이상 얼음마녀가 아니었다. 녹아내린 얼음 같은 눈물을 들킬까 뒤돌아보는 것조차 마음대로 할 수 없었다.

'이대로 헤어지면 정말 다시는 못 보는 거잖아요. 그러니까……'

'다시는 너 보고 싶지 않아! 그러니까 그만 따라와!'

차가운 거짓말로 은택을 외면할 수밖에 없었던 건, 괴물 같은 제 상처를 들키고 싶지 않았기 때문에. 일영이 구건물 창고에 갇혔다는 장난을 쳐 어렴풋이 들켰던 그 상처를 끝까지 감추고 싶었기 때문에.

'알았어요! 내가 연락할까 봐 싫은 거죠? 그럼 내 번호라도 알려줄게요! 힘들면 연락해요! 위로가 필요할 때도! 아니, 그냥 아무 때나 연락해도 되니까! 내 번호는……!'

열한 자리의 숫자가 꽃잎처럼 흐드러지던 그 순간을 동은은 선명하게 기억했다. 도망친 주제에 은택의 번호를 기억하고 휴대전화 단축번호에 저장했던 건, 동은이 난생처음 가슴에 품어본 희망이었다. 언젠가 너에게 연락할 수 있을지도 모른다는, 가슴에 가득한 상처를 모두 떨쳐낸 그날이 어쩌면 올지도 모른다는 기대.

하지만 그런 날은 오지 않았다. 은택이 알려준 번호로 전화를 걸어본 적은 단 한 번도 없었다.

그러나 그날의 기억과 함께, 그 번호를 잊은 적 역시 단 한 번도 없었다. 몇 년이나 흘러서도 길을 걷다 교복을 입은 남자애가 전화번호를 물어보는 정도만으로 무너져 펑펑 울어버릴 만큼. 그렇게 마음을 품고도 차마 연락할 용기조차 내지 못했던 동은에게 은택은 거짓말처럼 다시 나타나주었다.

동은은 몇 번이나 상상했었던, 죽을지도 모른다고 생각했던 그 순간에 그토록 그리워했던 은택의 미소를 앞에 두고 새삼 코끝이 시큰해짐을 느꼈다.

만약 그때 뒤를 돌아봤다면 은택은 저런 표정을 짓고 있었을까? 그때는 차마 볼 수 없었던 은택을 마주 본 채로 동은이 허겁지겁 떨어지려는 눈물을 닦아냈다.

"소동, 울어?"

그다지 오고 싶지 않았던 자리인지라 내내 떨떠름한 표정을 짓고 있던 해온이 깜짝 놀라 물었다. 동은은 서둘러 가로등 불빛이 닿지 않는 쪽으로 비켜서며 고개를 저었다.

"아니! 울기는? 이건 눈에 먼지가 들어가서……!"

이 무슨 뻔하디뻔한 고전적인 멘트란 말인가. 게다가 바람 한 점 불지 않는데 먼지는 개뿔. 어설픈 변명을 하려다 그만둔 동은이 괜스레 헛기침을 하며 황급히 말꼬릴 돌렸다.

"크흠. 배고프다! 팀장님도 배고프시죠? 홍 선배도? 최해온 너도 배 엄청 고프지?"

민망했는지 팀원들 하나하나 짚어가며 동의를 구하는 동은이었다. 동은이 눈물을 내색하고 싶어 하지 않는다는 걸 눈치챈 중일이 재빨리 맞장구를 쳤다.

"그러게. 뱃가죽이랑 등가죽이 달라붙어서 난리고만. 남자 1번! 오늘 저녁도 자네가 책임지는 거지?"

"그럼요! 이 골목 끝에 있는 오피스텔 305호예요!"

"팀장님 어서 가시죠! 저도 저녁을 굶었더니 엄청 배고프네요!"

견우까지 거들고 나서며 분위기 전환에 일조했다. 해온은 석연치 않은 얼굴로 중일과 견우를 뒤따라 걸었다. 그러다 오도카니 서 있는 동은이 신경 쓰이는 듯 걸음을 멈추고 물었다.

"뭐 해? 안 가?"

"가!"

불현듯 정신을 차린 동은이 튕겨 나가듯 해온을 따라 걸음을 옮긴 시점이었다. 불쑥 차가운 손에 따스한 온기가 겹쳐졌다. 그 온기가 누구의 것인지는 닿는 순간 알아차렸다. 튕겨 나가듯 앞으로 향하던 동은은 그 반동만큼 뒤로 밀려났다. 은택의 단단한 가슴에 부딪힌 동은은 옴짝달싹할 수 없었다. 그리고 얼마 지나지 않아 허리춤으로 조심스럽게 들어오는 단단한 팔이 느껴졌다. 사르르 귓가에 뜨거운 숨결이 녹아들었다. 슬그머니 겹쳐진 서로의 몸에도 뜨거운 체온이 스며들었다.

"은택아."

이대로 계속 가까워지면 앞에 가는 일행이 고개만 돌리면 들킬 것이었다. 그러나 불안한 와중에도 그만큼 묘한 긴장감이 온몸을 뒤덮어왔다. 아무리 애인 사이라고 해도 때와 장소는 가려야 하는 거 아니야? 동은의 머릿속이 점점 뒤죽박죽이 되어가고 있을 때.

"애인."

은택이 부드럽게 속삭였다.

"집들이에서 내가 무슨 말을 해도 놀라지 마."

"놀라지 말라니, 뭘?"

동은이 떨리는 목소리로 물었다. 은택은 동은의 머리카락을 쓰다듬으며 피식 웃었다. 놀라지 말라고 했건만, 동은은 벌써 놀란 모양이었다. 굳이 보지 않아도 알 수 있었다. 겁먹은 토끼같이 눈을 동그랗게 뜨고서 눈동자는 또 정신없이 흔들리고 있겠지. 뜨거워진 체온, 다소 거칠어진 숨소리만으로도 충분히 짐작이 갔다.

"놀라지 말라는 말에도 놀라면 어떡해? 새가슴."

은택의 짓궂은 중얼거림에 동은이 몰래 한숨을 흘렸다. 은택은 절대 모를 테다. 범죄자들 앞에서 자신이 얼마나 냉정하게 대응하는지. 얼굴에 칼자국이 몇 개씩 있는 흉악범을 데려다 놔도 눈 하나 깜짝하지 않는 소문난 강심장인데. 살 떨리는 협박을 들어도 무서울 게 없는 강력계 형사인데. 근데, 네 앞에서는 그게 잘 안 돼. 동은이 떨리는 가슴을 진정시키는 걸 포기한 채 솔직하게 대답했다.

"네가……."

"응?"

"네가 갑자기 끌어안으니까."

가로등 불빛에서 비켜선 어두운 구석. 동은의 솔직한 마음에 은택 역시 심장이 터질 듯이 두근거려왔다.

"전에 분명 말했을 텐데? 앞으로는 만지고 싶으면 만질 거고, 키스하고 싶으면 키스할 거라고."

짐짓 강한 척 떠들어보지만, 떨리는 가슴까진 숨길 자신이 없었다. 키스하고 싶으면 키스할 거라고? 웃기지 마. 은택은 스스로를 비웃었다. 7년 전 잠든 그녀에게 몰래 했던 키스. 그리고 7년 만에 다시 만나 나눈 두 번의 키스. 그것들 중 어느 하나도 쉬운 것이 없었다. 동은에게는 자신감 넘치는 모습으로 보였을지 몰라도 전혀 아니었다.

입술이 떨어진 후에 가슴을 움켜쥐어야 할 만큼. 뒤돌아서 네가 볼 수 없는 곳으로 가 무너지듯 주저앉아버릴 만큼. 언제나 떨리고 긴장했었다.

질투에 눈이 멀어 했던 키스도, 한 달짜리 연애를 시작하며 다짐하듯 했던 키스도. 모두 있는 용기 없는 용기 다 쥐어짜 했던 키스였다. 그런 마음을 아는지 모르는지 품에 안긴 동은이 꼼지락거리며 속삭였다.

"어쨌든 지금은 절대 안 돼! 참아."

그러자 체념한 듯한 은택의 시선이 가로등 불빛이 내려앉은 길목을 지나 오피스텔 앞으로 향했다.

"됐네요. 쓸데없는 구경꾼 때문에 흥도 안 나."

"뭐? 구경꾼?"

은택의 말에 멍한 표정으로 안겨 있던 동은이 당혹스러운 얼굴로 다급하게 품을 벗어났다. 재빠르게 뒤를 돌아보니 어느새 온 건지 지락이 팀원들과 함께 이곳을 보고 있었다. 한술 더 떠 지락은 휘파람까지 불어댔다.

아니, 왜들 안 들어가고 저기서 저렇게! 동은이 창피한 듯 마른 세수를 하며 빠르게 걸음을 옮겼다.

"뭐 해요, 안 들어가고? 불구경해요, 지금?"

무섭게 으름장을 놔보지만, 창피함이 가득 담긴 목소리는 애처롭기만 했다. 뒤에서 느긋하게 동은을 따라 걸음을 옮기며 은택이 키득키득 웃음을 삼켰다. 동은이 휙 뒤를 돌아보며 눈을 가늘게 떴다. 저를 노려보는 시선에 은택이 입을 꾹 다물며 지퍼를 채우는 시늉을 했다. 어느새 오피스텔 앞에 도착한 동은이 괜히 지락의 옆구리에 주먹을 날렸다.

"헉! 갑자기 왜 이러세요?"

"이게 다 너 때문이야! 괜히 이사는 해가지고!"

"네? 뭐가요?"

"아, 몰라! 아무튼 올라가기나 해! 근데 몇 호라고 그랬지?"

"305호."

갑자기 떨어진 날벼락에 얼떨떨한 지락 대신 은택이 대답을 해줬다. 동은이 쿵쾅거리며 계단을 올랐다. 동은이 계단 너머로 모습을 감추자 지락이 은택을 바라봤다. 난데없이 맞은 옆구리를 문지르며 지락은 더없이 억울한 표정을 짓고 있었다. 그때였다. 난간 사이로 동은의 살벌한 목소리가 들려왔다.

"뭐 하고 있어? 오지락이 너! 집들이 대충대충 준비했어 봐! 뼈도 못 추릴 줄 알아!"

"그, 그건 걱정하지 마세요."

지락이 잔뜩 풀이 죽어 대답했다. 집들이 음식을 누가 준비했는데? 은택이 차려놓은 음식을 보면 방금 한 협박이 얼마나 쓸데없는지 금방 알 수 있을 것이었다.

"은택 씨, 선배 무슨 일 있었어요?"

걱정이 가득한 지락의 물음에 은택이 지그시 웃었다.

"걱정하지 마요. 나랑 껴안고 있던 거 들켜서 당황한 거니까. 아, 그리고 아까 오 형사님이 휘파람 불었죠? 그래서 그래요."

"아! 그건 저도 모르게."

"괜찮아요. 아까 내가 차린 음식 봤죠? 오 형사님 뼈 정도는 추릴 수 있게 해줄게요. 자, 이제 올라가요."

은택이 지락의 축 처진 어깨를 다독이며 함께 계단을 걸어 올라갔다. 지락은 은택의 위로에 더욱더 어깨를 늘어뜨리고 힘없이 걸음을 옮겼다.

다행히 지락은 뼈는 추릴 수 있었다. 은택이 준비한 집들이 음식이 고급 한정식집의 코스 요리를 방불케 할 정도로 훌륭한 덕분이었다.

들깨버섯죽과 홍시 샐러드로 가볍게 시작된 식사는 한방 오리고기 냉채, 장어구이, 날치알이 올라간 대하찜에 떡갈비까지 정성스럽고 푸짐하게 이어졌다. 마지막으로 달콤한 과일청 푸딩까지 입가심으로 먹고 나니 모두들 더없이 만족스러워했다.

"이야, 역시 남자 1번이고만. 오늘 음식도 아주 맛있었어."

"저도요. 형사 생활하면서 이렇게 푸짐한 저녁 챙겨 먹는 건 다 남자 1번 덕분이라니까요."

중일과 견우가 쿵짝을 맞춰가며 은택의 음식을 칭찬했다. 은택은 그사이 재바르게 식탁을 치우더니 금세 막걸리에 어울릴 만한 상을 뚝딱 차려냈다.

"자, 술도 한잔하셔야죠."

"그렇지, 그렇지. 하여간 남자 1번은 누가 데려갈지 몰라도 그 여자 엄청 복 받았어."

잔에 콸콸콸 담기는 막걸리 소리가 경쾌했다. 동은이 숟가락으로 푸딩을 떠먹으며 쑥스러운 표정을 지었다. 중일과 견우의 시선이 저를 향하고 있었기 때문이었다. 지락의 이사를 기념한 집들이었건만, 어쩐지 기분이 묘했다. 마치 신혼부부 같은 느낌이랄까. 물론 은택이 새댁, 자신이 태평한 신랑 같았다. 중일이 쑥스러워하는 동은을 힐끗 쳐다보곤 마주 앉은 지락의 빈 잔에 술을 따랐다.

"막내야, 내 잔 받아라. 그나저나 짜식, 남자 1번이 룸메이트라니 복이 터졌어."

"제 말이요. 제가 생각해도 저 완전 복 받은 놈이라니까요?"

지락이 어깨에 힘을 잔뜩 주며 맞장구를 쳤다. 그러다 문득 생각이 난 듯 맞은편에 앉은 해온을 향해 고개를 꾸벅 숙였다.

"최 경위님, 그동안 정말 감사했습니다!"

혼자서 막걸리는 따라 마시려던 해온이 무심하게 손을 저었다.

"됐어. 감사는 무슨? 왜? 나랑 다시는 안 볼 거야?"

"그건 아니지만, 그래도 고마운 마음은 전해야죠!"

지락이 해온이 집으려던 막걸리 동이를 대신 집어 들더니 술을 따랐다. 그런 두 사람을 나머지 팀원들이 따스한 시선으로 바라봤다. 모두 같은 기억을 떠올리고 있었다.

지락이 강남서로 발령받은 지 얼마 되지 않았을 무렵에 있었던 일이었다. 어느 날 갑자기, 지락은 어머니가 사기를 당했다는 소식을 전해 들었다. 언제가 될지 모를 아들 결혼에 보태려고 한 푼두 푼 모은 귀한 돈이었다.

팀원들이 힘을 모아 사기꾼은 붙잡았지만, 돈은 돌려받을 수 없었다. 부랴부랴 전세금을 모두 빼서 어머니에게 부치고 나니 자신은 월세를 얻을 돈조차 없었다.

그런 지락을 먼저 집으로 불러준 건 해온이었다. 돈 한 푼 없는 형편을 알기에 월세며 보증금이며 아무것도 받지 않았다. 해온이 아니었다면 그 막막한 상황을 절대 헤쳐 나갈 수 없었을 것이었다.

"저 때문에 그간 많이 불편하셨죠?"

"누가 불편했대? 별소릴 다 한다."

지락의 말에 해온이 떨떠름하게 대꾸했다. 해온의 시선이 과일청 푸딩을 떠먹느라 분주한 동은에게 향했다. 무화과청 푸딩처럼 붉은 기가 도는 동은의 뺨을 보며 해온이 저도 모르게 어금니에 힘을 줬다. 지락이 드디어 집을 구하게 되었으니 분명 기뻐야 정상인데 이상하게 못마땅했다.

아니, 이상할 것도 없었다. 왜 이러는지 이유는 너무도 자명했다. 지락이 이사한 곳이 은택의 집이었기 때문이었다.

"그냥 내 집에 계속 있어도 됐는데. 형사 일이 낮밤도 없고 들쑥날쑥한 건데 오히려 남자 1번이야말로 불편하지 않겠어?"

해온의 마뜩지 않은 시선이 은택을 향했다. 민망했는지 자꾸만 막걸리를 마시려고 하는 동은을 뜯어말리고 있던 은택이 천천히 고개를 돌렸다. 이윽고 두 사람의 눈이 마주쳤다.

"아뇨. 전혀 안 불편한데요?"

은택이 퉁명하게 대꾸했다. 해온은 지락이 따라준 막걸리를 단번에 들이켜며 응수했다.

"내가 말한 거 못 들었어? 앞으로 불편해질 거라니까? 분명히."

"제 걱정은 마시죠? 앞으로도 불편할 일 없으니까. 절대로."

누구 하나 물러서지 않았다. 차분한 듯 보여도 두 사람의 대화는 점점 더 격렬해졌다.

"막내야, 그냥 다시 내 집 들어와. 남자 1번 분명 불편할 거다."

"그냥 계세요, 오 형사님. 절대 그럴 일 없으니까."

지락은 마치 가시방석에 앉아 있는 것 같았다. 애초에 동은을 두고 벌어질 싸움이 엉뚱하게도 저를 두고 벌어지고 있었다. 곰곰이 이 상황에서 벗어날 방법을 고민하던 지락이 엉겁결에 물었다.

"분위기 띄울 겸, 우리 게임이나 할까요?"

가라앉은 술자리 분위기를 되살리기에 게임만 한 것이 없을 것 같았다. 오십 대의 중일까지 무리 없이 할 만한 술자리 게임을 고민하던 지락이 손바닥에 주먹을 탁 내리치며 말했다.

"그렇지! 진실게임 어때요?"

진실게임의 주제는 비밀로 정해졌다.

"자자자, 얼른들 뽑으세요!"

지락이 젓가락을 움켜쥔 채 식탁의 중앙에 내밀었다. 모두가 긴장한 표정으로 지락의 손에서 젓가락을 하나씩 골라 손에 쥐었다. 한 사람도 빠짐없이 젓가락을 고른 걸 확인한 지락이 씨익 웃으며 입을 열었다.

"그럼 누가 걸렸는지 확인합니다? 두구두구두구!"

지락이 효과음까지 내가며 긴장된 분위기를 형성했다. 그가 '짜잔!'을 외침과 동시에 손바닥을 펼쳤다. 감춰져 있던 젓가락 끄트머리가 드러났다. 개중 하나만이 끄트머리에 붉은색이 칠해져 있었다. 당첨 젓가락을 고른 사람은 다름 아닌 중일이었다.

"어이쿠야. 나고만?"

"팀장님! 걸리셨어요! 자, 저희한테 숨긴 비밀 있으시면 이제 이실직고하세요!"

지락이 술잔 가득 막걸리를 따르며 호들갑스럽게 굴었다. 이 정도 막걸리야 마시려면야 얼마든지 마실 수 있었지만, 중일은 술잔을 들지 않았다. 그렇지 않아도 오늘 이 자리에서 그간 팀원들에게 계속 숨겨왔던 비밀을 털어놓을 생각이었다.

"……다들, 내 딸 수연이 알지?"

"팀장님!"

딸의 이야기를 꺼내는 중일을 견우가 놀란 눈으로 바라봤다. 견우의 눈빛에는 놀란 기색뿐만 아니라 애처로운 기색도 그득 담겨 있었다. 반은 장난인 술자리일 뿐이었다. 가슴 아프게 지켜온 비밀을 굳이 밝힐 필요는 없다고 생각했다. 아직 수연이 깨어난 것을 모르는 견우의 마음을 중일은 잘 알았다. 그는 홀가분한 미소와 함께 괜찮다는 뜻에서 고개를 저었다.

그러나 아무리 수연이 깨어났다고 해도, 제 딸에게 일어난 일을 모두 앞에서 말하는 것은 결코 쉽지 않았다. 중일이 간신히 입을 열었다.

"우리 수연이한테 나쁜 일…… 있었어."

그 일은 수연의 하굣길에서 벌어졌다. 느닷없이 검은 모자를 쓴 사내가 수연을 납치하려고 했었다. 끝까지 반항하던 수연은 결국 범인이 휘두른 칼에 찔렸고, 그렇게 깊은 잠에 빠졌다.

고단한 시간이 흘렀다. 그러나 그동안 아무도 희망을 말해주는 사람은 없었다. 모두가 이제 그만 놓아주라고만 했다. 붙잡고 있는 게 오히려 욕심이라는 잔인한 말도 서슴지 않았다. 그런데……

"깨어났어, 오늘. 여기 오기 전에."

수연의 이야길 하면서 중일은 자꾸만 눈물이 났다. 창피하지만 어쩔 수 없었다. 술기운이라고 치부해버리기엔 눈물에 담긴 의미가 너무나 많았다. 수연의 사건을 유일하게 알고 있었던 견우 역시 단번에 울음을 터뜨렸다.

"정말입니까, 팀장님? 정말로 수연이가 깨어났습니까?"

"그래, 담당의사도 놀라는 눈치더라고. 기적, 의사조차도 기적이라고 했어."

"잘됐습니다, 정말 잘됐습니다!"

"고마워. 고마워, 정말."

누구에게도 쉽게 털어놓을 수 없었던 비밀. 자초지종을 알고 있는 견우에게조차 갈기갈기 찢어지고 무너지는 마음까지는 비출 수가 없었다. 비로소 혼자서 겨우 다독였던 마음을 모두 앞에 끄집어낸 중일이 웃으며 울었다. 한참 만에야 중일에게서 흐느낌이 잦아들자 해온이 먹먹한 목소리로 중일을 불렀다.

"팀장님."

"알아, 그간 비밀로 해서 미안했어."

중일이 해온이 말을 꺼내기도 전에 먼저 대답했다. 누구보다 팀원들을 챙겼던 해온이기에 그가 지금 얼마나 서운하고 속상할지 짐작이 갔다. 하지만 해온은 중일의 말에 고개를 저었다.

"아닙니다. 왜 저희에게 수연이 일 말씀 못 하셨는지 압니다."

짐이 되기 싫어서. 그토록 상냥한 이유에 화를 낼 생각은 애초부터 없었다.

"대신 이제부터라도 저희한테 기대주세요. 부탁, 드립니다."

해온은 말을 끝내며 턱에 힘을 꽉 줬다. 그간 중일의 마음고생을 알아주지 못했기에 자신은 눈물을 흘릴 자격조차 없다고 생각하는 게 분명했다. 중일이 눈물이 말라붙은 얼굴을 쓸어내리며 해온의 어깨에 손을 올렸다. 두 사람을 바라보던 지락이 다급하게 목소릴 냈다.

"저도요, 팀장님! 저도 돕겠습니다! 저한테도 기대주세요."

지락은 중일보다도 더 많은 눈물을 쏟고 있었다.

"물론, 믿음직스럽진 않겠지만…… 그래도요."

이토록 여린 형사라니. 중일은 젖은 눈으로 껄껄 웃으며 엉엉울고 있는 지락의 어깨에도 손을 올렸다.

해온과 지락이 천천히 고개를 들었다. 마주한 중일의 얼굴에는 힘든 사건일수록 더 빛을 발하던 팀장으로서의 카리스마가 가득담겨 있었다.

"수연이가, 전부 기억난다고 했어."

보통 혼수상태에서 깨어났을 때 그 이전의 기억은 희미하기 마련이었다. 그러나 수연은 모든 걸 기억한다고 했다.

"그날 무슨 일이 있었는지, 전부."

그 말인즉, 범인 또한 기억하고 있다는 뜻이었다.

"범인의 얼굴도, 기억이 난대."

중일이 수연이 몸서리치며 털어놓은 그날의 이야기를 떠올리며 바들거리는 눈을 감았다가 떴다. 그러곤 해온과 지락의 어깨에 올린 손에 힘을 가득 실었다.

"그러니 부탁하네."

중일이 차례로 팀원들과 눈빛을 마주쳤다. 저를 돕고 싶어 하는 의지로 가득한 해온과 지락의 눈을, 누구보다 수연의 회복을 기뻐하고 있는 견우의 눈을, 그리고 마지막으로 어딘가 불안해 보이는 동은의 눈을 바라봤다.

동은이 무엇을 떠올리며 저토록 불안한 눈빛을 짓고 있는지 모르지 않았다. 그래서 망설여졌다. 동은에게까지 이런 부탁을 해도 좋은지.

그런데 바로 그때, 은택이 불안해하는 동은의 손을 꼭 잡아주는 모습이 보였다. 두 사람은 그렇게 고요히 눈을 맞추고 따스한 시선을 주고받았다.

아직 동은은 남자 1번에게 아무 말도 하지 않았다고 했다. 그렇다면 동은에게 있었던 일에 관해 아무것도 모를 테니 그는 지금 본능적으로 그리 행동한 것이 틀림없었다.

그럼에도 불구하고 점차 동은의 눈빛에서 불안함이 거두어져 갔다. 미약한 떨림도 사라져 갔다. 그 모습을 본 중일은 안심했다. 곁에 저 남자가 있는 이상 동은은 괜찮을 것 같았다. 중일이 조금 전 하려던 말을 강경하게 이었다.

"자네들이 나랑 같이 그 범인을 잡아줬으면 좋겠어."

그렇게 은택의 집에서 진실게임이 한창인 그 시각. 휴일 팻말을 내건 어두컴컴한 꽃집에는 음산한 분위기가 감돌고 있었다.

"아직은 그 여자가 진실을 알면 곤란해요. 정말 들키지 않은 거 맞죠?"

"그럼요! 그쪽 말대로 캐비닛 안을 싹 치워뒀더니 열어보고 그냥 가더라고요."

주인 홍미란은 유일하게 불이 켜진 비밀스러운 공간에서 어떤 남자와 이야기를 나누는 중이었다. 그녀는 잔뜩 겁에 질린 채 마주 앉은 남자의 시선을 겨우 받아내고 있었다.

"우리가 모를 거라고 생각했어요?"

"아뇨! 그, 그럴 리가요!"

홍미란은 거세게 고개를 저었다. 남자는 홍미란이 자신의 시선을 교묘하게 피하고 있다는 걸 눈치채고 바닥에 내려둔 가방을 집어 들었다. 가방에서 사진 몇 장을 꺼내 남자가 테이블 위에 좌라락 늘어놓았다. 거기엔 꽃집에 들어서는 동은을 비롯한 형사들이 찍혀 있었다. 남자의 눈빛이 전등 아래 위협하듯 반짝였다.

"이런 일이 있을 땐 바로바로 알렸어야죠. 이제강이 제멋대로 굴었다가 어떻게 됐는지 잘 알면서……."

남자의 입에서 이제강의 이름이 흘러나오자 홍미란이 몸을 부르르 떨었다.

"정말이지 이러면 곤란해요."

곤란하다는 말을 내뱉는 사람치곤 비죽 새어 나온 웃음은 소름이 끼칠 만큼 섬뜩했다. 휠체어 팔걸이를 움켜쥔 홍미란의 손등에 푸르스름한 핏줄이 도드라졌다. 남자는 그 핏줄을 감상이라도 하듯 느른하게 미소 지으며 속삭였다.

"앞으로는 조금이라도 꼬투리 잡힐 일은 하지 말아요."

"무, 물론이지요."

"머지않았어요. 곧 임동은 그 여자가 진실을 알게 되는 날이 올 겁니다."

남자는 잠시 말을 멈추고 또 한 번 소름 끼치게 웃었다. 홍미란의 까만 눈동자에 공포가 가득 담겨 물결쳤다. 남자는 그 눈동자를 오롯이 바라보다 형사들 사진 속에 섞여 있는 다소 이질적인 사진 한 장에 시선을 고정했다. 바지런히 요리를 만들고 있는 누군가의 모습. 남자는 한쪽 입꼬리를 끌어 올려 비죽 웃었다.

"그때까진 비밀을 지키지 않으면 안 됩니다. 아시겠어요?"

남자의 말에 홍미란이 꿀꺽 침을 삼키며 고개를 끄덕였다.

"자, 그럼 두 번째로 당첨된 사람은⋯⋯!"

중일이 저만 비밀을 털어놓을 수 없다며 기어코 젓가락을 다시 모으는 바람에 진실게임은 계속 이어졌다. 그것이 아직 남아 있는 서글픔을 숨기기 위한 행동임을 모르지 않기에. 중일의 움푹 팬 눈가가 또다시 젖어드는 걸 애써 모른 척하며 모두가 와자지껄하게 게임을 시작했다. 그런데 억지로 띄운 분위기는 허무하리만치 금세 다시 가라앉고 말았다.

"나, 남자 1번, 괜찮겠어?"

중일이 염려스럽게 물었다. 공교롭게도 이번 판의 당첨자가 은택이었다. 모두의 얼굴에 하나같이 난감한 빛이 떠올랐다. 남자 1번과는 아직 서로 이름도 편하게 부르지 못하는 사이였다.

"은택 씨, 괜찮아요?"

오늘부로 룸메이트가 된 지락만이 겨우 이름을 부르고는 있지만, 그마저도 어색하기 짝이 없었다. 그런데 그런 사이에 비밀을 털어놓으라니 아무리 게임이라지만 곤란했다. 모두가 어색한 표정을 지으며 괜히 동은만 바라봤다. 그러나 도와달라 눈을 마주친 동은 쪽이 더 곤혹스러운 표정을 짓고 있었다.

'집들이에서 내가 무슨 말을 해도 놀라지 마.'

은택이 속삭였던 상냥한 경고가 불현듯 떠오른 까닭이었다. 아마도 은택은 그때부터 작정한 말을 지금 이 순간 하려는 모양이었다. 스멀스멀 피어오르는 불안감에 동은의 매끈한 눈썹이 밉게 구부러졌다. 그렇게 모두가 좌불안석인 와중에 정작 은택만이 아무런 거리낌이 없었다.

"물론이죠. 아무 문제 없어요."

오히려 은택은 마치 이 순간을 기다렸다는 듯 적극적이었다.

"그렇지 않아도 여러분 앞에서 꼭 하고 싶은 말이 있었거든요."

은택의 말에 모두의 얼굴에 화색이 돌았다. 분위기가 이상해질까 봐 걱정했는데 다행이었다. 본인이 하고 싶은 말이 있다는데 굳이 말릴 이유가 없었다.

그러나 딱 한 사람, 동은만은 얼굴빛이 어두워졌다. 은택이 무슨 이야기를 꺼낼지 이제야 감이 잡혔다. 설레는 것보다 먼저, 엉킨 실타래 같은 답답함이 가슴에 밀려들었다. 풀려고 하면 할수록 더더욱 엉키고 마는, 아직 끝나지 않은 과거의 기억에 동은은 이를 악물었다.

젠장. 동은은 뒤늦게야 후회했다. 은택이 제안한 한 달짜리 연애를 그냥 받아들인 것을.

시간이 흘러 약속한 한 달이 지나면 은택을 밀어낼 수 있을 거라고 생각했다. 그렇게 너를 내 인생에, 이토록 엉망진창인 인생에 끌어들이지 않아도 될 거라고.

하지만 은택이 문제가 아니었다. 한 달이 지나 결국 마음을 열지 못했으니 그만하자 말을 하면 은택은 두말없이 저를 놔줄 것이었다.

문제는 저였다. 그렇게 은택이 떠나고 나면 견디지 못할 사람은 오히려 저였다. 마음에 빗장을 걸어두고도 간신히 흔들림을 참아냈는데. 빗장을 풀고서 받아들인 은택의 마음을 그리워하지 않을 자신이 없었다. 그 마음이 떠나고 남겨진 빈자리를 감당할 자신이 없었다.

동은은 눈물이 차오를 것 같아 눈에 바짝 힘을 준 채로 은택을 바라봤다. 무엇이 그리 좋은지 해사하게 웃는 얼굴에 반대로 목이 메어왔다.

"자자, 빨리 말해봐요. 은택 씨, 비밀이 뭔데요?"

"궁금하세요?"

"당연하죠! 궁금해 죽겠다고요."

지락의 성화에 은택이 동은을 힐끗 쳐다보며 엉큼하게 웃었다. 동은은 입술을 꾹 깨물었다.

"제 비밀은요."

후회스러웠다. 은택을 다시 만났을 때, 그때 전부 털어놨어야 했다. 서은택, 너이기 때문에 차마 털어놓을 수 없었던 그 비밀을. 끔찍한 내 모습을 알고 날 떠날까 무서워 숨기고 또 숨겼던 그 과거를.

"잠깐만, 은택아."

"왜? 뭐 할 말 있어?"

은택이 다정하게 묻자 동은이 울컥 치밀어 오르는 감정을 눌러 삼키며 대답했다.

"흑장미, 해주려고."

"흑장미?"

동은이 고개를 끄덕였다. 은택은 잠시 흥미로운 표정을 지었다가 이내 고개를 저었다.

"됐거든요. 내가 겪은 게 있는데. 다른 남자 앞에서 술 마시는 거 두 눈 뜨고 못 보지."

동은은 불현듯 떠오른 그때의 실수에 얼굴을 붉히며 대꾸했다.

"이번엔 그런 거 아니야. 술 말고 비밀."

"뭐?"

"너 대신 내가 말하겠다고, 비밀."

은택이 예상치 못했다는 듯 다소 놀란 눈으로 동은을 바라봤다. 혹 그녀도 저와 같은 생각을 하고 있었던 걸까. 기대감으로 부풀었던 은택은 이내 침묵했다. 잔뜩 들떴던 저와는 달리 동은의 눈빛에는 까만 물결 같은 반짝임이 어른거리고 있었기 때문이었다.

"내 비밀은……."

동은이 천천히 12년 전 자신의 과거 속으로 은택을 데리고 갔다.

작은 창문으로 어스름한 밤하늘이 내다보였다. 유난히 밤이 깊어 별은 어둠과 함께 물결처럼 은은하게 반짝이고 있었다.

이곳에 온 지 며칠이나 되었을까. 낮과 밤이 바뀌는 것으로 간신히 헤아렸던 날짜는 어느 날인가 죽은 듯이 자고 일어난 후로 더 이상 셈이 불가능해졌다. 자고 일어났어도 여전히 주변이 칠흑 같았다. 겨우 몇 시간을 잔 건지, 혹은 한나절을 잔 건지 알 수 없었다.

그때부터 갇혀 있다는 공포가 서서히 실감이 나기 시작했다. 동은은 발치에 뭉개져 있는 꽃을 내려다봤다. 하얗고 싱그러웠던 꽃은 피와 흙이 엉겨 붙어 본래의 색을 잃은 지 오래였다.

비참하게 시들어버린 꽃. 마찬가지로 헤지고 얼룩진 교복 셔츠 속에서 이니셜이 새겨진 목걸이를 꺼낸 동은이 손끝으로 더듬었다. 닳도록 펜던트를 어루만지던 그녀가 어느 순간 이를 악물었다.

흑! 참으려 했으나 참지 못했다. 악문 잇새로 흐느낌이 새어 나왔다. 공포심과 외로움이 눈물과 함께 북받쳐 올랐다.

'생일 축하해, 우리 딸.'

아빠에게 백합과 목걸이를 선물로 받았던 열여덟 살 생일. 끔찍했던 순간은 예고도 없이 찾아왔다.

아빠가 준 생일 선물을 빼고는 그날의 기억은 흐릿했다. 두서없이 떠오르는 기억들. 느닷없이 얼굴을 덮쳐온 검은색 천. 흔들리는 풍경. 입속과 콧속을 파고들던 아찔한 냄새. 굶어 죽지 않을 만큼 챙겨주던 식사와 이따금 저를 납치한 남자가 놓고 갔던 잔인한 도구들.

남자는 늘 어둠 속에 있었다. 애초부터 어둠과 하나인 양 모습을 드러내지 않은 채 은밀하게 동은을 지켜봤다.

"너."

어느 날 밧줄, 칼, 수면제 같은 것을 들이밀며 남자는 말했었다.

"죽고 싶으면 죽어도 돼."

통각상실증. 남자가 앓고 있는 병의 이름이었다. 고통을 느끼지 못하는 고통. 우습게도 그것이 동은을 납치한 이유였다. 남자는 알고 싶다고 했다. 차라리 죽고 싶을 만큼의 고통이 무엇인지를.

아빠의 생일선물을 받아 들며 환하게 웃던 너에게서, 세상 가장 행복해 보였던 너로부터.

하지만 남자가 간과한 것이 있었다. 죽고 싶을 만큼 고통이 극에 달했을 때 인간이 가지는 가장 강렬한 욕망은 '살고 싶다'는 희망이라는 사실을.

시간은 속절없이 흘러갔다. 그동안 헤아릴 수 없는 외로운 밤이 저물고, 사그라지는 희망처럼 별이 반짝였고, 가슴이 수차례 무너졌다.

하지만 동은은 포기하지 않았다. 밤의 끝에 떠오르는 해처럼, 막막한 어둠 속에서도 끝내 반짝이는 별처럼, 무너지고 무너진 가슴에도 깃드는 간절한 바람.

살고 싶었다. 죽고 싶지 않았다.

"아직도 죽고 싶다는 생각이 안 들어?"

비가 억수같이 퍼붓던 밤이었다. 남자의 잔인한 말과 함께 그곳에 갇히고 처음으로 빗소리를 들었다.

그날. 동은은 필사적으로 남자의 다리를 칼로 찌르고 달아났다. 이런 그녀의 반응을 전혀 예상하지 못했기에 남자는 미처 대비도 할 수 없었다.

고통을 느끼지 못한다 하여 다치지 않는 것은 아니기에. 남자는 절뚝거리며 동은의 뒤를 쫓았다. 그러나 남자의 호기심은 살고자 하는 동은의 간절한 욕망에는 미치지 못했다.

"살려줘!"

동은은 남자에게서 벗어났다는 생각이 들 때까지 빗속을 달리고 또 달렸다.

"나 좀 살려줘!"

그녀가 정신을 잃은 건, 빗속에서 누군가를 만난 순간이었다.

동은이 비밀을 털어놓고 한동안은 침묵이 흘렀다. 그 침묵을
깨트린 건 은택이었다.

"흑장미가 나서줬지만, 저도 비밀을 밝히겠습니다."

일말의 망설임도 없이 은택이 입을 열었다.

"동은이랑 저, 연애합니다!"

잠시 굳어 있던 사람들에게서 이내 박수 소리가 터져 나왔다.

"축하하네, 남자 1……. 아니, 은택 군!"

해온만이 시큰둥한 반응일 뿐 모두 제 일처럼 기뻐하며 축하해주
었다. 중일이 시도한 '은택 군'이라는 호칭은 지락의 '은택 씨'보다
더 어색했지만, 아무래도 좋았다. 수연의 회복도 소똥의 연애도
전부 기분 좋은 소식들이었다.

그 속에서 동은은 뜨거워지는 눈시울을 간신히 버텨내고 있었
다. 12년 전 저에게 벌어진 끔찍한 사건. 그 과거를 모두 털어놓은
후 동은은 은택에게 선택을 맡겼다.

이토록 끔찍한 과거를 알고도 너는 내 곁에 있어줄까? 네가 털
어놓으려던 비밀. 그 말의 무게를 감당하는 건 결코 쉽지 않을 거
라고.

협박 같은 게 아니었다. 이건 동은이 은택에게 주는 기회였다.
저에게서 달아날 수 있는 기회. 과거에 갇혀 있는 저 같은 건 떨쳐
내고 너는 그저 앞을 향해 가라고. 등을 떠밀어주는 거였다.

하지만 은택은 그 기회를 망설임 없이 차버렸다. 당당하게 연
애한다는 사실을 털어놓은 뒤 그는 수줍게 이렇게 말했다.

"오늘이 2일째예요."

이제 막 피어난 꽃처럼 환하게 웃음 지으며. 동은의 마음이 하염없이 젖어들도록.

늘 그랬다. 은택이 미소 지을 때마다, 그 미소가 너무나 눈부셔서 바라보는 동은의 가슴에는 눈물이 찰랑찰랑 차올랐다. 그래서 조금만 움직여도 눈물은 금방 흘러넘치곤 했다.

아주 조금 너에게 마음이 흔들렸을 뿐인데, 아주 조금 너에게로 향한 것뿐인데. 마음 한 자락마다, 걸음걸음마다 눈물 자국이 남았다.

이토록 전부를 내어주는 너의 사랑에. 이토록 헌신적인 너의 마음에. 너와 같은 마음이 되어버린 내가. 내 사랑이 너를 힘들게할까 봐. 그게 너무 두려워서.

12년 전 동은을 납치했던 범인은 그 후로도 여섯 건의 범죄를 더 저질렀고, 아직도 잡히지 않은 상태였다. 게다가 백합이라는 별명까지 만들어가며 조금씩 다시 수면 위로 떠오르고 있었다. 그가 언제 어떻게 또다시 위험한 상황을 만들지 알 수 없었다. 그런데도 너는…….

"은택아."

무섭지 않아? 도망치고 싶지 않아? 눈빛으로 묻는 동은에게 은택이 가붓이 고개를 저어주었다. 은택이 조심스럽게 동은의 볼 위에 남은 눈물 자국을 쓸어내렸다.

"애인."

그 한마디에 동료들이 곁에 있다는 사실은 까맣게 잊어버릴 만큼 심장이 거세게 뛰어댔다. 깜짝 놀라서가 아니었다. 처음으로 과거를 털어놓고, 진짜 자신을 오롯이 알려주고 듣는 은택의 솔직한 마음에 가슴이 미친 듯이 떨렸다.

눈빛이 마주쳤다. 깊고, 짙고, 뜨거워 피할 수가 없었다.

서은택, 이런 나라도 너는…… 정말 괜찮은 거야?

은택은 이번에도 말없이 고개를 끄덕이며 눈가에 맺힌 눈물을 거두어주었다.

"앞으론 내 허락 없이 아프지 마. 나 없는 데서 울지도 마."

임동은, 이런 너라서, 나는…….

"당신 상처도 전부 내 거야."

좋아해. 좋아해, 너를. 네 모든 걸 다 가지고 싶을 만큼. 설령 그게 고통스러운 상처라 해도.

은택이 동은의 심장 위로 손을 올렸다. 그토록 알고 싶었던 사연이었는데, 알고 나니 이 조그만 가슴에 담긴 상처가 안쓰러워 견딜 수가 없었다.

그러나 한편에선 끝없는 안도감이 밀려들었다. 그 끔찍한 고통을 안고도, 이렇게.

"살아 있어줘서……."

거세게 뛰는 심장 위, 얹은 손 위로 입 맞추며 은택이 속삭였다.

"……고마워."

집들이가 끝나고 돌아가는 길. 동은은 자꾸만 침을 꿀꺽 삼켰다. 입안이 바싹바싹 마르는 느낌이었다. 팔다리며 등에도 괜스레 힘이 들어갔다. 여름에 접어들었어도 아직 밤은 서늘한데, 온몸에 열꽃이 핀 것처럼 간지럽고 뜨거웠다.

은택 역시도 그랬다. 숨 한 번 내쉬기가, 침 한 번 삼키기가 왜 이렇게 어려운지. 참았다가 내쉬는 숨소리가, 버티다가 삼키는 침 소리가 좁은 골목길에 유난히 크게 울렸다.

이건, 아마도 처음이기 때문이었다. 분명, 이렇게 손을 잡고 걷는 게 처음이기 때문에.

7년 전 몰래 한 입맞춤에, 다시 만나 두 번이나 뜨겁게 키스를 나누고도 단 한 번도 지금처럼, 평범한 연인들처럼 행동해본 적이 없는 두 사람이었다.

평범하게, 보통의 연인들처럼. 살면서 이런 설렘을 느껴볼 거라고 단 1초도 생각해본 적 없는 동은은 문득 숨이 막혔다. 콩닥콩닥 뛰는 심장이 이렇게 계속 부풀고 부풀다 예고도 없이 터져버릴까 봐.

같은 순간, 은택은 수없이 상상했던 이 순간이 현실이 된 것에 벅찬 감동을 느끼고 있었다. 몇 번인가 동은을 바래다준 길에서 얼마나 이 손을 잡고 싶었는지 모른다. 맞닿은 손바닥에 땀이 배었지만 은택은 절대 손을 놓고 싶지 않았다. 동은의 손을 잡고 걷는 길은 상상 속의 느낌보다 훨씬 더 간질간질하고 달콤했다.

그러나 설렘 뒤에 뭔가 찜찜한 느낌이 계속 따라붙었다. 어떻게든 모른 척하려던 동은이 결국엔 참지 못하고 은택을 불렀다.

"은택아."

"응?"

"나 아까부터 이상하게 뒤통수가 계속 따가운 것 같은데."

"애인도? 실은 나도."

서로 같은 느낌을 받았단 사실에 눈을 번쩍 뜬 두 사람이 동시에 휙 뒤를 돌아봤다. 그러자 세 개의 그림자가 정신없이 흩어져 하나는 주차된 자동차 뒤로, 또 하나는 쓰레기 더미 뒤로 숨었다. 남은 하나는 숨을 생각이 애초부터 없었던 듯 그 자리에 비딱하게 서 있었다.

불만이 가득한 눈빛이 향하는 건 은택과 동은이 꼭 잡고 있는 손이었다. 곧 그림자의 주인을 알아차린 동은이 볼을 부풀리며 빽 소리를 질렀다.

"최해온! 거기서 뭐 해?"

해온은 더없이 당당하게 대답했다.

"뭐 하긴? 집에 간다. 왜?"

미행을 들킨 주제에 적반하장도 유분수지. 동은이 창피함에 얼른 손을 빼내려 하자 은택이 보란 듯이 손을 더 꽉 잡았다. 한술 더 떠 깍지까지 끼는 은택을 해온이 혀를 차며 노려봤다.

"그러고 보니 최 형사님 집 방향이 동은이랑 같다고 했었죠?"

"쳇, 기억력은 좋네."

"팀장님도 집에 가시는 길이세요?"

기습적으로 은택이 물었다. 해온 때문에 묻힌 줄만 알았는데. 자동차 뒤에 숨어 있던 중일이 뒷머리를 긁적이며 걸어 나왔다.

"어어! 나, 나도 집이 이쪽 방향이라!"

"그런데 오 형사님은 왜 나오셨어요?"

이번엔 지락을 기습공격 한 은택이었다.

"예? 아, 저, 저는……."

쓰레기 더미 뒤에서 나온 지락은 심각하게 고민했다. 오늘 은택의 집으로 이사를 했으니 집에 가는 길이라는 변명은 당연히 통

할 리가 없었다.

"쓰레기 버리러?"

조금 전까지 맡았던 쓰레기 냄새를 떠올리며 지락이 냉큼 얼버무렸다. 그러자 은택이 못 말리겠다는 듯 눈을 찡그렸다.

"오 형사님도 참. 쓰레기 버리는 데, 오피스텔 앞에도 있는데."

은택의 목소리에 웃음기가 가득했다. 민망해진 지락의 얼굴이 화륵 달아오르는 것이 가로등 불빛 아래에서도 선명했다. 옆에서 동은의 한숨 소리가 들려왔다.

"내가 못 살아, 정말! 다들 창피하게 왜들 이래요!"

동은이 은택에게 붙잡힌 손을 무의식중에 이마에 가져다 대며 투덜거렸다. 은택이 짓궂게 웃으며 손을 뒤집었다. 그가 손등으로 동은의 뺨을 툭툭 두들겼다.

"우리 애인, 엄청 사랑받고 있구나?"

"어? 뭐가?"

동은이 눈을 동그랗게 뜨고서 되물었다. 뜬금없이 무슨 말이냐는 표정이었다.

"동료들이 이렇게 당신 연애에 관심이 많을 줄이야……. 아!"

읊조리던 은택이 불현듯 무언가 생각난 듯 감탄사를 뱉어냈다. 동은이 갑자기 왜 그러냐는 뜻으로 눈을 깜빡이자 은택이 함박웃음을 지으며 속삭였다.

"설마 당신도 연애 처음이야?"

"뭐?"

"그게 아니면 애인 동료들이 이렇게까지 굴 이유가 없잖아."

그 순간 동은의 얼굴이 발갛게 달아올랐다. 제법 멀리 떨어져 있던 지락이 민망해하는 모습도 뚜렷하게 보였는데 이렇게 가까이 있는 동은의 상태를 은택이 못 알아챌 리 없었다. 불그스레해진 동은의 얼굴을 보며 은택은 확신했다.

이 여자, 첫 연애구나! 은택이 커다란 손으로 동은의 얼굴을 감쌌다. 환하게 웃는 은택의 눈동자가 밤하늘의 별처럼 반짝거렸다.

"애인."

그의 손이 닿은 얼굴이 너무 뜨거워 녹아내릴 것만 같았다. 그의 숨결이 닿은 자리 역시도.

"내 애인!"

아니, 몇 번이나 달콤하게 애인을 외치는 그의 목소리만 들어도 온몸이 녹아내려 형체도 없이 사라져버릴 것만 같았다.

"왜? 왜 부르는데! 그만 불······!"

창피함에 뜨거울 대로 뜨거워진 얼굴에서 은택의 손을 떼어내려던 동은의 손짓이 그 순간 우뚝 멈췄다.

"고마워, 내가 임동은 첫 번째 남자 친구라서 정말 기뻐."

진심으로 기뻐하는 은택의 모습에 차마 그만하라는 말이 입에서 끝까지 나오지 않았다. 그리고 이어지는 그의 말에는 창피하지만 더한 생각도 들었다.

"마지막 남자 친구도 될 수 있게 힘낼게."

백 번이든 천 번이든 불려도 좋을 것 같다고. 그렇게 한없이 부끄러운 생각을 하고 있을 때였다. 느닷없이 앗! 소리를 지르며 은택이 외쳤다.

"애인 웃었다!"

은택의 말에 동은이 어이가 없어 푸스스 웃으며 되물었다.

"그게 뭐?"

"그게 뭐냐니? 애인이 웃었다니까? 활짝! 잠깐 웃는 거 말고 되게 오래 웃었어, 방금."

"나 참. 그러니까 내가 웃는 게 뭐 어때서?"

동은이 싱겁다는 듯 혀를 쯧쯧 차자 은택이 눈을 반짝이며 중얼거렸다.

"애인은 죽었다 깨도 모를걸?"

왜 자꾸 뜬구름 잡는 소리만 하는 거야? 동은이 답답함을 이기지 못하고 눈을 부릅뜨고 물었다.

"아, 대체 뭐가?"

그 미소를 보려고 내가 얼마나 오래 당신을 기다렸는지. 얼마나 오랫동안 당신을 사랑해왔는지. 전에도 말했지만, 당신과 내 마음이 바뀌지 않고서는 절대로 모를 거야. 말을 해줄 듯 말 듯 입술을 달싹이던 은택이 어깨를 으쓱하며 빙글 돌아섰다.

"비밀. 말 안 해줄래."

"야!"

결국 동은이 소리를 질렀다. 은택이 동은에게서 도망치며 전속력으로 뛰기 시작했다.

"거기 서, 서은택!"

"서란다고 서면 바보게? 억울하면 잡아보든가!"

동은은 마치 범인을 뒤쫓듯 필사적으로 달렸다. 그런 두 사람의 뒷모습이 여전히 뒤에 서 있던 동료들의 눈에 연인들의 '나 잡아봐라'처럼 보였다는 건 당연지사였다.

8장

"아, 애인 없는 사람은 어디 서러워서 살겠어? 오늘따라 먼저 간 마누라가 그립구먼."

"그러게 말이에요. 저도 아무라도 좋으니 애인이라고 불러보고 싶네요."

동은은 아침부터 동료들의 짓궂은 장난에 30분을 넘게 시달리고 있었다. 전날 동료들 앞에서 애정 행각을 좀 했기로서니!

"아, 그러게 누가 미행 같은 거 하래요? 시키지도 않았는데 따라와서 본 게 누군데!"

동은이 결국 참지 못하고 책상을 탕 내리치며 따졌다. 아무리 그래도 30분이 넘도록 이렇게 저를 괴롭히는 건 너무했지 싶다.

"내 말이 틀려? 최해온, 네가 한번 말해봐."

동은은 잠자코 있는 해온을 보며 물었다.

"흥!"

그러나 되돌아오는 건 시큰둥하다 못해 공격적이기까지 한 콧방귀 소리뿐.

"에잇! 못 해먹겠네, 진짜."

동은이 다 필요 없다는 듯 자리를 박차고 일어섰다. 어디 가서 없는 사건이라도 만들어 와야 할 판이었다. 그러자 중일이 웃겨 죽겠는지 눈물까지 찔끔 고인 눈을 닦아내며 동은을 불러 세웠다.

"아, 어딜 가! 소똥이 너 이따가 할 일 있어."

"할 일이요?"

"그래, 방송국에서 일주일간 다큐 촬영 나온다는데, 네가 붙어."

"네? 제가 왜요?"

동은이 눈을 부라렸다. 내내 시큰둥하게 아무 말이 없던 해온도 귀찮은 기색으로 동조했다.

"설마, 그거 저도 같이해야 합니까?"

"당연하지. 파트너잖아?"

"왜 꼭 그런 귀찮은 건 우리한테 시켜요?"

동은이 올봄에 억지로 했던 강남서 홍보지 촬영을 떠올리며 끙끙 앓았다. 어쩐지 지저분하던 사무실이 오늘따라 깨끗하더라니.

"난들 어쩌겠어? 위에서 시키는데. 강남서 비주얼 커플이잖아. 최해온, 임동은."

"싫어요! 못 해요! 아니, 안 해요!"

동은이 강경하게 소리쳤다. 해온도 동은의 의견을 거들었다.

"저도 못 합니다. 그리고 소똥이 이제 애인도 있는데 그런 건

딴 사람 시키세요."

동은이 뜬금없이 은택을 걸고넘어지는 해온을 못마땅하게 바라봤다. 둘이서 힘을 합쳐 거절해도 모자랄 판에 팀워크에 쩍쩍 금이 가는 소리가 들렸다. 중일이 자긴 아무것도 못 들었다는 듯 귀를 후비며 심드렁하게 대꾸했다.

"이미 늦었어. 30분 뒤에 방송국에서 오기로 했으니까 부탁 좀 하자. 응?"

부탁은 개뿔. 동은이 자리를 털고 일어서는 중일을 억울한 눈길로 좇았다. 하지만 중일은 어느새 매정하게 자리로 돌아가 모니터에 고개를 파묻어버렸다.

"어떡할 거야?"

동은이 떠난 중일 대신 해온에게 물었다. 해온이 아랫입술을 비쭉 내밀며 대답했다.

"까라면 까야지."

해온의 무심한 대답에 동은이 땅이 꺼져라 한숨을 푹 내쉬었다. 형사가 돼서 도저히 촬영이 불가능할 정도의 사건이 일어나길 빌 수는 없으니, 어쩔 수 없었다. 해온의 말대로 까라면 까는 수밖에.

"은택이 형."

분주하게 점심 오픈을 준비하던 은택이 깜짝 놀라 뒤를 돌아봤다. 이제껏 형이라고 부르라고 해도 직장이니까 기어코 사장님이라고 부르겠다던 하루였다. 그런데 난데없이 '형'이라는 호칭을 사용하는 걸로도 모자라 하루의 표정이 퍽 심각했다.

"무슨 일 있어?"

은택이 조심스럽게 물었다. 어쩌면 하루는 폭발한 걸지도 몰랐다. 그간 아르바이트생인 하루에게 지나치게 가게 일을 맡기긴 했으니까. 사실 그래서 하루 몰래 구인 공고를 낸 참이었다. 마침 연락을 해온 사람도 있었다. 면접을 봐서 은택관과 어울리는 사람이라면 채용하려고 했었는데.

"드릴 말씀이 있어요."

어쩌면 좀 더 빨리 직원을 구해야 했었는지도 모르겠다. 은택이 당황한 기색으로 하루를 향해 손바닥을 펼쳐 보였다.

"잠깐만, 하루야!"

심각한 표정으로 이어서 말하려던 하루가 입을 다물었다. 은택은 재빨리 구인 이야기를 꺼냈다.

"그렇지 않아도 너 고생하는 것 같아서 내가 직원 하나 더 구하려고 했거든? 모레 면접 보기로 했으니까 사표는 참아주면 안 될까?"

"네?"

은택이 속사포처럼 꺼내놓은 이야기에 하루가 고개를 갸웃했다. 도무지 은택이 지금 무슨 말을 하는지 알 수 없다는 표정이었다.

"사람을 구해요? 갑자기 왜요? 아, 물론 한 명 더 있으면 저야 편하긴 하지만……. 그리고 사표라뇨?"

"어? 너, 일이 너무 많아서 그만두려던 거 아니야?"

"그만두다니요? 누가요? 제가요?"

은택의 말에 하루의 눈이 튀어나올 것처럼 커다래졌다. 은택은 얼떨떨한 기색으로 되물었다.

"아니야?"

"당연히 아니죠! 아니, 어째서 그런 생각을 하신 거예요?"

"그야, 네가 갑자기 은택이 형이라고 부르니까."

더는 갑 취급 안 해주겠다! 직장이고 뭐고 다 때려치운다는 뜻인 줄만 알았다.

"아무튼 아니라니 천만다행이다."

은택이 가슴을 쓸어내렸다. 그만두겠다는 말을 하려던 게 아니라는 사실에 절실하게 안도감이 밀려들었다. 그러나 은택은 한편으론 어째서 하루가 갑자기 자신을 형이라고 불렀는지 그 이유가 궁금해졌다.

"근데 왜 갑자기 호칭을 바꾼 거야?"

여전히 황당한 기색이던 하루가 곧바로 다시 진지하게 답했다.

"그게, 어제 제가 오지랖을 좀 부렸거든요."

"오지랖?"

"네. 근데 아무리 생각해도 그 오지랖이 일개 아르바이트생이 사장님한테 부릴 만한 게 아닌 것 같아서요."

듣고 보니 이건 또 이것대로 긴장이 되었다. 은택은 하루가 말을 잇길 잠자코 기다렸다.

"은택이 형."

하루가 다시 '형'이라는 호칭을 사용했다. 어쩐지 사장님 소리보다 더 무서웠다.

"응, 뭔데?"

"제가 연아 누나한테 다 말해버렸어요."

뜻밖에 흘러나온 연아의 이름에 이번엔 은택이 아리송한 표정으로 고개를 갸웃했다.

"뭘?"

"사장님, 동은이 누나랑 연애한다고. 어제 연아 누나가 가게에 왔었거든요.

은택이 비로소 하루가 왜 이렇게 심각하게 굴었는지 납득하며 안타까운 감탄사를 뱉어냈다.

"죄송해요. 제가 참견할 일이 아닌데."

하루가 입술을 깨물며 고개를 꾸벅 숙였다. 차마 입이 떨어지지 않아 막막한 표정만 짓고 있던 은택이 조심스럽게 하루의 어깨를 짚었다. 그러자 하루가 천천히 고개를 들어 올렸다. 정말 많은 말을 고민했지만, 해줄 말은 이것밖에 없었다.

"고맙다, 하루야."

그 이야기를 전했을 하루의 심정도, 그 이야기를 들었을 연아의 심정도 전부 이해가 갔다.

"그리고 미안하다."

사실 연아의 마음을 모르지 않았다. 연아의 눈빛도 모르지 않았다. 다만 모른 척했을 뿐이었다. 7년간이나 어디 있는지도 모르는 여자를 짝사랑했던 경력이 있는데 그 정도로 무심하지는 않았다.

그 오랜 세월 동안 동은이 미소 한 번 지어주길 간절히 바랐고, 은택은 그 미소에 모든 걸 걸었다. 그리고 7년 만에 드디어 보게 된 미소에 세상을 다 얻은 것만 같았다. 이 얼마나 미련한 희망인가. 겨우 미소 한 번에 세상이 뒤집어지는 마음이라니. 그러나 그만큼 간절한 마음도 없었다.

그래서 연아에겐 차마 줄 수 없었다. 그 희망이란 걸.

"그럼 제 오지랖 용서해주시는 거예요?"

어찌나 세게 입술을 깨물었는지 하루의 입술에 희미하게 남은 자국을 보며 은택이 고개를 끄덕였다. 사실, 용서하고 말고 할 게 없는 일이었다.

하루가 제 욕심만으로 그런 말을 하지 않았다는 건 제가 제일 잘 알았다. 앞으로도 평생 첫사랑만 할 저를 위해서. 그리고 그런 저로 인해 더는 연아가 마음 다치지 않길 바라서 그리한 것이 분명했다. 그 상냥한 마음에 용서를 구할 건 오히려 저였다. 연아 앞에서 독해지지 못했던 자신을.

"그럼 얼른 오픈 준비해요, 사장님. 벌써 시간이 이렇게 됐네."

다시 깍듯하게 사장님이라는 호칭을 사용하는 하루를 보며 은택이 낮게 웃었다.

"그래, 그러자."

"아, 그리고 직원 한 명 더 뽑는다는 약속은 꼭 지키셔야 해요. 사탕은 줬다 뺏는 거 아닌 거 아시죠?"

줬다 뺏을 바엔 아예 주지 않는 게 낫다는 뼈가 있는 말에 은택이 조용히 바깥으로 나가 출입구에 걸린 팻말을 반대로 걸었다. 〈OPEN〉이라고 적힌 팻말이 달그락거리다 이내 얌전해졌다.

은택이 시원하게 기지개를 켰다. 괜히 한 번 골목을 내다봤다. 조금 있으면 동은이 올 것이었다. 어제도 집들이 때문에 술을 마셨으니 해장을 시켜주겠다고 아침부터 연락을 해두었다.

'당신이 내가 부른다고 올 사람이야?'

언제가 해장국을 배달하며 동은에게 했던 말이 떠오른 은택이 피식 웃었다. 그때로부터 얼마 지나지 않았는데 많은 것이 달라져 있었다.

동은에게 자신이 첫 남자 친구라면, 저에게 그녀는 첫 여자 친구였다. 해장국 끓여줄 테니 오라고 문자 하면, 금방 달려올 사람.

은택이 바보처럼 웃으며 주방으로 향했다. 그리고 어제 보았던 동은의 미소를 상상하며 분주하게 요리를 시작했다. 곧 은택관 주방에선 동은을 위한 구수한 해장국 냄새가 폴폴 풍겨왔다.

"자, 두 분, 조금만 더 이쪽으로 붙어보시겠어요?"

방송국에서 다큐멘터리 촬영팀이 몰려와 사무실 안이 분주했다. 평소에도 강력팀 사무실은 늘 분주하긴 했지만 지금과는 사정이 조금 달랐다. 그간엔 분주하다는 의미가 술에 취한 사람이나 성질 더러운 범죄자로 인해 어수선하다는 의미와 일맥상통했다면, 지금은 사무실 곳곳이 조용한 가운데 분주한 기운이 감돌고 있었다. 뭐, 이러나저러나 귀찮은 건 매한가지였지만.

다큐멘터리 인트로에 쓰일 사진을 찍는다며 출입증을 목에 건 기자는 벌써 10분째 사진만 찍어대고 있었다. 게다가 이것저것 해달라는 주문은 어찌나 많은지. 모델도 아닌 동은과 해온은 점점 얼굴이 경직되어가는 참이었다.

"조금만, 조금만 더 이쪽으로요."

"아, 진짜! 왜 자꾸 붙으라고만 해요? 끝나려면 아직 멀었어요?"

해온은 원래도 사진 찍는 걸 그다지 좋아하지 않는 편이었다. 거기다 촬영을 끝내기로 약속한 시간은 이미 훌쩍 지나 있었다. 내내 기자의 행동이 못마땅했던 해온이 결국 버럭 성질을 냈다. 기자는 억울한 표정으로 대꾸했다.

"아니, 앵글에 자꾸 저 형사님이 같이 잡히니까 두 분만 나오게 하려고 그런 거죠."

기자가 손가락으로 해온의 옆을 가리켰다. 동은과 해온이 고개를 돌리자 손가락으로 브이 자를 그리고 있던 지락이 황급히 몸을 틀었다. 그러나 아무리 시치미를 떼어봐도 이미 두 사람에게 그 모습을 들킨 후였다. 슬금슬금 제자리로 향하던 지락의 등 뒤로 장난 가득한 비수가 쏟아졌다.

"막내야, 찍고 싶으면 찍고 싶다고 말을 해. 왜 그래, 선배 마음 아프게."

"우리 막내도 같이 촬영하면 안 될까요? 저렇게 원하는데."

때리는 시어머니보다 말리는 시누이가 더 얄밉다고, 지락은 신경 써주는 척하는 선배들이 더 미웠다.

"선배님들! 그게 더 비참해요. 제발 그만하세요."

지락이 창피함에 시뻘겋게 달아오른 얼굴을 하고서 손바닥을 싹싹 비볐다. 매일같이 보는 동료들 앞에서야 창피 좀 당해도 눈 하나 깜짝 안 할 만큼 면역이 됐지만, 처음 보는 기자들 앞인지라 안절부절못할 수가 없었다.

그 모습에 동은과 해온은 물론이고, 강력 2팀 식구들, 촬영을 나온 기자들까지 큭큭거리며 웃음을 참아댔다. 그렇게 한바탕 웃고 나서야 촬영은 다시 이어졌다. 기자는 그 뒤로도 10여 분을 더 사진을 찍더니 겨우 카메라를 내려놓았다.

"두 분 다 연예인 같으셔서 막 찍어도 사진이 훌륭하네요. 따로 보정도 필요 없겠어요."

쪼르르 기자 곁으로 달려가 사진을 보던 지락이 금세 부러움을 잊고 고개를 주억거렸다. 그러다 문득 지락의 입에서 당황한 감탄사가 터져 나왔다.

"왜 그래? 막내?"

동은이 의아해하며 묻자, 지락이 손가락으로 사진을 가리켰다.

"아니, 그게, 이 사람. 은택 씨 같은데."

눈을 비비고 다시 봐도 은택이었다. 기자의 카메라에는 놀랍게도 요리를 하는 은택의 모습이 찍혀 있었다.

지락의 입에서 은택의 이름이 나오자 동은이 황급히 다가와 카메라를 들여다보았다. 잠시 후 사진을 살펴본 동은의 눈이 날카롭게 반짝였다. 사진 속 남자는 지락의 말대로 은택이 분명했다.

"이 사진은 왜 찍으신 거죠?"

동은이 의심의 눈초리로 물었다. 보통의 사람이면 주눅이 들만도 한데 기자는 오히려 흥미로운 표정으로 동은에게 질문했다.

"임동은 형사님, 혹시 저 기억 안 나세요?"

뜬금없다고 생각이 되었지만, 은택을 아는 사람일지도 모른다는 생각에 동은은 곰곰이 고민했다. 그러나 아무리 고민해도 누군지 기억나지 않았다.

무의식중에 동은의 시선이 기자가 목에 걸고 있는 출입증으로 향했다. 하지만 동은의 시선이 닿기도 전에 기자는 출입증을 뒤집으며 눈꼬리를 접어 웃었다.

"기억 안 나는구나?"

존댓말에서 반말로 바뀐 말투에 동은이 눈살을 찌푸렸다. 기자는 그마저도 즐겁다는 듯이 입꼬리를 길게 늘어뜨렸다.

"다음에 다시 만날 때까지 기억해주시면 좋을 텐데."

남자는 카메라를 다시 눈높이까지 들어 올리더니 당황한 동은의 얼굴을 사진으로 찍었다.

"이봐요! 지금 뭐 하는 겁니까?"

동은이 화가 나 잇새로 잘근잘근 씹듯이 목소릴 냈다. 기자는 아랑곳 않고 여유롭게 대답했다.

"앞으로 이런 클로즈업 샷도 많이 찍으셔야 할 텐데 적응해두시라고요. 그리고 참."

카메라로 방금 찍은 동은의 사진을 들여다보던 기자가 동은을 위아래로 훑으며 중얼거렸다.

"서장님께 오늘 특별히 정복을 입은 모습으로 사진을 찍고 싶다고 부탁드렸었는데."

"그러세요? 근데 저흰 그런 말 들은 적 없는데요?"

동은이 불퉁하게 대꾸하자, 난데없이 중일이 소리를 질렀다.

"아, 맞다! 내가 아까 그걸 말해준다는 게 깜빡했네!"

중일이 낭패라는 표정으로 동은을 바라봤다. 기자가 것 보라는 얼굴로 저를 보자 동은은 어깨를 으쓱하며 무신경하게 대응했다.

"어쨌든 저는 못 들었으니까요."

"그럼 다음에 다시 찍도록 하죠. 그땐 정복 착용한 모습으로."

"또 사진을 찍자고요?"

"어차피 일주일 동안은 계속 형사님 쫓아다닐 건데요, 뭐. 그럼 전 방송국에 돌아가 봐야 해서, 이만."

기자는 할 말만 하고 굉장히 오만한 태도로 고개를 살짝 숙이고선 미련 없이 등을 돌렸다. 바로 그때, 동은의 눈이 예민하게 반짝였다. 기자의 걸음걸이가 불편해 보이는 탓이었다.

"저기요, 기자님!"

동은이 반사적으로 기자를 불러 세웠다. 예전 같았다면 대수롭지 않게 여겼겠지만, 백합 사건이 벌어진 뒤로 다리가 불편한 사람을 보면 절로 신경이 쓰였다. 동은의 목소리에 절뚝거리며 사무실을 빠져나가던 기자가 뒤를 돌아봤다.

"왜 그러시죠? 아! 혹시 제가 누군지 기억이 난 건가요?"

기자가 반색하며 묻자 동은이 살짝 곤란한 기색으로 대답했다.

"그건…… 아니고요."

"그래요."

기자의 얼굴에는 실망한 기색이 역력했다. 동은은 그냥 얼버무려버릴까 잠시 고민이 들었지만, 이번에도 입이 먼저 멋대로 말을 뱉어냈다.

"실례가 아니라면 다리가 왜 그렇게 됐는지 물어도 될까요?"

"아아, 이거요?"

기자의 알 수 없는 눈동자가 자신의 다리를 향했다. 그리고 다시 동은을 바라봤다.

"예전에 취재하다가 다쳤어요. 사건에 휘말린 적이 있었거든요. 더 설명해드려요?"

"아닙니다. 실례가 많았습니다."

동은이 절레절레 고개를 흔들었다. 그걸로 충분했다. 구구절절한 사연을 묻는 것은 엄연히 실례였다. 기자는 동은의 당황한 모습에 설핏 미소를 짓곤 미련 없이 사무실을 빠져나갔다.

기자의 모습이 사라지고 동은은 분한 기색으로 자리에 철퍼덕 주저앉았다. 어찌나 세게 앉았는지 반동으로 의자 바퀴가 저만치 뒤로 밀려갔다. 자칫하면 뒤에 빼곡하게 세워진 캐비닛에 부딪히려는 걸 해온이 중간에 두 손으로 막아 세우며 핀잔을 줬다.

"그러다 엎어질라."

탁 소리가 나는 순간 동은이 위를 올려다봤다. 해온의 반듯한 콧날이 시야에 들어왔다. 뒤이어 잔소리를 하는 입도 눈에 보였다.

"웬만하면 성질 좀 죽이지, 소똥?"

"시끄러워."

동은이 귀찮다는 듯 대꾸했다. 해온이 불만스럽게 입을 내밀며 따지듯 되물었다.

"왜? 애인 일이라고 감정이 주체가 안 돼?"

이제는 뭐, 사사건건 은택이 타령이다. 동은의 눈동자에 불만이 가득 차올랐다.

"최 경위님, 괜히 시비 걸지 마시죠?"

어김없이 깍듯한 존칭과 함께 단단히 저기압을 형성한 동은이 의자 등받이를 짚은 해온의 손등을 찰싹 내리치려는 순간이었다. 해온이 잽싸게 손을 빼내며 자신의 자리로 향했다.

"그나저나 정복 또 입어야 되겠네?"

해온의 말에 동은이 미간을 잔뜩 구겼다. 지난번엔 동생의 기일에 해온이 덜 슬펐으면 하는 마음에 정복을 입었지만, 그건 정말 특별한 경우였다.

그녀는 사실 그다지 정복 차림을 좋아하지 않았다. 꼭 입어야 하는 이유가 없다면 어떻게 해서든 기를 쓰고 입지 않으려고 했다. 단순히 착용이 불편해서만은 아니었다. 정복을 입을 때마다 그녀가 일종의 버릇처럼 행하는 어떤 일 때문이었다.

"소똥이 너, 지난번에는 어머니한테 못 가봤지?"

그건 해온만이 알고 있는 동은의 습관이었다. 그녀는 정복을 입는 날이면 늘 병원에 입원해 있는 엄마를 찾아가곤 했다. 그런데 가장 마지막으로 정복을 입었을 땐 그러지 못했다. 그날 은택이 손을 다치는 바람에 그럴 정신이 없었던 까닭이었다.

"그랬지. 누구 때문에."

동은이 말에 가시를 세우고선 애써 덤덤하게 고개를 끄덕였다. 해온이 씁쓸하게 웃었다. 괜히 그런 도발을 해서 두 사람에게 불만 붙여준 건 아닐까 입 안이 썼다.

그러나 동은은 사실 그때 남몰래 안도했었다. 그 핑계를 대고서 그날 엄마를 찾아가지 않을 수 있었던 것을. 그래서 12년 전으로 되돌아간 듯한 그 끔찍한 악몽을 꾸지 않아도 되었음에.

잠시 엄마를 떠올리며 깊은 상념에 빠져들었던 동은이 불현듯 정신을 차렸다. 주머니에 넣어둔 휴대전화에서 진동이 울려댔다. 휴대전화를 꺼내 확인해보니 문자가 한 통 와 있었다.

[얼른 먹고 싶지?]

뚝배기에서 보글보글 끓고 있는 해장국 사진과 함께 온 짧은 문자. 은택이 보내온 것이었다. 겨우 사진 한 장에 먹구름이 드리워진 것처럼 복잡했던 머릿속이 일순 개는 느낌이 들었다. 문자는 마치 은택이 옆에서 속삭여주는 것만 같았다. 동은의 입가에 희미하지만 미소가 번져갔다. 그 모습을 지켜보던 해온이 못 말리겠다는 듯 눈을 흘겼다.

어디선가 갑자기 기분 나쁜 웃음소리가 들려왔다. 고개를 번쩍 드니 어느덧 모두가 모두 동은을 주시하고 있었다. 또 놀림을 받을 것 같다는 생각에 동은이 부리나케 자리에서 일어섰다.

"저는 이만 점심 먹으러 다녀오겠습니다. 다들 식사 맛있게 하세요!"

아무도 뭐라 하지 않았는데 지레 당황하고 말았다. 동은이 도망치듯 사무실을 빠져나가는데 눈치 없는 지락이 동은을 붙들었다.

"어? 선배, 은택관 가십니까? 그럼 저도 같이……."

"이 눈치 없는 자식! 넌 빠져!"

동은이 쌩하니 지락을 지나쳐 사무실을 빠져나갔다. 아, 정말이지 연애 한번 하기 무지하게 힘들었다.

모든 여자 손님들이 치열한 경쟁을 벌인다는 주방이 훤히 들여다보이는 은택관의 테이블. 일명 VIP석이라고 불리는 자리에 앉아 동은은 한창 점심 식사 중이었다.

그런데 어쩐지 이상했다. 해장국을 먹는데 점점 더 속이 더 울렁거려왔다. 마치 국물을 한 숟갈 떠먹을 때마다 가슴에 뭔가 얹히는 기분이었다.

동은이 의아함에 눈썹을 찡긋거리며 고개를 들었을 때였다. 정면으로 은택과 눈이 마주쳤다. 분명 손님도 많고 주문도 많은 점심시간이었다. 몸이 두 개여도 모자랄 만큼 바쁜 시간이건만 이건 그냥 어쩌다 눈이 마주친 게 아니었다.

동은이 민망함에 번개같이 다시 고개를 숙였다. 그러나 여전히 뜨거운 눈빛이 와 닿고 있었다. 정수리가 따끔따끔할 정도였다.

다시 슬그머니 고개를 든 동은이 눈을 부릅떴다. 은택은 그저 동은이 먹는 모습만 하염없이 감상하고 있었다.

"일, 안 해?"

동은이 나직한 한숨을 쉬며 물었다. 은택이 뻔뻔하게 대답했다.

"하고 있어."

"거짓말."

분명 거짓말이었다. 그 옆에서 음식을 그릇에 옮겨 담는 하루는 굉장히 심기가 불편해 보였다. 조금 전 받았던 체기 같은 느낌은 바로 이 때문이었다. 더불어 뒤에서 이런 사태를 구경하기 바쁜 여자 손님들까지 체증의 원인이 너무나도 많았다. 해장국이 아무 소용 없는 이유를 비로소 알 것 같았다. 그 수많은 이유에 둘러싸여 동은은 간신히 점심 식사를 끝냈다.

체할 것 같았던 점심시간이 이윽고 끝이 나고. 식사 손님이 빠져나가자 가게 안은 다소 여유로워졌다. 그 틈을 타 은택이 또 하루에게만 일을 맡긴 채 동은에게로 다가갔다.

"못 살아. 하루 씨나 돕지 왜 또 와?"

동은이 하루의 눈치를 살피며 속살댔다.

"괜찮아. 곧 직원 한 명 더 구하기로 했어."

그러나 괜찮다는 건 순전히 은택의 판단이었고 하루의 눈치는 전혀 그렇지가 않았다. 동은이 괜스레 미안한 마음이 들어 작게 중얼거렸다.

"이렇게 바쁜데 그동안 하루 씨 힘들었겠다."

어쩐지 처음 만났을 때보다 하루 씨 눈빛이 냉담해진 것 같더라니. 그런데도 은택은 전혀 아랑곳하지 않았다.

"어쩌겠어. 애인이 날 만나러 와주지 않으니까 내가 가야지."

은택이 푸념하듯 해온 대답에 동은의 오른쪽 눈썹이 불현듯 위로 치켜 올라갔다.

"은택이 너, 어째 말이 좀 이상하다? 그럼 하루 씨 힘든 게 내 탓이라는 거야?"

"당연하지! 그걸 몰라서 물어?"

허! 일말의 고민도 없이 곧바로 튀어나온 대답에 동은이 바람 빠지는 소릴 냈다. 은택은 습관처럼 턱을 괴고서 황당해하는 동은의 뺨을 손등으로 툭툭 두들겼다.

"그러니까 하루 힘들게 하기 싫으면 앞으론 애인이 아침, 점심, 저녁마다 은택관에 밥 먹으러 와. 그럼 내가 가게에 있을 수 있으니까 하루도 안 힘들고 일석이조잖아?"

"하루 씨 편하게 해주는 대신에 나는 힘들어도 되고? 은택이 너 설마, 진심으로 하는 소린 아니지?"

"으음. 애인이 힘들다니까 살짝 고민은 되네. 그렇지만 그래도 그게 내 소원인데……."

은택은 일부러 더 짓궂은 고집을 부리고 있었다. 하지만 현실적으로 생각해서 끼니때마다 은택관에 온다는 건 말이 되지 않았다.

그러나 방금 은택이 한 말 중, 동은의 마음에 턱 걸리는 게 있었다. 동은이 소원이란 단어를 곱씹으며 은택을 향해 진지한 기색으로 제안했다.

"그러지 말고 정말 네가 바라는 걸 말해봐."

"내가, 바라는 거?"

"그래. 네 진짜 소원을 말해보라고."

동은의 눈빛에는 간절한 진심이 가득 담겨 있었다. 장난스러웠던 은택의 눈빛도 덩달아 진지해졌다.

생각해보면 7년 만에 다시 만난 후로 은택에게 줄곧 받기만 해 왔다. 이미 넘치게 받은 마음이건만, 그는 더 주지 못해 안달이었 다. 저의 끔찍한 과거를 끌어안아준 걸로도 모자라 제 아픈 상처 까지도 욕심내는 은택에게 동은도 무언가 해주고 싶었다. 저 역시 진짜로 그가 원하는 걸 해주고 싶었다.

"하나만……. 아니, 세 가지만."

하나만 말해보라고 하려던 동은은 곧바로 말을 바꿨다. 은택이 저에게 해준 게 얼마나 많은데 고작 소원 하나를 들어주는 걸로는 양심의 가책이 느껴졌다. 그러자 은택이 샐쭉 웃으며 손바닥을 내 밀어 보였다.

"응? 뭐?"

동은이 영문을 몰라 묻자 은택이 그녀의 휴대전화를 가리키며 손바닥을 흔들었다.

"휴대폰 달라고?"

은택이 크게 고개를 끄덕였다. 동은이 얼른 은택의 손바닥 위 에 자신의 휴대전화를 올려놓았다. 은택은 동은의 휴대전화 화면 을 켜더니 손가락을 빠르게 움직였다. 어쩐지 자주 본 것처럼 매 우 익숙한 상황이었다.

그러고 보니 병원에서 7년 만에 다시 만났을 때 은택은 동은의 휴대전화에서 단축번호를 제일 먼저 확인했었다. 그리고 동은의 집 앞에서 우연히 해온을 마주쳤을 때도, 내가 너에게 어떤 존재 인지 생각해달라며 휴대전화 단축번호에 '???'를 저장해두기도 했었다. 동은은 그때 당시 고민 끝에 은택을 '단골집 주인'이라고 저장했었다. 그때부터 쭉 은택은 단골집 주인이었다. 하지만 지금은 엄연히 그때와는 다른 상황이었다.

혹시……? 무언가 감이 온 동은은 은택에게서 휴대전화를 돌려받자마자 곧바로 단축번호를 검색했다. 아니나 다를까. 예상대로 1번에 저장된 은택의 이름이 바뀌어 있었다.

[애인]

그건 글자로 보아도 은택의 입으로 들을 때만큼이나 손끝, 발끝까지 저릿저릿해지는 단어였다. 은택이 턱짓으로 액정에 뜬 '애인'이라는 글자를 가리켰다.

"내 첫 번째 소원이야. 단축번호 이름 애인으로 바꾸기."

이거야, 원. 첫 번째 소원부터 강도가 셌다. 하지만 목에 칼이 들어와도 절대 들어줄 수 없는 소원까진 아니었다.

"오케이."

동은은 앞으로 강력 2팀 식구들에게는 무슨 일이 있어도 휴대전화를 빼앗기지 말아야겠다고 생각하며 선뜻 첫 번째 소원을 수락했다. 그리고 얌전히 은택이 두 번째 소원을 말하길 기다렸다.

"두 번째 소원은……."

그런데 은택이 소원을 말하다 말고 갑자기 주방으로 들어갔다. 그러곤 서랍에서 봉투 하나를 꺼내 왔다.

"같이 영화 보러 가. 이번 주 토요일."

은택이 봉투 속에서 무언가를 꺼내 부채처럼 활짝 펼쳤다. 자세히 보니 지난번 축제에서 기와를 격파하고 받은 영화 관람권이었다. 욕심껏 넉 장을 전부 가져가더라니 이럴 때 쓰려고 꽁꽁 숨겨둔 모양이었다.

하지만 이것도 절대로 실현 불가능한 것은 아니었다. 사실, 영화를 함께 보는 정도야 은택이 연애가 뭔지 알려주겠다고 했을 때부터 예상했던 것이었다. 동은이 그 정도는 문제없다는 듯 이번에도 고개를 끄덕였다.

"좋아, 보러 가."

"그럼 이제 마지막. 세 번째 소원은……."

하지만 이어지는 은택의 세 번째 소원은 동은의 예상을 훨씬 뛰어넘는 것이었으니.

"이날, 애인이 직접 만든 도시락이 먹고 싶어."

거침없이 주억이던 동은의 고개가 우뚝 멈췄다. 사고 회로가 새카맣게 타버린 것만 같았다.

은택은 지금 무리한 도전을 요구하고 있었다. 아니, 아예 불가능한 도전이었다. 건달이 가지고 다니는 사시미 칼은 안 무서워도 부엌칼은 손에 들기도 무서웠다. 정말이지 범죄자를 때려잡는 거면 몰라도 도시락이라니! 그것도 직접 만든 도시락이라니! 동은은 절벽 앞에 선 듯, 눈앞이 캄캄해졌다.

도시락 미션을 받은 후로부터 사흘이 지났다. 동은은 동료들과 함께 수연의 병문안을 가는 중이었다.

"무슨 생각을 그렇게 해?"

엘리베이터 안, 멍하니 생각에 잠긴 동은의 어깨를 툭 치며 해온이 물었다. 어깨를 치기 전까지 몇 번이나 말을 건넸지만 그녀는 전혀 알아차리지 못했다. 갑작스러운 충격에 화들짝 놀란 동은이 눈을 깜빡거리며 해온을 올려다봤다.

"어? 뭐라고? 무슨 말 했어?"

심지어 말귀도 못 알아먹는다. 언제 어느 때건 어떤 상황이건 항상 예민하게 주변 상황을 파악하던 사람이 이러는 게 해온은 낯설었다.

"나 참, 무슨 생각을 그렇게 하냐고."

"어, 뭐, 그냥 좀 생각할 게 있어서."

동은이 시무룩하게 대답하며 금세 다시 멍한 표정을 지었다. 그 모습에 해온이 티 안 나게 한숨을 삼켰다. 요즘 들어 임동은이 이러는 경우가 뭐 한두 번이라야지. 보나 마나 남자 1번과 관련된 일일 게 뻔했다.

그리고 해온이 예상한 대로였다. 동은은 은택에게 싸줄 도시락에 관해서 생각하고 있었다. 세 가지 소원을 모두 말하고 은택은 이런 말을 덧붙였었다.

'애인이 만들어준 도시락은 분명 세상에서 가장 맛있는 도시락일 거야. 기대된다.'

천만의 말씀, 만만의 콩떡이었다. 기대는 개뿔. 제 형편없는 요리 실력으론 무리였다. 아무리 고민하고 또 고민해도 뾰족한 수가 떠오르지 않았다. 범인이 죄를 실토하게끔 요리하는 데는 능숙했지만, 진짜 요리를 하는 건 다른 문제였다.

요리라곤 가열만 하면 되는 인스턴트 요리가 전부인데. 게다가 도시락을 갖다 바칠 상대가 미각을 잃은 사람이라면 모를까, 은택은 요리사였다. 절로 한숨이 잇새를 비집고 나왔다.

"그래가지고 엘리베이터가 추락하겠냐."

해온의 우스갯소리에 평소처럼 화를 낼 마음도 들지 않았다. 머릿속엔 1초마다 한 번씩 도시락 폭탄이 떨어지고 있었다. 동은이 막막함에 벽에 머리를 콩콩 박았다.

"젠장, 갑자기 어딜 가서 요리를 배우냐고."

콩!

"돌겠다, 진짜!"

콩!

여자가 애인에게 도시락을 만들어 주는 이유가 뭐겠는가. 그건 상대에게 칭찬을 받고 싶기 때문일 것이다. 아무도 도시락을 선물하고 애인의 실망한 모습을 볼 거라 기대하지는 않을 것이다.

하지만 동은은 확신했다. 제가 만든 도시락은 결코 칭찬받지 못할 거란 걸. 분명 은택이 실망할 거라는 걸.

바로 그때였다. 벽인 줄 알았던 곳이 실은 엘리베이터 문이었다. 그리고 때마침 내려야 할 층에 도착한 엘리베이터 문이 활짝 열렸다. 동은은 아직까지도 머리를 콩 박고 있었다. 무심코 고개를 돌린 해온의 눈이 휘둥그레졌다.

"야, 소똥! 엘리베이터 문 열렸……!"

해온이 깜짝 놀라 손을 뻗었지만 이미 일은 벌어진 후였다. 동은은 중력과 관성을 이기지 못하고 머리부터 그대로 고꾸라졌다. 이대로라면 격투기도 아닌데 엉뚱한 사람의 명치에 박치기를 날릴 판이었다. 그리고 그 불길한 시나리오대로 동은은 엘리베이터에 올라타려던 누군가의 가슴에 엄청난 충격을 안겨주고 말았다.

"억!"

불시에 명치를 얻어맞은 남자가 낸 신음이 동은의 귓속을 파고들었다. 동은이 잔뜩 민망한 표정을 지으며 황급히 고개를 들어올렸다.

"죄송합니다! 정말 죄송……! 어?"

연신 사과를 하던 동은이 눈을 크게 치켜떴다. 익숙한 향, 익숙
한 체온, 익숙한 목소리.

"애인?"

놀랍게도 동은이 박치기를 날린 사람은 은택이었다.

은택은 임신 중인 누나에게 식사를 배달하고 돌아가는 길이었
다. 매형에게도 도시락을 가져다주라며 누나가 부탁을 하는 통에
엘리베이터를 기다리고 있을 때였다. 느닷없이 그녀가 나타났다.
명치를 강타하는 박치기와 함께.

"아, 이거 은근히 아프네."

함께 수연의 병실에 와서 은택은 멍든 것 같은 가슴께를 문지
르며 중얼거렸다. 동은이 은택의 가슴에 박치기를 날린 이야기로
금세 병실 안은 떠들썩해졌다.

"안 아플 리가 있나. 그 박치기가 어떤 박치기인데. 일전에 소
똥이가 박치기로 때려잡은 조직 두목이 한 놈 있었는데 말이야."

중일은 동은의 박치기에 한 대 맞고 술술 죄를 자백했던 폭력
범의 일화를 들려주며 껄껄껄 웃었다. 얼굴에 보일러라도 틀어놓
은 것처럼 화끈 달아오른 동은이 발끈하며 소리를 질렀다.

"팀장님! 제가 언제 그랬다고 그러세요!"

"아, 왜? 내가 없는 말 했나? 그때 그놈이 그러니까 땡벌파였
나? 고량주파였나?"

"……땡벌파요."

발뺌하려던 동은이 한숨을 푹 내쉬며 얼굴에 부채질을 해댔다.

어떻게 잊을 수가 있겠는가. 그때 주먹 한 번 잘못 썼다가 평생을 저당 잡힐 뻔했는데.

땅벌파 두목이었던 그 남자는 형량을 채운 뒤 조직을 나와 횟집을 차렸다. 형사인 동은과 결혼을 하려면 자신의 신분이 걸림돌이 되기 때문이란다. 아니, 떡 줄 사람은 생각도 않는데 김칫국을 냄비째 들이마시고 자빠졌다.

"아, 맞다! 그놈이 차린 가게 그거, 이름이 동은 횟집 맞지?"

"동은 횟집이요?"

그 순간, 불시에 은택의 미간이 사납게 구겨졌다. 동은이 자꾸 부채질만 해대는 중일을 휙 노려봤다. 그때야 뒤늦게 중일이 눈치를 살폈다.

"애인, 그걸 그냥 놔뒀어? 저작권 침해로 확 고소해버렸어야지! 그 횟집 어디야? 어디에서 장사하는데? 내가 가서 아주 회를……!"

흥분한 은택을 동은이 뜯어말렸다. 중일이 식은땀이 나는 이마를 훔치며 은택에게서 눈을 피했다. 까먹을 게 따로 있지, 소똥 놀리는 재미에 빠져서 남자 1번의 소유욕을 그만 깜빡하고 말았다. 중일이 뒤늦게 수습에 들어갔다.

"은택 군! 내 말 좀 들어봐. 우리 소똥이가 누구야? 사시미 칼이 목에 들어와도 절대 안 된다고 딱 잘라 거절했어!"

"그래요?"

비로소 은택의 시선이 만족스럽게 동은을 향했다. 동은은 부끄러운 듯 시선을 피했다. 은택이 손을 뻗어 그런 동은의 턱을 잡아당겼다. 억지로 은택과 눈이 마주친 동은이 불뚱거리며 눈을 흘겼다.

"왜? 뭔데?"

부러 퉁명하게 굴어보지만, 어떻게 해도 눈을 피할 수가 없었다. 동은은 결국 고스란히 은택의 뜨거운 눈빛을 마주하며 낯부끄러운 말을 들어야 했다.

"희한하네. 애인, 나한텐 한 번도 딱 잘라 거절한 적 없었잖아."

딱 잘라 거절 안 한 것뿐이지, 차인 건 매한가지지만. 그래도 겨우 이 정도 우월한 걸로도 기분이 좋아지는 걸 어쩌나.

"그거야……."

상대가 너니까. 차마 모두의 앞에서 솔직하게 대답할 수 없는 동은이 애꿎은 입술만 깨물고 있을 때였다.

"천하의 소똥이 부끄러워할 때도 다 있네?"

해온이 못마땅한 목소리로 끼어들었다. 요즘 들어 걸핏하면 개와 고양이처럼 으르렁거리는 동은과 해온의 모습을 자주 목격한 터라 중일이 중재에 나섰다. 어쩐지 해온의 마음을 알 것도 같은 기분이 들었다. 해온이 녀석에게서 보기만 해도 짠 내가 폴폴 풍기는 것 같았다.

"자, 이제 곧 우리 수연이 밥 먹을 시간이야. 안 그래도 밥 먹기 힘든 애 눈치 보느라 얹히게 하지 말고 분위기 좀 살려보자고."

그리고 때마침 수연이 눈을 떴다.

"아빠."

"오, 우리 수연이 깼어? 배고프지?"

중일이 부리나케 저녁 배식을 받아 와 물었다. 그러자 수연의 고운 이마가 찌푸려졌다. 기관을 절개한 것 때문에 겨우 죽을 먹는 것임에도 불편한 점이 많다고 했다.

숨을 참은 상태에서 절개된 기관의 구멍을 막고 음식을 쥐어짜 내리듯이 먹어야지만 겨우 식사가 가능했다. 그마저도 역류할 때가 많아 여간 고통스러운 게 아니었다.

그 고통을 알기에 차마 억지로 식사를 권하기가 미안한 중일이 숟가락을 들고 이러지도 저러지도 못하고 있을 때였다. 중일의 설명을 들은 은택이 수연의 머리맡으로 다가가 대신 숟가락을 집어 들었다.

"누구…… 세요?"

더듬더듬 묻는 수연에게 은택이 활짝 웃으며 대답했다.

"나? 나는 저기 앉아 있는 임동은 형사님 애인."

"아아……."

사고가 있기 전 동은에 대해서 자주 들었었다. 아빠를 마중 나왔다가 우연히 경찰서에서 마주친 적도 있었다. 연예인처럼 예쁜 인상이 기억에 남아 있었다.

"있지, 내가 여기 근처에서 식당을 하고 있거든? 주변에 맛있다고 소문도 엄청 났어. 잡지에도 실렸다?"

"그…… 래요?"

"응!"

갑자기 자기 자랑을 늘어놓는 은택을 수연뿐 아니라 모두가 의아하게 바라봤다. 은택은 그저 어깨를 으쓱해 보이곤 계속해서 말을 이어갔다.

"오빠가 수연이를 가게에 초대하고 싶은데. 근데 그러려면 이죽 정도는 거뜬히 먹을 수 있어야 하거든. 그래야 오빠가 만든 엄청엄청 맛있는 음식들도 먹을 수 있지."

오빠라니, 넉살도 좋다고 생각하던 찰나. 비로소 은택이 왜 갑자기 자기가 만든 음식이 맛있다는 소리를 했는지 이유를 알게 된 동은이 놀란 눈으로 그를 바라봤다.

수연의 식사를 돕기 위해서였다. 중일을 대신해 은택은 매우 익숙하게 수연에게 죽을 한 숟갈 한 숟갈 먹였다. 한 숟가락의 죽을 삼키는 데 굉장히 오랜 시간이 걸렸지만, 은택은 얼굴 한 번 찡그리지 않았다.

그러고 보니 전에 하루에게 들은 적이 있었다. 저와 다시 만난 후 가게 일은 자주 빼먹어도 일주일에 한 번 하는 봉사 활동은 절대 빼먹지 않는다고.

처음 봤을 때부터 느꼈지만, 정말 속이 깊은 아이였다. 그 부드럽고 상냥한 마음을 온전히 받는 여자가 저라는 사실이 문득 뭉클해질 만큼.

"아, 그러고 보니 먹고 싶은 음식 있어? 오빠가 연습해놓을게."

"음. 간장 떡볶이요."

수연은 간신히 죽을 삼킨 후 1초도 망설이지 않고 대답했다. 수연의 대답을 들은 중일이 번뜩 생각이 난 듯 되물었다.

"그거 네 엄마가 자주 만들어 주던 거 아니야?"

"응, 맞아."

"정말로 그게 먹고 싶어? 엄청 맛없었잖아."

중일이 이마에 주름을 잡으며 인상을 썼다. 그가 기억하는 한 아내의 음식 솜씨는 형편없었다. 간장 떡볶이만 해도 너무 짜서 도저히 물 없이는 먹을 수가 없었을 정도였다.

"요리사 오빠가 맛있게 만들어 주면 되지. 꼭 먹고 싶어."

불현듯 수연의 마음을 알아차린 중일이 입을 꾹 다물었다. 수연은 그 시절이 그리운 것이었다. 엄마가 저를 위해 요리를 해주던 따뜻한 그때 그 시절이.

"그리고 엄마 요리도 나름 맛있었어. 소중한 사람이 만들어주는데 맛없을 리가 없잖아."

수연이 그러면서도 객관적으론 맛이 없다는 걸 인정하듯 희미하게 웃었다. 그 모습에 동은이 멍하니 입을 벌렸다. 은택이 저에게 도시락을 싸달라고 했던 이유가 뭐였는지 알 것 같았다.

"좋았어, 이 오빠가 무지무지 맛있게 만들어 줄게."

"네, 무지무지 맛있게 만들어 주세요."

수줍게 부탁하는 수연의 머리를 은택이 부드럽게 쓰다듬었다. 그리고 고개를 살짝 돌려 동은을 바라봤다. 눈이 마주치자 동은이 발그레하게 뺨을 붉혔다. 은택의 눈빛이 '알아들었지?'라고 말하고 있었다.

서은택이란 남자에게 세상에서 가장 맛있는 도시락. 그건 오로지 당신밖에는 만들 수 없는 거라고.

은택이 수연의 식사를 돕는 동안 동은은 잠시 병실을 빠져나와 생각에 잠겼다. 병원에 오면 당연하게 생각나는 사람이 있었다. 가까이 있지만, 선뜻 찾아갈 용기가 나지 않아 항상 머뭇거리고 마는 사람.

"엄마."

아주 작게 그 말을 소리 냈을 때 문득 등 뒤에서 인기척이 느껴졌다.

"최해온?"

"너도 커피 한잔 마실래?"

언제 따라 나온 건지 해온이 손에 든 캔 커피를 흔들며 물어왔
다. 팔짱을 낀 채 밖을 내다보고 있던 동은은 가볍게 고개를 저었
다. 해온이 머쓱한 표정을 지으며 곁에 다가와 섰다.

"요즘 커피 잘 안 마시네?"

"은택이가 못 마시게 해서."

동은이 겸연쩍은 얼굴로 대꾸했다. 은택은 연애를 시작한 뒤로
매일같이 우엉차며 감잎차 같은 몸에 좋은 차 종류를 잔뜩 싸줬
다. 커피나 시판 음료수 대신 앞으론 자신이 챙겨주는 차 종류를
많이 마시라며 깐깐하게 굴던 모습이 눈에 선했다.

그 외에도 갖가지 정성이 담긴 반찬까지 잔뜩 챙겨준 터라 생수
아니면 맥주 일색이던 냉장고 안은 은택이 챙겨준 건강한 음식들로
가득했다. 냉장고 문만 열어도 건강해지는 기분이 들 정도였다.

"요리사 애인이 좋긴 좋네."

해온이 시큰둥하게 중얼거렸다. 동은을 따라 정면을 바라보니
통유리 너머로 정신과 병동이 보였다. 해온에게도 약간은 익숙한
곳이었다.

동은과 함께 몇 번인가 찾은 적 있는 곳. 그중에서도 외부인의
출입이 엄격히 금지된 격리병동이 그녀의 어머니가 입원해 계신
곳이었다.

"동은아."

문득 진지한 말투로 저를 부르는 해온을 동은이 놀란 눈으로
바라봤다. 그러다 이내 해온이 저에게 하려는 말이 짐작이 가는
모양인지 동은의 얼굴이 한결 담담해졌다.

"말해, 나 괜찮으니까."

"쉽게 결정한 거 아니지?"

무엇을? 주어가 빠진 문장임에도 동은은 그가 뭘 묻는지 단번에 알 수 있었다.

"아니, 쉽게 결정했어."

동은이 망설임 없이 대답하며 옆을 돌아봤다. 해온은 그녀의 대답에 의외라는 표정을 지으며 마찬가지로 옆을 돌아봤다. 두 사람의 눈이 마주쳤다.

동은의 속눈썹이 이지러졌다. 말하고 나면 후련해질까. 동은이 나직한 한숨을 토해내며 입을 열었다.

"내 마음, 계속 흔들렸는데 아닌 척했던 거야."

7년 전부터 계속. 은택을 밀어내기 위해 했던 거짓말들은 그렇게 어려웠는데, 차라리 은택을 볼 수 없게 눈이 멀어버렸으면 좋겠다는 생각이 들 만큼 괴로웠는데. 은택을 받아들이는 건 순식간이었다. 달이 지고 해가 뜨는 것처럼, 봄이 가고 여름이 오는 것처럼 그렇게 지극히 당연하게 마음이 흘렀다.

"그래서 오히려 쉬웠어."

과거에 있었던 끔찍한 일이나 아직도 도사리고 있을 위험이 아무렇지 않은 건 아니었다. 여전히 두렵고 불안했지만, 그래도 이제는 은택 없이 살 수 없을 것 같았다.

비록 은택이 아닌 해온에게라도 솔직하게 말하고 나니 마음이 조금은 후련해졌다. 해온은 동은의 진심을 들으며 이를 악물고 속상한 심정을 참았다.

"그런 마음이라면, 그 정도로 확신하고 있다면 말해주는 게 좋지 않을까?"

해온이 조심스럽게 물었다.

"말해주는 게 좋다고 생각해. 어머니에 관한 일."

동은은 다시 고개를 돌려 정신과 병동이 있는 쪽을 바라보며
대답했다.

"그래, 나도 그렇게 생각해."

어딘가 모르게 불안한 기색의 동은을 향해 손을 뻗었던 해온이
다시 주먹을 꾹 말아 쥐며 그녀를 북돋아주었다.

"걱정하지 마. 남자 1번, 아니 서은택 그 남자, 너에 관해 어떤
걸 알게 돼도 도망칠 사람은 아니니까."

해온이 씁쓸하게 웃었다. 드디어 알을 깨고 나오려는 동은의
결정을 응원하면서도 결국엔 사무치게 외롭다는 생각이 들었다.
그가 다 마신 캔 커피를 허공에 치켜들어 쓰레기통을 조준했다.

"그러니까 믿어. 절대 네 옆을 떠나지 않을 거야."

서은택, 그도. 그리고 나도.

동은을 보는 해온의 눈빛은 여태껏 시비나 걸던 사람의 눈빛이
라고는 믿기지 않을 만큼 따스하고 진지했지만, 정면만 바라보는
동은은 끝내 그의 마음을 알지 못했다.

"응, 믿어."

그녀가 믿는다고 말한 사람이 누구인지는 분명했다. 해온은 입
술을 꾹 깨물었다. 그렇게 차마 전할 수 없는 고백을 눌러 삼킨 해
온이 빈 캔을 집어 던졌다. 그러나 빈 캔은 동은에게 닿을 수 없는
그의 마음처럼 쓰레기통까지 가지 못하고 바닥에 떨어졌다.

툭. 포물선을 그리며 날아온 구슬이 도미노의 중앙을 정확히 맞혔다. 구슬을 맞고 쓰러진 도미노가 이어 다른 조각을 밀어 눕혔다. 툭, 툭. 고요한 공간에 울리는 반복되는 마찰음.

탁! 조금 더 묵직해진 마찰음과 함께 이윽고 도미노의 모든 조각이 다 쓰러졌다. 맨 끝에 놓여 있던 무거운 액자도 결국엔 넘어갔다.

도미노의 시작점에 서 있던 남자가 걸음을 옮겨 액자가 놓인 곳에서 멈춰 섰다. 남자의 손이 느릿하게 액자를 집어 들었다.

액자에 담긴 사진에는 한 여자의 모습이 찍혀 있었다. 딱딱한 경찰서 사무실을 배경으로 찍은 사진. 여자는 경직된 미소를 짓고 있음에도 아름다웠다. 남자의 손가락이 어색하게 웃고 있는 여자의 입술을 더듬었다.

한낮에도 어두운 방 안. 커튼 틈새로 새어 들어온 햇빛이 어스름하게 남자의 얼굴 윤곽을 비췄다. 남자는 날카로운 인상을 가지고 있었다.

"내 뮤즈."

남자는 알 수 없는 말을 중얼대며 벽 쪽으로 다시 불편한 걸음을 옮겼다. 가구 하나 없는 벽면 가득 빼곡히 사진이 붙어 있었다.

좌라락. 남자의 손이 한순간 커튼을 젖혔다. 환한 빛이 쏟아져 들어왔다. 어둠에 익숙해져 있던 눈에 아득한 통증이 느껴졌는지 남자가 눈을 찡그렸다. 그 상태로 눈에 힘을 주자 벽면 가득 붙어 있는 사진에 담긴 누군가의 모습이 조금씩 뚜렷해지기 시작했다.

벽에는 방금 쓰러진 액자 속에 담겨 있던 여자의 사진이 가득했다. 빛에 익숙해진 눈이 이윽고 수많은 사진 속 여자의 얼굴을 뚫어지게 바라봤다. 남자는 입술을 달싹여 음산한 목소릴 냈다.

"이제 곧 다시 만날 수 있을 거야."

남자가 사진 속 여자의 모습을 손끝으로 쓸어내리며 소름 끼치게 미소 지었다.

"거기서 뭐 하시죠?"

동은과 해온이 다시 병실로 돌아왔을 때, 누군가 그 앞에 서 있었다. 섣불리 안으로 들어가지 않고 문 앞에서 기웃거리는 모양새가 어딘가 수상한 남자였다.

"죄송합니다. 아무래도 병실을 착각한 것 같네요. 738호로 가야 했는데."

수연의 병실은 733호였다. 어딘가 수상해 보이는 남자는 그길로 곧장 동은과 해온을 지나쳐 738호 병실 안으로 들어갔다. 한참을 계속 남자의 동선을 주시하던 동은은 남자가 병실에서 나오지 않자 의심을 접었다. 그리고 수연의 병실 문을 열었다.

"어? 팀장님은?"

병실 안으로 들어서니 중일은 어디 갔는지 은택 혼자 병실을 지키고 있었다. 죽을 절반밖에 먹지 못했음에도 힘들었는지 수연은 어느새 다시 곤히 잠들어 있었다. 수연이 덮고 있는 이불을 목까지 끌어 올려주며 은택이 대답했다.

"사건 연락 받으시고 급히 가셨어."

"사건? 그럼 우리도 가봐야지. 최해온, 뭐 해? 안 움직여?"

동은이 잽싸게 몸을 틀어 병실 입구를 향했다. 이윽고 문 앞까지 걸음을 옮겼을 때 그녀가 문득 뒤를 돌아보며 물었다.

"아 참, 은택이 너는? 가게 안 가 봐도 돼?"

"저녁 시간 전에만 가면 돼. 그리고 팀장님이 두 사람 굳이 안 들어와도 된다고 하셨어. 애인 오늘 야간 근무라며."

은택의 말에 동은이 순간 걸음을 멈춰 세웠다. 그러고 보니 집에서 자다가 해온의 연락을 받고 급하게 온 병문안이었다. 비몽사몽 중에 준비를 마치고 나오니 해가 중천에 떠 있었다.

"맞다, 그랬지, 참."

동은이 쑥스러운 표정을 지으며 조용히 문고리에서 손을 놓았다. 옆을 보니 해온은 정신없는 동은과는 달리 정확하게 상황을 인지하고 있었던 듯 꼿꼿이 허리를 세우고 서 있었다. 해온 역시 오늘은 야간 근무였다. 그가 어느새 다시 잠이 든 수연을 한 번 흘긋 쳐다보곤 말없이 뒤돌아섰다.

"어디 가? 출근은 이따 저녁에나 하면……."

민망함에 괜히 저를 붙잡는 동은을 해온이 한심한 눈초리로 바라봤다.

"내가 너냐?"

하여간 누가 남자 1번 앞에만 서면 작아지는 임동은 아니랄까 봐. 지독히 일만 하고 냉철하고 한 치의 흐트러짐도 없는 형사 임동은은 남자 1번 앞에서는 마치 다른 인격이 되는 것 같았다.

"수연이도 자는데 두 사람 사이에 꿔다 놓은 보릿자루처럼 있는 건 사양이거든? 집에 가서 발 닦고 잠이나 자련다."

해온이 흥 하고 콧방귀를 뀌며 병실을 나갔다. 해온의 뒷모습을 얼떨떨한 기색으로 바라보던 동은이 뻣뻣하게 고개를 돌렸다. 은택과 눈이 마주쳤다. 그가 마치 '이제 뭐 하지?'라고 눈빛으로 묻고 있는 것만 같았다.

긴장한 동은이 침을 꿀꺽 삼키며 저도 모르게 뒷걸음질 쳤다. 분명 수연이 함께 있는데도 어쩐지 이 공간에 둘만 있는 것처럼 느껴졌다. 그런 생각을 하자 갑자기 숨 쉬기가 힘들었다.

언젠가 교통과 최 순경이 해준 이야기를 머릿속에 떠올랐다. 눈빛만 마주쳐도, 손끝만 스쳐도 심장이 두근두근, 숨 막히는 시기가 바로 연애 초기라고 했다. 은택과 연애를 하고 있다는 사실을 뚜렷하게 의식하자 숨통이 더욱 오그라드는 것 같았다. 동은은 급하게 다시 발길을 돌렸다.

"나 물 좀 마시고 올게!"

물이라면 냉장고 안에도 들어 있는데. 그러나 은택이 말을 하기도 전에 동은은 빠르게 등을 돌렸다. 병실을 빠져나가는 동은의 귓등이 지나치게 붉었다. 그 사실을 눈치챈 은택이 눈을 가늘게 뜨며 바짝 따라붙었다.

"왜 그래? 설마 나랑 있는 게 긴장돼서 그래?"

은택에게 긴장한 걸 들키자 창피함은 급속도로 번져갔다. 물을 마시러 간다던 동은은 저도 모르게 비상계단으로 향했다. 어디든 사람이 없는 곳으로 가 숨고 싶은 심정이었다. 그런데 후다닥 계단을 내려간다는 게 절반쯤에서 그만 발을 삐끗하고 말았다.

"앗!"

동은의 몸이 계단 위 허공으로 붕 떠올랐다. 그 순간 은택이 팔을 뻗어 동은을 끌어당겼다. 동은은 순식간에 은택의 품 안으로 빨려 들어갔다. 그리고 그다음 순간, 쿵 하는 소리와 함께 온몸에 가벼운 충격이 전해졌다.

"으윽! ……괜찮아?"

은택이 눈을 찡그리며 물었다. 그의 가슴에 얼굴을 부딪힌 동은이 천천히 고개를 들어 올렸다. 절 바라보는 걱정이 가득 담긴 눈동자. 순간 동은은 언젠가 이렇게 은택에게 안겼던 순간을 기억해냈다. 그리고 계단 위에서 두 사람을 지켜보던 미소 띤 눈동자도.

"애인, 괜찮냐니까?"

은택이 동은의 볼을 한 손으로 감싸며 부드럽게 채근했다.

"으응. 은택이 넌, 넌 괜찮아?"

"나도 멀쩡해."

그다지 높은 곳에서 떨어진 게 아니라 다행히 둘 다 무사했다. 은택이 괜찮다는 말에 안심하며 잠시 멍하니 옛 기억을 떠올리던 동은이 무심결에 질문했다.

"근데 은택아."

"응?"

"예전에도 이런 적 있었지, 우리? 기억나?"

"예전에도?"

동은의 질문에 곰곰이 과거를 떠올리던 은택이 불현듯 이마를 찌푸렸다. 동은이 얘기하는 순간이 어떤 순간인지 기억났다.

"아아, 그다지 좋았던 기억은 아닌데?"

"맞아. 일영이가 계단에서 날 미는 바람에……. 그래서 네가 날 구하려다 손까지 다쳤었잖아."

구 건물 창고 안에서 뺨을 맞은 이후로 일영은 동은에게 앙심을 품고 못된 짓을 일삼았다. 계단에서 우연히 마주친 그날도, 차마 그런 짓까지 벌일 줄은 몰랐었는데.

불시에 계단 아래로 떠밀린 순간 은택이 저를 감쌌고, 난간에 손을 부딪혀 다치는 바람에 한동안 요리는커녕 필기조차 제대로 할 수 없었다.

그 순간 일영이 짓고 있던 그 소름 끼치는 미소가 다시금 선명하게 떠올랐다. 동은이 은택의 몸 위에서 내려와 바닥에 무릎을 꿇고 앉았다.

"그 기자가……."

'임동은 형사님, 혹시 저 기억 안 나세요?'

"이일영. 그 애였어."

동은은 그 기자를 앞에 두고 시종일관 이유 없이 꺼림칙한 기분이 들었던 이유를 이제야 알 것 같았다.

'다음에 다시 만날 때까지 기억해주시면 좋을 텐데.'

그래, 다 기억났다. 이 빌어먹을 놈아! 동은이 이를 부득부득 갈며 다시 한 번 묘하게 기분이 나빴던 일영의 미소를 떠올렸다.

바로 그때였다. 커다란 손이 동은의 뒷목을 감싸 끌어 내렸다. 순식간에 은택의 얼굴이 코앞에 놓여 있었다.

"뭐야. 나랑 이렇게 야한 자세로 있는데 딴생각이 나?"

은택이 손에 힘을 줘 동은의 얼굴을 점점 더 가깝게 끌어당겼다. 곧 달콤한 숨결이 섞여들었다. 달콤한 데다 뜨겁기까지 한 은택의 숨결에 동은의 머릿속에서 일영에 관한 생각은 곧 잊혀져버렸다.

"이거 섭섭한데."

벌써 입술이 닿은 게 아닐까. 입 언저리가 참기 힘들 만큼 뜨거웠다.

"나는 딱 한 가지 생각밖에 안 드는데 말이야."

은택이 동은의 입술을 스치듯 베어 물었다. 동은이 은택의 손을 풀고 달아나며 빨개진 얼굴로 주위를 살폈다.

"여기 병원이야. 시도 때도 없이 엉큼한 행각은 자제……. 읏!"

멀어진 줄 알았던 은택의 입술이 다시 다가와 이번엔 아랫입술을 살짝 깨물었다. 동은이 내지른 낮은 비명도 함께 삼킨 은택이 가볍게 입을 맞추고 다시 떨어졌다.

"나 말이야. 당신이랑 연애해서 좋다, 너무."

은택이 전하는 달콤한 진심에 반항할 힘을 잃어버린 동은이 조심스럽게 그의 가슴 위에 손을 올렸다. 조금은 요란하게 뛰는 은택의 심장을 느끼며 참기 힘든 짜릿함에 그녀가 얇은 옷깃을 구겨쥐었다. 그 순간 그녀도 저처럼 떨고 있다는 사실을 깨달은 은택이 용기를 내어 동은의 허리를 꽉 끌어안으며 이번엔 깊게 입을 맞췄다. 오래오래 아무도 이 계단을 지나가지 않길 바라며.

"수연이, 저녁도 잘 먹었어요."

출근하자마자 중일을 찾아간 동은이 활짝 웃는 얼굴로 말했다.

"은택인 먼저 들어가 봐야 해서 제가 대신 챙겨줬는데도 잘 먹더라고요. 그러니까 이제 걱정하지 마세요."

수연이 힘들어하는 모습을 보며 중일이 지었던 괴로운 표정이 못내 마음에 걸린 모양이었다. 그런 동은의 마음을 알아차린 중일이 괜스레 그녀의 머리카락을 흩트렸다.

"고맙다, 소똥이. 은택 군한테도 고맙다고 전해줘."

"별말씀을 다 하시네요."

동은이 쑥스러운지 중일이 흩어놓은 앞머리를 죽죽 잡아당기며 자기 자리로 돌아갔다. 의자에 앉기 직전 게시판에 적힌 스케줄을 확인하던 동은이 귀찮은 듯 이맛살을 구겼다.

"젠장, 오늘부터 다큐 촬영 시작이에요?"

"어, 금방 도착한다고 연락 왔는데."

중일의 말이 끝나기 무섭게 촬영 장비를 나르며 다큐멘터리팀이 사무실로 들어섰다.

"임동은 형사님. 오늘도 정복 안 입으셨네요."

그중에서도 취재를 담당하는 기자는 오늘도 여지없이 카메라를 들이대며 동은에게 다가왔다. 저 빈정대는 목소리, 기억을 떠올리고 나니 너무도 익숙한 목소리였다. 동은이 몸을 휙 돌려 기자를 똑바로 바라봤다.

"이일영 기자님?"

문득 제 이름을 똑똑히 발음하는 동은을 본 일영이 놀란 눈을 치켜떴다. 동은이 그런 일영과 눈을 마주치며 콧방귀를 뀌듯 싱긋 웃었다.

"놀라기는. 나, 너 기억났거든요?"

동은이 불쑥 일영의 코앞에 주먹을 날렸다.

"그러니까 건방지게 굴면 얄짤 없어."

다소 과격한 동은의 인사에 일영이 흥미로운 듯 눈을 빛냈다. 그 눈빛에 동은은 어쩐지 오소소 소름이 돋았다. 그녀가 소름이 돋은 팔뚝을 문지르며 황급히 일영을 밀치고 근무를 시작했다.

동은이 제 옆을 스쳐 지나자 일영이 목에 건 카메라를 뒤집어 액정 화면에 뜬 사진을 확인했다. 어제 찍었던 사진이 액정 화면에 떠 있었다. 병원 비상계단에서 입을 맞추고 있는 동은과 은택의 모습이었다. 액정 속 발그레하게 달아오른 동은의 뺨을 응시하던 일영이 피식 웃으며 물었다.

"그나저나 저 기억나신 거면 호칭은 어떻게 할까요? 임 형사님? 아니면 선생님? 아니면……."

"잠깐만! 선생님?"

일영이 동은에게 묻는 말을 들은 해온이 대뜸 끼어들었다. 선생님이라니? 눈빛으로 열렬하게 묻던 해온이 동은에게서 아무 대답이 없자 다시 일영을 뚫어져라 쳐다봤다. 그러길 한참, 뒤늦게 감을 잡은 해온의 눈매가 가늘어졌다.

"설마……."

어쩐지 이 기자 양반, 처음 봤을 때부터 싸한 느낌이 들더라니.

"기자님도 동은이 제자였습니까?"

해온이 묻자 일영이 고개를 크게 끄덕였다.

"네, 제가 고등학교 2학년일 때 임 형사님이 교생실습을 나오셨었거든요."

남자 1번이랑 똑같았다. 제길! 저도 모르게 잇새로 욕지거릴 흘려보낸 해온이 동은을 다시 한 번 눈을 부릅뜨고 바라봤다.

그렇지만 동은에게선 미세한 표정 변화조차도 없었다. 남자 1번을 다시 만났을 때처럼 눈에 띄게 당황한다거나 하는 기색은 조금도 엿보이지 않았다. 그나저나 설마 이것까진 똑같지 않겠지? 해온이 그때 그 상황을 떠올리며 무심결에 물었다.

"혹시 기자님도 우리 동은이가 첫사랑이라거나……."

"어? 어떻게 아셨어요? 임동은 선생님이 제 첫사랑인데!"

단번에 튀어나온 일영의 대답에 해온이 또다시 인상을 팍 구겼

다. 순전히 농담이었는데 진짜란다. 은택에게 같은 말을 물었을 때
는 90퍼센트가 호기심이고 나머지 10퍼센트가 자신도 몰랐던 동은
을 좋아하는 감정이었다면, 지금은 100퍼센트 경계심이었다. 그래
서 일영의 대답에 더 짜증이 치솟았다. 만인의 첫사랑이야, 뭐야?
그놈의 첫사랑, 하도 들었더니 이젠 귀에 딱지가 앉게 생겼다.

그러나 첫사랑이란 말에도 동은의 반응은 서릿발처럼 냉랭하
기만 했다. 남자 1번을 대할 때와는 하늘과 땅만큼 다른 태도였
다. 아무래도 이 기자 양반은 남자 1번만큼 각별하지는 않은 모양
이었다. 저와는 비슷한 처지였으나, 그렇다고 해서 동병상련의
마음이 들지는 않았다. 오히려 못마땅했다.

해온이 혀를 쯧 차며 일영을 흘겨봤다. 뱀같이 야비하게 생겨
서는, 다큐멘터리 촬영은 핑계고 은근히 사심만 잔뜩 챙기는 거
아닌가 모르겠다.

"저기, 기자님."

"네?"

"첫사랑이고 나발이고 간에 프로답게 굽시다, 네? 어차피 저
여자, 이제 임자 있는 몸이에요."

해온이 제 입으로 하는 말임에도 씁쓸한 표정을 지었다. 하지
만 어쩌겠는가. 속은 쓰려도 이제 임동은 옆에 있을 수 있는 남자
는 강력 2팀 식구들, 아니면 남자 1번 그 사람뿐이었다. 눈앞의 기
자는 당연히 제외였다.

"왜 대답이 없어요?"

해온이 다짐을 받아내려고 해보지만, 일영은 듣는 둥 마는 둥
굴 뿐이었다. 일영의 시선은 해온이 그 말을 꺼낸 순간부터 오로

지 동은만을 향하고 있었다.

"의외네요. 연애 같은 건 절대 안 할 줄 알았는데."

일영이 카메라 액정 화면에 뜬 사진을 넘기며 중얼거렸다. 동은과 은택이 키스를 나누는 장면이 수십 장에 걸쳐 넘어갔다.

"그나저나 상대가 누군지 궁금한데요?"

탁. 일영의 손가락이 마지막 장을 붙잡았다. 동은을 사랑스럽게 바라보는 은택의 표정을 뭉개듯 그의 손가락이 움직였다.

"혹시, 저도 아는 사람이에요?"

일영이 동은을 물끄러미 응시했다. 마치 이미 상대를 알고 있는 듯한 의미심장한 말투에 동은이 날이 잔뜩 선 눈빛을 해 보였다.

"너……."

생각해보니 지난번에 일영의 카메라에 은택의 사진이 찍혀 있었다. 그 순간 불길한 느낌을 받은 동은이 자리에서 벌떡 일어섰다.

"아까부터 자꾸 뭘 보면서 그렇게 키득거리는 거야?"

끼이이익! 동은이 의자에서 일어서면서 날카로운 소음이 사무실 안에 울려 퍼졌다. 잽싸게 일영에게로 다가간 그녀가 카메라를 향해 손을 뻗었다.

"대체 뭘 보는데……!"

일영에게서 카메라를 빼앗은 동은이 서둘러 액정 화면을 살폈을 때였다. 순식간에 그녀의 얼굴이 시뻘게졌다. 일영에게 주먹을 날리며 험악한 인상을 짓고 있는 제 모습이 떡하니 찍혀 있기 때문이었다. 누구라도 보면서 키득키득 웃을 만한 사진이었다.

"이건 또 언제 찍은 거야, 너!"

"사진 찍고 있는데 선생님이 그런 포즈를 취해준 걸 어떡해요."

일영이 자신은 잘못이 전혀 없다는 말투로 대꾸했다. 삭제 버튼을 찾다가 안 되겠는지 동은이 버럭 소리를 질렀다.

"쓸데없는 소리 집어치우고 이거 얼른 지워!"

"카메라를 주셔야 삭제를 하든가 말든가 하죠."

일영이 손바닥을 펼쳐 내밀었다. 동은이 일영의 손을 한 번, 카메라를 한 번. 마뜩잖은 눈으로 번갈아 보다가 이내 마지못해 일영에게 카메라를 넘겼다. 일영은 샐쭉 웃으며 동은에게서 카메라를 넘겨받았다. 그리고 동은이 찍힌 사진을 삭제하곤 보란 듯이 다시 내밀었다.

"자, 이제 됐죠? 완전히 지웠어요."

동은이 눈동자만 힐끔 굴려 제 사진이 지워진 걸 확인했다. 그러곤 뒤늦게 민망한 듯 목을 가다듬었다.

"크음! 그건 그렇고, 지난번에 은택이 사진은 뭐야?"

동은은 부러 최대한 냉정하게 말했다. 일영이 자신과 은택의 사이를 조금도 눈치챌 수 없도록. 그러자 일영이 한쪽 입술 끝을 말아 올리며 대꾸했다.

"보셔서 아시잖아요. 제가 일단 카메라부터 들이댄다는 거."

"그게 뭐 어쨌는데?"

"일주일 전인가? 우연히 밥을 먹으러 갔는데 은택이 가게더라고요. 너무 바빠 보여서 알은척은 못 했고 마침 주방에서 요리하는 모습이 보이기에 사진이나 찍고 돌아왔죠. 그게 다예요."

지금까지 일영이 해온 행동을 보면 충분히 납득이 가는 설명이었다. 하지만 그런 이유라고 해도 꺼림칙했다. 동은이 일영의 카메라를 노려보며 말했다.

"남의 사진 함부로 찍는 거, 그거 범죄야."

"그래서요?"

"그래서는 무슨 그래서야? 얼른 은택이 사진도 지우라고."

일영이 마치 꿰뚫어 보듯 저를 보고 있어서 동은이 멋쩍은 듯 눈썹을 꿈틀거리며 뒤돌아섰다. 그러자 일영이 흥미로운 콧소리를 내며 동은의 앞을 가로막았다. 기껏 등을 돌렸건만 다시 코앞에서 일영과 눈이 마주쳤다. 동은이 불쾌한 듯 이맛살을 찌푸렸다.

"왜? 더 할 말 있어?"

"역시…… 선생님 애인, 은택이 맞죠?"

그 순간 동은은 저도 모르게 숨을 참았다. 일영에게서 내내 받았던 불편한 기분이 한층 더 커져 있었다. 예전처럼 일영이 저와 은택에게 해코지를 가할지도 모른다는 생각이 들어 경계심부터 먼저 든 것이었다. 일영이 그런 동은을 향해 손사래를 쳤다.

"그렇게 험악하게 보실 필요 없어요. 제가 설마 스토커도 아니고 선생님 뒤쫓아 다니다가 알게 됐겠어요?"

"뭐?"

"전 단지 은택이 가게랑 경찰서가 가까우니까 당연히 만났겠다 싶어서 물어본 거예요. 두 사람, 각별했잖아요."

일영은 입은 웃고 있었지만 눈은 웃고 있지 않았다. 서늘하고 날카로운 눈빛. 말끝에는 은근히 경멸이 담겨 있었다.

"그래서 결론은, 제 말이 맞죠? 두 사람?"

일영이 채근해왔지만, 동은은 입을 꾹 다물고 대답하지 않았다. 일영에게 저와 은택의 관계를 말하고 싶지 않았다. 아니…… 왠지 말하면 안 될 것 같았다.

9장

　"은택아, 나 할 말 있어."

　바쁜 저녁 시간. 연아가 회사 동료들과 함께 회식을 위해 은택관엘 찾아왔다. 주문이 밀렸다는 핑계로 주방에만 틀어박혀 음식만 만들고 있길 한 시간여. 결국 연아가 먼저 주방 안으로 들어섰다. 울기라도 한 건지 연아의 눈 주위가 빨갛게 짓물러 있었다.

　"바빠?"

　연아가 묻자, 당황한 은택은 익어가고 있는 요리에서 시선을 떼지 못하고 대답했다.

　"보다시피 조금. 왜, 무슨 말인데?"

　"하루한테 들었어."

　"어?"

　"드디어 사귀기로 했다며?"

연아의 말에 그나마 요리와 그녀를 번갈아가며 보던 은택은 이제 아예 요리에만 집중했다. 그도 그럴 게, 이런 상황에서 대체 어떻게 대처해야 할지 알 수 없었기 때문이다. 고맙다는 말도, 미안하다는 말도 전부 어울리지 않았다. 오랜 침묵 끝에 연아가 말없이 요리만 하는 은택을 조심스럽게 불렀다.

"나 좀 봐, 은택아. 나 할 말 있다니까."

그제야 은택은 손에 들고 있던 프라이팬을 놓았다. 연아가 하루한테서 제 얘길 전해 들은 것만으로는 끝이 아니라는 걸 지금 이 순간 깨달았기 때문이다. 그래, 적어도 연아에게는 끝이 아니었다. 연아에게 어떤 말을 해주어야 할까. 너무 많은 말들이 머릿속에서 뒤엉키고 있었다.

"연아야, 나 말이야……."

"잠깐만. 내가 먼저 말해도 돼?"

연아의 부탁에 은택은 천천히 고개를 끄덕였다.

"나, 널 다시 만나서 기뻤어."

"나도……. 나도 그랬어."

진심이었다. 그렇기에 연아의 말에 동조할 수 있었다.

"널 아주 오랫동안 좋아해왔거든."

하지만 이어지는 말에는 그럴 수가 없었다. 진심은 때론 상처가 되기도 하는 법이니까. 그래서 선택한 침묵이었다. 계속 은택에게서 아무 말이 없자 연아가 심호흡을 크게 하며 말을 이었다.

"그리고 지금도, 좋아해."

연아의 진심 어린 고백에 은택은 주먹을 꽉 움켜쥐었다. 어찌 모를까, 저 마음을. 저 마음은 세상에서 은택이 가장 잘 알았다.

그래서 저 못지않게 오랜 시간 짝사랑으로 마음 졸였을 연아에게 이 순간 더없이 미안한 은택이었다. 하지만 이 미안한 마음이 연아에겐 더없이 잔인한 대답이었다. 은택의 찡그린 얼굴을 물끄러미 바라보던 연아가 낮게 탄식처럼 한숨을 뱉어냈다.

"알아, 너는 아닌 거. 그런데 은택아."

은택은 차라리 도망치고 싶었다. 매번 제 앞에서 도망치던 동은의 심정이 이랬을까. 저 때문에 동은이 이런 괴로운 기분을 느꼈을 거라 생각하니 가슴이 욱신거렸다. 그리고 이런 순간조차 그녀를 떠올리는 것이 더더욱 연아에게 미안했다.

"나도 너처럼, 네가 그분 좋아한 것처럼. 그렇게 네가 날 돌아봐주지 않아도 계속 너 좋아해도 돼?"

"아니. 그러지 마, 연아야. 그러지 마."

머리보다 입이 먼저였다. 반사적으로 제 입에서 튀어나온 말에 은택은 입술을 질끈 깨물었다. 저는 끝내 포기할 수 없었던 그 마음을 너무도 쉽게 포기하라 말해버렸다. 하지만 잔인하게도 후회는 들지 않았다.

"어쩜 그래, 정말……."

연아는 자신이 예상한 것에서 조금도 벗어나지 않는 은택의 행동에 쓰게 웃었다. 처음부터 은택이 이렇게 나올 거라는 걸 짐작했었다. 이 마음이 어떤 마음인 줄 알기 때문에 더더욱 허락해주지 않을 거란 것도. 그래서 더욱 절실하게 절 말릴 거란 것도.

"걱정 마. 애초부터 자신도 없었으니까."

연아가 힘없이 웃으며 손을 저었다. 돌아봐주지 않을 거란 걸 알면서 그토록 오래 누군가를 마음에 품는 일 같은 거 아무나 할 수 있는 일이 아니었다. 차라리 미워하는 건 쉬워도 계속 변함없이 사랑하는 건 정말로 어려운 일이었다.

"그냥, 고백 한 번 못 해보고 차이는 건 억울하니까. 그래서 말한 거야."

하지만 억지로 웃는 연아의 입매는 파르르 떨고 있었다.

"아, 말하고 나니까 후련하다."

"연아야."

"할 말 다 했으니까 나 이만 가볼게."

웃고 있는 눈꼬리에 금방이라도 흘러내릴 것 같은 눈물이 고여 있었다. 더 이상 억지웃음도 지을 수 없는 연아는 재빠르게 등을 돌렸다. 은택의 눈에 뒤돌아선 연아가 손을 올려 얼굴을 훔쳐내는 게 보였다.

"수고해, 그럼! 다음에 보자!"

마지막까지 밝게 인사하는 연아의 모습에 은택은 그저 말없이 고개를 숙였다. 그사이 무리에서 먼저 빠져나와 가게를 나서는 연아의 모습이 통유리 너머로 비쳐졌다. 혼자 어두컴컴한 밤길을 걸어가는 연아의 뒷모습은 무척이나 쓸쓸해 보였다. 그 외로운 등 뒤에 대고 은택은 끝내 전하진 못한 말을 속으로 읊조렸다.

미안해. 너를 좋아해주지 못해서.

내가 좋아하는 사람이 나를 좋아해주는 건, 기적이라고 했다. 오늘 밤, 그 기적이 누군가는 웃게 했고 누군가는 울게 했다. 은택이 할 수 있는 거라곤 이다음엔 연아에게 그 기적이 찾아와주길 비는 것뿐. 야속한 밤은 그렇게 점점 더 깊어가고 있었다.

같은 시각, 강력 2팀 사무실. 오늘따라 유독 사건 없이 조용했다. 이런 날은 손에 꼽힐 만큼 아주 드문 날이었다. 그렇기에 모두가 행여 사건이 터질세라 1초라도 더 여유를 만끽하고 있었다. 그 와중에 지루한지 하품을 연신 해대던 일영이 문득 입을 열었다.

"되게 조용하네요. 강력팀 사무실은 하루 종일 시끄러울 것 같았는데. 쉽게 스펙터클한 장면을 담을 수 있을 줄 알았거든요."

카메라를 휙휙 움직이며 마치 긴박한 장면을 촬영하기라도 하듯 굴던 일영이 돌처럼 굳은 건 조용하다는 말을 뱉은 지 1초도 되지 않아서였다. 일영의 말이 끝나기 무섭게 강력 2팀 식구들이 일제히 그를 노려본 탓이었다.

"이 기자님, 설마 지금 조용하다고 하셨습니까?"

해온이 어금니를 꽉 사리문 채로 물었다. 일영이 당황한 얼굴로 더듬거리며 대답했다.

"예? 그런데요?"

"지금 '그런데요?'라는 말이 나옵니까? 그 말이 어떤 말인데!"

이번에 지락이 울 것 같은 얼굴을 하고서 따져 물었다. 일영이 방금 한 말은 형사들 사이에서는 금기로 통하는 말이었다. 운 좋게 하루가 조용히 넘어가는가 싶다가도, 누군가 조용하다는 말을 뱉어내기 무섭게 사건 신고가 들어오는 일종의 징크스 때문이었다.

금기를 어긴 대가는 상상 이상으로 가혹했다. 몇 날 며칠을 매달려야만 해결이 가능한 굵직한 사건이 벌어지곤 했다. 아니나 다를까. 곧바로 112센터에 긴급한 신고 전화가 접수됐다.

"팀장님! 지금 나리빌딩 앞에서 남자 한 명이 인질을 데리고 농성 중이랍니다."

그것도 인질의 목숨이 달려 있는 엄청 복잡하고 까다로운 사건이었다. 동은을 비롯한 강력 2팀 식구들 모두가 비장한 표정으로 장비를 챙겼다.

평화로운 밤은 안녕, 이제는 치열한 일터로 나설 시간이었다. 준비를 끝마친 형사들이 사무실을 빠져나와 재빨리 차에 올라탔다. 그 뒤를 카메라를 든 일영과 방송국 촬영팀이 탄 차가 뒤따랐다.

요란하게 경광등이 번쩍이는 밤의 도로. 백미러로 뒤따라오는 일영의 일행을 본 동은이 한숨을 푹 내쉬었다. 오늘따라 어쩐지 밤이 유난히 더디게 흐르는 것처럼 느껴졌다.

"가까이 오지 마! 가까이 오면 이 여자 다쳐! 죽여버릴 거라고!"

웅성거리는 인파 속, 남자는 칼을 휘두르며 인질을 위협하고 있었다. 동은은 차에서 내려 조심스럽게 인질극이 벌어지고 있는 현장으로 들어갔다. 그리고 그 순간, 동은의 눈이 커다래졌다. 호흡이 거칠어지고 심장이 급격하게 빠르게 뛰어댔다.

"연아 씨?"

칼로 위협을 받고 있는 인질이 다름 아닌 연아이기 때문이었다. 때마침 뒤늦게 상황을 전해 들은 은택과 하루 역시 현장으로 달려왔다.

"연아야."

그렇지 않아도 조금 전 있었던 일로 마음이 무거웠던 은택이 불안한 목소리로 연아의 이름을 불렀다. 잔뜩 갈라진 목소리는 잘 들리지도 않았다. 은택이 한쪽에서 다른 형사들과 함께 인질범을 설득하고 있는 동은의 모습을 발견했다. 동시에 동은도 은택이 있는 쪽을 향해 고개를 돌렸다. 두 사람의 눈이 깜깜한 허공에서 마주쳤다.

동은은 은택을 안심시키기 위해 일부러 더 단호한 표정을 지었다. 그러나 나만 믿으라는 동은의 다부진 눈빛에도 은택은 차라리 눈을 감아버렸다.

어렴풋이 연아의 마음을 눈치채고 있었을 동은에게 터무니없는 죄책감을 안겨준 것만 같아서. 연아가 외롭게 혼자 길을 걷다가 이런 일을 겪게 된 게 꼭 제 책임인 것만 같아서.

괴로워하는 은택에게서 간신히 시선을 거둔 동은이 걸음을 옮겼다. 그리고 먼저 현장에 도착해 있던 경찰에게 다가가 물었다.

"범인 신원 파악은 했습니까?"

"네, 이름 한기태. 32살. 작가지망생이고 무직입니다. 현재까지 파악한 정보는 이 정도이고, 아, 인질의 신원도 파악했습니다. 박연아. 25살. 블리스 레시피라고 푸드 잡지사 기자라고 합니다."

설명을 들으며 동은은 저절로 연아에게 향하는 시선을 애써 참아냈다. 지금 연아의 상태가 저와 눈이 마주치는 것만으로도 극도로 불안해질 수 있다는 사실을 잘 알기 때문이었다. 인질의 불안한 심리 상태는 인질범을 자극하는 요소 중 하나였다. 절대 함부로 자극해서는 안 됐다.

"도대체 인질극까지 벌이는 이유가 뭡니까?"

동은이 이어서 이유를 물었다. 왜 이런 사태가 일어났는지를 바로 알아야만 연아를 무사히 구해낼 수 있기 때문이었다. 그리고 연아를 무사히 구해내야만 은택 또한 안정을 되찾을 수 있었다. 동은은 제 어깨에 내려앉은 무거운 책임을 느끼며 최대한 침착하기 위해 노력했다.

"좋아하는 여자에게 고백했다가 거절당했다고 합니다. 그 여자를 당장 데리고 오라는 것이 남자의 요구입니다."

"그런데 왜 하필 박연아, 아니 저 여자분이 인질이 된 거죠?"

함께 현장에 출동한 해온이 다소 걱정스러운 기색으로 물었다. 언젠가 보았던 여자의 쓸쓸한 뒷모습이 무심코 머릿속에 떠올랐다. 은택과 나란히 걷지 못하고 뒤에서 졸졸 따라 걷던 그 모습이, 꼭 그녀의 외로운 마음을 대변하는 것 같아서. 제 처지와 다르지 않은 그 모습에 저 역시 그 밤 내내 쓸쓸한 기분을 떨칠 수 없었다.

그래서 그날, 동은에게 억지로 키스까지 해버렸던 걸지도 몰랐다. 그리고 그날의 키스가 둘 사이를 완벽하게 친구 사이로 종지부를 찍고 말았다. 해온이 또다시 가슴에 번지는 쓸쓸한 기분을 떨쳐내기 위해 더욱더 사건에 집중했다.

"목격자 증언으로는 여자분이 술에 취한 남자에게 먼저 말을 걸었다고 합니다. 그러다 시비로까지 번졌다고."

동은이 고개를 갸웃했다. 몇 번 본 적 없지만 연아가 술에 취한 남자에게 먼저 말을 걸 성격은 아니라고 생각이 들어서였다.

"구체적으로 뭐라고 했는지는 아십니까?"

"뭐라더라, 범인이 왜 날 안 좋아해주느냐고 술에 취해 고래고래 소리를 지르고 있는데, 여자가 내가 좋아하는 사람이 나를 좋아해주는 기적은 그렇게 쉽게 찾아오는 게 아니라고 했다고."

"아니, 그게 말이나 됩니까? 나는 도저히 이해가 안 돼. 겨우 그런 걸로 사람 목숨 가지고 이런 짓까지 벌이다니. 그리고 저 여자도 가던 길이나 갈 것이지 왜 말은 걸어가지고."

곁에 서 있던 다른 형사가 혀를 쯧쯧 차며 끼어들었다. 가만히 그 말을 듣고 있던 동은이 조용히 고개를 저었다. 그보다 더 하찮은 이유로도 흉악한 범죄가 일어나는 세상이었다. 그리고 누군가에게는 비웃음을 살 그 하찮은 이유가, 누군가에게는 살아 있는 이유가 되기도, 또 반대로 살아 숨 쉬는 게 비참해지는 이유가 되기도 하는 법이었다.

"모르죠. 저 남자에게는 그 여자가 사는 이유고 없으면 안 되는 세상의 전부였을지도."

동은이 작게 혼잣말하듯 중얼거렸다.

"저 사람이 되어보지 않고서는 그 마음은 알 수 없는 거예요, 절대."

동은은 언젠가 은택이 자신에게 했던 말을 떠올렸다. 1초라도 좋으니 서로의 마음이 바뀌었으면 좋겠다는 그 간절한 말을. 그때 은택의 마음이 저 남자 같지 않았을까. 무심코 그런 생각이 든 동은은 쓰게 입술을 깨물었다.

"물론 그렇다고 범죄가 가려지는 것은 아니죠. 아무리 비참하고 절망적이어도 모두가 저런 행동을 하지는 않으니까요."

끝내는 퇴색되어버린 남자의 사랑 앞에 동은은 정말 이기적이게도 안도감을 느꼈다. 이건 그 언젠가 인정태 앞에서도 느꼈었던 감정이었다.

소중한 상대방을 오히려 다치게 만드는 비틀린 사랑. 그에 비해 자신은 얼마나 순수하고 헌신적인 사랑을 받고 있는지. 그래서 더욱 외롭고 아프지만 꿋꿋하게 지켜온 은택의 사랑에 감사한 마음이 드는 순간이었다.

그 마음을 눌러 내리지 못하고 다시 은택이 서 있던 자리를 돌아본 동은이 별안간 놀란 눈으로 주위를 두리번거렸다. 그러나 은택이 있던 자리에는 하루 혼자 덩그러니 서 있을 뿐이었다.

도대체 어디로 간 걸까. 초조한 기색의 동은이 저도 모르게 자리를 박차고 나선 순간, 바로 등 뒤에서 은택의 갈라진 목소리가 들려왔다.

"나 때문이야."

눈물이 스민 목소리가 애처롭게 귓가로 흘러들어왔다.

"연아, 나 때문에 저렇게 된 거야. 내가 연아한테 상처를 줘서, 그래서, 그래서……."

연아가 느꼈을 상심의 크기를 헤아리며 은택은 힘없이 고개를 떨궜다. 동은은 창백하게 질린 은택의 얼굴을 조심스럽게 들어 올려 바라봤다. 이윽고 은택을 마주한 그녀의 얼굴이 파르라니 굳었다. 은택의 얼굴에 짙게 드리운 감정은 단순한 우정 이상의 감정이었다. 죄책감. 바로 그것이었다.

동은은 이 죄책감이 사람을 얼마나 망가뜨릴 수 있는지 잘 알고 있었다. 지난 12년간 모든 걸 제 탓으로 돌리며 망가진 삶을 살았던 동은이기에 누구보다도 잘 알았다. 그래서 두려웠다. 이대로 은택이 망가져버릴까 봐.

"은택아."

"연아 잘못되면 다 내 탓이야. 전부 내 탓이라고. 어떡해, 난 정말 어떡하면……."

눈물을 참아내느라 점점 그의 호흡이 거칠어졌다. 동은이 그런 은택을 달래며 귀를 기울였다.

"천천히 말해봐. 연아 씨랑 무슨 일 있었어?"

"누군갈 좋아하는 마음이 내 마음대로 되지 않는 일이란 거, 그래서 쉽게 포기가 안 되는 일이란 걸 알면서도 그만두라고 했어."

은택은 젖은 목소리로 쉬어가듯 힘겹게 말을 이었다.

"나는 당신을 자그마치 7년 동안이나 멋대로 기다려놓고, 연아한테는 그러지 말라고 했어."

동은은 비로소 알 것 같았다. 저 역시 어렴풋이 연아의 감정을 느낀 적이 있었다. 은택은 그 마음을 끊어내라고 한 것이었다.

은택이 연아에게 준 상처. 원하지 않았으나 줄 수밖에 없었던 상처를 짐작한 동은은 깊게 숨을 내쉬었다. 그 상처로 인해 연아가 이런 일을 겪게 된 것은 아니지만, 그래도 왜 은택이 죄책감을 느끼는지 충분히 알 것 같았다. 그러자 동은의 가슴에서도 희미한 죄책감이 조금씩 번져갔다.

내가 좋아하는 사람이 나를 좋아해주는 기적. 동은과 은택에게 찾아온 기적은 그래서 연아를 울렸고, 또한 해온을 울렸다. 저 역시 해온 앞에서 느꼈던 그 아픈 감정을, 하물며 이런 최악의 상황에서 맞닥뜨린 은택의 심정이 오죽할까. 뜨거워지는 눈시울을 가까스로 참아낸 동은이 은택의 어깨를 두 손으로 단단히 짚었다.

"은택아, 나만 믿어. 연아 씨, 내가 꼭 구할게. 반드시 구할 테니까 여기서 조금만 기다려. 응?"

은택이 얼떨결에 고개를 끄덕였다. 움켜쥐듯 은택의 어깨를 한 번 더 힘주어 두드린 동은이 몸을 일으켰다. 그리고 한 발 한 발 조심스럽게 한기태에게로 다가갔다.

겨우 몇 걸음을 옮기는 동안에 무수히 많은 생각이 들었다. 한기태의 마음이야 무관한 사람을 위험에 처하게 했으니 동정의 여지가 없다 쳐도, 연아가 남자에게 그 말을 했을 때 어떤 심정이었을지 상상해보는 것만으로도 그새 마음이 무겁게 젖어들었다.

'내가 좋아하는 사람이 나를 좋아해주는 기적은 그렇게 쉽게 일어나지 않는 거예요.'

연아의 그 말이 누군가의 눈에는 술에 취해 고성방가를 하는 남자에게 맞서는 용기로 혹은 괜한 참견으로 보였을지 몰라도 동은은 왠지 이해할 수 있을 것 같았다.

그러니까 상심하지 마요. 듣지도 않은 말이 저절로 동은의 귓가에 들려왔다. 그때 연아는 용기를 낸 것도, 괜한 참견을 할 생각도 아니었을 터였다.

그저 저와 같은 처지의 남자가 안쓰러워서 위로의 말이라도 전하려던 게 아니었을까. 모두가 눈살을 찌푸리며 남자를 외면할 때에 오로지 연아만이 남자에게 공감하고 함께 슬퍼해주었던 거라는 생각이 들었다.

공포가 아닌 슬픔과 외로움이 그득 담겨 있는 연아의 눈을 들여다보며 동은은 마지막 한 발자국을 내디뎠다. 이제 동은과 한기태는 크게 소리치거나 확성기를 쓰지 않아도 서로의 목소리를 들을 수 있을 만큼 가까워졌다.

"무슨 짓이야! 내가 가, 가까이 오지 말랬지!"

한기태가 연아의 목에 칼을 더 가까이 겨누며 소리쳤다. 하지만 동은은 당황하지 않고 한기태의 눈을 똑바로 바라보며 물었다.

"그 여자분, 이름이 뭐예요?"

"뭐?"

"한기태 씨가 사랑하는 그 여자분이요."

한기태는 동은의 질문에 멈칫하더니 이윽고 조심스럽게 여자의 이름을 대답해주었다.

"미, 민지나."

"좋아요. 잘 들어요, 한기태 씨. 민지나 씨, 내가 당신 눈앞에 데려다 줄게요."

"정말이야?"

"그 대신, 조건이 하나 있어요."

그렇게 말한 동은은 느닷없이 입고 있는 상의를 가슴 밑까지 들어 올렸다. 그 상태로 한 바퀴 빙그르 돌더니 신발을 벗고 바지 역시 걷어 올려 발목을 확인시켰다. 한기태에게 자신이 그 어떤 무기도 지니고 있지 않다는 사실을 보여주기 위해서였다.

"봤죠? 나 지금 아무것도 안 가지고 있어요."

"그래서 뭐! 그게 뭐 어쨌다고!"

한기태는 동은이 왜 이런 말을 하는지 이해하지 못하는 얼굴로 소리쳤다. 동은은 긴장한 듯 숨을 들이마시며 눈을 살짝 감았다가 떴다. 그러곤 고개만 살짝 돌려 뒤에서 저를 지켜보고 있는 은택과 눈을 마주쳤다.

은택아. 나를 사랑해서 네가 누군가에게 상처를 주었다면, 그래서 그 상처받은 사람이 행복해지기를 바란다면. 나 역시 그 사람이 행복해지기를 바라. 네 마음이 조금이라도 더 편안할 수 있도록. 그러니 내가 지켜줄게, 연아 씨. 너를 위해서.

흔들리지 않는 동은의 눈빛에 담긴 말을 읽은 은택이 저도 모르게 다가갔다. 금세 하루의 손에 붙잡히고 말았지만, 은택은 계속 발버둥 쳤다. 지금 동은이 하려는 일이 어떤 것인지 알 것 같았기에. 위험을 자처할 그녀의 선택이 불을 보듯 뻔했기에. 불안한 심장이 요동치듯 거칠게 뛰어댔다.

"내가 인질이 될게요. 그러니 그 여자 놔줘요."

한기태도, 그에게 붙잡힌 연아도, 뒤에서 지켜보던 은택과 해온도, 지금까지의 모습을 전부 촬영하고 있던 일영도, 동료 형사들까지 모두가 그녀를 말리는 분위기였지만 동은의 결심은 확고했다.

"내가 말한 조건을 들어주지 않으면 우리 역시 당신 요구를 들어주지 않을 거예요."

한기태는 동은의 말에 조금 갈등하는 듯하더니 이내 칼을 위협적으로 흔들었다. 동은에게 조금 더 가까이 다가오라는 뜻이었다. 한 발, 한 발. 이윽고 동은이 한기태의 코앞에까지 다가갔을 때 연아가 풀려났다.

"으, 은택아!"

범인에게서 벗어난 연아가 은택에게 달려가 안겼다. 동시에 연아 대신 목에 칼이 겨눠진 동은이 그 두 사람의 모습을 지켜봤다.

동은과 눈이 마주친 순간, 연아가 무사한 걸 확인했지만 은택은 웃을 수 없었다. 오히려 그는 조금 전보다 더 지독하게 일그러진 얼굴을 하고 있었다. 그런 은택을 오히려 동은은 희미하게 웃는 얼굴로 응시했다. 그녀의 눈빛이 안심하라는 듯 이렇게 말하고 있었다.

은택아, 너는 내가 지켜줄게. 걱정하지 마. 약해진 나를 다시 강하게 만든 건 너니까.

동은의 눈빛이 도저히 인질범에게 붙잡혀 있다고는 믿어지지 않을 만큼 반짝반짝 빛나고 있었다.

'사람은 누군가를 지켜주겠다고 결심했을 때 가장 강해져.'

고요한 병실. 수연은 동은이 해주고 간 말을 떠올리고 있었다.

퇴근 후에 온다던 중일은 긴급한 사건이 일어나는 바람에 올 수 없다고 했다. 그런데 바로 그때, 누군가 병실 문을 열고 안으로 들어왔다. 찾아올 사람이 아무도 없는데 이상했다.

"누구…… 세요?"

익숙하지 않은 누군가의 모습에 수연이 깜짝 놀라 물었다. 그 바람에 곧바로 다시 문을 열고 나가려던 남자는 당황하며 뒤를 돌아봤다.

"미안해요! 내가 또 병실을 잘못 찾아와서. 번번이 733호를 738호로 잘못 보고 여길 들어오지 뭐예요."

남자의 변명에 수연이 경계하는 눈빛을 비치며 어깨를 잔뜩 움츠렸다. 그러자 남자는 자신의 말이 진짜임을 증명해 보이기 위해 허둥대며 말을 덧붙였다.

"겁내지 말아요. 진짜로 내 딸도 얼마 전에 교통사고를 당해서 입원해 있어요. 거짓말 아니에요."

"딸…… 이요?"

딸이 다쳐 입원해 있다는 남자의 말에 문득 아빠를 떠올린 수연이 경계를 풀고 되물었다. 남자는 크게 고개를 끄덕이더니 이내 눈시울을 붉혔다.

"내가 한눈판 사이에 다치고 말았어요. 아빠인 내가 지켜줬어야 했는데."

남자의 말에 수연은 그가 이곳에 들어오기 전 하고 있었던 생각을 다시 한 번 떠올렸다.

'아빠가 자꾸 제 눈치를 봐요. 그래서 속상해요.'

수연이 혼수상태에서 깨어난 후로 중일은 부쩍 약한 모습을 비치곤 했다. 강력계 형사라는 사람이 제 앞에서는 큰소리 한 번 내지 못했다. 병원에 올 때마다 제 눈치만 살피기 바쁜 아빠의 모습이 수연에게는 사건이 있었던 그 끔찍한 순간의 기억보다 더 괴로운 일이었다. 계속 아빠의 그런 모습을 지켜보면서 무심결에 동은에게 속상한 마음을 털어놓고 만 수연이었다. 그때 동은이 해준 말이었다.

'수연아, 사람은 누군가를 지켜주겠다고 결심했을 때 가장 강해져. 하지만 반대로 누군가를 지켜주지 못했다는 생각이 들 때 가장 약해지거든?'

그녀의 말투는 확신에 가득 차 있었다.

'팀장님도 그런 거야. 그러니 수연이 네가 건강해지면, 그래서 널 지키지 못했다는 생각보다 지키고 싶다는 생각이 다시 강하게 들게 되면 팀장님도 강해질 거야.'

'정말요?'

'그럼, 정말이지. 이건 내가 경험해본 거라 100퍼센트 장담할 수 있어.'

'그럼 언니도 누군가 지켜주고 싶은 사람이 있어요?'

'나?'

되묻는 동은에게 수연이 고개를 끄덕여 보였고, 그녀는 활짝 웃는 얼굴로 이런 대답을 들려주었다.

'당연하지, 그 사람 때문에 나도 다시 강해질 수 있었는걸?'

누군가를 지켜주겠다는 결심을 하는 것만으로도 사람이 얼마나 강해질 수 있는지, 수연은 그 순간 동은의 눈을 보며 어렴풋이 깨달았다. 동은의 눈빛이 깊은 호수처럼 반짝반짝 빛나고 있었다. 그 눈빛은 결코 거짓말을 하지 않을 것 같았다. 수연은 고개를 떨 군 채 마치 죄인처럼 서 있는 남자에게 그때 동은의 말을 그대로 전해주었다.

"사람은 누군가를 지켜줄 때 가장 강해지고, 누군가를 지켜주 지 못했다는 생각이 들 때 가장 약해진대요."

남자가 천천히 고개를 들었다. 어느새 조금 젖어버린 눈가를 바라보며 수연은 말을 이었다.

"그러니까 자꾸 그런 생각 하시면 아빠가 약해진 모습 보고 따님이 무척 슬퍼할 거예요. 따님이 우리 아빠 강하다고 안심할 수 있게 해주세요."

수연의 말에 남자는 곧 거칠게 젖은 눈가를 닦아냈다.

"그럴게요, 고마워요."

그리고 딸이 있는 곳으로 바삐 걸음을 옮겼다. 그 뒷모습을 바 라보며 수연이 뿌듯한 표정을 지었다. 사건이 있었던 이후로 처음 느껴보는 뿌듯한 감정이었다. 긴 잠에서 깨어난 이후로 막막한 기 분밖에는 느껴보지 못했기에, 모처럼 이런 감정을 느낀 수연의 입 가에 미소가 맴돌았다.

아직 근육이 회복되지 않아 다시 두 발로 일어서보지도 못했지 만, 그럼에도 불구하고 이렇듯 벅찬 기분을 느낄 수 있는 건 다 동 은의 덕분이었다. 수연이 창밖에 희미하게 뜬 별을 바라보며 마음 속으로 진심을 가득 담아 기원했다.

동은이 부디 소중한 사람을 지킬 수 있기를. 그리고 저 역시 그 러하기를.

차마 앞을 똑바로 볼 수가 없어 차라리 눈을 감아버린 은택의 볼 위로 눈물방울이 흘러내렸다. 동은은 가만히 그 눈물을 보고 있었다. 만질 순 없지만 그 눈물이 얼마나 뜨거운지는 알 수 있었다. 가슴이 타들어가듯 고통스러웠다.

은택의 눈물을 닦아주고 싶은 충동에 한기태에게 붙잡힌 동은의 손이 움찔하고 떨렸다. 그 미약한 움직임을 알아차린 한기태가 칼을 쥔 손끝에 힘을 실었다.

"허튼짓할 생각은 꿈도 꾸지 마! 조금이라도 움직였다간 그대로 찔러버릴 거야!"

한기태의 목소리에는 분노와 두려움이 어지럽게 뒤엉켜 있었다. 아니, 두려움이 더 컸다. 사태가 이렇게까지 커질 줄은 예상하지 못했을 테니 당연했다. 그 바람에 미처 조절하지 못한 힘에 의해 섬뜩한 칼날 끝이 피부에 박히는 게 느껴졌다.

따끔거리는 느낌에 동은이 턱에 힘을 줬다. 그렇지 않아도 독단적인 저의 행동으로 인해 은택은 물론이고 동료들도 모두 놀랐을 터였다. 범인을 잡는 일에 물불 안 가리는 저의 성격을 안다고 해도 직접 인질을 자처하는 건 다른 문제였다. 그러다 보니 여기서 제가 다치기까지 했다간 모두의 마음을 아프게 할 것이었다. 동은은 한기태를 자극하지 않기 위해 침착하게 준비했던 말을 꺼냈다.

"한기태 씨."

"왜 불러!"

"걱정할 필요 없어요. 당신을 제압할 생각이었다면 인질과 나를 맞바꾸는 순간에 이미 시도했을 테니까. 그러니까 안심하라고요."

"뭐?"

서슴없이 위험한 발언을 내뱉는 동은을 한기태가 어이없는 눈으로 노려봤다. 그녀는 인질이 된 주제에도 망설임이 전혀 없었다. 몸을 밀착하고 있어 눈동자는 보이지 않았지만, 똑바로 치켜 올라가 있는 긴 속눈썹이 그녀가 지금 얼마나 침착한지를 잘 알려주고 있었다. 그녀는 지금 눈 하나 깜짝하지 않았다. 그러다 보니 동은에게 무언가 꿍꿍이가 있다고밖에는 생각이 들지 않는 한기태였다.

"너…… 뭐야? 지나한테 연락은 한 거야? 설마 나한테 거짓말했어? 일단 저 여자부터 구하려고?"

한기태가 은택의 품에 안겨 있는 연아를 노려봤다. 동시에 살갗을 파고들어 오는 예리한 고통. 동은은 최대한 아픔을 감추며 대답했다.

"거짓말 아니에요. 민지나 씨한테 연락은 취해뒀어요. 일단은 이곳으로 오겠다고 했으니까 기다려요."

"확실한 거지? 만약 거짓말하는 거면……."

"믿어요, 좀. 그리고 부탁이 하나 있어요. 이건 조건이 아니라 부탁이에요."

"뭔데?"

동은은 신음을 삼키듯 마른침을 삼키고 천천히 말을 이었다.

"민지나 씨 올 때까지 그때까지 내 얘기 좀 들어줘요."

"뭐? 진짜 나랑 장난이라도 하자는 거야, 뭐야?"

"장난 아니에요. 죽을지도 모르는 상황에 장난을 왜 쳐요. 그냥 나도 하고 싶은 말이 있어서 그래요. 한기태 씨처럼."

동은의 말에서 진심이 느껴졌던 걸까? 아니면 그저 그녀의 제

안이 어이가 없었던 걸까? 그 순간, 한기태가 쥔 칼끝이 비로소 느슨해졌다.

"이 자식들아! 니들은 대체 소동이 안 말리고 뭐 하고 있었어?"

중일이 견우와 해온, 지락을 향해 버럭 화를 냈다. 그러나 중일의 호통에도 모두가 꿀 먹은 벙어리처럼 아무 말도 하지 못했다.

"임동은 저거 이런 일이 한두 번이야? 저렇게 나올 거 예상 못했어? 니들이 알아서 말렸어야……. 아니다. 이게 다 내 탓이지, 내 탓이야."

호통을 치던 중일이 말꼬릴 끊으며 주먹으로 가슴을 쳤다. 답답함에 담배를 찾아 주머니를 뒤적거렸지만, 아무것도 손에 잡히지 않았다. 주머니에서 손을 꺼내며 중일이 혼잣말을 중얼거렸다.

"맞다, 수연이가 버렸지, 참."

수연이 눈을 뜨고 정신이 들자마자 한 일이 바로 중일의 담배를 휴지통에 버리는 일이었다. 문득 중일이 그리움이 담긴 눈빛으로 깜깜한 하늘을 더듬었다. 수연을 생각하니 인질이 된 동은의 모습이 더 가슴을 아프게 때렸다.

12년 전 사건 때문인지 몰라도 동은은 유독 피해자에게 감정이입이 심했다. 그래서 범인을 잡을 때마다 수단과 방법을 가리지 않아 제 몸을 보살피는 건 항상 뒷전인 그녀였다. 치솟는 범인검거율과 함께 그녀 걱정을 하느라 중일의 주름살도 늘었다.

하지만 그 정도는 동은이 여자인 걸 의식하지 않는다면 감당할 수 있는 정도였다. 그녀는 형사였다. 그것도 흉악범을 상대하는 강력팀 형사. 그러니 그 정도는 열정으로 봐줄 수도 있었다.

하지만 이번엔 도가 지나쳤다. 엄연히 상사가 있는데 한마디 상의도 없이 인질을 자처하다니. 중일이 영문을 알 수 없는 표정으로 범인에게서 풀려나 은택의 곁에 있는 연아를 바라봤다.

두 사람의 표정을 본 중일은 노련하게 그들의 관계를 단번에 알아차렸다. 사람 마음이란 게 참 뜻대로 되지 않는 일임을 새삼 실감했다. 그때, 돌연 지락이 물었다.

"그런데 저 박연아라는 여자, 은택 씨랑은 어떤 사이예요?"

"어?"

"아니, 도대체 어떤 사이기에 은택 씨도 선배도 전부 저렇게 무모하게 구나 싶어서요."

지락의 말에 중일이 대답을 머뭇거렸다. 이런 비극까지 불러올 만큼 애달픈 마음을 타인이 함부로 왈가왈부해서는 안 된다는 생각이 들었기 때문이다.

그때 연아의 마음을 알고 있는 또 한 사람, 해온이 지락의 뒤통수를 살짝 내리쳤다.

"막내 넌 쓸데없는 거 신경 쓸 시간에 어떻게 하면 무사히 소똥이를 구해낼지 그거나 신경 써. 민지나라고 했나? 그 사람은 오겠다고 한 지가 언젠데 아직도 안 와? 전화나 계속해봐."

"알았어요, 알았어. 안 그래도 계속 연락하고 있던 참이었어요."

지락이 뒤통수를 문지르며 휴대전화에서 민지나의 번호로 다시 전화를 걸었다. 그러다 문득 생각이 난 듯 그가 눈을 크게 치뜨며 말했다.

"아, 맞다! 그러고 보니 은택 씨 어머니한테 연락이 왔었어요."

"남자 1번 어머니?"

"네. 오늘 집에 들르기로 했는데 연락도 없이 안 온다고. 은택 씨가 일전에 제 전화번호를 알려줘서 혹시나 해서 전화해봤다고 하시더라고요."

"그래서 뭐라고 했는데?"

"당연히 가게 일이 바쁜 모양인가 보다고 둘러댔죠."

지락의 시선이 금방이라도 쓰러질 것 같은 은택을 향했다. 이제는 오히려 연아가 은택을 부축하고 있는 상황이었다.

"잘했어. 이제 가서 민지나한테 연락이나 해."

해온이 지락의 등을 떠밀며 씁쓸하게 말했다. 그 와중에 해온의 시선은 연아에게 향하고 있었다.

그녀는 위기의 순간에서 벗어나 좋아하는 남자에게 달려가 안겼지만, 그 남자는 안도하는 대신 더 큰 절망을 맛보고 있었다. 그 절망을 안겨준 건 다름 아닌 자신. 그가 좋아하는 여자가 지금 절대신해서 위기에 처해 있었다.

괴롭겠지. 힘들겠지. 분명 그녀의 마음이 이런 비극을 불러온 것은 아니었다. 그럼에도 그녀는 지금 죄인이 된 것 같은 심정을 느끼고 있을 터였다. 동은이 왜 그런 선택을 할 수밖에 없었는지 알기 때문이었다.

은택을 짝사랑하는 여자. 그 여자가 다치기라도 하면 은택의 마음도 무참히 다칠 것을 알기에. 그 마음까지 지키려고 이런 무모한 일을 벌였을 동은의 마음이 너무나 잘 보였기 때문에. 해온은 문득 언젠가 동은과 주고받았던 말을 머릿속에 떠올렸다.

'우리가 아무리 파트너라지만 자기 목숨은 자기가 챙기자. 어?'

'누가 할 소리? 우리 우정이 소중하긴 해도 나도 목숨까진 바칠 생각 없거든?'

언젠가 마약 밀매 현장을 덮칠 때 동은과 나눈 대화였다. 자기 목숨은 자기가 챙기자던. 널 위해 목숨까진 차마 못 바치겠다던 반은 장난이었고, 반은 진심이었던 대화.

그랬던 네가…… 좋아하는 사람의 목숨도 아니고 그저 마음을 지키기 위해서 네 전부를 걸고 서 있어.

"너 정말 남자 1번 좋아하는구나; 임동은."

해온이 쓸쓸하게 중얼거렸다. 자신을 비껴간 기적을 괜히 원망해보면서. 그럼에도 불구하고 동은이 무사히 위험에서 벗어나 은택의 품 안에서 활짝 웃길 바라며.

인질극으로 인해 떠들썩해진 밤, 시간은 유난히 다른 날보다 더디게만 흘러갔다.

"어? 은택이 안 왔어?"

은호가 집 안으로 들어서며 고개를 갸웃했다. 자신의 임신을 축하하기 위해 다 같이 오랜만에 집에서 모이기로 한 저녁. 그런데 당연히 먼저 와 있을 줄 알았던 은택이 보이지 않았다.

"왔어? 은택인 가게 일이 바쁘대."

혜숙이 이미 식어버린 음식이 올라가 있는 식탁을 보며 시무룩하게 대꾸했다. 요리사 아들에게 먹일 음식이라, 게다가 임신한 딸에게 먹일 음식이라 모자란 솜씨로 최대한 노력했는데 괜한 수고를 했다 싶었다.

"에이, 엄마. 삐쳤어?"

은호가 부랴부랴 가방을 내려놓고 혜숙에게로 다가가 팔짱을 꼈다. 그렇지 않아도 제가 결혼해서 집을 나가고 은택마저 독립해 버리고 나니 이 집에는 늘 엄마 혼자뿐이었다. 아빠도 안 계신데 얼마나 외로울까. 자주 찾아와야지 하면서도 일이 바빠 늘 엄마에게 소홀했었다. 문득 미안한 마음이 든 은호가 혜숙의 팔에 얼굴을 비비며 안 하던 애교를 떨었다.

"앞으론 자주 올게. 그러지 말고 나 아예 여기서 출퇴근할까? 태준 씨도 부쩍 바빠져서 나도 외로운데."

"그러고 보니 박 서방은 왜 안 왔어?"

혜숙의 물음에 은호가 볼을 빵빵하게 부풀리며 대답했다.

"왜긴 왜겠어? 또 응급수술 잡혔어. 흉부외과 인력 부족이라 태준 씨만 들들 볶잖아. 이번에도 해 뜰 때나 되어서야 수술방에서 나올 수 있을 것 같아."

안쓰러움과 속상함이 그득한 목소리로 투덜거리는 딸을 보며 혜숙이 제 팔에 매달린 은호의 머리통을 톡톡 쓰다듬었다.

"에휴, 우리 식구들은 다들 왜 그렇게 바쁜가 몰라. 의사인 너희는 그렇다 치고 이젠 은택이까지……."

혜숙의 푸념을 듣고 있던 은호가 그 순간 고개를 번쩍 들었다.

"은택인 일 때문에 바쁜 거 아닐걸?"

"뭐? 그게 무슨 소리야?"

혜숙이 갸우뚱한 표정을 지으며 되묻자 은호가 음흉하게 웃으며 속삭였다.

"우리 은택이 요새 연애하잖아."

"연애?"

그러고 보니 일전에 박 서방을 통해서 연애는 안 하느냐고 바람을 넣은 적이 있었다. 은택은 득달같이 다시 전화해서는 어련히 알아서 하겠다는 대답을 했었다. 그땐 귀찮아서 그러는 줄만 알았는데 은호의 말을 들으니 그게 아닌 모양이었다.

"뭐야. 정말로 어련히 알아서 잘하고 있잖아?"

사춘기 때도 여자나 연애에는 전혀 관심 없어 보이던 아들이 누군가를 만나고 있다는 소식에 혜숙은 묘한 표정을 지었다. 잘난 아들이 연애를 안 할 땐 뭔가 문제가 있는 건 아닌가 싶어 걱정스럽더니, 막상 연애를 한다니 이상하게 서운한 기분이 들기도 했다.

"은호 넌 얘기만 들은 거야? 아님 직접 만나봤어?"

"당연히 만나봤지. 미인이야. 은택이가 반할 만해."

"뭐 하는 사람인데?"

"어? 그것까진 잘 모르겠는데?"

은호는 동은이 형사라는 사실을 일단은 숨겼다. 칼에 찔려 병원에 실려와 만나게 됐다는 사실을 혜숙이 알아봤자 좋을 게 없다고 판단했기 때문이다.

"은택이가 많이 좋아하는 것 같아?"

"어. 완전."

은호는 동은을 바라보면서 좋아 죽을 것 같던 은택의 표정을 떠올리며 확신에 차 대답했다. 은호의 대답을 들은 혜숙이 무언가 떠오른 듯 별안간 물었다.

"은호 너 기억나?"

412

"응? 뭐가?"

"은택이 첫사랑."

혜숙의 말에 은호가 눈을 빛냈다. 그러고 보니 이번이 처음이 아니었다. 25년을 살면서 여자 보기를 돌처럼 했던 남동생이 맹목적으로 누구 한 사람만을 좋아하던 때가 한 번 더 있었다.

은택이 고등학교 2학년 때 만났던 교생. 그 선생님을 위해서 은택은 참 열심이었다. 매일같이 도시락을 싸가는 건 기본. 그 선생님을 집까지 바래다주겠다고 귀가 시간이 늦어지는 일이 빈번했다.

그러던 어느 날인가는 선생님이 계단에서 떨어지는 걸 구하려다 손을 다치질 않나. 손이 다 낫고 나니 선생님을 집까지 데려다주다가 술에 취한 사람을 만나 싸움 끝에 다리를 삔 적도 있었다.

그렇게 그 교생 선생님이 부임해 있던 한 달이란 시간 동안 은택이 다친 횟수만 해도 서너 번은 되었다. 그런데도 은택은 필기는 못해도 도시락은 꼬박꼬박 싸가곤 했었다. 그 바람에 한번 다치면 낫기가 쉽지 않았다.

결국엔 선생님이 집까지 찾아와 혜숙에게 땅에 정수리가 닿도록 고개를 숙이며 사과를 했었다. 은호는 우연히 그 뒷모습을 봤었다. 그때 받은 인상이 아직도 기억 속에 선명했다. 꽃처럼 나풀거리던 긴 머리카락과 단정한 옷차림이 무척이나 인상적이었다. 뒷모습만으로도 참 아름답다는 생각이 들 만큼.

차마 그때 그 선생님이 사시미 칼에 찔리는 강력팀 형사가 되었을 거라 생각 못 한 은호가 푸스스 웃으며 대답했다.

"말도 마, 엄마. 그때보다 더하면 더했지, 덜하진 않아."

"정말? 그렇지만 엄만 그것도 걱정이야, 얘. 그때처럼 물불 안 가리고 사람 좋아했다가 자기 돌보는 건 뒷전이면 어떡해?"

혜숙의 걱정에 은호가 말없이 엄마의 손을 꼭 잡았다. 엄마의 염려하는 마음도 이해가 되었다. 아빠는 은호와 은택이 어릴 적 다른 사람의 목숨을 구하려다 돌아가셨다.

그렇기에 엄마는 항상 위험한 일에는 나서지 말라는 말을 입버릇처럼 달고 사셨다. 아빠의 성정을 그대로 물려받은 저와 은택이 혹시라도 위험한 일에 휘말리지는 않을까 걱정이 되기 때문이었다.

하지만 은호는 걱정하지 않았다. 은택에게 찾아온 기적을 믿었다. 그건 남편 태준을 만나 저에게도 찾아왔던 기적이었다.

내가 좋아하는 사람이 나를 좋아해주는 기적. 그 기적의 힘은 컸다. 은택이 동은 씨를 지키기로 결심했다 하더라도, 그래서 제 몸 돌보지 않고 그녀를 위해 모든 걸 건다고 해도, 그녀 역시 모든 걸 걸어 은택을 지켜줄 터였다.

"저 남자예요. 내가 말한 사람."

동은은 턱짓으로 눈앞에 서 있는 은택을 가리켰다. 그녀는 지금까지 한기태에게 은택이 절 어떻게 사랑해주었는지를 조곤조곤 이야기해준 참이었다.

"저 남자가 나를 위해서 어떤 사람에게 상처를 줬어요. 조금 전까지 한기태 씨가 인질로 위협하고 있던 사람. 한기태 씨는 그 여자가 자신을 무시했다고 생각했겠죠. 하지만 실은 그 반대예요. 저 여자는 당신을 위로해주고 싶었던 거예요. 한기태 씨 마음이 어떨지 너무나 잘 아니까."

한기태는 망치로 머리를 세게 얻어맞은 사람처럼 멍하니 연아를 바라봤다. 동은의 말대로 여자가 저를 무시하는 줄로만 알았다. 이 비참한 마음을 네까짓 게 뭘 아느냐며 비난도 서슴지 않았다.

하지만 그 여자 역시 저처럼 마음이 무너져 내린 사람이었다. 남자는 여자를 옆에 두고도 자신에게 붙잡힌 이 형사만을 바라보고 있었다. 그렇게 지금도 여자의 마음은 계속 부서지고 무너져 내리고 있었다.

그 순간 한기태가 손에서 칼을 떨어트렸다. 날카로운 금속성 소리가 아스팔트 바닥이 아닌 가슴에서 나는 것처럼 느껴졌다.

"으흑! 내가 대체 무슨 짓을……! 나는 그저 지나도 나를 좋아해줬으면 했던 것뿐인데. 겨우 그것뿐이었는데!"

얼굴을 감싸 쥔 채 주저앉은 한기태를 동은이 고요한 눈으로 내려다봤다. 고통에 겨워 내뱉는 그의 두서없는 말들에 진심이 가득 담겨 있었다. 그 진심이 상대방에게도 통했다면 좋았을 텐데. 그래서 이런 슬픈 일이 일어나지 않았다면 좋았을 텐데.

하지만 얽히고설킨 감정은 모두에게 기적을 가져다주지 않는 법이었다. 그렇기 때문에 그 기적을 손에 쥔 사람에겐 그에 상응하는 책임이 따랐다. 제 옆에 있는 기적 같은 사람을 더없이 소중하게 여겨야 하는 책임. 누군가를 울게 한 만큼, 더 많이 웃고 더 행복해져야 했다.

동은은 고개를 번쩍 들고 은택이 서 있던 곳을 바라봤다. 자신이 소중하게 여겨야 할 사람이, 더 많이 웃게 해주고 행복하게 해줄 사람이 이곳에 있었다. 그러나 채 눈앞을 확인하기도 전에 무언가가 동은을 덮쳐왔다.

하지만 동은은 놀라지 않았다. 놀랄 새도 없이 언젠가 은택이 선물했던 드라이플라워의 은은한 향기가 코끝에 스며들어 왔다.

"무사해서 다행이야. 정말로. 정말로 다행이야."

가쁜 숨을 내쉬며 은택이 동은의 여린 어깨에 이마를 기대왔다. 동은은 빈틈없이 저를 끌어안은 은택의 목에 입을 맞추고 너른 등을 두 팔로 꼭 껴안았다.

"은택아."

그리고 조심스럽게 고백했다.

"좋아해."

널 만나 단 한 번도 솔직해본 적 없는 마음. 하지만 지금 말하지 않으면 어렵게 찾아온 기적이 도망가 버릴 것만 같아서 말하지 않을 수 없었다.

"한 번만 다시 말해줘."

"좋아해, 은택아."

유난히 더디게 흐르던 시간에 비로소 끝이 찾아왔다. 길을 헤매던 기적이 오롯이 주인을 찾아온 밤이었다.

그러나 그 기적에 흠뻑 취한 두 사람은, 자신들을 지켜보는 어두운 시선 하나가 구경꾼 무리에 몰래 숨어 있다는 사실을 눈치채지 못했다.

밤은 그렇게 달콤하면서도 위험하게 깊어가고 있었다.

-2권에 계속-